肖复兴文学回忆录

Literary Memoirs
–
Xiao Fuxing

肖复兴 著

SPM 南方出版传媒 广东人民出版社
·广州·

图书在版编目（CIP）数据

肖复兴文学回忆录 / 肖复兴著 .— 广州：广东人民出版社，2021.3

ISBN 978-7-218-14416-0

Ⅰ.①肖… Ⅱ.①肖… Ⅲ.①回忆录—作品集—中国—当代 Ⅳ.① I251

中国版本图书馆 CIP 数据核字（2020）第 151040 号

XIAO FUXING WENXUE HUIYILU

肖复兴文学回忆录

肖复兴 著

出 版 人：肖风华

丛书主编：向继东 段 洁
责任编辑：刘 宇 李力夫
责任技编：吴彦斌 周星奎
装帧设计：人马艺术设计·储平

出版发行：广东人民出版社
地 址：广州市海珠区新港西路 204 号 2 号楼（邮政编码：510300）
电 话：（020）85716809（总编室）
传 真：（020）85716872
网 址：http://www.gdpph.com
印 刷：北京彩虹伟业印刷有限公司
开 本：880mm×1230mm 1/32
印 张：13 **字 数：**289 千
版 次：2021 年 3 月第 1 版
印 次：2021 年 3 月第 1 次印刷
定 价：68.00 元

如发现印装质量问题，影响阅读，请与出版社（020-85716849）联系调换。
售书热线：（020）85716826

回忆录永远只能做到半真诚，不管你多么关心真实，因为一切总是比你说出来的更复杂。

——（法）纪德

总 序

也许可以说，20世纪的潮流是革命。革命话语下的文学，其主体自然是革命。

新文化运动及其“文学革命”以来，中国现代文学走过100年了。境内外坊间，文学史不知写了多少，大都是先有一个框，然后截取一个维度解读，看似全面，实则蜻蜓点水，泛泛者多。它们大都忽略了鲜活的个体细节，忽略了参与文学活动的人——他们生命的体验过程，他们的所思所想，点点滴滴。这套“文学回忆录”书系，正是基于此，让作家自己说话，说自己的话，尽可能为研究者提供第一手的史料。换一种说法，这套书也可以叫作“百年个人文学史”。

按照最初的设想，主要是收20世纪七八十年代成名的这一代作家的回忆录，因为这些作家人生起伏大，遭遇坎坷多，又赶上了革命文学转型期，所以文学现象多元而复杂，极具研究价值。我们的编辑思路是，作为个体存在的作家，关于文学的反思及其在创作道路上对人生、社会和历史诸问题的思考均可。体裁可以是回忆性的随笔杂感，也可以是创作谈或访谈之类，如果是一部沉甸甸的文学反思录，当然更好。我们不求每一本体例一致，但求每一本都是唯一的，文字内涵丰富，耐人寻思。我们的目标读者，就是象牙塔里的教授、真正的治学者，尤其是相关作家的研究专家，当然还包括这些作家的“粉丝”以及对文学有兴趣的大众读者。所以已出版的十来种，就是在这种背景下推出的。

出版了第一批后，我们忽然觉得，如果把视域稍稍放大一点儿看，整个20世纪的文学，其实就是一个整体。于是，我们就把范围扩大，首先扩大到五六十年代写出过有影响力作品的这一批作家。虽然这些作家大都已作古，但好在他们在晚年，有的写了回忆录，有的写过不少回忆文字，我们就有选择地推出了。我们是有点野心的，先易后难，从当今活跃的这一批作家做起，然后是五六十年代相当活跃的那一批作家，再后就是三四十年代以及北洋时期的那一代作家，这恰好就是百年文学史上的“个人文学史”了。

如何看这百年文学史？窃以为，文学革命之始，有人发表《文学改良刍议》和《文学革命论》，然后有了创新的探索者，再后就引出一大群模仿跟随者。但不可否认，“五四”之后，知识阶层慢慢分化了，有的走向苏俄，有的趋向欧美；再后就出现了“左联”，出现了左翼文学、抗日文学和国统区文学。“讲话”横空出世后，好像左翼作家要“火”过国统区作家，因为有大批朝气蓬勃的、有才气的青年作家加入。再后来，就只剩下“图解政治”的文学了，直至“四人帮”的“阴谋文学”。简而言之，左翼文学从20世纪30年代直至70年代，在这片土地上，几乎一直是处于主流的，规定作家怎么写，怎么塑造人物，怎么反映生活。直到1978年秋天以后，才出现转机。到了80年代，努力回归本源，文学才逐渐走向多元，出现了百花齐放的势头……而今又是40余年了，其间虽有过波折，但大体还是按照文学自身的规律发展。

早就有人提出要“重写文学史”，也有所行动，然而一直没有人做这基础性的史料工作。没有百年的“个人文学史”，百年文学史不就成了无米之炊吗？鉴于目前的书业疲软，我们也深知自己能力有限，只能这样慢慢地去做，待有了一定规模后，看条件是否有所转机。我们会竭尽所能，坚持不懈，等到做上百余种，那时就蔚为大观啦。

我们想把“文学回忆录”做成权威的、另类的20世纪文学史不可或缺的读本，让潜心向学的研究者，案头都有一套这样的书，可随时翻阅。我们正在努力着。

向继东

2019年10月于羊城大沙头

自 序

应承下向继东盛情相约写这本文学回忆录后，我在想这样两个问题：一是为什么要写文学回忆录？二是文学回忆录和一般的人生回忆录有什么区别？

从本质而言，无论什么样的回忆录，都是人生自传的一种写法。按照心理学家的研究，所有的自传，无不包含着自我辩护。也就是说，读者要想从自传中看到完整而真实的作者，以及作者所生存的真实世界，是不可能的。尤其是拥有充分联想力和丰富想象力的作家、艺术家的自传，或他人为其所撰写的传记，是最不可信的。因此，一般，我不大看人物传记。

那么，我为什么还要写这本文学回忆录？在写这本文学回忆录之前，我先重读了法国作家纪德写的自传《如果种子不死》。我想看看他是怎么写自己的回忆录。我看到他写了这样一段话："好多年间，我一直朦朦胧胧，莫名其妙地相信，在现实之外，在日常生活之外，在公认的生活之外，存在着自己也说不清的另外什么东西。"我知道，他是在说文学，其实也是在说他的这本自传。所谓"说不清的另外什么东西"，指的是文学，也指的是自传，或曰回忆录。这便是文学回忆录与自传或其他人生回忆录最大的不同之处。自己同样的一支笔，写作文学作品时，是在写那些“说不清的另外什么东西”，如果一切都说得清了，便不必再需要文学了；写作自传或文学回忆录时，是在诠释写作中那些“说不清的另外什么东西”，或者说力图让那些“说不清的另外什么东西”，使之能够略微说清一些，看清一些。

因此，相比真正完整的人生回忆录或自传，文学回忆录稍微好写一些，它不过是构筑人生与文学月迷津渡间的一座小桥，或一叶扁舟而已，在觅无寻处中寻得一点来路与归处。文学已经替你的人生删削大部。它可深可浅，可以用文学做人生的掩体，也可以借人生做文学的注脚。它可以以人生触摸文学，也可以借文学解读人生。它以文字为璎珞，在虚实之间勾勒出内心的一部分独白或旁白。

我只是一个很普通的作家。我写作，源于自幼的喜爱，便如同树木的年轮自然而然地刻进树木之中，并非有意地雕刻成漂亮的花纹以悦己或悦人。我曾经想过这样的问题，如果没有稿费，如果没有地方发表和出版，我还会不会继续写作？或者说，还会不会保持一样的热情写作？我会肯定地回答自己，还是会的。我最初写作的时候，没有稿费，也没有地方发表和出版，那时候，在北大荒的猪号里，四周被一片荒原包围，我不是依然非常快乐、非常执着地写作吗？用一支从北京带来的英雄牌钢笔，用一瓶在北大荒买到的鸵鸟牌纯蓝墨水，在一个学生写作业的横格本上写下最初的文字吗？

写作本身，是快乐的，是为自己的，是为自己内心的，并不是为稿费，为出版，为评奖，甚至是为读者的。这一直是我非常幼稚却执着的想法，写作方才成为我生活的一部分，平凡琐碎，不可或缺，如同农人日复一日的农事稼穑，伐薪猎山。我不敢说写作是我生命的一部分，我没有那样超拔的气度和理想，羞于这样的大言不惭。

如果从我读初三时写下的第一篇文章《一幅画像》（1964年收入北京出版社出版的《我和姐姐争冠军》一书）印成铅字算起，我的写作生涯已经56年；如果从我在北大荒猪号里写下的散文《照相》（刊发于1972年《黑龙江文艺》复刊号）算起，我的写作生涯48年；如果从我返城回京写的小说《玉雕记》（刊发于1978年第四期《人民文学》）算起，我的写作生涯42年。年头不算太长，也不算太短，起码占有人生大半。在这样长的写作生涯里，我是幸运的，因为我获得过很多相识与不相识的人无私而真诚的扶携相助。独木不成林，没有这些人，便没有我的文学，也构不成我的回忆。在我的这本回忆录中，我写到了他们。这是应该的、必须的，是回忆之中温馨而动人的华彩乐章。

除此之外，我还应该再写些什么？

因为缺少宗教的传统，在回忆过去的时候，我们一直有意或无意地规避或剪裁，我们更缺乏明晰的忏悔意识。我们的回忆，便显得十分容易，顺风顺水，轻舟万里，畅快而惬意。我们更多愿意书写过五关斩六将而鲜有走麦城，甚至愿意为自己头顶频加枯萎的桂冠，将泥沼烂泥塘抒写成席梦思软床。所以，肖斯塔科维奇在写自己的回忆录时，开宗明义道："追忆往事，十分困难；只有说真话，才值得追忆。"他讽刺那些"说谎像见证人一样的"人和他们的回忆录。

这应该是回忆录的基本准则。或许，我做不到，但我应该努力。

在写我的这本文学回忆录之前，我还重读了德国作家君特·格拉斯的回忆录《剥洋葱》。他在这本回忆录中第一句话说：“用第三人称把自己伪装起来，这始终是一种诱惑。”我以为，格拉斯说的是自己，也是对这种回忆录的一种警觉和戒备。所以，他才能够在这本回忆录里，不用置之度外的第三人称来遮掩或回避自己，层层叠叠剥洋葱，每剥掉一层，都会露出一些早已有意或无意忘却的事情，层层剥落间，泪湿衣襟，颤动于心。以致他甚至这样说自己：“还有什么深藏不露的事，难为情咽下肚的事，不断改变装束的秘密？还有什么像虱子卵粘在阴囊毛上？千言万语回避的言语。思想的碎片。让你隐隐作痛的事，依然隐隐作痛？”

是的，这样很难，我根本做不到。所以，在这本回忆录的扉页上，我引用了纪德在他的自传里写的一句话，作为题记：“回忆录永远只能做到半真诚，不管你多么关心真实，因为一切总是比你说出来的更复杂。”便希望并这样要求自己，即使只能做到半真诚，也要尽可能的真诚地面对自己，面对回忆。

写作这本书，正值疫情严重之时。武汉封城之后，北京也几近空巷。整天闭门宅家，写作这本书，给我打发漫长光阴，舒缓紧张心境，检点自己过去和现在、清算自己闪失及羞悔的一个绝好机会。因此，要格外感谢向继东和广东人民出版社，给了我这样一个机会，让这本小书不仅成为自己文学道路上深深浅浅的雪泥鸿爪的一点回顾，也是对这样一个世界性灾难之年的一点纪念。

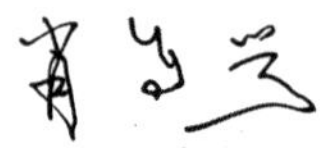

2020 年 8 月 18 日于北京雨中

目录

第一章　文学的侧影

1

童年是文学写作的母体，或者说是酵母。童年对于文学写作的重要意义和作用，来自两点：一是童年的经历；二是童年的阅读。这是一个作家写作的两个根系，先天注定着其走的路的远与近。

先来说童年的经历。童年很短，经历很浅，但再短、再浅，可以影响人的一生。对于写作者而言，童年的影子绵延至纸上字里行间的深处，无所不在，成为文学不散的鬼魅魂灵。

海明威曾经说过："一个作者最好的早期训练是什么？是不幸的童年。"

我童年最早的记忆，应该从母亲去世时始。那一年，我 5 岁。母亲才 37 岁，突然离开了我们。那一天，我和弟弟站在家门的外面，看着有人将母亲抬出来，抬出院子。我和弟弟都没有哭，那时候，悲伤还没有来得及涌出心口，就先被突然撞个满怀而吓坏了，呆呆地望着院子里落了一地的槐花。我最早的记忆，就是这一地的槐花如雪。

母亲的突然离世，对父亲的打击，显然很大。那时，北京刚解放三年，日子刚安定下来不久。只是，那时我太小，难以理解一个人到中年的父亲的心情罢了。母亲去世不久，父亲就回了一趟老家，为我和弟弟娶回一个继母。继母比父亲大 2 岁，比母亲大 12 岁，带着一个她自己的女儿。还有，和身材高挑、长相清秀的母亲不同的是，继母缠足。

为了减轻家里的生活负担，我的亲姐姐，不到 17 岁，就报名参加当时京包线铁路建设，独自去了风沙弥漫的内蒙古。

突然的生活变故，让一个只有 5 岁的孩子手足无措。

1994 年，孙犁先生读完我的《母亲》一文，知道我小时候的这段经历，来信说："您的童年，无论如何，不能说是幸福的，使我伤感。"这是知音之言。

再有的记忆，便是那一晚在前门火车站送姐姐的情景。火车鸣响着汽笛，喷出白烟，缓缓地驶出站台，看不见一丁点儿影子，只剩下光秃秃的铁轨，在清冷的月光下闪着寂寞的光。我和弟弟分别躲在站台的柱子后面，我在悄悄地哭，看不见弟弟，但我知道，弟弟肯定也在悄悄地落泪。母亲去世时，我们没有哭，姐姐走了，我们却伤心得止不住地哭。我才发现，自己是这样爱掉眼泪，脆弱，又不想让别人看见，只能偷偷地掉眼泪。

过早尝到了离别的滋味，它使我过早品尝人生的苍凉，从而性格有些内向，内心有些早熟。从此，火车站灯光凄迷的月台，便和我们的命运相交，无法分割。盼望着姐姐乘坐火车回家，成为我和弟弟每年最大的心愿。

前门火车站离我家很近，出家门，走不远，就能看见火车站的钟楼和站台上停靠的列车。夜晚，能看到那里迷离闪烁的灯火。我常望着那里发呆，痴痴地幻想着，哪一天姐姐突然下了火车，从那里走了出来，和我撞个满怀。我不知道，如果真的是这样，会是一种怎样的情景。姐姐会对我说什么，我又会对姐姐说什么。

稍微大一点儿，我常常会像小猫一样，从我家的房后爬上房顶，独自坐在鱼鳞瓦上，朝西向前门火车站那边望去，火车站的钟楼依稀可见。姐姐就是在那里坐上火车离开北京去内蒙古的，她每一次从内蒙古回来看我们，也是在那里下的火车。姐姐每一次回内蒙古，如果我和弟弟没有上课，都会到那里送她；如果由于上课送不成她，我会偷偷哭得更伤心。思念，在房顶上随风飘荡，更加忧伤。

有时候，我会特意带一张白纸来，叠成一架纸飞机，顺着风，向火车站的方向投出去。看着纸飞机飘飘悠悠，在夜色中起起伏伏，像是夜航，我希望它降落到姐姐住的地方。幻想着第二天早晨姐姐醒来一出门就看到纸飞机，从地上捡起来，一定会有点儿惊奇，会猜得到是我叠的纸飞机吗？是特意放飞到她的屋前吗？想到这里，我应该在纸飞机上面写几个字。写什么呢？我瞎琢磨开了，琢磨半天，也不知道写什么好。

有时候，我也会想母亲，但母亲留给我的印象远不如姐姐深。母亲过世了几年，姐姐就离开了我和弟弟几年。忽然觉得时间那么长，姐姐离我是那么远。

有时候，我也会胡思乱想些别的，想得最多的是自己乘上火车去内蒙古看姐姐。那时候，除了北京城，哪里也没有去过。我不知道外面的世界是什么样子，只有凭空想象，总觉得会和北京不一样，哪里不一样呢？花不一样，树不一样，房子不一样，人长得也不一样。如果我突然出现在姐姐的面前，姐姐一定会惊讶万分的。她会奇怪地问我，你是怎么来的呀？我会告诉她，我是跟着尼尔斯，骑着那只大白鹅，一起飞来的呀。姐姐会不相信的，我便会领着她到外面看尼尔斯和尼尔斯的那只大白鹅……

很多类似的胡思乱想，伴随我度过寂寞又充满思念的童年。很久以后，我读法国作家纪德的自传，他写道："好多年间，我一直朦朦胧胧，莫名其妙地相信，在现实之外，在日常生活之外，在公认的生活之外，存在着自己也说不清的另外什么东西。"我觉得，纪德说的也是我的童年。

这大概是我人生中的第一次幻想，或者是想象吧。现在想想，他应该容易走近文学，或者说文学喜欢这样的孩子，愿意走近这样的孩子。这应该是我后来喜欢文学的一个重要原因。只是伴随这样的幻想或想象而来的，常常不是喜悦，而是惘然若失，又无法对别人讲，怕讲了被别人笑话。在我的童年记忆里，充塞在心的，大多是这样幻想而不可得的忧郁。所以，之后，我对于那些有着忧郁品质的文学作品情有所钟。

2

小时候，我住在一座叫作"粤东会馆"的老宅院。那是一个三进三出的大院，在迎面影壁后面，有一个挺豁亮的空场，一左一右种有两株丁香树，一株开白花，一株开紫花。暑假，趁着大人上班不在家，常有小孩子从家里偷出被单、床单，跑到空场上，把床单或被单挂在两株丁香树之间。这就是演出的幕布。似乎只有有了幕布，才像模像样似的，有了真正当演员正式演出的感觉。大家会玩一种演节目的游戏。

我从小不喜欢男孩子爱玩的养金鱼、斗蛐蛐、滚铁环、拍洋画、跳房子或老鹰捉小鸡之类的游戏，但是，对大院里这种演节目的游戏特别感兴趣。花床单变成的幕布，是我最初对舞台的认识，有那么一种神秘感，想要猜猜幕布拉开之后呈现出的一切是什么样子的。因此，格外让人跃跃欲试，我也躲在花床单后面，然后突然蹦出来，让大家大吃一惊。

在我的记忆里，我表演最精彩的节目是一首表演唱，歌名叫作《照镜子》。这是一首院子里的大姐姐教我唱的外国民歌，歌词至今还记忆犹新：

> 妈妈她到林里去了，
> 我在家里闷得发慌，
> 墙上的镜子请你下来，
> 仔细照照我的模样，
> 让我把我的房门轻轻关上……

其实，这应该是一首女生表演唱，但是，虚拟的房门和镜子，让我特别感兴趣，觉得那才叫表演。

再有让我难忘的节目，是我和弟弟表演刚刚看过的电影《虎穴追踪》和《扑不灭的火焰》的片段。我们两人分别扮演《虎穴追踪》里的侦察员李永和和特务头子，上演一场对手戏。演完之后，还不过瘾，接着演《扑不灭的火焰》里汉奸蒋二和八路军蒋三的一场对手戏。演《虎穴追踪》还好，侦察员和特务头子相互之间就是对话，我和弟弟看过好几遍电影了，台词背得滚瓜烂熟。演《扑不灭的火焰》，有相互追逐的打斗戏，我非要演八路军蒋三，弟弟本来就不乐意，一个劲儿地说，你是哥哥演弟弟蒋三，不合适！我坚持演八路军蒋三，弟弟拧不过我，没办法，只好去演哥哥蒋二。在家里跳到床上排练的时候，我们两人真的扭打在了一起，我赶紧跳下床，弟弟也跟着跳了下来追我，追不上，他急了眼，顺手抄起地上的一个小板凳，朝我砸了过来，正好打在我的右腿上，立刻流出了血。至今，这块小小的伤疤，还留在我的右腿上。

我对演戏有些着迷。小学五六年级的时候，我第一次来到中国儿童艺术剧院（以下简称“儿艺”），它在王府井的北口路西。我不知道怎么找到了这个地方，以前，我只知道北京有家儿童电影院，并不知道还有这家专门给孩子演戏的儿童剧院。我买了张票，看了人生中第一场话剧——《枪》。这是一个儿童团智夺日本士兵的枪的故事。在这里，我第一次看到了剧院里的幕布是什么样子的，当天鹅绒幕布缓缓拉开的时候，心里有些激动，充满异样的感觉，至今还能清清楚楚地记得，飘忽忽的心，像被风吹动的气球在空中飘浮。

从那以后，我常到那里看话剧。票价不贵，我在那里看过《白雪公主》《马兰花》《以革命的名义》《宝船》《带枪的人》《一百分不算满分》等。那时，我读书不多，很多文学艺术方面的知识，就来自儿艺的话剧。它们潜移默化地在我心里化为了一种持久的养分。一个人在童年的时候，能够与戏剧接触，对于其成长的作用不言而喻，但我们常常忽视了。古希腊每年一度的戏剧节和奥林匹克运动会一样，是要求全民参加的。而我们的教育课程表上，是忽略了戏剧教育这一课的。

上中学的时候，我的一个同学的爸爸是儿艺的演员，叫陈默。开家长会他来的时候，我偷偷去看他，对他充满羡慕之感，心里暗想，要是我也能成为像他一样的演员该多好啊！前些年搬家，和儿艺的老演员方掬芬成为邻居，常在大街上看到她，想起她年轻时演的那些角色，心里对她充满敬重之感。

高三毕业那年，中央戏剧学院表演系的两位老师，来到我们学校选人，竟然选中了我，并鼓励我报考他们学校的表演系。尽管后来阴差阳错，在晚了12年之后，我考入了中央戏剧学院，不是表演系，而是戏剧文学系，但这毕竟是一种命定的缘分。我想，这样的缘分大概来自儿艺对于我最初的戏剧启蒙吧。

从中央戏剧学院毕业之后，我曾经想进入儿艺做一名编剧，但是，他们没有要我，要了我的同学陆星儿。后来，儿艺的几位老师专门到我家，要我将我的长篇小说《早恋》改编成多幕话剧，但最后也没有实现。我始终也没能迈进儿艺的门槛。不过，我始终感谢儿艺，它对我的童年影响至深，给予我丰富的艺术营养，至今我依然对它充满感情。即使一别经年，总还会想起，第一次走进儿艺的剧场，眼巴巴地看着天鹅绒幕布缓缓拉开的情景。

大院里，我和几个半大小子、丫头躲在花床单后面，几个上中学的大姐姐为我们化妆，不过是把指甲草揉碎了，挤出一手红红的汁，就往脸上抹，然后划着火柴烧着一段吹灭了，用火柴头上的炭灰把眉毛涂黑，便自以为真像演员了，演员都是要化妆的嘛……

那样的情景，依然恍若昨日。

3

区少年宫在芦草园胡同，离我家不远。那里是我们孩子的乐园，特别是寒暑假，那里会组织很多活动，我们可以随便参加。在我的记忆里，并没有报名或学校推荐这样烦琐的环节和人为设置的门槛。那时候的少年宫，大门洞开，属于所有少年。

少年宫不大，只有一个四方的院落，进入大门，呈“U”字形的房屋环绕着一座小院，院子里有几棵老树。但是，在当时我们孩子的眼里，觉得挺大的，因为在很多的活动教室里，有花样繁多的活动，可以让孩子们根据自己的兴趣爱好做多种多样的选择。

在我的印象里，有这样一个地方最吸引我——在一间教室那样大的房间里，坐着好多同学，你可以随便走进去，给大家讲故事。听故事的同学可以随意出出进进。如果你讲的故事足够吸引人，他们就会坐在那里认真听你讲；如果你讲的故事不吸引人，就会有很多陆续退场的人。面对着冷清没有几个人的教室，你自己也觉得臊不答答，接着转身退场，换另外一个同学来讲故事。这里有点儿像是铁打的营盘流水的兵，像一个擂台。

现在想想，也很像当时在大栅栏广德楼剧场举办的“十分钟相声”。你买一张票，只用两分钱，很便宜，可以进去听十分钟相声。如果听得满意，再花两分钱买下一个十分钟的票；如果不满意，就可以站起来拍拍屁股走人。在那里说相声的人，和少年宫讲故事的人一样，都有些打擂台的意思。听的人和说的人，是双向的选择，颇能吸引人。

我就是被吸引的人之一。记得有一年寒假，那时候，我大概上小学五年级。我在那里讲故事，颇为吸引听众。我不记得都讲了一些什么故事，大概是将在书上看到的故事、剧院看过的话剧或电影，加点自己的改编，反正，坐在那里的同学听得津津有味，我占用了几乎一整个上午的时间，口干舌燥却眉飞色舞。回到家，兴奋地跟我妈妈讲，她笑话我说是穷白话。

不过，我很有成就感。面对着一双双紧盯着我的眼睛，我有一种在学校里体会不到的感觉。在那里，我的表达能力和表演能力得到了锻炼。而且，为了吸引听众，需要不时地调整讲故事的思路，及时捕捉听众的心理变化。应该说，这也是一种本事的锻炼，是和后来流行的演讲完全不同的本事，和照本宣科地背诵故事，更是不可同日而语。

现在想想，它和评书有些相似。传统的评书，是民间艺术的一种。这种完全靠语言表达的艺术，在影像时代没有到来之前起到的艺术传播和熏陶作用，是无可比拟的。可以说，没听过评书的人少之又少，那时候，连阔如的评书大行其道。后来，孙敬修讲的孙悟空的故事，也是评书的一种新的演绎形式，对我的影响很大。

不过，和他们不大一样的地方在于，我讲的故事没有底稿，完全靠现场天马行空的发挥，其即时性和随意性，无形中锻炼了我构思故事和铺排情节的能力。这是一种在实践锻炼中磨炼出的本事，比课堂作文要有意思得多。以至于后来我写作的时候，还常常愿意把要写的故事先讲给人听，再动笔。记得在中央戏剧学院读书的时候，一间宿舍里住五个同学，晚上熄灯之后，又睡不着，我常给同学们讲我要写的小说，看看他们的反应，哪里爱听，就多写点儿；哪里不爱听，就少写或干脆不写。这样的习惯，受益于少年时代在少年宫讲故事的经历。我始终觉得：说比写重要，读比写重要，改比写重要。在说、读、写这三个环节中，写是放在最后的。

我应该感谢当年的少年宫有这样一方园地，让我这样的孩子得以恣意生长，如野花一样随心所欲地尽情开放。

4

我读高一那一年，北京流行“星期天朗诵会”。朗诵者都是当时活跃在话剧舞台上的著名演员，偶尔也有电影演员加盟。朗诵地点一般在人艺、儿艺的剧场和中山公园的音乐堂。票价很便宜，听的人很多，以年轻人为主，热烈的场面应该和现在的歌星演唱会差不多。一个时代有一个时代的流行艺术，一个时代有一个时代的追星族。我是那个时代星期天朗诵会的追星族。

痴迷朗诵，最初是因为我们大院里一个姓许的大哥哥。许家的父亲是一位工程师，他家总会出现我们大院里的人们没有见过的新鲜玩意儿。大约是我读初一的时候，许家大哥哥的姐姐结婚，他的姐夫是印度尼西亚的华侨，两人到印度尼西亚度蜜月回来，带回来一台录音机。这是一台台式的录音机，个头儿不小，扁扁的，有一个小箱子那么大。录音的时候，录音机玻璃罩里两边的棕红色的磁带来回地转，细微的沙沙响声，格外迷人。

那时候，许家大哥哥正读高中，他特别喜欢朗诵，放学之后，就趴在录音机前录他的朗诵。我是第一次见到录音机，很好奇，几乎每天，他趴在录音机前录音的时候，我和几个小伙伴就趴在他家窗户前听他朗诵。他看见我们，会招呼我们进他家，我们便成了他忠实的听众。他朗诵的是长篇小说《林海雪原》中“攻打奶头山”的一段，但他天天朗诵这一段，我都熟悉得几乎能背诵下来。让他朗诵点儿别的，他不听，还是朗诵这一段，录音这一段，让我们听这一段。

有时候，他朗诵得来情绪了，也让我们对着录音机录下音来，再放出来听。我是第一次录音，感到非常奇怪，经过录音机录制，再从录音机里放出来的声音，和原本的声音不大一样，仿佛经过了化学反应，变得格外迷人，好像不是自己的声音。

那时候，我家没有收音机。我家隔壁的张家有一台新买的红灯牌收音机，每天晚上睡觉的时候，他家都爱听电台里播放的广播剧，我和弟弟便把耳朵贴在墙上，应该叫作“蹭听”。幸亏是秫秸秆墙，很薄，不隔音，从收音机里传出来的声音，穿过墙壁，听得很清楚。记得最清楚的是，一天晚上听广播剧《喜鹊贼》，这是根据赫尔岑的小说改编的，由人艺的演员舒绣文、董行佶等演出。听得正入迷，收音机突然关上了。看看表，确实夜深，人家该睡觉了。我却怎么也睡不着了，在床上翻来覆去，心里最盼望的是，将来长大了，有了工作，有了工资，别的不买，先买一台收音机。

张家的收音机，也是我朗诵的启蒙老师之一。从它播放的那些广播剧里，我知道了好多话剧演员，在听星期天朗诵会的时候，登台朗诵的那些演员，舒绣文、董行佶、苏民、周正、郑榕、蓝天野、朱琳、英若城……好多来自人艺；还有中央实验话剧院的曹灿、郑振瑶，北影的李唐，中央广播艺术团的殷之光……这些经常出现在星期天朗诵会上的演员，我个个耳熟能详。他们朗诵张万舒的《黄山松》、闻捷的《我思念北京》、贺敬之的《西去列车的窗口》、严阵的《老张的手》、臧克家的《有的人》、韩北屏的《谢赠刀》、魏钢焰的《国际歌里的一个音符》、马雅科夫斯基的《败类》、约多的《诗七首》，还有记不起作者名字的《猴王吃西瓜》《标点符号》……即使几十年过去了，到现在，我还能清晰地记得，记得那些滚烫的诗句，记得那些演员朗诵时的情景。

星期天朗诵会，它没有主持人的主观介入和煽情表达，以及将朗读的文本主角让位于朗读者的本末倒置。而且，星期天朗诵会直接面对观众，而不是隔着一个屏幕。它就像话剧和电视剧的区别一样，就像在大海里游泳和在泳池里游泳的区别一样，朗读者和观众直接交流互动，诗歌从书本和杂志上走下来，热乎乎，湿漉漉，和观众直接握手言欢。

在星期天朗诵会上，我偶尔会碰见许家大哥哥。但是，他总是装作没看见我，大概嫌我太小、太幼稚吧；也大概是因为他高中毕业没有考上大学，被分配到一所小学当老师，多少有些不好意思吧；又或许是那时他正和学校一位体育老师谈恋爱，两人一起出现在剧场里，不大愿意让我看见。但是，他对于我的帮助，特别是他的朗诵、他的录音机，还是让我很感念的。可以说，没有他的朗诵，没有他的录音机，我不会痴迷星期天朗诵会。

星期天朗诵会，让我认识诗歌，迷恋诗歌，让我见识了诗歌和生活以及大众的关系，也偷偷地学着写诗，从而更加喜欢文学。在文学这条芬芳的小路上，年轻的时候，谁没有迷恋过诗歌盛开在小路两边和深处那些星星点点的花朵呢？更何况，星期天朗诵会盛行的时候，正是我读高一和高二的两年，对求知欲的渴望、对新鲜事物的好奇和憧憬，如同一株小树，不管是天上的雨水，还是地上的露珠，都要如饥似渴地吸吮。

5

初一第二个学期，开春一天乍暖还寒的上午，我生病发烧，没有去上学，在家中倚被窝子。弟弟上学，爸爸上班，妈妈出去买菜，屋里只剩下我一个人，显得格外的静，静得能听得见我自己怦怦的心跳。

上午的阳光，在纸窗上跳跃，变化着奇怪的图案。翻来覆去在床上折饼，怎么也睡不着。不知为什么，我从床上爬了起来，找到妈妈的针线笸箩，从里面拿起一把剪刀。

那一刻，我想自杀。

一直到现在，我都弄不明白，这个自杀的念头，是谋划好久的，还是一时兴起？我也不清楚，我为什么突然想自杀。是心血来潮？是孩童时代心理茫然的无知？是对未来恍惚无着的错乱？还是想念死去多年的母亲和远走内蒙古的姐姐？或是饥荒的年月总是饿肚子？或是因父亲参加过国民党而给我带来比生活的拮据更可怕的出身的压抑？

也许，别人会觉得非常可笑，但当时，自杀，对于我是大事，我确实是郑重其事的，没有把它当作儿戏。

我把用省下的早点钱买的仅有的几本书，从鞋箱里（那时，我家没有书架，只有这么一个小小的两层放鞋的鞋箱）拿了出来，整整齐齐地放在桌子上。那是我最为珍贵的东西，被我视作唯一的“遗物”。

然后，我写下一封给爸爸、妈妈、姐姐、弟弟的遗书，也郑重其事地压在书下，露出纸页长长的一角，好让他们一回家就能看到。纸很轻，很软，飘飘忽忽的，如弯曲游动的蛇一样，一直垂落到桌下。

我拿起剪刀准备自杀，但我不知道该往哪儿下手。往自己的脖子上？还是往胳膊上？还是心脏？在犹豫时——也许是害怕——我忽然抬头看见了墙上贴着的一幅年画，是爸爸过年时新买的。画中一位穿着黑色旗袍的年轻母亲，肩膀上驮着一个穿着蓝色裙子的小姑娘。小姑娘的手里高举着一朵很小的红花。母女四周簇拥着的是一片紫色玫瑰花的海洋。阳光透进窗户，打在墙上，正明亮地落满在她们母女的身上。

在那个时代，年画上出现的人物，大多是工农兵的形象，很少能见到有这样面容清秀、身材玲珑的女人，比老式月份牌上的女人还要漂亮，还要现代。这应该是资本家的少奶奶，或知识分子家庭的小家碧玉。她的衣领中间，居然还戴着一枚镶着金边的墨绿色宝石，更是那个时代很少会在年画上出现的。她可以拿一本红宝书，戴一枚领袖头像的纪念章，但怎么可以戴一枚这么醒目的绿宝石！是传说中的祖母绿吗？

这幅年画，从过年就一直贴在我家的间壁墙上。我很喜欢，每次看，心里都有一种异样的感觉。这种异样的感觉，是和在外面看到的事物不一样的感觉。而且，还有一种隐隐的爱在心里悄悄地涌动，常常暗想，如果她就是我的妈妈，是我的老师，该多好！或者，是我的姐姐也好啊，那样就可以天天陪着我了！

就在看到年画的那一刻，我觉得年画上这个漂亮的女人，还有那个可爱的小姑娘，似乎正在看着我，看着我手里的剪刀。

我的手像被烫了一下。我放下了剪刀。

我忽然为自己的一时软弱而羞愧。

是那个漂亮的母亲，那个可爱的小姑娘，救了我。一直到现在，我也无法捋清楚那一刻我的心理为什么会有这样逆转的变化。以现在时过境迁后的认识来看，美是可以拯救人的。这个世界存在再多的丑恶，再多的不如意，再多的压抑，再多的悲痛欲绝，只要还有哪怕一点点美的存在，为了那一点点的美，也是值得活下去的。它就像凌晨天边那一抹鱼肚白或玫瑰红的晨曦，虽然微弱，但不用多久，就会带来满天朝霞。

我把剪刀放回妈妈的针线笸箩里。

我把桌子上的那几本书放回鞋箱里。

我把那封可笑的“遗书”撕碎，丢进火炉里，看着它们迸溅火星，烧成灰烬。

我重新躺进被窝里，吞下一片退烧的药片，用被子蒙上头，浑身出汗，迷迷糊糊地睡着了。

过去了将近60年，一直到现在，如同悔其少作一般，我从来没敢对别人讲过这桩少年往事。

有的往事，你以为自己早已经忘却，甚至以为忘得一点儿影子都没有了，其实，它们只是暂时睡着了，像蹲仓的熊，即使经过漫长的冬季，冬眠之后还是会苏醒过来，从黑暗、幽深的树洞里爬出来；或者像冻僵后的蛇，冰雪融化之后，依然会吐着尖锐的信子，咬噬你的心。

读高中的时候，我知道了曾经贴在我家墙上那幅漂亮的年画是画家画的。有一次，在中国美术馆的一次画展中，我意外看见了哈琼文这幅年画的原作。如同他乡遇故知一般，我的心里漾出一股难以言说的感动，甚至激动，站在那里看着，久久未动。少年时代的往事，悄悄地划过心头。

画面上的那位母亲，还是那么漂亮。

她只有活在画的上面，才会永远那么漂亮。

画面上的那位母亲，还是那么年轻。

她只有活在画的上面，才会永远那么年轻。

可以说，这是美术对我最早的启蒙。我就是从这幅年画中认识到美术作品原来有这样的魅力，不仅可以直接进入你成长的生命之中，还可以滋润并丰富你浅薄、幼稚的心灵和精神。从此以后我喜爱上了美术，无论在国内还是国外，只要到了陌生的城市，都要看那里的美术馆，并且自己也因此开始学习画画，一直到前些年为《蓝调城南》《印第安纳笔记》《戏边草》《咫尺天涯》等好多书配上自己的画，还在《腾讯大家》开设了美术专栏，由广东教育出版社出版了《我的美术漫记》，由北京大学出版社出版了《艺术地生活》。

应该说，上面所讲的一切，无论童年经历了母亲的去世和姐姐离家远走后自己孤独的幻想，还是大院里演节目，少年宫里讲故事，星期天朗诵会，一直到在幼稚、可笑的生死之间艺术的启蒙，文学这一狐媚一般的东西，就是在这样的懵懵懂懂中，影影绰绰向我一步步走来的。如果说一个人可以成为作家，那么，这一切应该是写作之前的铺垫和准备。

第二章　读书的准备

1

王老师是我们班语文课的代课老师。虽然已经过去 60 多年，我还清楚记得他的名字叫王继皋。

小学四年级，我们的语文任课老师病了，学校找他来代课。他第一次出现在教室门口，全班同学好奇的目光，像聚光灯一样集中在他的身上。他梳着一个油光锃亮并高耸起来的分头，穿着笔挺的西装裤子，白衬衣塞在裤子里面，很精神的打扮。关键是脚底下穿着一双格外打眼的皮鞋，古铜色，鳄鱼皮，镂空，露着好多花纹编织的眼儿。

从此，王老师在我们学校以时髦而著称，常引来一些老师的侧目，尤其是那些老派的老师不大满意，私下里议论：校长怎么把这样一位老师给弄进学校来，这不是误人子弟嘛！

显然，我们的校长很喜欢王老师。因为他有才华。王老师确实有才华。王老师的语文课，和原来的语文老师教课最大的不一样是，他每一节课都要留下十多分钟的时间，为我们朗读一段课外书。这些书都是他事先准备好带来的，他从书中摘出一段，读给我们听。书中的内容，我都记不清楚了，但每一次朗读，都让我入迷。这些和语文课本不一样的内容，带给我很多新鲜感，让我充满好奇和向往。

不知别的同学感觉如何，我听他朗读，总觉得像是从电台里传出来的声音，经过了电波的作用，有种奇异的效果。那时候，电台里常有小说连播和广播剧，我觉得他的声音，有点像电台广播里常出现的董行佶的声音。

王老师朗读的声音非常好听，他的嗓音略带沙哑，用现在的话说，是带有磁性。而且，他朗读的时候非常投入，不管底下的同学有什么反应，他都沉浸其中，声情并茂，忘乎所以。有时候，同学们听得入迷，教室里安静得很，他的声音在教室里如同水波一样有韵律地荡漾。有时候，同学们听不大懂，有调皮的同学开始不安分，故意发出怪声，或成心把铅笔盒弄到地上。他依旧朗读他的，沉浸在书中的世界里，也是他自己的世界里。

王老师的板书很好看，起码对于我来说，他是我见过的字写得最好看的一位老师。他头一天给我们上课，介绍自己名字的时候，转身用粉笔在黑板上写下了“王继皋”三个大字，我就觉得特别好看。我不懂书法，只觉得他的字写得既不是龙飞凤舞的样子，也不是教我们大字课的老师那种毛笔楷书一本正经的样子，比我们学校字写得最好的同学黄德智的字要潇洒很多。没错，他的字带有潇洒的劲头儿。

我从没有描过红模子，也从来没有模仿过谁的字，但是，不知不觉地模仿起王老师的字来了。起初，是上课记笔记时，我看着他在黑板上写的字，照葫芦画瓢。后来，渐渐地形成了习惯，写作文、记日记，都不自觉地模仿王老师的字。这个习惯一直延续到我读中学，即使到现在，我的字迹，依然存在着王老师的字抹不去的影子。这真是件非常奇怪的事情，一个人对你的影响，竟然可以通过字绵延那么长的时间。

不仅字写得好看，王老师人长得也好看。我一直觉得他有些像当时的电影明星冯喆。那时候，刚看完《南征北战》，觉得特别像，同学们也都不住点头，也说是像，真像。后来，我又看了《羊城暗哨》和《桃花扇》，更觉得他和冯喆实在是太像了。这一发现，让我暗暗有些激动，特别想对王老师讲，但没敢讲。当时年龄太小，师道尊严，拉开了距离。其实，现在想想，王老师当时的年龄并不大，应该不到 30 岁。

王老师给我留下最深的印象，是好几次讲完课文后留下来的那十多分钟，他没有给我们读课外书，而是教我们唱歌。他自己先把歌给我们唱了一遍，唱得十分好听。教我们音乐课的汪老师唱得就很好听了，他比汪老师唱得还要好听，特别是他有汪老师没有的那种沙哑的嗓音，因此显得格外浑厚，他唱得也充满深情。全班同学听他唱歌，比听他朗诵还要专注，连那几个平时调皮捣蛋的同学，也抱着脑袋听得入迷。

不知道别的同学是否还记得，我到现在仍记忆犹新。王老师教我们唱的歌叫作《远航归来》。我到现在还清楚地记得每一句歌词：

祖国的河山遥遥在望，
祖国的炊烟招手唤儿郎。
秀丽的海岸绵延万里，
银色的浪花也叫人感到亲切甜香。
祖国，我们远航归来了，
祖国，我们的亲娘！
当我们回到你的怀抱，
火热的心又飞向海洋……

这首歌不是儿童歌曲，但抒情的味道很浓，我们很喜欢唱，好像唱大人的歌，我们也长大了好多。全班一起合唱的响亮声音传出教室，引来好多老师，都奇怪怎么语文课唱起歌来了。

一连好几次的语文课上，王老师都教我们唱这首歌。每一次唱的时候我都很激动，仿佛真的像一名水兵远航归来，尽管那时我连海都没有见过，但觉得秀丽的海岸和银色的浪花就在身边。我也发现，每一次唱这首歌的时候，王老师都比我还要激动，眼睛亮亮的，好像在看好远好远的地方。

没有想到，王老师教完我们这首歌没几天，就离开了学校。那时候，我还天真地想，王老师教课这么受我们学生的欢迎，校长又那么喜欢他，兴许时间一长，他就可以留在学校里，当一名正式的老师。

我们的语文任课老师张老师病好了，重新回来教我们。王老师在课上，没有说一句告别的话，甚至没有流露出就要不教我们的意思，就和我们任课老师完成了交接班的程序。甚至根本不需要什么程序，像一阵风吹来了，又吹过去了，了无痕迹。那一天上语文课，忽然看见站在教室门前的是我们的任课老师，不再是王老师，心里忽然像是被闪了一下，有点儿怅然若失。

那时，我们都还是孩子，王老师没有必要将他的人生感悟对我们讲。我总会想，王老师那么有才华，为什么只是一名代课老师呢？短暂的代课之后，他又会去做什么呢？我还太小，无法想象，也没有什么能为王老师担忧的，只是觉得有些遗憾。但是，时过境迁之后，越来越知道了世事沧桑和人生况味，对王老师的想象在膨胀，便对王老师越发怀念。在当时，王老师每节课最后为我们朗读的那些文章，印象至深，他为我打开一扇新的窗，吹进新的风，让我知道，原来还有那么多好的文章，是在语文课本之外的，是我没有读过的。我有一种渴望，想去找到它们，读到它们。

2

就是从王老师离开我们学校开始，我第一次想要自己买本课外书来读。以前，爸爸给我买的《小朋友》和《儿童时代》，都是有很多插图的书，是小孩子看的画书。那时候，大孩子要看的是那种插图为辅、绝大部分是字的书，我们称之为“字书”。我想买字书。

我第一次买的课外书，就是我想要的字书，是一本杂志。在家对面的邮局里，花一角七分钱，买了一本《少年文艺》。那时候，邮局里的架子上摆着好多杂志，不知为什么，我选中了它。或许因为上面有“少年”二字，觉得和自己更亲近。

于是，我每月都到邮局里买《少年文艺》。

其中有很多作家的作品，比如王愿坚的《小游击队员》、刘绍棠的《瓜棚记》、王路遥的《小星星》……其中美国作家马尔兹写的一篇小说，名字叫《马戏团来到了镇上》，给我留下的印象最深刻；直到现在，作家和小说的名字还能记得这样清楚，就是因为小说真的特别吸引人，让我怎么也忘不了：小镇上第一次来了一个马戏团，两个来自农村的穷孩子从来没看过马戏，非常想看，从村子里赶到了镇上，才知道看马戏得买票入场，可是他们没有钱。别人告诉他们，帮着马戏团搬运东西，可以换来入场券，他们搬了一天的椅子和道具，晚上就坐在看台上，而当马戏开始的时候，他们却累得睡着了。

这是我读的第一篇外国小说，同在《少年文艺》上看到的中国小说似乎不完全一样，它的故事情节不复杂，而是集中在一件小事上：两个孩子渴望看马戏却最终没有看成。这样的故事，让我感到格外异样。它在我心中引起的是一种莫名的惆怅，一种夹杂在美好与痛楚之间忧郁的感觉，随着两个和我差不多大的孩子睡着而弥漫起来。应该承认，马尔兹是我文学入门的第一位老师。

一直到现在，60 多年过去了，记忆还是那样的清晰，马戏团第一个节目开始了，两个小丑出场了，两个孩子却睡着了。

那时候，北京东单体育场有一座用帆布搭起的马戏棚，里面正演出马戏。坐在那里的时候，我想起了马尔兹的这篇小说，小说结尾为什么非要让两个和我差不多大的孩子累得睡着了呢？但是，如果真的让他们看到了马戏，我还会有这样的感觉吗？我还会爱上文学并开始对它心驰神往吗？

也就是从那时候开始，我特别想看看以前没有买到的《少年文艺》，我在前门和西单旧书店买到了一部分，余下没有看过的各期，我特意到国子监的首都图书馆借到了它们。渴望看完全部的《少年文艺》，成了那时候的蠢蠢欲动。那些个星期天的下午，无论刮风还是下雨，准时到国子监的首都图书馆借阅《少年文艺》的情景，至今记忆犹新。特别是到了春天的时候，国子监杨柳依依，柳树在春雨中拂动着鹅黄色枝条的样子，仿佛就在眼前。这样的日子，一直延续到我初中毕业，我看完了所有的《少年文艺》，并一直买到它在“文化大革命”中停刊的最后一期。

少年时的阅读情怀，总是带着难忘的心情和想象，它对你的影响是一生的，是深远的。即便有些文章我并没有看懂，只有一些似是而非的印象和感动，但它给予我的温馨和美感，以及善感和敏感，是无可取代的。我常想，日后长大当然可以再来阅读这些书籍，但所有的感觉和吸收程度是不一样的。阅读和生命的成长一样，都是一次性的，无法弥补。一切可以从头再来，只是一时安慰自己的童话。

第一本书的作用力竟然这样大，像是一艘神奇的小船，不知不觉并且无可抗拒地载我驶向意想不到的地方。

3

升入中学，仿佛一下长大许多。我考入的汇文中学，是我们那一片最好的中学，它是一所男校，是当时北京市的十大重点中学之一。它最早是用庚子赔款建立起来的一所教会学校，至今已经有 149 年的历史。我报到的时候，还在汇文老校，老校在崇文门内。印象最深的是，有一则汇文校训的醒目牌子，是当年蔡元培先生题写的手书："好学近乎智，力行近乎仁，知耻近乎勇。"

在这所读书氛围浓厚的校园里学习，无形中增添了我对书的渴望。我发现很多书都没有读过，我还发现很多同学比我读得多。我就像高尔基所说的，像一个饥饿的孩子，扑在面包上一样，扑在书上。我渴望读更多的书。

初一开学不久，我从同学那里借到一本《千家诗》。那是清末民初线装的老版本，发黄的纸张很薄、很脆，每一页的上方，都有一幅老版的木刻画。我第一次读到那么多的古诗，很小心地一页页翻阅，生怕把书的纸张弄坏。因为书要还给同学，心里恋恋不舍，便在写作业的田格本上，把全书的每一首诗都抄录下来，就这样抄录了好几本。

抄书，成了我的一种习惯，正像大人们说的那样：买书不如借书，借书不如抄书。我抄录的第二本书，是胡云翼编的《宋词选》，不是全部，是其中的一部分。这本书是我自己买的，不用还，我抄录是为了背诵。

有好长一段时间，我是走路上学，这样每月可以节省两元的公交车月票钱。那时，爸爸每月给我三元的零花钱，如果花去两元的公交车月票钱，我就只剩下一元钱了。这样节省下来的两元钱，可以买书，或者看电影。

从家到学校要走半小时。这半个小时足够我把一首宋词背下来了。因此，每天早晨上学之前，我会在一张纸条上抄录一首宋词，揣在衣袋里，一路走一路背。当我背诵卡壳的时候，掏出来看看，再接着背诵。我不是那种过目不忘的人，但我相信只要下苦功夫，就可以铁杵磨成针。

“无可奈何花落去，似曾相识燕归来，小园香径独徘徊。”（晏殊《浣溪沙》）

“舞低杨柳楼心月，歌尽桃花扇底风。”（晏几道《鹧鸪天》）

“会挽雕弓如满月，西北望，射天狼。”（苏轼《江城子》）

“天涯也有江南信，梅破知春近。”（黄庭坚《虞美人》）

“无奈归心，暗随流水到天涯。”（秦观《望海潮》）

“九万里风鹏正举。风休住，蓬舟吹取三山去！”（李清照《渔家傲》）

…………

许多美妙无比的宋词，都是在上学的路上背诵下来的。有这些宋词相伴，那些日子真是惬意得很。我将一张张抄满宋词的小纸条揣在衣袋里，沉醉在悠悠宋朝的春风秋雨与落花流水之中，身旁闪过车水马龙喧嚣的街景，便都熟视无睹，或都幻作宋代的勾栏瓦舍、草木风雨。半个小时的路程，便显得短了许多，也轻快了许多。

少年不识愁滋味，正是不知天高地厚的年龄，可能是青春期的逆反心理作怪，偏偏不喜胡云翼先生在前言里推崇的柳永、周邦彦。胡先生高度评价“北宋词到柳永而一变”，又极其赞美说周邦彦是“以高度形式格律化被称为‘集大成’的词人”，我不以为然，以为柳永的词有些啰唆、直白，周邦彦的词又太文绉绉，有些雕琢。那时，我就是这样自以为是。那时，我喜欢辛弃疾，喜欢秦观；喜欢辛弃疾的阳刚之气，喜欢秦观的阴柔之美。

秦观的《鹊桥仙》和《踏莎行》有精美的意象和朴素的词句，

传达了人类共同拥有的感情。那时我背得滚瓜烂熟，“金风玉露一相逢，便胜却人间无数”“两情若是长久时，又岂在朝朝暮暮”“雾失楼台，月迷津渡，桃源望断无寻处”……即使到现在依然记忆犹新。

辛弃疾的许多词句，令我的心怦然而动。“落日楼头，断鸿声里，江南游子，把吴钩看了，栏杆拍遍，无人会，登临意”“斫去桂婆娑，人道是清光更多”“青山遮不住，毕竟东流去”“闲愁最苦，休去倚危栏，斜阳正在烟柳断肠处”“江头未是风波恶，别有人间行路难”“醉里挑灯看剑，梦回吹角连营。八百里分麾下炙，五十弦翻塞外声，沙场秋点兵”“何处望神州，满眼风光北固楼。千古兴亡多少事，悠悠，不尽长江滚滚流”……

不用说，辛弃疾的这些词句，染上了一个初中二年级学生心中向往和想象的色彩，和辛弃疾一起登上建康赏心亭、赣州造口壁、京口北固楼，以及带湖的那轩窗临水、小舟行钓、春可观梅、秋可餐菊的稼轩新居。那种词句和心境合二为一的情景，大概只有在那种年龄读书时才会拥有。那些妙不可言的词句，刻在青春的轨迹上，到现在也难以磨灭。

其实，当时有好多词并没有读懂，以一个少年的心情触摸老年的心事，难免雾中看花。但那种读书、抄书、背书的情景，让我难忘。抄录并背诵这些古诗词，对于语文考试没有太大用处，老师和家长也从来不会检查这些。但是，它们对我的帮助与作用，是日后长大了才显现出来的。它们给予我的营养，存在于生命成长的情感与血液里。

4

少年时代读过的书，大多不在了，不是遗失，就是丢弃。留存下来的，只有很少几本，《李白选集》和《杜甫选集》是其中两本，初二时买的，一本一元五分，一本七角五分。

现在翻看这两本被雨水打湿留下水渍印迹和被岁月染得发黄的书页，还能清晰地看到当年一个初二学生读它们时的心迹，虽然是那么的幼稚，却是那么的清纯。在这两本书上，那些被我用天蓝色墨水笔画下曲线的诗句，还有我写下的自以为是的点评，都让我感慨不已。它们并不让我感到可笑，反是让我格外感动，因为自那以后读书再没有那样纯净、透明的心境了，清澈得如同没有一点杂质的清水。

在李白的《横江词》里，我在这样三句诗下画了曲线："一风三日吹倒山""一水牵愁万里长""涛似连天喷雪来"。一句写风，一句写水，一句写浪，三句用的都是夸张的修辞方法，但一句是直接夸张成将山吹倒；一句则用拟人，如手一般将愁牵来；一句则用比喻，把浪涛涌来比成喷雪。同样是夸张，意味不同。

和那样年纪的孩子一样，我对诗的内容往往是忽略不计的，感兴趣的是词，希望学到好词汇，就像愿意穿漂亮的新衣裳一样，希望把这些好词用在自己的作文中。在《登太白峰》里，我是在"举手可近月，前行若无山"下画了曲线。一样，还是夸张的好词。

在《夏十二登岳阳楼》里，我画下这样一句："雁引愁心去，山衔好月来"。这一句，我记忆最深，不仅因为对仗工整，每一个词用得都恰如其分，又恰到好处，一个"雁去"，一个"月来"，画面如此清晰；一个“引”字，一个“衔”字，动词用得生动别致。更重要的是，这句诗给我一个启发：忧愁也好，苦闷也罢，一切不如意的，都会过去，而美好总还会存在和到来的。我就是这样鼓励自己的。

在《侠客行》里，我画线的诗句是“三杯吐然诺，五岳倒为轻”，是我自己真心的向往，将诺言作为吐出的唾沫钉天的星，是那时的一种情怀，也是追求的一种境界。

最喜欢的李白的诗，还是《寄东鲁二稚子》。在这首诗里，我在好几句诗下画了线：“南风吹我心，飞坠酒楼前。楼东一株桃，枝叶拂青烟。此树我所种，别来向三年……”我还特别在“向”字上画了圆圈，旁边注上了一个字——“近”。这是李白想念他的两个孩子的诗，写得朴素而情真。我开始明白了，好词不是唯一，感情的真切才是重要的。

在《翰林读书言怀称集贤诸学士》里，我画下这样一句：“片言苟会心，掩卷忽而笑”。这便是那时读李白诗时真实的写照了。那时读书真的能够给予自己那么多会心的欢乐。

对于杜甫，少年时是理解不了的。虽然课堂上学过《石壕吏》，但不认为那就是杜甫最好的诗篇。在这本《杜甫选集》里，《北征》等长诗有详细的注音、注解，但印象并不深，不深的原因是不懂，也不能要求一个十几岁的少年懂得那时沉郁、沧桑的杜甫。

印象深的，还是杜甫对于感情的表达很真切的那些诗。《后出塞》中“战伐有功业，焉能守旧丘”；《月夜忆舍弟》中“露从今夜白，月是故乡明”；《彭衙行》中“谁肯艰难际，豁达露心肝”；《登高》中“无边落木萧萧下，不尽长江滚滚来”……这些句子下面，都被我画下了曲线。“战伐有功业，焉能守旧丘”和“谁肯艰难际，豁达露心肝”，将心情表达得直白、明确，却能够那样让人感动；“露从今夜白，月是故乡明”和“无边落木萧萧下，不尽长江滚滚来”，则是那样情景交融，将最平常的景物，书写得那样广阔和富有哲理。

也在《梦李白》中的“冠盖满京华，斯人独憔悴”下画了线，但实际上是似懂非懂的，只不过那时读了冰心的小说，其中一篇题目是《斯人独憔悴》而已。

杜甫诗中最难忘的，是《赠卫八处士》。那时全诗背诵过，但也未见得真正读懂。逐渐明白其中的含义，应该是在以后的日子里，特别是到了北大荒插队，有了一些人生的颠簸和经历过朋友的星云流散之后，才多少明白一点儿“人生不相见，动如参与商”“夜雨剪春韭，新炊间黄粱，主称见面难，一醉累十觞”的意思。而“访旧半为鬼，惊呼热中肠”，则更是在后来，面对许多亲人相继离去的情景。“明日隔山岳，世事两茫茫”，是那一阵子我心里常有伤怀感时的感慨。但我要感谢少年之时读过且背过这首诗，让我在日后抒发心情的时候，找到了对应的寄托，那不仅是诗的寄托，更是民族古老情怀和血脉的延续和承继。

有意思的是，在这本《杜甫选集》里，夹着一小页已经发黄的纸，上面开始用红墨水笔写着写着，没墨水了，接着用铅笔在纸的正、反两面写下了密密麻麻的小字。是我读孟郊的诗的一些感想。现在回忆起来，大概是上高中的事情了。不知道为什么夹在这里，经历了几十年的岁月，竟然还完整无缺地保存在这里，作为我少年时光曾经存在的物证。应该说，还是要感谢《李白选集》和《杜甫选集》这两本书，因为对唐诗的喜爱，是从这里开始的。可以说，如果没有李白和杜甫，可能没有以后的孟郊。

将这一页抄录如下——

一提起“郊寒岛瘦”来，孟郊的诗可谓是瘦石巉岩，苦吟为多。“万俗皆走圆，一身犹学方”“小人智虑险，平地起太行”的对人世的感慨；以及“去壮无一线，剪怀盈千尺”“触绪无新心，丛悲有余忆”的感叹；几乎在孟郊的诗集中比比皆是。但这样一位苦吟诗人也不乏清新的小诗，脍炙人口、传之于世的。比如“春风得意马蹄疾”“月明直照嵩山雪”，或者是形容那“吹霞弄日光不定，暖得曲身成直身”的炭火。但我以为，更清新的诗似乎被弄掉了。试举一例说明——《游子》一诗四句：“萱草生堂阶，游子行天涯。慈母依堂门，不见萱草花。”艳阳春光，堂前春草，相争而出，然而慈母却都没有看见，因为她看的不是这咫尺之近的萱草花，而是远游未归的游子。从眼前有之物，写出无限之情。

天呀，那时怎么竟是如此自以为是，以为把刚刚从老师那里学到的一点东西搬过来，就可以这样激扬文字、挥斥方遒、指点江山了。

5

在我们汇文中学里，有不少优秀的老师，甚至是奇特的老师。庞老师是其中一位。他人长得很帅，个子高高的，脸庞棱角鲜明。年龄大概四十，在教过我的男老师中，属于英俊的那种。他只在初二教过我一年的数学课，初三的时候，就调到别的学校去了。

虽然教我的时间很短，但是，我对他的印象很深。原因有两点——

一是有一次数学课上，我偷偷看一本《十万个为什么》。我是把书放在抽屉里，书只露出一部分，心想没有把书放在课桌上，老师即便走过来，我立刻把书推进课桌的抽屉里，老师一时也难以发现。谁想到，看得正上瘾呢，身后传来了庞老师的声音："看什么书呢？"不知什么时候，庞老师已站在我的身后，他弯腰从我的手里拿过书，看了看封面，说道，"呃，是《十万个为什么》。是本好书，不过，你现在应该问一问自己第十万零一个为什么，为什么上课要看课外书？"庞老师说完，把书还给我，全班同学都忍不住笑了起来。弄得我臊不答答的，一脸通红。

二是庞老师上课的时候，他的数学课本和备课本下面总放着一本文学书。我偷偷地瞄过几眼，有时是一本《莎士比亚剧作选》，有时是一本《普希金诗选》，有时是一本泰戈尔的《飞鸟集》。有时候，课讲完了，布置课堂作业让我们做，或者发下卷子做小测验，他便搬把椅子，在讲台桌旁坐下来，翻开这些书读，一直读到下课。这让我非常奇怪，一个教数学的老师，居然这么爱看文学书，在我们全校的老师中绝无仅有。

更让我好奇的是，几乎每天上午，庞老师来校都非常早，我只要早早地到校上早自习，总能看到庞老师坐在生物实验室的门前，那里有一条长长的过道，和教室的走廊有一段距离，很安静。我总能看见他在读什么，或者对着窗户背诵什么，一直到第一节课的预备铃响起。我非常好奇，特别想知道他在背诵什么，这么入迷，这么起劲。有一天早晨，我悄悄地走过去，听清了，他在轻声背诵普希金的诗《致大海》。我刚刚读过这首诗，里面的诗句记得很清楚。

原来庞老师也爱普希金。我心里挺佩服他的，想悄悄地离开，生怕打搅了他；可是，已经被他发现。他回过头冲我笑笑，挥着手招呼我过去。他拍拍手里的《普希金诗选》，问我看过这本书吗，我点点头。他说："好！我知道你爱看课外书，这是好事，你看我也看课外书，多看点儿课外书，对你有帮助！"他说话很亲切，我很希望他能对我讲讲读课外书的体会。这时候，第一节课的预备铃响了，我赶紧和他告别，跑去上课了。

庞老师和别的老师不大一样，他真的是一个非常有意思的老师。可惜，他教我的时间太短了。我常常会想起他，但一直没有再见过他。

刚上高一的一个星期天，我去天安门旁边的劳动人民文化宫。那时，文化宫刚进门往东一拐，有一个古木修竹掩映的小院，几间宫殿式红墙绿瓦的建筑，便是图书馆的阅览室。我家离那里很近，上了中学之后，我常常会到那里借书看，或者在那里复习功课，通常会待上半天，待到饭点儿，回家吃饭。

那个星期天的上午，我在阅览室里只看了不到半个小时的书，椅子上像长了蒺藜狗子，坐不住了，书上的字变得模糊起来，怎么也集中不了我的目光。我不想再看书了，还了书，走出了文化宫，走到大栅栏的同乐电影院，看了一场电影。那时看场电影，学生票只要五分钱。我记得很清楚，那天看的是根据陀思妥耶夫斯基的小说《白痴》改编的电影，说实在的，根本没有看懂，却莫名其妙觉得挺有意思的，比枯坐在阅览室看书轻松了许多。

从电影院走出来，走出大栅栏，走到鲜鱼口，迎面碰见了一个人，觉得非常面熟。四目相对，他一下叫出我的名字："是你，肖复兴！"我也认出了，是庞老师！一年多没见了，突然街头相遇，让我有些激动。

他问我在高一几班，又问我这一年多学习成绩怎么样，还问我课外书都看了什么。然后，他笑眯眯地对我说："你给我的印象很深呀！"这句话说的，生怕他会接着说起上课看《十万个为什么》的事情，我赶紧低下头，看见他的书包里塞满了书，忙打岔问道："这么多书呀，您这是要去图书馆还书吗？"

他点点头，顺手从书包里拿出一本书，是《古文观止》，问我："这本书你看过吗？"我羞愧地摇摇头。他又拿出一本书，是袁鹰的《风帆》，接着问我："这本你看过吗？"这本我看过，赶忙点点头，找补回一点儿颜面。

看着庞老师这满满的一书包书，我的心里忽然有些惭愧，刚才在文化宫图书馆的阅览室里，只待了不到半个小时就坐不住了，就跑出来看电影了，而庞老师却看了这么多的书。

庞老师问我："你这是到哪里去了？"

我不敢回答是看电影了，慌不择词，反问起他来了："庞老师，有一个问题一直想问您，您教数学，为什么那么爱看文学书？记得您给我们上课的时候，数学课本下面总放着一本文学书。"

庞老师笑了："现在我这个习惯也没变呀。"然后对我说，"对了，你现在正是读书的好时候，要利用时间多读些书，中国的、外国的、现代的、古典的……"分别的时候，他对我说："有时间找我玩，我就住在学校里。”

过去了五十多年，我常常会想起庞老师。高一刚开学的那个秋天的上午，庞老师的身影，总还在眼前浮现；他对我说过的要利用时间多读书的话，还是那么清晰地在耳畔回响。

有些人，有些事，尽管结识和经过的时间都不长，甚至只是匆匆一闪，却真的让我很难忘记。他和它不仅刻进了我的记忆里，更是刻进了我生命的年轮里。

6

少年读书，多少都有些盲目。那时候，所知甚少，偶然间遇见的一本书，如果你恰巧喜欢，这本书会像是你步入林子拾得的一株仙草，让你遐思幽幽，产生只有那个年龄才会有的似是而非的幻觉，其作用可能远远超出这本书，甚至会影响你的一生。

初一那年的春天，我偶然读到一本书，是儿童文学作家任大霖的《蟋蟀及其他》。那时候，正是“三年困难时期”，书里面的纸张很糙、很黄、很薄，但这本书很吸引我，尤其是其中《渡口》和《打赌》两篇，很让我入迷。

这么多年过去了，我依然还能记得当年读完《渡口》和《打赌》时的情景：落日的黄昏，寂寥的大院，一丝带有惆怅的心绪，随晚雾与丁香花香轻轻飘散。

我曾经将这两篇文章全文抄录在我的笔记本上，并推荐给我的好多同学看。至今我依然可以完整无缺地讲述这两个故事。

小哥俩吵架，哥哥一气之下离家出走，弟弟一直在渡口等哥哥回家，为看得远些，弟弟爬到了一棵榆树上。傍晚的渡口是多么荒凉，等到了半夜，弟弟睡着了，哥哥回来了，听见哥哥叫自己，弟弟一下子从一人多高的榆树上跳下来，吵架后的重逢，兄弟亲情才分外浓郁。任大霖说："渡口有些悲怆。"这是只有亲身经历亲情碰撞的人，才会感到的悲怆。后来，我知道任大霖先生确实有个哥哥，叫任大星，也是一位作家，他写的小说《野妹子》我也读过。我曾经悄悄地猜想，任大霖先生在《渡口》里写的哥哥，会不会就是任大星呀？

和伙伴打赌，敢不敢到乱坟岗子摘一朵龙爪花。"我"去了，走在夜色漆黑的半路上怕了，从夜娇娇花丛中钻出一个小姑娘杏枝，手里拿着装有半瓶萤火虫的玻璃瓶，陪"我"夜闯乱坟岗子。打赌胜利了，伙伴讽刺"我"有人陪，不算本事，唱起"夫妻两家头，吃颗蚕豆头，碰碰额角头"，嘲笑"我"。于是，又打了一次赌：敢不敢打杏枝。为证明自己不是和杏枝好，"我"竟然打了杏枝。这件在孩提时代容易发生的事，被他写得那样委婉有致。美和美被破坏后的怅然若失，让我和小说里的"我"一起，总会想起杏枝的哭声。小说的最后一节，写得最为精彩，多年过后，杏枝已经成为生产队队长，"我"回故乡，没有见到她，见到了她的哥哥长水，说起童年打赌的事，她哥哥摇头说完全不记得了，"我想这不是真话，一定是长水怕难为情，不想谈它"。成年和童年的对比，完全是两幅画，成年如果是写实的工笔，童年则是梦幻般的写意。

现在想想，《渡口》和《打赌》弥漫着的都是对天真童年远去的无比怀念和一丝淡淡的忧郁。文学最初留给我的印象，不是那个时代流行的峨冠博带的赞美诗，也不是故意蹲下身子假装如孩子一般矮小而故作姿态的儿童文学。它显得有些布衣褴褛，是匍匐在地上的行吟。

怎么也忘不了那两个故事，即使到现在，仍觉得是任大霖先生写得最好的作品。正是因为看到这本《蟋蟀及其他》，看到了《渡口》和《打赌》这样两篇小说，以至于后来从《收获》杂志上找到了他写的《童年时代的朋友》全部文章，便深深地记住了任大霖这个名字。在我寂寞、贫寒的童年，任大霖先生的作品曾陪伴我，我便私下觉得在心里和他交往许久许久，好像他是我的一个少年时代相知的老朋友。

我喜欢任大霖先生这样细腻的写实，梦幻般的写意，淡淡忧郁的调子。中学时代，我买了任大霖先生当时的全部著作，包括他的《山冈上的星》、他薄薄的单行本《小茶碗变成大脸盆》《我的朋友容容》和他的儿童诗集《我们院子里的朋友》。

我不知别人如何评价任大霖先生的作品，对于我，这样一个作家的作品从初一一直陪伴到我高中毕业，如影相随，如风相拂，实在是难得而美好的回忆。

就是从那时候，我悄悄地萌生出长大以后想当一名作家的愿望，尽管对谁也没敢说，但这个愿望还是非常强烈的。当时，是有当一名儿童文学作家的念头，心想那该是一桩多么美好的事，就像任大霖先生一样。那时候，我觉得儿童文学作家是作家中最高级的，也是最难实现的。

就是从那时候开始，作家出版社每年出版的一本年度的儿童文学选集，我都会买下；我还特别在旧书店里买了一本《1919 年—1949 年儿童文学选集》，还有一本蒋风编的《鲁迅论儿童教育和儿童文学》。这些书成为我中学时代的珍藏，成为我学习儿童文学写作的红模子。

我也曾经悄悄地写过几篇东西，完全是模仿任大霖先生写自己的童年回忆、写自己的兄弟、写童年的杏枝。

读高中时，中国少年儿童出版社的《儿童文学》杂志创刊，我在上面陆续读到任大霖先生的《白石榴花》《戏迷四太婆》等文章，觉得比以前的作品更加精致。其中，《白石榴花》我非常喜欢，曾经全文抄录过。

这篇小说写了这样一个故事："我"的童年小伙伴虎根的哥哥得了重病，大夫开的中药里需要一味白石榴花。在乡间，红石榴花到处都是，白石榴花却很难找，只有地主卜家占地十亩的大花园里有。可是，看花园的花匠花大伯是一个非常厉害的孤老头，他还有一条更厉害的叫作"牡丹"的大黄狗。"我"和虎根以前翻墙进花园偷桃吃，花大伯放狗来追，"牡丹"差点儿咬到"我"。为了虎根哥哥的病，"我"和虎根还是趁着夜色翻墙进了卜家花园。不幸被花大伯和"牡丹"发现了。花大伯非常愤怒，冲两个小孩子骂道："上次你们偷桃吃，我就没有说什么，以为小孩子嘴馋。现在你们偷白石榴花干什么？白石榴花也能吃吗？你们这是存心和我这个老头子过不去！"说着，就要拿绳子捆"我们"。"我"和虎根纷纷说要捆就捆自己吧，偷白石榴花的主意是自己出的。在小哥俩义气的争说中，"我"情急之下说出实情："捆'我'吧，放了他吧，他哥哥正病重！"并说出虎根哥哥的中药中必须要有白石榴花。花大伯没有捆"我们"，却把"我们"关进小花棚里，让"牡丹"在外面死死地看守着"我们"。小哥俩十分害怕，以为是等天亮了送到地主那里问罪。谁知天蒙蒙亮时，花大伯打开小花棚的门，领着“我们”走出花园的后门，把“我们”推出门外，扔出“我们”的布袋，“砰”的一声，就把门关上了。虎根打开布袋一看，满满一袋白石榴花。

这个故事之所以让我难忘并感动，在于作者对于花大伯这个人物先抑后扬的写法，特别是最后一笔。我以为这个厉害的花大伯要惩罚这小哥俩呢，但是，在不动声色中，让我看到了面严心善的花大伯。

过了很久，我都记得这篇《白石榴花》，曾经情不自禁地对很多人讲过这篇小说。

很多年之后，在北大荒，那年冬天，我在生产队的猪号喂猪，大雪封门，无处可去，借来一本屠格涅夫的《猎人笔记》。看到其中《孤狼》这一篇时，忽然眼睛一亮，高一时候读过并抄录过的任大霖先生的《白石榴花》不请自来，也走到我的眼前。

《孤狼》写的是地主家负责看管森林的守林人，外号叫“孤狼”，也是孤老头。一个暴风雨的夜里，“孤狼”抓到一个偷伐树木的贫苦农民，于是用腰带反绑住这个农民。这个农民不住地向“孤狼”求情，希望“孤狼”放了他，他说实在穷得不行，全家人都饿得受不了，才来伐木。“孤狼”无动于衷，因为放了他，自己就要受到地主的处罚。这个农民不抱希望后，开始破口大骂，“孤狼”依然无动于衷。但是，最后，“孤狼”还是放了他。

看完《孤狼》，我想起了《白石榴花》，它们很相似。最相似的一点是，都以先抑后扬的写法，完成了对人物形象的塑造。相似的还有一点，便是人物关系的设置，《孤狼》里的守林人，和《白石榴花》里看花园的花匠的身份和身世是相似的，他们都是孤寡老人；

偷伐树木的农民和偷白石榴花的小哥俩，也都是贫苦农民，不得已才如此铤而走险的。更加相似的还有结尾，都是以放人戛然而止。

想起《白石榴花》，忍不住想起任大霖先生。尽管那时我从来没有见过他，但他好像是我的至爱亲朋，心里为他隐隐有一丝担心，因为当时那个年月，很多作家被批斗。天远地远，我不知道他的命运如何。

躺在猪号的火炕上，一盏昏黄的马灯下，一种从未有过的感觉，从屠格涅夫到任大霖，从“孤狼”到花大伯，从北大荒到上海……随窗外的纷飞大雪一样弥漫开来。当时，我心里在想，从《孤狼》和《白石榴花》这两篇文章看，任大霖比屠格涅夫处理得更好，好在有了白石榴花。屠格涅夫只是放了人，任大霖却多了满满一布袋白石榴花。白石榴花便成了花大伯善良心地的写照和象征物，让小说有了形象化的回味空间。

我就这样顽固地想，为减少对任大霖先生的担心，也增添对任大霖先生的怀念。

我从未想要见到任大霖先生。我一直认为喜欢一位心仪的作家，看作品比看本人更为重要。喜爱他或她，就认真地读他们的作品，作家生命的气息和情感，便会从书页间扑面而来，与你相通相融。

如果不是 1992 年的春天，我到上海参加一个会议，也许永远不会和任大霖先生见面。那个春天，在岳阳路的普希金像旁，我们一见如故。我向他表示我的敬意，列数一系列他作品的篇目，让他有些惊讶，觉得绝非萍水相逢的即兴之辞。他的温和友善，一如他的作品。他就那么坐在那里，静静地听我讲，说话不多。

我讲了他作品中有浓厚的屠格涅夫《猎人笔记》的影子，比如

《白石榴花》和《孤狼》的相似之处，也讲了不大喜欢他后期一些主题色彩过重的作品。我甚至举了他 20 世纪 60 年代的代表作《在灿烂的星空下》，不如他早期的《童年时代的朋友》那样天然真纯，弥漫着少年独有的一丝淡淡的忧郁调子。《在灿烂的星空下》里，这种调子一下子变为过于明显的明快。《在灿烂的星空下》写了一个江南水乡的少年和一个上海郊区的少年，他们都热爱科学，憧憬生活，两个少年在灿烂的星空下巧妙地衔接。虽然构思巧妙，毕竟看出了人为的痕迹，而让"我"面对美好的星空朗诵"星垂平野阔，月涌大江流"，然后引出少年对星星和月亮的疑问，表达对自然科学的憧憬，也显得有些做作……

他都一一点头。由于真心喜爱他的作品，又是从小留下的深刻印象，便没有刹住闸，一下子讲了那么多。他不怪我，相反显得有些激动。

然后，他站了起来，让我等一会儿。不过一会儿的工夫，他从办公室取来两册厚厚的《任大霖作品选》送给我。我知道书的分量，它们是他一生心血的结晶。那里有他生命的轨迹，也有我少年的梦。

7

我读初中二年级的时候，在当时北京东安市场的旧书店，买了郭风先生的《叶笛集》。这本散文诗集，收录的是郭风先生从 1957 年冬天到 1958 年夏天写下的作品。当时，仅仅花了一角钱。

我很喜欢书中描写的红色的香蕉花、米黄色的荔枝花、月白色的橘子花，以及那"美丽的好像开花的土地"的老榕树、"腊月里蜜蜂还出来采蜜的”的故乡。那些花和那种榕树，当时我都没有见过，郭风先生的描写，让我对那些花和树充满想象和向往。

我还曾经抄过、背过书里面那些散发着豆蔻香味一样的散文诗句：

> 雨点敲打着远处一大群一大群相互依偎的绵羊似的荔枝林，那林梢仿佛在冒着白色的烟雾。
>
> 云絮浮在空中，好像一只蓝酒杯中泛起的泡沫。太阳挂在空中，好像一朵发光的向日葵。
>
> 明媚得好像成熟麦穗的天空。
>
> …………

心想，只有拥有童心的人，才会有这样“鱼鸟皆遂性，草木自吹香”的心性，才会在笔下流淌出这样新颖而明朗的语言，才会有小孩子一般充满奇思妙想的心思：把荔枝林比作相互依偎的绵羊，把云絮比作蓝酒杯中的泡沫，把太阳比作一朵发光的向日葵，把天空比作成熟的麦穗。那样透明、清澈，让少年的我的心里充满花开一般的向往，遥远得犹如一个梦，一个迷蒙的梦。

那一年，我还买到一本署名李冠军的散文集《迟归》。集子中的散文全部写校园生活，里面的学生和我的年龄差不多大，老师和我熟悉的人影叠印重合。至今依然清晰地记得书中第一篇文章《迟归》的开头：“夜，林荫路睡了。”感觉是那样的美，格外迷人。一句普通的拟人句，让一个少年的心里充满纯真的想象和感动。

文章写的是一群下乡劳动的女学生回校时已经是半夜时分，担心校门关上，无法回宿舍睡觉。谁想到校门开了，传达室的老大爷特意在等候她们呢，出门迎接她们时却说："睡不着，出来看看月亮！"女孩子们谢过他后跑进校园，老大爷还站在那里，望着五月的夜空。文章最后一句写道："这老人的心，当真喜欢这奶黄色的月亮？"尽管现在读来，多少有些人为的做作，但传达室的老大爷发自内心对学生的那种良善情感，当时在我的心里漾起感动的涟漪。月亮也可以是奶黄色的，也是我心里第一次涌出的感觉。

已经过去了五十多年，一切却都恍若眼前。那个五月的夜晚，那个奶黄色的月亮，那个传达室的老大爷，营造出一种美好的意境，总会在我的心中浮动。读完这本书，我抄录了包括这篇《迟归》在内的多篇散文。那情景，仿佛就发生在昨天，而抄录的文章，尽管纯蓝色的钢笔墨水痕迹已经变淡，却和记忆一起保存至今。

可以说，无论郭风的《叶笛集》，还是李冠军的《迟归》，都是薄薄不足百页的散文集，却让我着迷，迷上读书，进而成为学习写作的入门。

文学的品种有很多，除散文外，还有诗歌、小说、戏剧、评论等。坦率地说，在中小学阶段，我没有读过我国的四大名著，尽管在高中阶段，我读了很多小说和诗歌，但是，读得更多的还是散文。高中三年，我在学校的图书馆里，几乎找了"五四"时期所有作家的散文选集来读。

在一个孩子最初的阅读阶段，我以为，走出童年的童话阅读，少年时代便是散文阅读。散文，尤其是写孩子的生活或和孩子的生活相关联的散文，它们更容易被孩子接受，因为内容亲近而亲切；它们更容易被孩子吸收，因为篇章短小而精悍。无论是对于培养孩子的阅读和写作能力，还是培养孩子的审美和认知能力，或是提高孩子的表达和交往能力，抑或是提高孩子的智商尤其是情商，散文都具有其他文体所达不到的独特的作用。这一点，是散文独具的魅力和能力。

和其他文体相比，散文没有那么正襟危坐，或故弄玄虚；它不是虚构的，而是真实的；它不是复杂的，而是单纯的；它不是高深的，而是亲近的；就像是作者和你面对面地促膝交流，娓娓谈心。彼此心中缤纷如花的幻想或梦想，流星一闪的感动或感悟，甚至纷乱如云未解的迷茫或困惑，都可以在散文中碰撞、交流、融会贯通。散文是孩子成长路上最亲切、最适宜的伙伴，就像能够照见自己影子的一面镜子，能够量出自己长没长高的一种很有意思的参照物。

人生充满偶然，想起我的少年时代，最初和任大霖、和郭风、和李冠军的邂逅，真的是一种偶然，却也是一种难得的机遇。我常想，如果没有遇到他们，当然，我一样可以长大，但我的少年时代该会是缺少了多么难忘的一段经历。我和他们在作品中激荡起的浪花，是那样的湿润而明亮；撞击出的火花，是那么的璀璨而有趣。那段经历，便洋溢着只有孩子才有的鲜活、生动的气息，其中哪怕是放大的爱恨情愁，乃至少年不知愁滋味，为赋新诗强说愁的叹息和痛苦，都会在他们的文字中找到幽婉的回声；或者说，在他们的文字的吹拂下，让自己的情感变得细微而柔韧、善感而美好。如花一样摇曳生姿，如水一样清澈见底，清纯可爱，活色生香。

从某种程度而言，一个人的成长史就是阅读史。可以这样说，童年属于童话，少年属于散文，青春属于诗和小说。那么，一个孩子独有而重要的少年时代的成长史，其实就是他的散文阅读史。

8

高中的生活，和初中完全不一样。进入高中，仿佛觉得自己一下子长大了，不再如初中那样幼稚，更不像小学生一样是个小屁孩儿了。

高一那年，我买过一本《三月雪》，是作家出版社1958年的初版，里面只有六篇短篇小说，其中最有名也让我最难忘的，是《三月雪》和《玉姑山下的故事》。半个多世纪过去了，居然还保存着当年读这本书时记的笔记，记录着《三月雪》第一节开头："日记本里夹着一枝干枯了的、洁白的花。他轻轻拿起那枝花，凝视着，在他的眼前又浮现出那棵迎着早春飘散着浓郁的香气的三月雪，蓊郁的松树，松林里的烈士墓，三月雪下牺牲的刘云……"

这些颜色已经变淡的笔迹，一下子，带我进入小说所描写的战争年代；同时，也带我进入自己的青春期。那时候，我刚满15岁。

《三月雪》和《玉姑山下的故事》，写的都是战争年代的故事。在20世纪50年代，与同时代战争小说的写法不尽相同。萧平是把战争推向背景，把更多的笔墨放在了战争中的人性和人情上，将战争的残酷和人性中的微妙，有机地调和在一起。浸透着战争的血痕，同时又盛开着浓郁花香的三月雪，可以说是萧平小说显著的意象，或者象征。可谓一半是火，一半是花。

这两篇小说的主角，不是叱咤风云的大人物或英雄，反而都是小姑娘。她们清纯可爱，和残酷而血腥的战争，仿佛有意做着过于鲜明的对比。《三月雪》中，区委书记周浩很喜爱这个聪明伶俐的十一二岁的小姑娘，在离别前，小娟孩子气地和他商量好，骗妈妈说要跟周浩一起走，走了几步，又跑回去告诉了妈妈真相，怕妈妈担心的那一段描写，现在读来还是觉得那样的可亲可爱。

小娟和妈妈在战争中相依为命的感情，是写得最感人的地方。有了这样母女情深的铺垫，妈妈牺牲之后，小娟到三月雪下妈妈的墓前，才格外凄婉动人。“天上变幻着一片彩霞。一只布谷鸟高声叫着从晴空掠过”“墓上已生出一片绿草，墓前小娟亲手栽的幼松也泛出新绿，迎风轻轻摇摆着”。三月雪的花朵、彩霞和绿草、松树连成一片，成为我青春期一幅美丽的图画。

《玉姑山下的故事》中的小姑娘小凤，比小娟大几岁，应该和当初读小说时的我年龄相仿。小凤与小说中的“我”发生的故事，将青春期男女孩之间情窦初开的朦胧感情，写得委婉有致。特别是放在战火硝烟的背景之中，这样的感情如鲜花一样开放，如春水一样流淌，却极易凋零和流逝，便显得格外揪心揪肺。这在当时描写战争的小说中，是难得一见的。其异于当时流行的铁板铜钹而别具一格的阴柔风格，是十分明显的。

四年未见的一对男女，再次见面时，小凤“手扯着一枝梨花，用手一个瓣一个瓣地向下撕扯着”。当初读时就觉得萧平写小姑娘，总不忘用花来做映衬，上一次是用三月雪，这一次是用梨花，足见他对小姑娘的怜爱，也足见他格外愿意以鲜花来对比战火硝烟，而格外珍惜人性之花的开放。这篇小说最迷人之处是晚上的约会，“我”的渴盼，小凤没去后“我”到梨园找她时一路的心情和想象……那一番极其曲折又微妙难言的情感涟漪的泛起，写得一波三折，质朴动人。

这么多年过去，如今重读这篇小说，还是让我感动。感动的原因还在于第一次读它的时候，我也正在悄悄地喜欢一个小姑娘。我曾经把这篇小说推荐给她看过。

小说结尾，小凤成为一名战士，骑着一匹红马从“我”身旁驰过，“我想叫住她，可是战马早已经驰过很远了。我呆呆地站在那里，望着那匹红马迎着西北风在山谷里奔驰着，最后消失在深深密林里”。

那时候，我曾经特意给她读过这段话，是想表达小说结尾给人留下那种怅然若失的味道。世事的沧桑，中间又隔着“文化大革命”，我想叫住她，可是那匹红马早已经驰过很远，消失在密林深处。

我应该庆幸在我的青春期能够和萧平相遇，他不仅让我的内心情感找到文学的依托，也让我的文学写作找到情感的路径。

9

还是读高一那一年，在学校的图书馆里，我偶然发现了一本短篇小说集《在外祖父家里》。在密密麻麻的书架上，为什么偏偏能与这本薄薄的小书邂逅，我真的解释不清，完全是一种阴差阳错，或者说是一种冥冥之中的缘分。

在此之前，我根本不知道有这样一本书，也不知道作者是何人，我没有读过他的任何一篇作品。但是，这本书留给我很深的印象。现在想起来，大概有这样两点原因：一是他是以童年视角写作的小说，书中的那个叙述者——小男孩，比我当时的年龄还要小，容易引起我的共鸣；二是他以第一人称“我”的回忆口吻，叙述河北农村的往事，和我在童年时曾经跟随父亲一起回到老家河北沧县乡间的生活，有着某种天然的联系，特别是他的好多方言，比如称舅母为“妗子”，那么亲切。书中的大妗子、二妗子，家长里短，至今仍让我记忆犹新。

这本《在外祖父家里》，书写河北平原乡间的人物与风情。尽管小说无法摆脱当时阶级斗争二元对立的影子，但大多时候，是把这一斗争当背景来处理，是以一个孩子的视角来看春秋冷暖、人情世故，以及乡间的民俗风物。所有篇章都集中在河北平原一个叫“十里铺”的小村子。外祖父的梨树林、兴旺爹的瓜园、村子里那口甜水井、破庙改造的小学校、大人们擂油捶的油作坊和做棺材套的木场子、孩子们抽鸽子的柏树坟、捉鱼的苇塘壕沟和拾落风柴打孙军（一种游戏）的旷野……这些场景散漫却集中在同一个村落，如同多幕剧的一个舞台，变幻着不同装置的场景演绎着一组相同人物的悲欢离合。

看他写每年七月十五给外祖母上坟，母亲都要嘱咐“我”在外祖母的坟头上哭，要不外祖父就不给梨吃。“我”就跟着大人哭。离开坟地，看见母亲的眼睛都哭红了，也不敢开口要梨吃了。这样微妙的心理，是独属于孩子的，不是外祖母被地主逼死而怀有一腔愤恨痛哭的那种外在的描写。

看他写“我”帮助王五月砸开脖子上的银锁，丢进水坑里，那是奶奶为让孙子能够好好长大的救命锁，奶奶大骂孙子，不许孙子以后再和“我”一起玩，奶奶每天都到水坑旁用大竹竿子去捞银锁。王五月趁奶奶不注意，跑到“我”一直躲藏的大树后面，找“我”一起玩，捉一只蚂蚁，放在树枝上，看它“爬上爬下，像小人迷了路，怎么也找不到回窝的路了”。少年不识愁滋味，完全是一种吃凉不管酸的孩子心态，更反衬出奶奶的心酸。

看他写馋嘴盼望着吃伏席，“我盼着树叶儿发黄，盼着树叶儿落，盼着那料峭的西北风快些吹来。好把这大地上的一切青色变黄，一切小虫子冻死，让那些小濠坑儿里地上的水结起带有花纹的冰片。到那时，兴旺就会坐着篷窿儿车把新娘子的花轿接过来，我们就可以伏八碟八碗的酒席了。兴旺把新娘子娶过门后，他也会带着新妗子陪我们往旷野里去拾落风柴的。想着兴旺的美事，自己仿佛都着急”。写得真好，这样孩子气的描写，和当时我的心情那样相通。

再看他写老一辈人艰辛的日子，这样孩子般细若海葵的笔触和情如微风的笔调，也让大人的世界在心酸之中有了难得的温情。大舅父被外祖父赶出家门去谋生，外祖父复杂的心情，在孩子的眼里是这样的一段描写：“大舅父走后，外祖父的性格更显得冷漠。妗子们不愿同他多谈话，他也不同家里的人谈什么。每天除了走进梨树林，一棵梨树一棵梨树地数着上面的梨儿，便坐在大柏树间的窝棚里吸旱烟。有时候，他叫我陪他一同坐在柏树杈间的窝棚上，伴着他的寂寞。”外祖父后悔自己把捉来的鱼交给地主家后的心情，在孩子的眼睛中是这样的描写：“外祖父坐在旁边，低着头，一句话不说，只是擦萝卜片儿，擦完一个萝卜，又从旁边捡起一个来，一直把他身边的一堆萝卜擦完了，头都总不抬起来。”他写得真好，把一个将万千心事都埋在心底的孤苦老人的心情，写得那样含蓄不露、蕴藉有致。那些数不清的梨树上的梨儿，那些抽不完的旱烟，那些擦不完的萝卜片儿，都是外祖父的心情，也是“我”对外祖父的感情。

田涛的这本小说集与和田涛同时代的作家刘真的《长长的流

水》，以及国外的作家如乔伊斯的小说集《都柏林人》，都是以孩子的视角与心理铺陈而融入我的青春期阅读中，记忆是那样深刻、温馨、清晰。

可以说，日后我能够写小说，萧平和田涛是我的启蒙老师。

10

冰心，是我中学时代阅读的重头戏。

说起冰心，就会让我想起高挥老师。在我们汇文中学里，有好几位漂亮的女老师，高挥老师是其中一位。那时她 30 岁上下，会拉一手小提琴，还在学校的舞台上演过话剧。好长一段时间里，我偷偷地喜欢多才多艺的她，觉得她长得特别像我的姐姐，连说话的声音都像。只是她没有教过我。

她原来是志愿军文工团的团员，从朝鲜战场上回来，复员后颠沛流离。之后考学，毕业不久，到了我们学校，开始教地理，后来负责图书馆。

1963 年的秋天，我升入汇文中学的高一。那一天的午饭时间，我刚要进食堂，看见高老师站在食堂旁的树下，向我招招手，我走过去，她对我说你想看书可以进图书馆里挑书，什么时候去都行。这让我意外，因为学生是不能进图书馆挑书的，只能填写书单等高老师替你找书。我的心里涌出一种说不出的感动，口拙，一时又说不出什么。她摆摆手对我说，快吃饭去吧。我走后忍不住回头，才发现高老师站在一片树荫里，阳光从树叶间筛下，跳跃在高老师的身上，像闪动着好多颜色的花一样，是那么的漂亮。

图书馆在学校五楼，占满整整一层楼。第一次走进图书馆里，密密麻麻林立的高大书架，遮挡住了窗外射进来的光线，偌大的房间里显得很幽暗，我像走进一座茂密的原始森林，像走进一座藏着丰富宝藏的大山。说心里话，长那么大，我是第一次见到这个世界上居然有这样多的书架，这样多的书。以前，觉得在同学中自己算是看书够多的了，但是再看看眼前这些琳琅满目的书，自己实在是“太小儿科”了。面对着这些书架和这些书，我有些惊异，也有些贪婪，恨不得把这所有的书都借走，都看完。

学校的图书馆是清光绪十年（1884 年）建的，藏书非常丰富，有不少中华人民共和国成立前的书籍，由于没有整理，都尘埋网封在最里面的一间大屋子里。面对那把黑漆漆的大锁，我特别想进去看看里面的书。高老师看出了我的心思，帮我打开屋门的锁，让我进去随便挑。哇！那么多的书，山一般堆满屋子，散发着霉味和潮气，让人觉得远离尘世，与世隔绝，像是进入了深山宝窟。我沉浸其中，忘记时间，常常是高老师在我的身后微笑着打开了电灯，我才知道到该下班的时候了。

为了破例让我进图书馆挑书，高老师曾经和一个同学吵过一架。那个同学也要进图书馆挑书，她坚决不让，那个同学气哼哼地指着我说，为什么他就可以进去？我私下猜想，为什么高老师默默忍受了，大概因为她曾经去过我家一次，回学校后，她对别的老师说：“我去过肖复兴家，看见地上垫两块砖，上面搭一块木板，他的书都放在那里，心里非常感动。”后来，她不止一次夸我是个爱书的孩子。流露出来的那种疼爱，让我觉得她就像我的一个亲人。

就是在这间藏满旧书的书库里，我从堆积成山的书丛中，找到了冰心在中华人民共和国成立前出版的所有文集，包括她的两本小诗集《繁星》和《春水》。我如饥似渴地读完她的每一本书。

一边读，一边做笔记，抄录了很多文章和小诗。其中一篇《说几句爱海的孩气的话》，不仅全文抄录，还曾经全文背诵过。还有一首小诗——青年人呵，为了后来的回忆，小心着意地描你现在的图画——成为激励青春期的我的座右铭。

我还抄录了她整整一本《往事（二）》散文集。我以为连同《往事（一）》，是冰心写得最好的文字，远远超出她更为有名的《寄小读者》。

> 今夜的林中，决不宜于将军夜猎……
>
> 今夜的林中，也不宜于燃枝野餐……
>
> 今夜的林中，也不宜于爱友话别，叮咛细语……
>
> 今夜的林中，也不宜于高士徘徊，美人掩映……
>
> 今夜的林中，只宜于这些女孩子，这些病中枕着月的女孩子！
>
> 假如我能飞身月中下视，依山上下曲折的山廊，雪色侵围栏外……有如水的客愁，有如丝的乡梦，有幽感，有彻悟，有祈祷，有忏悔，有万千种话……

这些如诗如画有着动人节奏的美妙语言，当时是那样让我感动，吟咏不已，如美妙动人的音乐旋律一样，柔肠绕指般在我的心里低回，让我对未知世界充满朦胧又美好的想象，好像总有一种感觉，将要发生一些什么，就在今夜的林中，就在明天的雪中……这些感觉、感动和似是而非的憧憬，深深镌刻在我青春的记忆里，化为我文学的营养，更成为我成长的助力器。

高一第二学期开学不久，在学校图书馆的杂志架上，我看到新到的一本《文学评论》杂志，上面有一篇评论文章——《论冰心的创作》。这个篇名因有“冰心”二字，立刻吸引了我；同时记住了作者的名字——范伯群和曾华鹏。

这篇论文很长，以那时的年纪读，未见得完全读懂，但是，它格外吸引我，让我更清晰地看到冰心文学之路上成长的轨迹。一边读，一边想着曾经读过她的那些作品，两相映照，冰心的影子，亲切地闪现在我的面前。一连多日，我都在读这篇论文，并随手抄录下其中很多段落。如今，重新翻看当年的笔记，后面留下的日期是1964 年 3 月 10 日到 3 月 18 日。我整整读了九天，抄录了九天。

论文中对冰心艺术风格的概括深得我心，我抄录下来：“温柔亲切的感情，微带忧郁的情调，含蓄不露的艺术表现，清新隽永的文学语言，这一切就构成了冰心前期作品中所努力追求和精心创作的艺术风格。”

论文中对冰心语言特色的分析，也引起我共鸣，我也抄录下来：“冰心作品的语言也是很有特色的，她对我国古典文学有比较深厚的修养，因此，在‘五四’以后所写的白话文，除了基本词汇以白话文为主体外，同时又能合理地吸取和溶化某些文言词汇和文言文句式，并注意文字的锤炼、节奏的推敲，从而形成一种既有白话文的流利又有文言文凝练的，在当时被读者誉为‘冰心体’的文学语言。”

但是，论文中也对冰心所谓“爱的哲学”进行了严厉的批评：

"冰心的'爱的哲学'是有她自己的体系和逻辑的，母爱、童心和自然就是它的三大组成部分，对这三大题材不厌其烦地反复描述和宣扬，正表明了冰心看不到新兴力量的成长，而只看到爱国运动的'半死不活''狂澜既倒'的表象，以致对当时现实生活十分绝望，她企图从母爱的深沉、童心的纯真、自然的壮美中找到精神危机的'避风棚'。她劝说那些'悬在天上人间中段'的青年，当感到人生虚无时，当黑暗现实中受到心灵的创伤时，可以用本能的、天性的、无条件的、血统的母爱来治疗。"

这样的批评，让我有些意外和吃惊。我有些不明白，母爱、童心、自然，难道真的这样的坏？对于青年人可以有这样的破坏力吗？在我的印象里，母爱、童心、自然这三样都是挺美好的。冰心作品中，正是有对这三样最为感性而动人的描述，才吸引了我，让我对她如此痴迷的呀。冰心的这些文字，让我感受到母亲的亲近、童心的美好，让我对她所描写的大海和山林的大自然充满无限的向往，特别是冰心对母爱细腻的描摹和清澈的情怀，常常让我想起自己的母亲，想起那种爱的美好和珍贵。这有什么不好的呢？

我不明白。我开始悄悄地写一篇论文，题目也叫《论冰心的创作》。我想谈谈我对冰心作品的看法，特别是对冰心的母爱、童心、自然描摹的看法，更想谈谈对发表在《文学评论》上的这篇《论冰心的创作》关于对冰心"爱的哲学"的批评的不同意见。

我的这篇自以为是论文的文字，完全是照葫芦画瓢，写得还挺长。觉得既然是论文，既然是要论冰心的创作，当然得写得长一点，得像大人一样，得让自己的身子长高一些才是。

文章写在一本新买的横格本上，密密麻麻写了有大半本。写完之后，很想给《文学评论》杂志寄去。但是，那时候，胆子还是太小，犹豫半天，没敢寄出。

这本横格本一直藏在家里，到高中毕业了，也没敢拿出来给谁看。那个横格本里，藏有我对冰心的爱，有我青春期读书时的律动，也有我内心里一个忍不住冲动而出却又很害羞、胆怯的秘密。

秉承着孔老夫子“有教无类”的理念，高老师一直同情我、帮助我、鼓励我。“文化大革命”中，因为破例允许我进图书馆的事，高老师挨了批判，被学生贴了大字报，说是培养修正主义的苗子。但她当过志愿军，也没能把她怎么着。有一天，在校园的甬道上，我碰见高老师，她走到我的身边，悄悄地问我想看什么书。我很惊讶，因为那时书籍都成了“封资修”，图书馆已经被封。她拍了拍她的衣袋，衣袋里发出一阵哗啦啦的响声。她有些得意地对我说：“图书馆的钥匙还在咱的手里呢！你说吧，想看什么书，我可以偷偷进图书馆帮你找。”

好长一段时间，我都是把想看的书目写在纸上，悄悄地交给高老师，高老师帮我把书找到，包在一张报纸里，放在学校传达室王大爷那里，我取后看完再包上报纸放回传达室。这样像地下工作者传递情报一样借书的日子，一直持续到我去北大荒。那是我看书看得最多的日子。《罗亭》《贵族之家》《父与子》《烟》《怎么办》《复活》《白痴》《偷东西的喜鹊》《契诃夫戏剧集》《三家评注李长吉》……好几本书，都没有还给高老师，让我带到北大荒去了。

后来，我对高老师说起这事，高老师说，没还就对了，还了也都烧了。“文化大革命”的时候，我们学校的书，被成车成车拉到东单体育场焚毁。那里的冲天大火，曾经燃烧着学生时代我和高老师最残酷的记忆。

我庆幸中学读书时遇见了高老师。没有她，我不可能读到那么多的书。我总会想起她，对她总有一种对姐姐般的感情，她和我的姐姐年龄一般大。每一次想起高老师，就会想起高一那一年的秋天，她站在校园里一片花荫凉里向我挥手，让我到图书馆挑书的情景。真的，总也忘不了，就像昨天的事情。

11

在铁路局里，姐姐年年都被评为“劳动模范”，奖励她的奖品，年年不同，但有一件，年年都落不了，那便是一本笔记本。姐姐知道我喜欢在笔记本上写一些东西、抄一些东西，便把每一年得到的笔记本都送给了我。特别是上高中之后，这几本笔记本，密密麻麻，布满了我抄录的东西。五十多年过去了，只剩下两本。

墨绿色的封面，精装布面，印有凸起的暗花。如今，颜色已经暗旧，磨得边角有些发白，露出了原本布纹的纹路。时光，在它的生命里打下了粗粝的痕迹。但是，翻开它，像打开八音盒一样，立刻回荡着我高中读书、抄书时的怦怦心音，动听的音符跳跃着，让我心动。这两本笔记本像两艘小船，迅速带我划进往昔的校园。那种感觉，就像我曾经抄录过冰心的一段话说的那样：“这回忆，往往把我重新放在一种特别浓郁的色、香、味之中，使我的心灵，再来一次温馨，再来一番激发。”

这两本笔记本里，基本上都是我在高一那年抄录的文章——有整篇文章，有片段，有语录。居然抄录了满满两大本，一页都没有落下，没有留有空白。那时候的我胃口真大，求知的欲望真强，恨不得摘下满天的星斗和满园的花朵，统统装进笔记本里。

重新翻看当时的抄录，像看自己幼稚的照片，非常有趣。尽管颜值不那么英俊，甚至有些潦草、邋遢，但从抄录的文章和作者的阵容来看，可以看出一个高一的学生当时的所爱所恨、所思所想，可以触摸到一些自己已经遗忘的心情和对文学梦幻般的向往的轨迹。

或许，可以作为我的高一文学学习的备忘录吧。

下面，除去古诗文，将第一本所抄录的现代诗文的目录摘录如下。

诗歌——

潘漠华、应修人的小诗；

郑振铎的小诗；

汪静之的《蕙的风》；

刘大白的《春问》《旧梦》《给——》《西风》；

朱自清的《煤》《光明》；

闻一多的《一句话》；

臧克家的《有的人》；

闻捷的《我思念北京》；

张万舒的《黄山松》；

韩北屏的《谢赠刀》；

贺敬之的《放声歌唱》《桂林山水歌》；

戈壁舟的《延河照旧流》；

严阵的《江南曲》；

袁水拍的《论进攻性武器》；

山青的《在动物园里》；

任大霖的《我们院里的朋友》；

张继楼的《夏天来了虫虫飞》；

陈伯吹的《珍珠儿》；

徐迟的《幻想曲》；

于之的《小燕子》《知了》；

张书绅的《课间》《灯下》；

柯兰的《教师的歌》；

刘饶民的《大海的歌》。

散文小说——

鲁迅的《生命的路》；

叶圣陶的《春联儿》；

朱自清的《匆匆》《月朦胧鸟朦胧帘卷海棠红》；

冰心的《说几句爱海的孩气的话》《笑》《梦》《樱花赞》；

许地山的《梨花》《面具》；

茅盾的《天窗》；

丰子恺的《杨柳》；

郭沫若的《丁东草》《山茶花》；

陈学昭的《法行杂记》；

郑振铎的《蝉与纺织娘》；

柯蓝的《奇妙的水乡》；

郭风的《木棉树》；

徐开垒的《竞赛》；

芦荻的《越秀远眺》；

韩少华的《序曲》；

李冠军的《夜曲》；

陈玮的《老教师》；

鞠鹏高的《锦城晚花曲》；

谢树的《雪》；

刘沾秋的《小园丁集》；

应田诗的《手——学校散歌》；

刘真的《长长的流水》；

任大霖的《水胡鹭在叫》；

柔石的《二月》；

孙犁的《铁木前传》；

老舍的《月牙儿》；

萧平的《三月雪》。

外国文学——

泰戈尔的《吉檀迦利》《游丝集》；

萨迪的《蔷薇园》；

壶井荣的《蒲公英》；

马雅可夫斯基的《败类》。

（其中抄录的有些是片段）

第二本抄录的大多是整篇的文章：

韩少华的《寻春篇》《花的随笔》；

易允武的《致雕刻店（外一章）》；

齐兄的《夕阳》；

沈尔立的《桥》；

洪洋的《三峡风景》；

牧惠的《夜行》；

万一的《山中黎明》；

任大霖的《渡口》《打赌》；

骆雅的《给姐姐》；

夏守本的《蚕和纺织娘》；

刘真的《大雁飞来了》；

朱自清的《细雨》；

穆门的《第一片雪花》；

丽砂的《春天颂》；

郭风的《叶笛三则》；

袁宏道的《游记二则》；

谢树的《湖中月》；

宗白华的《小诗一组》；

李伏伽的《夏三虫》；

李冠军的《球场外面的掌声》；

冰心的《一个兵丁》；

蔡根林的《给画线的工友》；

母国政的《师范生的心》；

陈辉的《我的自愿书》；

田间的《假如我们不去打仗》;

鲁迅的旧体诗一组;

田仲济的《冰心的思想和创作》;

冯健男的《孙犁的艺术》;

秦牧的《艺海拾贝》;

…………

事情过去了这么多年之后，重新翻看这些篇目和这些作者，有些已经记不得了，但笔记本上抄写的字迹，分明是我的。其实，学习任何东西都是一样的，不可能记住所有，就像狗熊掰棒子，掰得多，丢得也多，最后抱在怀里的，只剩下一个。剩下一个，也是好的，最怕的是什么都丢掉了，一个也没有剩下。

对于我，无论是记住的，还是没有记住的，无论是有名的，还是无名的，今天重新看着破损的笔记本上他们的名字，都让我感动。我应该感谢他们，在我青春期饥不择食、杂乱无章、蜻蜓点水的阅读中，给予我非凡的营养，在润物细无声的潜移默化中，让我亲近并认知文学，让我有了日后的进步。

记得当时全文背诵过张万舒的《黄山松》和闻捷的《我思念北京》。直到今天，我也能够完整地讲述徐开垒的《竞赛》、韩少华的《序曲》、任大霖的《打赌》、萧平的《三月雪》、袁鹰的《在密西西比河，一个黑孩子被杀死了》和刘真的《长长的流水》里的《核桃的秘密》。我应该庆幸，毕竟没有像狗熊一样，掰一个棒子丢一个。

那时候，外国文学和中国文学，我更喜欢中国文学。中国文学中，我更钟情“五四”时期的现代文学。记得高一到密云劳动，是修京密引水工程，住在工地上，不知是谁带来一本柔石的《二月》，大家争着要看，只好每人看一个晚上，第二天交给另外一个同学。收工后晚上睡觉要熄灯，我钻进被窝里，打着手电筒看到后半夜。不过，那时候，相比小说，我更爱读散文和诗。可见那时我的少见多怪、审美的局限，以及内心对文学样式和表达的偏爱。有意思的是，我读了不少的诗，也抄了不少的诗，背了不少的诗，但说来也有些怪，普希金、莱蒙托夫、雪莱的诗，闻一多、郭沫若的诗，却不那么喜欢，而偏偏喜欢冰心、郑振铎、汪静之、潘漠华、应修人的小诗。这应该从读了冰心的小诗《繁星》《春水》和泰戈尔的《游丝集》开始，我在学校图书馆那间书库里，疯狂地寻找这些小诗。

“春天把花开遍就告别了。”——这是泰戈尔的。

“已上了电车，还不知要到什么地方去。”——这是郑振铎的。

“我每晚临睡前，要向挂在帐上的白莲图说：当我梦中和恋人相会，请你的清香把我俩熏醉。”——这是汪静之的。

“七叶树呵，你穿了红的衣裳嫁给谁呢？”——这是潘漠华的。

特别是应修人的小诗，记忆中依旧那么清晰。应修人和潘漠华是“五四”时期牺牲的两位烈士，牺牲的时候，他们一个只有33岁，一个只有32岁。我曾经在笔记本上抄了一首小诗，名字叫作《柳》，是1922年3月应修人写的诗，全诗一共只有五行：

几来不见，

柳妹妹又换上新装了

——换得更清丽了！

可惜妹妹不像妈妈一样疼我，

妹妹，总不肯把换下的衣给我。

还记得当时抄录这首小诗时，是那样的兴奋。应修人用孩子的眼光看待春天刚刚回黄转绿的柳树，他把柳树清丽的枝条比作自己的小妹妹，是因为他想起了妈妈，想起了妈妈的疼爱。他写得那么的委婉有致，将孩子的感情表达得那么的活泼俏皮，又那么的清新可爱。当时，我想，这么充满天真童心的诗人，怎么可以遭到杀害呢？他才 33 岁呀，那么的年轻！心里真的充满悲伤。

当然，抄录的这些文字，有些当时并没有看懂，或者是似懂非懂，或者是不懂装懂。不管怎么说，抄录这些文字，对于我就是一种磨炼，就像跳进了水里，不管会游泳还是不会游泳，起码扑腾了一遍，沾惹上一身水花，探试了一番水的深浅。一个孩子，就是这样在懵懵懂懂、似懂非懂中慢慢长大的。

笔记本上那一行行的钢笔字，尽管写得幼稚，一笔一画，却很认真呢。那上面有一个高一学生的学习和心情的密码，也是以后文学写作的一种准备。

漫长的文学写作，需要漫长的准备。可以看出，这些准备的起点并不高，并没有古今中外名著的引领，稚拙却是发自真心的，清浅却是透明的，是潜移默化的，是日复一日的，而不是为准备而准备，像应对考试的那种准备。

第三章　第一行脚印

1

小学四年级，是我最为重要的一个年头。

那时，我在班里毫不起眼，学习成绩虽不错，但比我优秀的同学有许多。我会吹笛子、拉二胡，还会讲故事，但是有文艺特长的同学更多；我还会打篮球，但我的个子不够高，也不属于出色的前锋。

小学四年级，多了一门作文课。教我们这门课的是班主任老师。我记得很清楚，他叫张文彬，四十多岁的样子，有着浓重的、我听不出来究竟是哪里的外地口音。他很严厉，又正是年富力强的时候，站在讲台桌前，挺直腰板，一头黑黑的头发——他那头发虽然乌亮，却是蓬松的，一根根直戳戳地立着，总使我想起他给我们上课时讲解的“怒发冲冠”这个成语——我们学生都有些怕他。

第一次上作文课，他没有让我们马上写作文，带我们看了一场电影，是到长安街上的儿童电影院看的。（如今这家电影院早已经不复存在，这里建起了一座非常大的商厦。）我到现在还记得，看的是《上甘岭》。

那时，儿童电影院刚建成不久，内外一新。我的座位在楼上，一层层座位由低而高，像布在梯田上的小苗苗。电影一开始，身后放映室的小方洞里射出一道白光，从我的肩头擦过，像一道无声的瀑布。我真想伸出手抓一把，也想调皮地站起来，在银幕上露出个怪样的影子来。尤其让我感到新鲜的是，在每一排座椅下面都安着一个小灯，散发着柔和而又有些幽暗的光，可以使迟到的小观众不必担心找不到座位。那一排排小灯，让我格外感兴趣，觉得特别的新鲜，以至于看那场电影时我总是走神，忍不住低头看那一排排小灯，好像那里闪闪烁烁藏着什么秘密或什么好玩的东西。

第一次写作文，张老师让我们写的就是这次看电影的经历，他说："你们怎么看的，怎么想的，就怎么写，你觉得什么有意思，什么最感兴趣，就写什么。"我把我所感受到的这一切都写了，当然，我没有忘记写那一排排我认为有意思、最新奇的小灯。

第二周作文课讲评时，张老师向全班同学朗读了我的这篇作文。虽然几十年过去了，但我还记得特别清楚，他特别表扬了我写的那一排排小灯，说我观察仔细，写得有趣。他那浓重的外地口音，我听起来是那样亲切。那篇作文所写的一切，我自己听起来也那么亲切，好像不是我自己写的，而是别人写的似的。童年时一颗幼稚、好奇的心，让我第一次对作文产生了浓厚的兴趣。啊，原来自己写的文章，还有着这样的魅力！

张老师对这篇作文提出了表扬，也提出了意见，其他具体的我统统忘记了，虚荣心让我光记住表扬了。那是我的第一篇作文，是我动笔写下的属于我自己的文字。记得从那以后，我迷上了作文，作文课成了我最喜欢、最盼望上的一门课。而在作文讲评时，张老师常常会念我的作文。他常在课下对我说："多读一些课外书。"我觉得他变得柔和了许多。

有时，一个孩子的爱好，就是这样简单地在瞬间形成了。一个人小时候，遇见一位好老师就是这么重要。老师一句简单的表扬，对于一个孩子来说，就是这样的特别。

新年，我们全校师生在学校的小礼堂里联欢。小礼堂是用原来的破庙大殿改建的，倒是挺宽敞，新装的彩灯闪烁，气氛很热闹。每个班都要出节目，我那天和同学们一起演出的是话剧《枪》的片段。演得正带劲的时候，礼堂的门突然被推开了，随着呼呼的冷风，走进来一个白胡子、白眉毛、白头发的老爷爷，穿着一件翻毛白羊皮袄，背着一个白布袋……总之，给我的印象是一身白。走进门，他捋了捋白胡子，故意装出一副粗嗓门儿说道："孩子们，我是新年老人，我给你们送新年礼物来了！"同学们都欢呼起来了，他走到我们中间，把那个白布袋打开，倒出来一个个小纸包，递给每个同学一份。那里面装的是铅笔、橡皮、三角板，或是糖果。当我们拿着这些礼物止不住笑成一团的时候，新年老人一把摘掉他的白胡子和白眉毛，尤其是那一头白发，虽然是染的，但根根直戳戳竖立着，我立刻想起"怒发冲冠"这个成语。哦，原来是我们的张老师！

第二年，他就不教我们了。他给我留下了这个白胡子、白眉毛和白头发的新年老人的印象。他给予了我一个现实生活中难得的童话！这种童话，只有在那种年龄才能获得，他恰当其时地给予了我。

更重要的，他让我爱上了写作文。尽管当时我并不懂得这样最初的写作对于我意味着什么，但我在写作文中感到了快乐，并从中找到了自尊。升入五年级，我的作文一次次被老师表扬，我感受到了来自同学和以往不一样的目光，我在班上不再那么不起眼了，反而被选为中队的宣传委员，戴上了两道杠的中队长符号，满足了一个孩子的虚荣心，仿佛真的从一只丑小鸭变成了白天鹅。

2

初二那年，我做了件事情，这大概是我学生时代最值得骄傲的。当时，引起全校的轰动。

那一年，学校教学楼的大厅，出现了一面墙那样大的墙报，取名为《百花》。这是我们学校语文教研室的老师们办的。把几块墨绿色的乒乓球台挂在墙上，上面贴满了一张张 400 字的稿纸。稿纸上，那些用钢笔写的文章，有高年级同学写的，也有老师写的，还有我们学校高万春校长写的。墙报上，有老师画的水粉画做的报头，还有不同栏目分类标识，每篇文章的后面还有尾花，题目都是学校教大字课的闵仲老师（她当时是北京市有名的书法家）所写的。墙报的报头花团锦簇，非常醒目，大多是教我英语的邱信老师画的水粉画。那是一本挂在墙上的文学杂志，别致又格外吸引人。

下课的时候，墙报前围满了同学和老师，大家都觉得新鲜。我更觉得新鲜，感觉和报纸杂志有些相似。不同的是，这是学校语文组老师的杰作，读着更为亲切。在那以后，墙报定期更换，每期的文章和报头都不一样，成了当时校园里别致一景。

放学后，我会趴在墙报前，把每期都从头到尾仔细看一遍。高处看不清的，就踮起脚尖；低处的，得蹲下来看。那些文章，因为都是老师和高年级的同学所写的，水平自然挺高。但是，佩服之后，心里又有些不平，怎么都是高年级的同学写的文章，就没有我们低年级同学写的吗？不平之后，心里又有些不服气，难道我们不会写文章吗？难道我们写的文章就一定比他们写的差很多吗？

那时，我是班上的宣传委员，第二天上学，我和几个同学商量，《百花》不带咱们玩，咱们自己也办个墙报怎么样。大家立刻赞成，跃跃欲试。于是马上找平常作文写得不错的同学写文章，也抄录在400字一张的稿纸上，大家都摩拳擦掌，得写得漂亮点儿，拿出水平来；再找班上两位画画好的同学（我知道这两位已经拜吴镜汀先生为师学画），负责画报头、栏目图和尾花。他们两人二话没说，立刻答应，回家准备材料。

文章写好了，在交到我手里之前，我让大家把文章的题目空出来，我想照葫芦画瓢，也得找毛笔字写得好的人帮我们写。我把厚厚一摞稿纸带回家，让父亲帮忙写楷书，他小时候练过几天楷书；又请邻居张大叔帮忙写隶书，他的隶书写得相当不错。

万事俱备，只欠东风，也得给自己的墙报取个名字呀。大家议论纷纷，我说："老师办的叫《百花》，咱们的就叫《小百花》，怎么样？"大家都同意。我们的《小百花》得到语文老师刘舜华的支持，班主任杨鹏声老师帮忙从学校里找了一块黑板，还有一个架子。放学之后，大家一起动手，把一张张稿纸贴在黑板上。别说，和《百花》一样，也有报头、有尾花、有栏目图、有毛笔字的题目……沙场点兵一般，齐齐整整、五彩斑斓，大家站在远处观看，为自己的劳动成果兴奋。

我们把自己的《小百花》搬到大厅，摆放在《百花》旁边的另一侧墙前。不一会儿工夫，我们的《小百花》前，围了好多同学和老师，大家纷纷啧啧赞叹着。我知道，不见得是我们的文章写得有多好，大家是觉得挺新鲜的，这个《小百花》竟然是出自初二小同学之手，有点儿初生牛犊不怕虎的意思吧，甚至有点儿打擂台的意思呢！

《百花》定期，我们《小百花》也定期，半个月一期。我们的班主任杨老师封我为《小百花》的主编，让我一定坚持下去，说学校里的老师看了，都说不错，是好事，语文组的老师还说要写文章表扬你们呢！（果然，后来在《百花》上贴出了由《百花》主编王西恩老师写的《为〈小百花〉鼓吹》的文章。）

每期《小百花》搬到大厅后，放学之后，我都会悄悄地躲在一旁，看有多少人在看，听到他们的议论，心里暗暗得意。有一次，我看见高校长也来了，他的眼睛高度近视，俯下身子，凑上前去，仔细地看，眼镜都快撞上黑板了。

之后好长一段时间，学校里的人都会说，我们学校有一个大《百花》，有一个《小百花》。大《百花》是老师办的，《小百花》是学生办的。这几乎成为我中学时代最露脸的一件事。既然叫作《小百花》，就得和平常作文课上写的作文不一样。每期都有我写的小说、散文、诗歌，有枣一棍子，没枣也是一棍子，在上面乱招呼，无所畏惧；像一匹脱缰的小马驹，风驰电掣，驰过一片青草地，留下我最初创作的足迹。尽管足迹歪歪扭扭，却很是为我长自信和底气。只是，我不知道，我已经骑上文学这匹骏马停不下来，欲罢不能了。

3

《小百花》在学校轰动之后，我在学校里有了点儿小名气。我在《小百花》上写的文章，语文老师看后，颇为重视，常常表扬我。一个小孩子，得到老师的表扬，心里会来劲儿。当然，小孩子也需要批评；但是，比起表扬，批评总会让孩子臊不答答的。总得到批评和总得到表扬，孩子的心气，会拉开很大的距离。

那时候，我最爱上的课就是作文课。小学二年级的暑假，我去包头看姐姐，发现她有一本美术日记本，非常漂亮，里面有很多张插页，印着当时画家的美术作品。姐姐看出了我的心思，把这本美术日记本送给了我。每一次的作文，在老师批改之后，我都会重新修改一遍，抄录在这本美术日记本上。这本小学二年级从姐姐那里拿来的日记本，一直没有舍得用，这时候，派上了用场。

除了作文课上写的作文，我也会自己写一些想写的东西，甚至学习大《百花》上高年级同学写的诗歌或小说。我特意买了一瓶鸵鸟牌的纯蓝墨水，我喜欢这种颜色的墨水，我用它灌满我的钢笔，然后将文章抄录在日记本上。我觉得只有这样纯蓝的墨水，才配得上这本漂亮的美术日记本。我会像出《小百花》一样，在日记本上编排得漂亮一些。每篇作文的题目，我都会用红墨水写上美术体的字，也会在每篇作文的后面，画上一点尾花，作为装饰。

升入初三的时候，这本日记本上，密密麻麻写着我的小字，像蚂蚁驮食物一样，积少成多，快填满了整个日记本。这本日记本被我的班主任杨老师发现了，那时候，学校正在筹办校史展览，杨老师把我的这本日记本推荐给了学校；学校把它作为学生课外学习成果的展品，陈列在校史展览室里。展览室暂时设在学校一楼的会议室里。一连多日，同学们放学之后，都会到展览室里观看展览。有时候，外校的老师、区教育局的人，也会来参观。一本普通的日记本，居然能有幸作为校史的一部分展览，是很珍贵的荣誉，它成了我的骄傲。有时在那里看见有同学拿起这本日记本翻看，或悄悄和别的同学交谈，他们脸上露出赞许或羡慕的神情，虚荣心让我隐隐有些激动。

有一天放学，班主任杨老师叫住我，说负责校史展览的高老师找我，要我去一趟他的办公室。高老师教历史，但没有教过我，我不知道他找我有什么事情，下到一楼的办公室找到高老师。他是一位高高大大的老师，很和蔼地让我坐下，然后告诉我，我的那本美术日记本，在校史展览室里丢失了。高老师对我抱歉地说："真是对不起，我知道，日记本里抄录的全部都是你的作文，是你的心血。"我很吃惊。日记本放在校史展览室里，每天都是人来人往的，老师下班后，会锁上门，好端端的，怎么会不翼而飞呢？我愣在那里，半天没有说出话来。

高老师说："我想可能是哪个同学拿走了。"他说完这句话后望了我一眼，接着说，"你想呀，肯定是他觉得你的日记本里的作文写得好，要不他怎么会拿走呢？要是这么看，你应该感到高兴才是，你的作文让别的同学羡慕，甚至嫉妒呢！"

高老师的这番话，我真的没有想到。他这么一说，刚才掠过心头的不快，像是被风吹跑了好多。

或许，这位同学只是想拿回家好好学习学习，过几天，兴许他就会悄悄地把日记本送回来。最后，高老师这样说。

但是，过了几天，一直到校史展览结束，我的这本日记本也没有被人送回来。

高老师再一次把我叫到他的办公室，他对我说："真的对不起你！但是，我想对你说，这本日记本，就是你的第一本书呢，让一个读者忍不住拿走去读，说明你的这本书写得不错，对他特别有吸引力呢。你说是不是？"

第一本书？高老师的这番话，让我有些意外，我真的能有自己的第一本书吗？

高老师接着对我说："你千万不要灰心，一定还是要把你写的作文抄在新的日记本上，那是学习的成果，会对你帮助很大的。"

说完这些话后，他忽然话锋一转，对我说起了李时珍。当时，赵丹主演的电影《李时珍》放映不久，李时珍的模样，在我的眼里，就是赵丹的样子。

他问我："你知道李时珍的这个故事吗？李时珍写《本草纲目》的时候，要到深山老林里采集草药，一边采药，一边记录，不小心，大风把他已经写好的好多页《本草纲目》，全都刮到山下去了，一页也没有了。这样的挫折，没有让李时珍灰心、放弃，他接着坚持写，终于写成了《本草纲目》。"

当时，我不知道该对高老师说些什么，只觉得这个老师真是挺能说的，挺能安慰人的。但是，他说的挺有道理，安慰了我，也鼓励了我，让我懂得了坚持。

4

学校的墙报《百花》，每一期都挂在大厅里，特别吸引我。那上面的很多文章，是高年级的同学写的，尽管他们比我年龄大，我也都不认识，但还是让我感到很亲切。和正式的杂志比如高高在上的《北京文艺》《人民文学》相比，《百花》有一种平等的感觉，门槛不高，仿佛一推门就能进去。

我最喜欢的是一个叫“园墙”的师哥写的文章。在《百花》上，他写了一组“童年纪事”，每期一篇，回忆他童年时的种种趣事和他的大小朋友，文笔清秀淡雅，像散文，又像小说。我非常喜欢读。特别是在刚升入初三的那年寒假，我看到他在《北京文艺》上发表了一篇散文《水仙花开的时候》，心里更是特别崇拜他，觉得只有作家才能够在《北京文艺》上发表文章啊，他真了不起！以前在书中见到的那些作家，离我都很遥远，但园墙就在我们的学校里，在这同一幢大楼里呀。也许，每天上学或放学，匆匆走在楼梯的台阶上，我们早已擦肩而过。

我特别想认识他。我打听清楚了，他是我们学校高三的同学，名叫李元强，“园墙”是他的笔名。我觉得这个笔名取得特别好，比他的原名“元强”好很多。园墙，园子的一道墙，什么园子呢？花园？菜园？鲁迅的百草园？巴金荒芜的憩园？不管什么园子的墙，都会比一般的墙要漂亮，要引人遐想。如果换作院墙，或者宫墙，就差多了。

那时，我也想给自己取个笔名，似乎正儿八经的作家都应该有一个自己的笔名。鲁迅就是笔名，园墙也是笔名。但是，我想了好久，也没有想好哪一个笔名适合自己。

我心里明镜似的清楚，自己也渴望像园墙一样，能够正式在杂志上发表一篇文章，是用铅字印刷成的，不是《百花》《小百花》上用钢笔写成的文章。

我已经忘记最后是怎么认识园墙的了。记得一直到初三毕业，放暑假之前，我才第一次见到他。他个子不高，其貌不扬，但是，一点儿没有影响我对他的崇拜之情。那时，他刚刚参加完高考，在焦急等待着大学录取通知书。我向他表达了敬意，他没有什么惊讶或得意的表情，或者说脸上根本没有流露出任何表情。他很平静地对我说："我知道你！看你们班办的《小百花》的时候，就知道你了。"

那时候，我不知道他的心里塞满着蒺藜，让他有一种难以言说的难受，这样的刺痛感，他是不会对一个比他小很多的我诉说的，可能觉得即使说了，我也不懂。我却磨着他，希望他能给我传授一点写作的经验。大概是被我磨得没有什么办法了，他便说："哪天你到我家去，我借你两本书看！"

按照他给我的地址，我找到他家。离我家很近，就在我家前面那条老街东头路南的一条小胡同里。胡同虽小，他住的院子却和我们大院一样，也是一个三进三出的大四合院，院子很深，后来搭盖起的小厨房、小偏厦杂乱拥挤着，他家在院子的最里面。

那天，我在他家没有久留，他拿出早为我准备好的上下两册《莫泊桑小说选》给我，我看到书的封面上印着"李青崖翻译"的字样。这是我第一次知道法国还有个作家叫莫泊桑，也是第一次知道李青崖这个翻译家的名字，心里非常好奇，很希望他能给我介绍一下莫泊桑和李青崖。但是，他没有说别的，只是说看完了再到他家里换别的书。我很感谢他，觉得他很了不起，看的书那么多，都是我不知道的。我渴望从他那里开阔视野，进入一个新的天地。

那天，他送我走出这个深深的大院，走到前院的时候，我竟然看见了小学时给我们语文课代课的王继皋老师。起初，我以为是认错了人，但仔细一看，就是王老师，没错!

王老师正坐在一个小马扎上，在他家门前一片猩红色的西番莲花丛旁乘凉。我走上前去，叫了一声："王老师！"他眨着迷惑不解的眼睛，显然没有认出我来。我进一步解释："您忘了？第三中心小学，您代课，教我们语文。"他想起来了，从小马扎上站起来，和我握手。我才发现，他是拄着一根拐杖站起来的。

园墙对我说："是在农场山上挖坑种苹果树的时候，石头滚下来，砸断了腿。"他摆摆手，对我说："没事，快好了。"

那一刻，小学往事一下子兜上心头，我好像有一肚子话要说，却什么也说不出来。他看见我手里拿着的书，问我："看莫泊桑呢！"我答非所问地说："我还记得您教我们唱的《远航归来》呢。"他忽然仰头笑了起来。我们就这样告别了。那以后，我好久都不明白，说起了《远航归来》，他为什么要那样笑。我只记得，他笑罢之后，随手摘下了一片身边西番莲的花瓣，在手心里揉碎，然后丢在地上送我到大院门口。园墙向我说起了王老师的事情，因为出身资本家，王老师没有考上大学，以为是考试分数不够，他不服气，又一连考了两年，都以失败告终。不仅没有考上大学，而且出身不好，又好打扮，便也没给他分配工作，他只能靠打临时工谋生。最后，家里几番求人，好不容易被分到南口农场，当了一名农场工人。

然后，园墙叹着气，又对我说："我喜欢文学，也是受到了王老师的影响。"

我和园墙就这样分别了。一个初三毕业的学生和一个高三毕业的学生，在那个暑假炎热的下午，挥挥手告别了。从此，我再也没有见过他。

他借我的这两本《莫泊桑小说选》，我看得很慢，几乎看了整整一个暑假。《羊脂球》《我的叔叔于勒》《蜚蜚小姐》《月色》《一个诺曼底人》……让我看到小说和生活的另一面。但说实在的，我并没有完全看懂，只有一些似是而非的印象和感动，但最初的那些印象，却和现实完全不同，它让我对眼前的生活，对未知的未来，充满了朦朦胧胧的想象。看完这两本书，我到他家还书的时候，他已经不在家了。他的母亲告诉我，他没有考上大学，原因和王老师一样，也是出身问题。更让我惊讶的是，居然还有一点同王老师的命运一样，他也被分配到南口农场上班去了。

那天，从园墙家走出来，我的心里很怅然。想起莫泊桑，想起李青崖，想起园墙，这三个名字，一下子都变得很伤感了，让我的眼前弥漫起一层世事沧桑难预料的迷雾。

文学，在我还没有正式开始文学创作之前，它所给予我的，是这样的忧郁，牢牢地印刻在我的内心深处。

5

田增科老师，是我初三的语文老师。那时，我15岁，他刚刚大学毕业不久，仅仅比我大十来岁。他是河南洛阳人，讲课时候带有一些乡音。

田老师很欣赏我的作文，把我的作文批改得很仔细，作文本上曾经被他的红钢笔字批点得密密麻麻。他也允许我的作文天马行空，随意写，写成诗歌和小说也可以。记得有一次，我写了一篇小说，他写下了这样几行评语，其中有一句说：巧则巧矣，未能纫若天衣。

至今记忆深刻。他告诉我小说当然是编的，但最忌讳的是让人看出编的痕迹。

有一天放学之后，他邀请我到他家。那时，他刚刚结婚不久，学校分配给他一间新房，离学校不远。到了他家，他从书柜里翻出了一个大本子让我看。本子很旧，纸页发黄，我打开一看，里面贴的全是从报刊上剪下来的文章。再仔细看，每篇文章的署名都是田增科。原来田老师曾经在报刊上发表过那么多的文章。

田老师指着本子上的一篇文章，对我说："这是我发表的第一篇文章，和你一样，也是读中学的时候写的。"写的是晚上放学回家，他在公交车上遇见的一件小事，写得委婉感人，朴素的叙述中，在朦胧的夜晚，在颠簸的公交车上，荡漾着一丝温馨的诗意。

坐在田老师的家里，仔细看了田老师同我那时年龄差不多时写的这篇文章，心里暗想，有这样好的基础和开端，后来怎么再没有见到田老师发表的作品呢？

田老师好像明白了我的心思，对我说："可惜，后来上了大学，读理论方面的书多，我没有把这样的文学创作坚持下来。"然后，他望望我，又说，"希望你坚持下来！文学写作，是一件挺艰难的事情，也是挺美好的事情。"

我明白了田老师叫我到他家的目的。我知道他的心意和他对我的期望。

那天，田老师对我讲了很多话，不像对他的一个学生，像是对他的一个知心朋友。印象最深的是，他特别对我讲起了他中学的往事，讲起了他读高中时教他语文课的蒋老师。蒋老师曾经是清华大学英语系的学生，语文课讲得特别好，经常给他们讲一些课外的文章，还借给他一些课外书。高中毕业，那时田老师在河南洛阳，洛阳没有高考的考场，考场设在开封。全班 52 个学生，是蒋老师带着这 52 个学生，坐了 400 里的火车，赶到开封，参加高考。为了防止学生意外生病，蒋老师还特意背着个药箱，细心周到地带着止泻药、防暑药。

田老师说他很感谢蒋老师，没有蒋老师，他不会从洛阳考到北京上大学。

我心里感到田老师就是像蒋老师一样的好老师。好老师，就是这样代代传承的。人的一辈子，在小学和中学阶段，能够遇到一个或几个好老师，真的是他的幸运、他的福分，因为可以影响他的一生。

我和田老师之间的友情，从 1963 年一直延续至今，已经有 57 年之久。即便之后我到北大荒插队，在那些路远天长、心折魂断的日子里，田老师常有信来，一直劝我无论在什么样艰苦的条件下千万不要放下笔和书。在那文化凋零的季节，他千方百计从内部为我买了一套《水浒传》和一套《三国演义》，在我从北大荒回家探亲假期结束的前夕，赶到我的家里把书送来。那一晚，偏巧我去和同学话别没有在家，徒留下桌上的一杯已经放凉的茶和漫天闪烁的繁星。

这中间，我和田老师先后为老人送终，他有两女一子，我有一个儿子，在那段一根扁担挑着老少两头的艰辛日子里，我曾经待业在家没有工作，他鼓励我别灰心，并借我《鲁迅全集》《苕溪渔隐丛话》《中国画论辑要》《人间词话》《红楼梦》等书，并送我一个笔记本，劝我再苦再难，读书是必要的，要相信艺不压身，学问终有需要的时候。

这中间，我从北大荒回到北京，发表的第一篇文章，是他看后觉得不错，亲自骑上自行车到报社替我送到编辑的手中，并郑重地推荐给人家的。那篇文章，他至今保留如初，并保留着我中学的作文本。

这中间，他出版的第一本书，特意约我来写序言，我说：“这本书中的这些篇章并不是为文而文，而是一位老教师在和你坦率、真挚地谈心。悠悠读来，我仿佛又回到学校，重温坐在教室里听田老师讲课时那一片温馨，它曾伴我度过少年而渐渐长大。”

这中间，我和田老师一样，先后做了中学和大学的老师。我刚给学生上课的时候，田老师骑着自行车到学校专门听我讲课。我教书的中学在郊区，比较远，但他还是早早就到了。听他的学生要给更为年轻的学生讲课，他的心情显得有些激动。田老师走进校园，我看到许多学生趴在教室的窗前好奇地看。那一天，他迷路了，兜了好半天的圈子才回到家。

还有一次，他到我教书的中央戏剧学院来听我讲课，我讲的是朱自清的《背影》。下课后，他告诉我文章中有一个字读错了，另外除了结合朱自清先生的自身经历，还应该结合当时的时代背景，会对文章的内涵理解得更深刻些。我送他一直到学院门口，看着他骑上车在冬天的风中远去，一直到看不见他的背影为止，我才发现自己手中拿着的正是朱自清的《背影》。

岁月如流，往事如烟。可以说，在我整个中学时代，除了园墙，田老师是我最为崇拜的偶像。真是，那时候，期盼着我也能像园墙和田老师一样在报刊上发表用铅字印成的文章，成为潜藏在心底的一个不敢对人讲的秘密。而这个秘密，唯有田老师知晓。而且，他在悄悄地帮助一个少年实现这个潜藏在心底的愿望。

初三下学期，我写了一篇作文叫《一张画像》，写的是教我平面几何的谭宗尧老师。他个子不高，每天上课的时候，都抱着大三角板、圆规和直尺的教具，教具高过他的头，显得他的个子越发的矮，样子非常好笑，让我觉得有点儿像漫画里的人物。我在他的课堂上偷偷给他画像，画得有些丑化了他。结果被他发现了，他看看我的画，笑了笑，没有批评我，相反鼓励我画画。最后，他送我一张毛主席画像，原来他也喜欢画画。

田老师把我叫到办公室，说这篇作文写得很有趣，篇章结构也完整，小猫吃鱼，有头有尾，最后，老师送你他画的画，结尾干净、利落。但是，你的叙述语言要改一下，有些啰唆；而且，你把拿着大三角板、圆规和直尺的谭宗尧老师比喻成拿着战刀挥舞的日本人松井，尤其不合适。我照着田老师的意见修改了一遍，但是，松井的这个比喻，始终没有想好用什么形象替代。田老师将这篇作文仔细修改了一遍，将松井改为了孔厥和袁静写的长篇小说《新儿女英雄传》里的黑老蔡，一下子，让谭宗尧老师的形象完美了。

当时，正举办北京市少年儿童征文比赛，田老师把我的这篇作文邮寄了出去，没有想到居然获奖了。奖品是一支钢笔和一本《新华字典》，奖品虽然很小，但是陈列在学校大厅的陈列柜里，规格不低。

没过几天，田老师把我叫到办公室，办公室里坐着一个陌生的男人，田老师介绍说这是北京出版社的美术编辑，他是来给你画像的。原来，这次比赛获奖的 20 篇作文要由北京出版社出版为一本书，他来我给画像，是给这本书做插图用的。他让我坐在他的对面，没过几分钟就画完了，他递给我看，还真的很像。

这本叫作《我和姐姐争冠军》的书，正式出版了。这是我第一篇被印成铅字的文章。那一年是 1963 年，我 15 岁。

田老师将这本散发着油墨清香的新书，递到我手里的时候，我看出他和我一样高兴，甚至比我还要激动。我不知道，如果没有这样的一篇文章，我日后的道路会不会发生不一样的变化。望着田老师慈爱的目光，我想起他将我的那篇作文塞进信封，投递进学校门前绿色信筒里时的情景。那是春天一个细雨飘洒的黄昏。我永远难以忘记。

6

初三，《我和姐姐争冠军》还没有印成书，有一天放学之后，田老师拿来一个厚厚的大本子对我说："你的作文要印成书了，你知道是谁替你修改的吗？"

我睁大眼睛，有些莫名其妙。

"是叶圣陶先生！"田老师将那大本子递给我，又说，"你看看叶老先生修改得多么仔细，你可以从中学到不少东西！"

我打开本子一看，里面油印着这次征文比赛获奖的 20 篇作文。我翻到我的那篇作文，一下子愣住了：首先映入眼帘的是红色的修改符号和改动后增添的小字，密密麻麻，几页纸上到处是红色的圈、钩或直线、曲线。那篇作文简直像是动过大手术鲜血淋漓又绑上绷带的人一样。

回到家，我仔细看了几遍叶老先生对我作文的修改。题目《一张画像》改成了《一幅画像》，我立刻感到用字的准确性。类似这样的地方修改得很多，长句子断成短句的地方也不少。有一处，我记得十分清楚："怎么你把包几何课本的书皮去掉了呢？"叶老先生改成："怎么你把几何课本的包书纸去掉了呢？"删掉原句中"包"这个动词，使句子干净了，也规范了。而"书皮"改成了"包书纸"

更确切，因为书皮可以认为是书的封面。

我真的从中受益匪浅。这不仅使我看到自己作文的种种毛病，还使我认识到文学事业的艰巨：不下大力气，不一丝不苟，是难成大气候的。我虽然未见叶老先生的面，却能从他的批改中感受到他的认真、平和以及温暖，如春风拂面。

叶老先生在我的作文后面写了一则简短的评语：

> 这一篇作文写的全是具体事实，从具体事实中透露出对谭老师的敬爱。肖复兴同学如果没有在这几件有关画画的事儿上深受感动，就不能写得这样亲切自然。

这则短短的评语，树立起我写作的信心。一个毛头小孩，居然能得到一位蜚声国内外文坛的大文学家的指点和鼓励，内心的激动可想而知，涨涌起的信心和幻想，像飞出的一只鸟儿抖着翅膀。那是只有那个年龄的孩子才会拥有的心思。

这一年暑假，田老师找到我，说："叶圣陶先生要请你到他家做客！"

我感到意外。像叶圣陶先生这样的大作家，居然要见一个初中生，我自然将其当成人生中的一件大事。

那天，天气很好。下午，我来到东四北大街一条并不宽敞却很安静的胡同。叶老先生的孙女叶小沫在门口迎接了我。院子是典型的四合院，敞亮而典雅，刚进里院，一墙绿葱葱的爬山虎扑入眼帘，使得夏日的燥热一下子减少了许多，阳光都变成绿色的，像温柔的小精灵在上面跳跃着，闪烁着迷离的光点。

叶小沫引我到客厅，叶老先生已在门口等候。见了我，他像会见大人一样同我握了握手，一下子让我觉得距离缩短不少。落座之后，他用浓重的苏州口音问了问我的年龄，笑着讲了句："你和小沫同龄呀！"那样随意、和蔼，大作家头顶神秘的光环消失了，我的拘束感也消失了。原来他就如一位平常的老爷爷一样，让人感到亲切。

想来有趣，那一下午，叶老先生没谈我那篇获奖的作文，也没谈写作。他没有向我传授什么文学创作的秘诀、要素或指南，相反，他几次问我各科学习成绩怎么样。我说我连续几年获得优良奖章，文科、理科学习成绩都还不错。他说道："这样好！爱好文学的人不要只读文科的书，一定要多读各科的书。"

他又让我背背中国历史朝代，我没有背全，有的朝代顺序还背颠倒了。他又说："我们中国人一定要搞清楚自己的历史，搞文学的人不搞清楚我们的历史更不行。"我知道这是对我的批评，也是对我的期望。

我们的交谈很融洽，仿佛我不是小孩，而是大人，一个他的老朋友。他亲切之中蕴含的认真，质朴之中包容的期待，把我小小的心融化了，以至不知黄昏什么时候到来，悄悄将落日的余晖染红窗棂。我一眼又望见院里那一墙的爬山虎，黄昏中绿得沉郁，如同一池浓浓湖水，映在客厅的玻璃窗上，不停地摇曳着，显得虎虎有生气。

那时候，我刚刚读过叶老先生写的一篇散文《爬山虎的脚》，便问："那篇《爬山虎的脚》是不是就写的它们呀？"他笑着点点头："是的，那是前几年写的呢！"说着，他眯起眼睛又望望窗外那片爬山虎。我不知那一刻老先生想起的是什么。

我应该庆幸，有生以来第一次见到作家，竟是这样一位大作家，一位人品与作品都堪称楷模的真正意义上的大作家。他对于一个孩子平等、真诚又宽厚、期待的谈话，让我 15 岁那个夏天变得富有生机和活力，仿佛那个夏天变长了。我好像知道了，或者模模糊糊懂得了：作家就是这样做的，作家的作品就是这么写的。

在我的眼前，那片爬山虎总是那么绿着。

7

高二的那年，我被推选当了一年学校学生会的主席。之所以选择我当这个学生会主席，我猜想应该和《一幅画像》获奖有关。学生会没有多少工作，只是负责在学校大厅的黑板上每周出一次黑板报，每学期组织一次全校运动会和文艺汇演，还有每年的新年联欢会，以及每学期的开学典礼的文艺演出。

高三开学典礼的文艺演出准备工作，还是由我们这一届的学生会负责。开学之后，学生会换届选举，我就可以卸任，准备紧张的高考了。就在准备文艺演出的一天下午，我正在学校礼堂的舞台上和同学们一起忙碌，一个同学跑上台，对我说范老师找我。范老师是负责我们学生会的教导处主任。我跟着这个同学走下舞台，刚走到礼堂门口，看见范老师正坐在最后一排的椅子上。他身边还坐着两位老师，一男一女，我都不认识。

范老师见我走了过来，站起来，向我介绍，原来是中央戏剧学院表演系的两位老师。男老师教形体课，女老师教表演课。我有些奇怪，不知道他们找我有什么事情。说句很羞愧的话，当时，我确实见识很浅陋，从来没有听说过北京还有一个中央戏剧学院。

范老师告诉我，这两位老师是专门来咱们学校招收学生的，他们看中了我！

我更是有些吃惊，因为当时我一门心思只想考北大，对于中央戏剧学院一无所知，对于表演系更是一头雾水。两位老师非常热情，对我说：“以前不了解，没关系，到我们学校参观一下，不就了解了嘛！”

于是，我被邀请参观了中央戏剧学院，由这两位老师陪同，观看了中央戏剧学院学生当年演出的话剧《焦裕禄》。我第一次走进了正规剧院的后台，我们学校礼堂舞台一侧简陋的后台无法与其相提并论。鲜艳的服装、明亮的镜子、喷香的油彩、迷离的灯光、色彩纷呈的道具……以一种新奇而杂乱的印象，一起涌向一个中学即将毕业，有些好奇，有些兴奋，又有些不知所措的少年。

两位老师知道我一门心思只想考北大，对我说：“艺术院校是提前招生的，你可以先考我们学院，然后参加高考，并不耽误，最后决定权在你，可以给你多一个选择。”我感动于他们的好心和美意，同意报考中央戏剧学院。

没有想到，小时候在大院里用床单当幕布的演节目经历帮助了我。记得初试在1966年的开春，考三项内容：唱一首歌，跳一段舞，朗诵一首诗或一篇文章。唱歌，我不愁，平常唱歌还可以；朗诵，我有星期天朗诵会的基础垫底，准备的是我自己写的一篇作文。唯独跳舞，有点儿犯愁，以前只在“五一”和“十一”的节日晚会上跳过集体舞。我临时抱佛脚，向学校舞蹈队的同学现学了一段舞蹈，勉强仓促上阵。

初试很顺利通过。紧接着是复试，在一间宽敞的排练室里，前排坐了一排老师，每人单独进去考。先让我现场组织一个小品，这倒难不倒我，因为在组织全校文艺汇演中，看过很多类似这样的节目，也帮助现编过类似这样的节目。然后，就是老师问问题，我已经忘记都问了一些什么问题，但是，都不是什么刁钻难以回答的问题，反而显得很亲切，而且考试很快就结束了。老师说让我回去等通知，挥挥手，让我走了。

那时，初试和复试后发榜，都是将考生的学号写在一张张大白纸上，贴在中央戏剧学院大门对面的墙上。由于学院在一条狭窄的胡同里，发榜的那天，墙前挤满了看榜的人，水泄不通。我挤进人群，找到了自己的学号，知道自己被录取了。我没有想到，考试的路，走得这么简单，这么容易。事后，我才知道，当时中央戏剧学院表演系招生正在改革，受乌兰牧骑的影响，他们希望招收的这一届新生，能够既会表演，也会写作，所谓能文能武。我的那篇获奖作文《一幅画像》所造成的影响余波荡漾，写作的第一步，印下的第一行幼稚的脚印，居然这样重要，让他们相中了我，让我意外邂逅了中央戏剧学院，实在是我的幸运，是文学的力量。

但是，好梦不长，一个多月后，“文化大革命”爆发。我收到中央戏剧学院寄来的录取通知书后没几天，又收到一封信函，通知我报到日期推迟，具体时间另行通知。我带着这封录取通知书和这封信函，从北京到了北大荒，一直没有舍得丢掉，梦想着很快有一天能够到中央戏剧学院报到。谁想到这一梦竟然这么长，一直到 12 年之后，才得以旧梦重温。

12 年之后，我重新回到中央戏剧学院读书，站在学院大门对面那面曾经发榜的灰墙前，不觉恍然如梦。灰墙依旧，只是张榜的白纸不再，我的青春不再。

第四章　风雪北大荒

1

1968年的夏天，我离开北京，去北大荒，来到三江平原东南的大兴岛，当时叫作七星农场分场大兴二队的生产队，兵团组建之后改名为五十七团二连。大兴岛，之所以被称为岛，是因为被两条河包围。北面的一条河叫七星河，南面的一条河叫挠力河。这两条河都有属于自己的古老历史。清时记载，七星河当时叫西勒喜河，挠力河那时叫诺雷河和诺罗河，都是满语，说明清人入关主政后，这两条河都在那时的版图和管辖的范畴内。这两条河如同两条手臂，环绕着大兴岛，一直往东北方向流去，在红旗岭农场交汇。1965年之前，这里除了有少数当地农民之外，荒无人烟，是一片沉寂多年的亘古荒原。我来的时候，这里很多地方依然是沼泽地。“向荒原要粮，向荒原进军”，成为当时最嘹亮的口号。

那一年，我21岁，开始了我的青春之旅。

想想那时候，自己真的是非常可笑。年轻的时候，大概谁都会是心高气盛的吧。那时，我也一样——自以为是、急公好义、路见不平、拔刀相助。用当时东北老乡的话说，其实就是“傻小子睡凉炕，全凭火力壮”。

看到二队里的三个所谓的“反革命”，认为并不是真正的反革命，而绝对是好人。尤其是看着他们的挨批斗，更是于心不忍。于是，我带头出场了，自以为是和样板戏里的英雄人物李玉和出场一样呢，要拯救那三个人。

到北大荒头一年刚入冬，第一次尝到了凛冽的“大烟泡”的厉害。但是，踏雪迎风，身后甩下无边无际的荒原，心里充塞着小布尔乔亚（小资产阶级）的悲天悯人情怀。我还是那样义无反顾地走进其中一个所谓“反革命”的家，那是二队最北的一间拉禾辫盖的泥草房。我看见他家里穷得盆朝天碗朝地的，一盏昏暗的马灯下，他的老婆穿着一件跑了花的破棉袄，揽着两个孩子，蜷缩在炕上，而他自己则光着膀子穿着一件单薄的破棉袄。寒风像醉汉一样使劲拍打着窗户，发出怪异的嘶鸣。不知道我哪儿来的一股子劲，当场脱下临来北大荒之前姐姐给我的那件崭新的棉大衣，披在他的身上，感觉良好地当了一回救世主。他披着棉大衣，一双细长的眼睛眯缝着，紧紧盯着我，没有动窝，也没有说话。

他叫赵温。他是二队的木匠，干得一手好的木匠活，唱得来一腔好嗓子京戏。多少年过去了，他始终记得我的那件棉大衣。我始终记得我们之间的友情。我们成了莫逆之交。

我根本没有想到，当我替赵温鸣冤叫屈，和他越走越近的时候，已经走到了危险的悬崖边上，断头台就横在我的面前。上级派来的工作组进队了。工作组进队的头一天，一大清早，便召集全队人马在食堂里开会。因为在场院上脱了一宿的谷子，我当时正猫在赵温家的火炕上，想睡个安稳的觉，哪里会想到大祸就要临头。工作组组长指名要我必须参加大会，哪里也找不到我，问谁谁也不说我在哪里。队上的一名干部亲自出马了，他料事如神一般，推开赵温家的房门，把我叫到食堂。黑压压的人群簇拥着台上新来的工作组组长，军大衣不穿而是披在身上，像《林海雪原》里的少剑波一样，几分潇洒倜傥。当他看见队上的这名干部向他挥了挥手，知道我已经来了，开始极其严厉地说起了一长段火药味儿很浓的活，其他的话我已经记不住了，但有这样一句话至今清晰在耳，那就是他声音高亢地说："肖复兴是过年的猪，早杀晚不杀的事了！"那一刻，几乎所有人的眼睛都看向我这边，目光像是聚光灯似的落在我身上。

紧接着，工作组组长找我谈话。这位年纪和我一样大的，同为66届老高三毕业的组长，是友谊农场的党委书记的秘书。他开始向我背诵整段整段的马克思、恩格斯和列宁关于无产阶级专政下继续革命的语录，密如蛛网遮下来，雨打芭蕉落下来，先把我说晕，然后，义正词严地向我指出和队上的党支部对着干而为三个"反革命"翻案的问题性质的严重性。显然，他和队上的这名干部已经认定，我是这群骚动知青的罪魁祸首。

一天收工后的黄昏，一个同学悄悄地问我："你的日记里有什么怕别人看的东西没有？"

我连想都没有想，对他说："没有。"

他嘱咐我说："你还是先仔细看看，得留神那帮人。"

果然，如他所料，工作组查抄了我写的所有日记，还有当时我写的几本诗作。

我知道，一切已经在劫难逃。心里一下子灰暗下来，心想三个“反革命”没有能够平反，我自己倒先折了进去，真有些出师未捷身先死的味道。幸亏那时所写的诗都很革命，所记的日记跟雷锋、王杰日记差不多。这几本日记和诗意外地救了我，我没被打成反革命，相反因发现了我有写作的才能，被抽调到师部的毛泽东文艺思想宣传队去写节目。

我以为自己时来运转，却没有想到，螳螂捕蝉，黄雀在后。师部宣传队一直想调我，队上的那名干部却把着我的档案死死不放。纠缠了一年多以后，我只好灰溜溜地回到生产队。

回到队上，我被发配到猪号喂猪。

我没有觉得这有什么不好。猪号在生产队偏僻的一隅，在一片荒原的边缘。到了夜晚，除了风的呼啸和猪的哼哼叫声，没有一点儿声响，更有一种远离万丈红尘之外的感觉。滤就了几丝凄凉之后，我摆出一副死猪不怕开水烫豁出去的样子，躲进被窝里，埋在书本中，打发时间，沉浸在荒原之外的想入非非中。没有电灯，一盏马灯如豆，万里荒原似海，心像是漂泊无根的小船，不知哪里可以拢岸。

我和一个山东汉子住在这间拉禾辫盖起的小屋。他叫小尹，是从山东来的盲流。这间小屋和烀猪食的大锅连在一起，中间只隔着一道木门。烀猪食的锅硕大无比，猪食一直在锅里煮着，灶火是一直不灭的。小尹一觉起来，看马灯还亮着，披衣下炕，跑出小屋。我以为他是跑到外面撒尿，他回来的时候总会带一块热乎乎的烤南瓜，塞到我手里，让我趁热吃。他早在猪号烀猪食的大柴灶里塞进了南瓜，那种只有北大荒才有的又面又甜的南瓜，烤得喷香，面面的，甜丝丝的，味道很像北京的沙瓤白薯。小尹给予了我在北大荒冬天寒夜里难忘的温暖。

读书，给予了我另外一种温暖，书让我暂时忘却了一切不快，甚至屈辱。

我读了泰戈尔的《沉船》，那是我从北京带来的一本书，还是高老师为我从学校图书馆里偷偷拿出来的。即使现在小说里关于罗梅西、卡玛娜、汉娜之间的故事记不大清楚了，记住的只是小说里的一些片段，是弥漫在小说里的一些情绪。其中，卡玛娜在月夜的船上看到恒河对岸田野小径上那提着水罐的女人的情景，却总也忘不了，就像是一幅画，没想起的时候，它是卷起来的，只要想起了它，它立刻就垂落在眼前，清晰得须眉毕现。

泰戈尔这样写道——

> 四周没有任何生物活动的形迹。月亮落下去，长满庄稼的田小径现在已看不清了。但卡玛娜仍然圆睁两眼站在那里凝望。她不禁想道："有多少女人曾经提着水罐从这些小路上走去啊！她们每一个人都是走向自己的家！"家！这个思想立刻震动着她的心弦。要是她在什么地方能有一个自己的家多好啊！但是，是什么地方呢？

我知道，我也想家了。来北大荒两年多，还没有回过一次家。第一次想家了。在同样月亮落下去的黑暗夜晚，在比卡玛娜那时还要荒凉的田野上，面对我们猪号前通往队里的那条羊肠小道两旁，秋天长满凄凄荒草，如今铺满皑皑的积雪，通过那条小道可以走到去场部的那条砂石土路，便可以再到富锦和佳木斯，然后到哈尔滨换乘火车，一点点接近家。想家的心情，如蛇吐信子一样，时不时地咬噬着心。

当时，我还曾经抄录下这样的段落——

> 苍天的光滑的面容上，没有留下一丝烦恼的痕迹，月光的宁静没有任何骚乱活动的搅扰；夜是那样悄然无声的沉寂，整个宇宙，尽管布满了亿万颗永远在运行的星辰，却也仍然得到永恒的安宁；只有人世的喧嚷的斗争是永无底止的。顺境也好，逆境也好，人生是一场对种种困难的无尽无休的斗争，一场以寡敌众的斗争。

兔死狐悲一般，我悄悄地落下眼泪。我感到自己是那样的孤独和脆弱。

2

我从北京带来《契诃夫小说选》上、下两卷中的一本，夜晚躲在猪号，重读其中《带阁楼的房子》。没有来北大荒前，无所事事、百无聊赖时，我跑到呼和浩特的姐姐家，在她工作的铁路局图书馆里借书。那里的图书馆也被封条封住，是姐姐带着我，找到负责图书馆的同事，一起爬进窗里，偷偷地溜了进去，找到了这本《契诃夫小说选》。

在猪号漫长的冬天里，我的脑海中，总是浮现小说中最后的那句话：米修司，你在哪儿啊？

那时候，心里默默念着这句话的时候，总会有一种忧郁的感觉。忧郁是什么呢？其实，是似是而非的，也许，就像契诃夫在这篇小说里说的那样吧："那是八月间的一个忧郁的夜晚，其所以忧郁，是因为已经有秋意了。"而包围我的不是八月的夜晚，而是风雪呼啸的夜晚啊。

《带阁楼的房子》写的是一个画家和两姐妹在乡间相遇的故事。但那时我几乎把画家和姐姐丽达的故事全部忘记，或者肆意删除了。我对他们那些各持己见，关于什么给农民治病呀教书呀，是生活高于风景画呢，还是画家的一切都是没有意义的等一切争论都忽略不计。我弄不清画家和丽达到底孰是孰非，而把注意力集中在妹妹米修司的身上。

比起那个有些像积极投身于农村的"知识青年"革命派的姐姐，这个妹妹米修司更可爱一些。

她总爱抱着书躲在椴树林里（我们大兴岛北边的原始老林子里，也长着很多椴树，春末夏初，开着满树细碎的小白花）贪婪地看，或者站在画家的身旁出神地看画家写生。她喜欢画家，崇拜画家，希望画家带她到更美好、高一等的世界里去。她相信画家对她说的话——美好、永恒的生活在等着我们，并且轻而易举地就相信了，不要画家拿出任何证据。

米修司的单纯或者说简单，让我觉得她比她的姐姐要可爱。也许，她的这种单纯、活泼、简单，其实，正是我自己当时的样子。满怀激情地来到北大荒，却遭如此打击，前途未卜，好不容易到了师部宣传队，可以拿起笔来，干点自己喜欢的事情，有了点儿盼头，却惨遭阻挠，最终灰溜溜地打道回府，到了猪号，成天和一群“猪八戒”为伍。即便命运如此颠簸，涉世未深的我，对那场“文化大革命”还是深信不疑，还是相信已经是一片动荡而模糊的未来，我在渴望中抓住了米修司的手，以为是一根可以帮助我泅渡人生的结实的稻草。

在我的眼里，米修司是梦幻般的女孩，是美好的化身，是爱情的模特。我觉得契诃夫的安排是对的，她当然要和画家恋爱。她不和画家恋爱，难道要让姐姐和画家恋爱吗？那该是多么的倒胃口。

那个总是好奇地望着画家，喜爱画家的才华，渴望画家来到她住的带阁楼的房子，又总是要一直送画家回家的可爱的米修司；那个不愿看见星星陨落，在甩掉了大衣热烈亲吻之后奔跑在美丽夜色里的米修司；在那样四周还布满喧嚣的所谓革命浪潮中，在北大荒风雪刺骨的寒夜里，给我一个幻影，让我误以为命运再如何颠簸，环境再如何恶劣，都是暂时的，就像当时叫喊得震天的口号：道路是曲折的，前途是光明的。我坚信不疑，一切真的会美好起来，这个世界上，会有一个可爱的米修司，在遥远的椴树林，在等着我。

青春时节读书，书有时会成为一种致幻剂。

契诃夫确实具有独特的艺术才能，他把一个其实非常简单的爱情故事写得那样优美动人。他让他们接吻之后，有两大段抒情，一段写心情，写画家看米修司的阁楼：“阁楼上的窗子像一双眼睛似的瞧着我，好像它什么事情都了解似的……米修司就住在里面，明亮的光在那儿的窗帘闪现了一下，接着变成了柔和的绿色，那是因为灯上加了一个罩子，人影在移动。”一段写景，写画家归途中的夜色下的花园：“将近一个钟头过去了，脸上的光熄灭，人影看不见了。月色高挂在房子上空，明亮沉睡的花园和小径。房子前面的花坛里，大丽花和玫瑰花可以看得很清楚，好像都是一种颜色。”

契诃夫所描写的心情和景色，其实也是属于我的。那时，我就是如此无可救药地要和遥远的俄国人攀亲，就像穷人攀高枝一样，使劲地跳进契诃夫的小说里面，让自己贫瘠的心里得到一点虚幻的满足。

米修司，你在哪儿啊？这句话，现在读来是那样的乏味，甚至做作。但当时像藤蔓一样缠绕着我，长出细叶来，伸出小手一样搔痒着我的心。

由于姐姐丽达的反对，米修司拒绝了画家的爱。一个小男孩给画家送来了一封她的信。画家当晚就离开乡间回彼得堡了。米修司，你在哪儿啊？这成了画家心里长久的呼唤。

米修司，你在哪儿啊？一唱三叹般的，也曾经如散不去的雾霭一样，久久地在我的心里盘桓。

米修司，你在哪儿啊？便也是我心里默默的呼唤。

其实，我心里明白，米修司是不存在的，希望是渺茫的。只是，自欺欺人，我固执地希望一切都还是存在的，米修司会在远处等待自己的。

很久以后，我看过画家何多苓为《带阁楼的房子》画的多幅油画插图，深为感动，甚至觉得他画的比契诃夫的小说还要好，还要打动我。我知道，那是因为在青春时节这篇小说曾经给予过我似是而非的感觉，在命运的泥沼里曾经给予过我一点画饼充饥的希望的回光返照。

带阁楼的房子，是我青春时节在北大荒的一个朦胧、凄美而带有希望与慰藉的象征。

在北大荒，这样带阁楼的房子，被叫作马架子。

3

和契诃夫的《带阁楼的房子》一样，屠格涅夫的《罗亭》，也是我读过两遍的书。

第一遍，是在中学校园里，“文化大革命”早期，我属于逍遥派，躲在暴风雨的后面，像鲁迅先生在为柔石的小说《二月》作序中所说，在所谓革命大潮退去之后，生怕一点儿水花溅湿自己的衣襟。那时，我很少去学校，几乎天天躲在家里读书，打发寂寥、难熬的时光。书是高挥老师从学校图书馆里偷偷拿出来的，读后心里总有挥之不去的罗亭和娜塔丽雅的影子。那影子也是我自己的影子，沾染上即将告别校园的几分怅惘和迷茫。

第二遍，是在北大荒的猪号里。这本书在我插队的生产队里流传，很多人都读了，再回到我的手里，书页已被翻烂，封面也破了，并卷起了角。那时，我们队里有一个从兴凯湖来的劳改释放犯，姓汪，他有一手绝技，能够将书翻旧如新，还能够给书装上一个精装的硬皮。这本《罗亭》就是经过他的手变了模样，挺括的布封面上“罗亭”两字是凹进去的，摸上去手感不一样，让我惊异万分。

两次读《罗亭》，我都抄录了书中的许多段落，也都做了一些笔记。近 50 年过后，现在重新翻看这些已经发黄的笔迹，依然能够清晰地听到那时节的青春回声，清澈且不含杂音。那时，读书总和自己挂钩，如同溺水者，一口口地呛水，还以为在痛饮美酒。那时的罗亭和娜塔丽雅已经不属于屠格涅夫，而属于那个时代的我自己，他们从 19 世纪的俄国来到了北京的中学校园和北大荒的冰天雪地，在历史与现实、文学和生活之间，不住地闪回、淡出、淡入和定格，以他们清秀而单薄的身姿，和当时我所处的现实做着力不胜负的衔接、对话、对比和抗争。

那时的阅读，是多么的天真、幼稚，又是多么的投入，是真情与生命的投入。

在我的笔记中，第一段就这样写道："虽然，贵族知识分子，让位于平民出身的革命者，多余的人被挤在尴尬的角落里。罗亭有弱点，但亦有历史功绩。罗亭是软弱的，最大的不幸是不了解俄国，不了解自己的人民，总奢谈人生的意义和自我牺牲的价值，在第一障碍面前，就只有屈服。但比起达丽雅·米哈伊洛夫娜的庸俗空虚、躲在温暖一角中的列兹涅夫辈的苟且偷安，还是高出一头的。"

这里说的"第一障碍"，指的是美丽的娜塔丽雅决心离开庄园，希望罗亭和她一起私奔的时候，平常口若悬河大讲人生价值和意义的罗亭退缩了，成了语言的巨人和行动的矮人。我曾经抄录下清晨罗亭和娜塔丽雅在阿芙杜馨池边分手的大段对话——

“我到这里来不是为了哭，也不是为了诉苦。我是请您拿主意的。”

“有什么主意给您拿呢？”

“有什么主意？您是个男人，我已经信任了您，我还要信任您到底。请告诉我，您打算怎么办？”

“我打算怎么办？您妈妈，多半会把我撵出去的。”

“但您还没有回答我的问题。”

“什么问题？”

“您看，现在怎么办？”

“怎么办？当然只有屈服。”

“屈服？”娜塔丽雅慢慢重复一句，嘴唇发白了。

当时之所以大段大段抄录这些冗长乏味的对话，是因为他们的对话常常在我的心里自问自答。那时候，我是将去不去北大荒，当成一场革命的选择，“小院不跑千里马，花盆难养万年松”“志存千里跃红日，乐在天涯战恶风”，曾经是那时罗亭和娜塔丽雅对话的知青版。

在北大荒的猪号里，我抄录了罗亭写给娜塔丽雅的信：“我在这个世界上仍然只能是孤零零一个人。去献身——像您今天早晨以残酷的讥讽向我说的那样——更值得我去做的事业。哎，假如我真能献身于这些事业，那也好啊。但是我始终将是一个半途而废的人，正和以前一样，只要碰到第一个障碍，我就完全粉碎了。我和您之间的经过就是证明。”

那时候，我对罗亭的认识和情感是复杂的。一方面，我批判罗亭是一个清谈者，是一个“多余的人”，以罗亭在所谓“第一障碍”面前的退缩来告诫自己，坚决不做“上山下乡”的逃兵。另一方面，他虽然夸夸其谈，毕竟对于现实有所批判，对人生有很好的见解，对爱情有真挚的追求；而且，他对于自己的软弱给予了自我批判和解剖。那时，人们崇尚鲁迅所说的“解剖自己要比解剖别人更严格”。所以，我在抄录罗亭自我批判和解剖的句子下面，都用铅笔画了一道道粗线。当时的笔记，显露出时代影射下的心迹。

对于罗亭，在我矛盾的心态中始终摇摆着他的形象。他成了那个时代里说的那种推一推就过去、拉一拉就过来的中间人物。但是，在口头上对他批判，在我的心里，总是这样替他辩解，谁不会有一时的软弱和动摇呢？为什么因为一时的软弱和动摇就遭到全盘的否定，一棍子打死呢？何况并不是谁都能够像罗亭一样，有勇气做到自我批判和忏悔，而且富有才华。所以，私下里对娜塔丽雅不给罗亭机会，就那样毅然决然地离开了他，觉得是不是有点儿过分，有点儿偏激，有点儿不值得？

说穿了，根本的问题，恐怕在于自己内心深处也和罗亭一样有过类似的软弱和动摇，原谅了罗亭，就好似也原谅了自己。

以后读高尔基的《俄国文学史》，看他论述屠格涅夫时说：“不，罗亭不是可怜虫（通常对他有这样的看法），他是一个不幸者，但他是当代的人物而且曾做出不少好事来。罗亭——是巴枯宁，是赫尔岑，而且部分地就是屠格涅夫自己，但是，这些人物，你们知道的，并没有虚度一生，而且曾留给我们以绝好的遗产。”

我赞同高尔基的这一评价。高尔基不是在为我当年对罗亭的犹豫、矛盾做解释和开脱，而是客观地对待了屠格涅夫和罗亭。从某种角度而言，每一个时代都会有罗亭式的人物出现。人不是没有软弱的时候，软弱是一种常态，允许软弱，面对软弱时能够自我批判并战胜软弱，更应该是一种值得肯定的状态。

在《罗亭》这本书中，我还抄录了毕加索夫对于女人评价的两段话——“世上有三种利己主义者：自己生活也让别人生活的，自己生活但不让别人生活的，自己不生活又不让别人生活的。女人属于后一者。”“男人也可以犯错，比如他也许会说二加二不等于四，可一个女人却会说二加二等于一支蜡烛。”

当时我的笔记里写了这样一段：毕加索夫说的利己主义的三种人，确实在生活中存在，但他独说后一种自己不生活又不让别人生活的属于女人，有些绝对了。在这一点，罗亭和他不同，罗亭爱娜塔丽雅，他对娜塔丽雅说“凡是有美和生命的地方都有诗”，他认为这天、这树、这花，还有女人都属于美和诗。

现在想想，那时之所以让罗亭不同于极端的毕加索夫，还是极力想维护罗亭吧。在当时，极端的毕加索夫处处都在，更需要另一端的罗亭来折中一下吧？从我的内心来看，我是宁可接受软弱的罗亭，也不情愿接受极左派毕加索夫的。

我还抄录书中关于一只小鸟的段落——

> 我还记得有斯堪的纳维亚的传说，一个皇帝跟他的战士围在火边，冬天，一只小鸟飞进屋，又飞走。皇帝说：“这鸟呀，也跟人生一样，从黑暗飞来，又向黑暗飞去。温暖的光明，对它都是短暂的啊。”“陛下，”最老的战士回答，“就是在黑暗里，小鸟也不会迷途的，它会找到它的归宿。”我们生命虽然短暂而

渺小，但是伟大的一切却正由人的手造成的。人生一世，意识到自己这种崇高的任务，那就是他无上的快乐。正是小鸟在这样从黑暗里的摸索甚至不顾死亡之中，他将发现自己的生命，自己的归宿。最老的战士的话，比皇帝说的更有哲理。

现在，我已经忘记了这段话是不是罗亭说的，也忘记了这段话是书里写的，还是掺杂着我自己的一些感想。小鸟所引发的感慨，对于罗亭那一代人而言，和对于我们这样一代知青而言，有相同也有不尽相同的地方。对于我们，那时我们的命运就如那只小鸟，我们盲目地从黑暗飞来，又向黑暗飞去，我们不知道何处是自己的归宿，但在当时我还要强颜欢笑、言不由衷地说小鸟就是我们的象征，我们就在这样摸索中发现自己的生命和归宿。

还清晰地记得，第二次读《罗亭》的时候，在猪号大雪封门的夜晚，一盏马灯跳跃着温暖的火苗。罗亭、娜塔丽雅，还有斯堪的纳维亚的那只小鸟，一起簇拥到了马灯前。

那时，对于罗亭，我的心情很复杂。同情罗亭，其实就是在同情自己；批判罗亭，其实也就是在批判自己。

我和罗亭一起，都在痛苦地作茧自缚。

4

就是在那个时候，我重新拿起笔来写作。那些大雪封门的夜晚，无处可去，只好闷在猪号里，随着雪飘来、风打来，寂寞无着地一天天数着日子过。为了打发无所事事的光阴，特别是对付夜晚常常睡不着觉时袭来的心灰意冷和不期而至的暴风雪扑窗的嚎叫，我找了一本学生做作业的横格本，拿起了笔，买了一瓶鸵鸟牌墨水，开始写一点东西。我最初的写作就是从那时开始的。之所以说是最初的写作，是觉得以前所写的东西都是给宣传队的，很多是为了宣传，是为别人，而从这时候开始是为自己。我要写些自己想写而又真心喜欢的东西。

我一直认为，爱情和写作是那个时代像我这样处于压力和压抑中的知青两种最好的解脱方式。在没有爱情的时候，我选择了写作。收完工，把猪都赶回圈，将明天要喂猪的饲料满满地烀在一口硕大无比的铁锅里，我和小尹也喂饱自己的肚子，我就可以拿出那个横格本开始写作了。每天开始写作的时候，小尹都帮我把马灯的捻儿拧大，然后跑到外面的饲养棚里，往烀猪食的灶火里塞进南瓜。当他把烤好的南瓜香喷喷地递到我的面前，往往是我写得最来情绪的时候。那真是一段神仙过的日子，让我自欺欺人地暂时忘却了一切烦恼，几乎与世隔绝，沉浸在写作的虚构和虚妄之中。

我把那个横格本写满，密密麻麻地写了整整10篇文章。放下笔，合上本子，写作时的那种快乐和由此漫漶的虚妄，忽然一下子消失了，因为那时所有的文学刊物都已经停办，所有的报纸也没有了副刊，我有一种拔剑四顾茫然一片的感觉，找不到对手，找不到知音，我写的这些东西也找不到“婆家”。它们的作者是我，唯一的读者也只有我。我不知道自己写的这些东西的价值，是不是我想象中的文学，还值不值得继续写下去。如果这时候能够有一个人为我指点一下迷津，那该多好。但是，那时，我能够找谁呢？我身边除了小尹和这群“猪八戒”，连再见一个人的机会都难，离农场场部穿小路最近也要走 16 里地。窗外总是飘飞着大雪，路上总是风雪茫茫。

一个熟悉的老人，在这时候突然出现在我的脑海里，那就是叶圣陶先生。其实，我和叶老先生只有一面之缘，我能够麻烦他老人家吗？我读初三的时候，因为作文《一幅画像》参加北京市作文比赛获奖，叶老先生曾经亲自批改过这篇作文，并邀请我到他家做客。只是见过这样一次面，好意思打搅人家吗？况且，又正是处于“文化大革命”时期，不是给人家添乱吗？

但是，我不死心，最后，我从那 10 篇文章中挑选了自己最满意的一篇《照相》，寄给了叶圣陶先生的长子叶至善先生。当然，这更有些冒昧，因为我只是在初三那年拜访叶圣陶先生的时候见过叶至善先生一面，他只是在我进门的时候跟我打了一个招呼，我们甚至都没有说过什么话。但我知道他那时候是中国少年儿童出版社的社长兼总编，是一位自 1945 年就开始在开明书店工作的经验丰富的老编辑，也是一位有名的作家，他和叶至诚、叶至美合写过《三叶集》。我还在上小学的时候看过他写的科幻小说《失踪的哥哥》。

跑了 16 里地，把信和稿子寄出去了，我不知道会有什么结果。因为我不知道他还会不会记得 8 年前曾经去过他家的一个普通的中学生。

我没有想到，竟然很快就收到了叶至善先生的回信。到现在我还清晰地记得那天的情景，我们的信件都是邮递员从场部的邮局送到队部，我们再到队部去取。那天黄昏，是小尹从队部拿回来信，他老远就叫我的名字，说有我的信，到那时我也没觉得会是叶先生的回信。接过信封，看见前面的是陌生的字体，下面一行却是熟悉的发信人的地址：东四八条 71 号。我激动得半天没顾得上拆信。我当时只是一个倒霉的插队知青，天远地远的，又在那么荒凉的北大荒，叶先生竟然那么快就给我回信了。许多不可能的事情，往往就这样发生了。

说来也巧，那时，叶至善先生刚刚从“五七”干校回到北京，暂时赋闲在家，正好看到了我寄给他的文章。他在信中说他和叶圣陶老先生都还记得我，他对我能够坚持写作给予了很多鼓励；同时，他说如果我有新写的东西，再寄给他看看。我便立刻马不停蹄地把剩余的 9 篇文章陆续寄给了他。他一点儿不嫌麻烦，看得非常仔细、认真，以他多年当编辑的经验和功夫，对我的每一篇文章，从构思、结构，到语言乃至标点都提出了具体的修改意见。我修改后再把文章寄给他，他再做修改寄给我，稿件和信件的往返，让那个冬天变得温暖起来。

我的写作来了情绪，收工之后点亮马灯接着写，写好之后接着给他寄去，然后等待着回音。这成了我那些日子最大的乐趣和动力。他从来没有怪罪我得寸进尺，相反每次接到我寄去的文章，都非常高兴，他好像并没有把我对他的麻烦当成麻烦，反而和我一样充满乐趣。每次看到他把修改得密密麻麻的稿子寄给我，在信中总会说上这样的一句话：“用我们当编辑的行话来说，基本上可以‘定稿’了。”这话让我增加了自信，也让我看得出他和我一样的高兴。

让我最难忘的一次，是我接到他一封厚厚的信。在此之前，我从来没有接过他这样厚的信。我拆开来一看，是他将我的一篇文章从头到尾大卸八块修改了一遍，怕我看不清楚，亲自替我重新抄写了一遍寄给我。望着他那整齐的蓝墨水笔迹，我确实非常感动。在我的写作生涯中，可以说我接受了叶圣陶和叶至善父子两代人如此细致入微的帮助，他们都做了这样大量的工作，给予我看得见、摸得着的指点，可以说是手把手引领我步入文学的领地。他们让我感受到那个时代难得的无私和真诚，那种对文学和年轻人由衷的期待和鼓励，叶先生那一辈人宽厚的心地和高尚与高洁的品质，是我们这一代人难以企及的。

当初叶至善先生写给我的那些封珍贵的信，其中一封是这样写的——

复兴同志：

寄来的四篇稿子，都看过了。

《歌》改得不差，用我们当编辑的行话来说，基本上可以“定稿”了。我又改了一遍，还按照我做编辑的习惯，抄了一遍。因为抄一遍，可以发现一些改的时候疏忽的地方。现在把你的原稿和我的抄稿一同寄给你。

重要的改动是第二页，把首长交给“我”的任务，改成：“寻找作者，了解创作思想。”文章结尾并没有找到作者，可是这支歌的创作思想似乎已经说清楚了。这样改动勉强可以补上原来的漏洞。

有些地方改得简单了一些，如第一页，既说“到处可以听到”，似乎不必再列举地点。谁唱的这支歌，后文已经讲到，所以也删掉了。有些地方添了几句，是为了把事情说得更明白些。

关于老团长在南泥湾的事迹，我加了一句。用意在于表现一个普通战士，经过革命的长期锻炼，现在成了个老练的领导干部。

有些句子，你写的时候很用心思，可是被我改动或删去了，如“歌声串在雨丝上……”“穿梭织成图画……”两句，不是句子不好，而是与全篇的气氛不大协调。

要注意，用的词和造的句式，在一般情况下要避免重复。只有在必须加强语气的时候，才特地用重复的词，用同样的句式。

《歌声》改得不理想，也许我提的意见不对头，也许是对要写的主角，理解还不够深。是不是把这篇文章的初稿和我提的意见一同寄给我，让我再仔细想想，看问题究竟出在哪儿，有没有再做修改的办法。

《树和路》也不好，写这种文章需要高度的概括能力。没有什么情节，又不能说空话，即使是华丽的空话。是否暂时不向这个方向努力，还是要多写《歌》那样的散文，或者写短篇小说，作为练习。

《球场》那篇，小沫说还可以，我觉得有些问题，让我再看看，给你回信。

这三篇暂时留在我这里吧。

想起《照相》，我以为构思和布局都是不差的。不知你动手改了没有。主角给“我”看照片的一段要着力改好，不要虚写（就是用作者交代）的办法，要实写，也就是写主角介绍一张张照片的神态和感情，这种神态和感情，主要应该用她自己的语言来表达。我希望这篇文章能改好。如果再寄给我看，就把原稿和我提的意见一起寄来。

你的朋友之中，有没有愿意像你一样下功夫的，如果他们愿意，可以寄些文章给我看看。我一向把跟年轻作者打交道作为一种乐趣。

祝好。

叶至善

在那个多雪的冬天，盼望着叶先生的来信，是最美好的事情了。

在叶至善先生具体的帮助和指点下，我在那个冬天一共完成了两组文章：《北大荒散记》和《抚远短简》。第二年春天，全国各地的报刊都在举办纪念毛主席的《在延安文艺座谈会上的讲话》发表三十周年的活动，征文成了最普遍的一种形式。报纸的副刊，在封闭多年之后，终于大门新开，花径重扫。我先拿出了那10篇文章的第一篇《照相》，装进信封里，只是在右上角剪一个三角口，不用贴邮票，先寄给了我们北大荒的《兵团战士报》和当地的《合江日报》，真的像叶先生说的那样："用我们当编辑的行话来说，基本上可以'定稿'了。"很快，这篇《照相》，在两份报纸上都先后发表了；在《合江日报》上，还专门配发了一则评论。花开了，春天真的来了。

之后，我写的那两组文章中的不少文章也陆续发表了，尽管极其幼稚，现在看起来让我脸红，但是，令我永远难忘的是，在我最卑微、最艰难的日子里，叶先生给予我的信心和勇气，让我看到了文学的价值和力量，以及超越文学之上的友情与真诚、关怀、期待的意义和慰藉。

5

应该还要说一说曹大肚子。在风雪弥漫的北大荒，他和叶至善先生一样，都是给予过我温暖的人。

1971 年冬天的一个晚上，“大烟泡”铺天盖地刮了一整天。我在二队的猪号里干完活，刚吃完晚饭不久，饲养棚的门被推开了，是我一个在场部兽医站工作的中学同学连桂丛。看着他一身雪花像个雪人一样突然出现在我的面前，心里很是惊讶。从他那里到我这里，要走整整 16 里的风雪之路呀。我以为出了什么事情。

他不容分说，让我赶紧穿好衣服，匆忙地拉着我就往外走。外边的雪下得正猛，我们两人冲进风雪中，白茫茫的一片，立刻吞没了我们。

一路上，我才知道，他们兽医站有一个叫作“曹大肚子”的人，是钉马掌的，不知怎么听说二队出了我这么一号人，挨整后被发配到了猪号。连桂丛告诉他我俩是同学，而且，还告诉他我特别想看书，把从北京带去的一箱子的书都翻烂了……只那么随便一聊，并告诉他我正憋在猪号里写东西。就在那天傍晚要下班的时候，曹大肚子对我的这个同学讲：“你让你的那个同学肖复兴来找我！他不是爱看书吗？”

“你听听，他这口气，不小呢。我这不立马就跑来找你，不管他是真有书还是假有书，明天一清早，他来上班看见你在兽医站等着他呢，先表明咱心诚。”

他想得真周到。那时，队上只有队部里一部电话，根本不会为我跑到猪号那么老远去传电话。他只好跑那么远，顶着风雪来回 32

里的奔波，使我心里翻起一阵热浪。

虽然对这个曹大肚子心存疑惑，但也幻想着备不住他会藏龙卧虎，别因错过了机缘而遗憾。书，仅仅是为了书，而不是美景或美女什么的，竟然也能够有如此的诱惑，像冬天里的一把火一样，立刻燃烧起腾腾的火焰，从心里一直蹿到天灵盖，让我们有一种远道赴约而绝对不能迟到的蓦然而起的冲动。

我们两人急匆匆地往兽医站赶，在零下几十度的寒夜里，竟然走出了一身汗。那时候，为了多看几本自己想看的书，可以如此顶风冒雪地跑上那么远的路。现在想想，真是奇迹，无论现在还是以后，还能够出现这样的奇迹吗？

第二天一清早，曹大肚子出现在我们的面前，我的同学向他介绍我的时候，我看出他有几分惊讶。没有想到风雪之中我们的速度如此快。

第一印象是很深刻的：中等个儿，很胖，穿着一身旧军装，挺着小山凸起的大肚子，双手背在身后，眼睛望着上面，似乎根本没有看我。他有几分傲慢地问我："你都想看什么书呀？写个书单子给我吧！"

我当时心想，莫非这家伙真是有藏书，还是驴死不倒架摆这个派头？因为昨天夜里和同学在一铺炕上睡觉时，我已经向同学打听清楚了，曹大肚子以前是我们农场办公室的主任，当过志愿军，1958 年十万转业官兵到北大荒的时候，从辽宁的沈阳军区来到了北大荒；1965 年开发大兴岛时，从七星调到这里。"文化大革命"时被打成走资派批斗之后，发配到兽医站钉马掌。

听他说话的那口气，似乎不容置疑，半信半疑之中，我写下三本书的书名。到现在我依然清晰地记得：一本是亚里士多德的《诗学》，一本是伊萨科夫斯基的《论诗的秘密》，一本是艾青的《诗论》。说老实话，我心里是想为难他一下，别那么牛，这三本书就是当时在北京也不好找，别说在这荒凉的北大荒了。我是不相信，这样三位“老人”，能存活在一片风雪荒原之上的。

谁想到，当天下午，他来兽医站上班，把用报纸包着的书递到我的手中。我打开一看，一本不差，还真的是这三本书。我对他不敢小看，不知水到底有多深。

在北大荒最后的两年多时间里，曹大肚子那里成了我的图书馆。但是，每一次借书，他都要我写个书单子，他回家去找，这成了一个铁打不动的规矩。一般他都能够找到，如果找不到，他就替我找几本相似的书。他从不邀请我到他家直接借书。我也理解，既然藏着这么多的书，他肯定不想让人知道，要知道那时候这些书都属于“封资修”，谁想惹火烧身呀。我便和他一直保持着这样的借书关系，每一次都跟地下工作者在秘密交换情报似的。报纸里包着的是只有我们知道的秘密。

曹大肚子的书，帮我抵挡了身边的孤独、内心的苦闷，还有日复一日的无聊。在我 24 岁到 27 岁之间那三年的时间里，那些书帮助我迈过了人生关键的门槛，让我觉得即使是孤独和苦闷也是美好的，即便一身衣衫褴褛，心里也感到是富有的，足以抵挡眼前一切的风雪弥漫，总会觉得好像有什么美好的事情会在寒村荒原上发生。

记得第二年的开春，我在二队播种，站在播种机上面，看着大豆的种子一粒粒撒进地里，远处朦朦胧胧闪动着绿茵茵的影子，感觉忽然就在那一刻，地头上走来一个女知青，像是我童年时结识的女友，也就是我在《照相》里写到的主人公。她远远地一步一步向我姗姗走来，我竟然不管不顾，立刻从播种机上跳了下来，向地头跑了过去。我跑到了地头，见到的是一个陌生的女人。但那片刻涌动在心头春潮一般的幻觉，是那样让我难忘，尽管也是那样的可笑。那一切包括可笑在内的美好幻觉，和如同泡影一样瞬间破碎的想象——我知道，都是从那时读过的书中得来的。那些书，都来自曹大肚子。是他的那些书给予了我这些幻觉和想象，让我可笑，却不再可怜，让我有了旁人没有的自我感动，甚至是激动人心的瞬间。

我曾经对曹大肚子讲过这一时错觉和可笑的举动，我等待着他的赞赏，或嘲笑。但是，他静静地听我讲完，没有说什么，只是轻轻地拍了拍我的肩膀。过了好大一会儿，他对我说："我没看错你，你一定会写出东西来的。"

我一直把曹大肚子当成知音，尽管那时，我还没有发表一篇文章，但是，他知道我已经在悄悄地写，而且一口气写了 10 篇文章。我曾经拿出其中几篇给他看过，他看后没对文章有什么臧否，只是问我："你看过林青的散文吗？"我知道林青是北大荒的一位作者，和曹大肚子一样，都是 1958 年复员转业到北大荒来的那批军官。便告诉他，我初三的时候，买过一本林青的散文集《冰凌花》，是上海少年儿童出版社出的。听我说完，他又问我："林青还有一本散文集，你看过吗？"看我迟疑的目光，他接着说，"是《大豆摇铃的季节》，我应该有，我回去给你找找。我看你写的散文，和他有点儿像。"他从来都是这样，不动声色，但我能够感到在他冷面中的一份压抑或隐藏的感情。

在荒凉的北大荒，居然还有这样一个人，私藏着这样多的书，不仅借我，还主动推荐我看，好像他家里有一个无底洞，藏着我永远也看不完的书。这简直是一个不可思议的奇迹。对于曹大肚子，有时觉得是个怪人，很想接近他，但他对我总是若即若离，像一朵缥缈的云彩，你总是摸不着它。说老实话，我想接近他，是因为心里总是充满好奇，这家伙到底藏着多少书？他越是不让我到他家去挑书，我便越是蠢蠢欲动，总想到他家里去看个究竟。

这样的念头就像是皮球一次次被我压进水里，又一次次地浮出水面。心有不甘，又不忍心打搅他，生怕有什么闪失，或者惹他生气，断送了我好不容易从天而降的借书的道儿。

只是，这样的念头，像冻僵而未死的蛇一样，会在突然之间苏醒过来，吐着蛇信子，咬噬我的心，无比难受。

1973年的初秋季节，我下决心不请自来到他家里去一探虚实。时间之所以记得这样清楚，是因为到现在也忘不了那个晚上，我刚刚推开他家的篱笆门，一条大黄狗汪汪叫着就扑了上来，吓得我连连后退，那大黄狗还是一步就蹿了上来，一口咬在我的右腿上，把我扑倒在地。曹大肚子两口子闻声跑了出来，一看是我，把狗唤住牵过去后忙问："咬着没有？"幸亏是深秋时候天冷了，我穿着厚厚的秋裤，才没咬伤我。所以，那个惊魂未定的秋天，无形中加深了我对曹大肚子的印象。

外面的裤子和里面的秋裤都被咬了个大口子。这条大黄狗够狠的。曹大肚子不好再把我拒之门外了，只好无可奈何地把我迎进门。门旁站着一个胖乎乎的小姑娘，好奇地望着我，无疑是曹大肚子的小闺女了。

一进屋，我就四下打量，一间屋子半间炕，几把破椅子，一个长条柜，那些书都藏在哪里呢？莫非就像是安徒生的童话，伸手即来，撒手即去吗？曹大肚子的老婆让我脱下裤子，指着灶台边的另一间屋说："我那儿有缝纫机，我帮你把裤子上的大口子缝上。"

曹大肚子把我请上热炕，给我倒了一杯热水，他那个小闺女一直在一旁好奇地望着我。我的心还在他的那些藏书上面呢，根本没怎么注意他们这一家三口。我开始怀疑炕对面贴墙的那一面大长条柜，会不会把书藏在那里面？就像阿里巴巴的那个宝洞，只要我喊一声"芝麻芝麻开门"，就能够向我敞开里面的秘密。

曹大肚子知道我到他家的目的，只是不请自来，让他没有料到。他还是像平常那样不动声色，递给我一张纸和一支笔，依然是老规矩，让我先写书名，然后拿起我写的书单子，没有任何表情地说了一句："我帮你找找看。"看来我被他家狗咬的惊险举动，根本没有打动他。

记忆真是非常奇特，很多事情都忘记了，但那天晚上写的书名，过去了将近 50 年，记得还是非常清楚。我写的是陈登科的《风雷》、王汶石的《风雪之夜》、费定的《城与年》、卡维林的《一本打开的书》。他让我等等，自己一个人走出了屋。他的闺女跟着他也出了屋。屋里只剩下了我一个人，一下安静了许多，幽暗的灯光下，对面的长条柜泛着乌光，像头睡着的老牛。他老婆替我补裤子轧缝纫机的声音，阵阵传来，一切显得有几分神秘，总觉得好像有什么事情要发生似的。

我犹豫了一下，穿着一条秋裤，还是悄悄地跟着他走出了屋。缝纫机的声音很响，像是我怦怦的心跳声。只见他提着一盏马灯，走出屋子，往旁边一拐，进了他家屋旁的一间小偏厦，那是一般家里放杂物和蔬菜的仓库。门很矮，他凸起的大肚子很碍事，弯腰走进去有些艰难。看他走进去了半天，我在犹豫是不是也跟着进去。

为什么要把他的秘密打破呢？干吗不让它像童话一样保留在他的心中，也保留在我的心中呢？况且，那条大黄狗正吐着舌头，蹲在偏厦门口不远的地方，凶狠狠地望着我，真怕我一走过去它就向我扑过来。

秋风瑟瑟，掠过树梢吹过来，吹得树叶子飒飒直响，吹得我有些发抖。但那时候我还年轻，到底忍不住好奇心的诱惑，豁出去了，还是走了过去，一边走一边胆战心惊地望着那狗，还好，它没叫唤，也没扑过来。

走进偏厦一看，好家伙，满满一地都是用木板钉的箱子，足足十几个，里面装的都是书。它们趴在有些潮湿、阴冷的地上，像趴着一只只怪兽，冷眼嗖嗖地看着我。那一刻，我真的有些震惊，想不到一个老北大荒人，在那样偏僻的地方，居然能够有那么多的书。那么多的书，他是怎么从沈阳那么老远费劲巴哈地搬了过来，又藏了下来呢？心里暗想，这得花多少工夫、精力和财力才能够做到啊！

曹大肚子正俯着身子，聚精会神地替我找书。我站在他的身后好久，他居然都没有发现。门敞开着，风吹进来，吹得马灯的灯芯弓着的样子，和他胖胖的弯腰的影子一起映在墙壁上，很像是一幅浓重的油画。那条大黄狗已经悄悄地走到了偏厦门口，翘起尾巴蹲在那里，我们都没有发现。

这时候，他回过头来，看见了我，他先惊讶地眉毛一挑，然后嘿嘿地一笑，我也跟着他嘿嘿地一笑，我们的笑都有些尴尬。那一刻，我到现在还清晰地记得，他正从箱子里拿出一本陈登科的《风雷》的上册。

从此，他家对我完全开放。在之后的日子里，我曾经写过一本小说，书名叫作《北大荒奇遇》。有人曾经问我：北大荒真的发生过什么奇遇吗？现在想想，如果说，我在北大荒真有什么奇遇的话，到曹大肚子家去探宝，该算是一桩吧！

可惜这样的好日子不长，第二年的春天，我就离开了北大荒。离开大兴岛前，曹大肚子请我到他家吃了一顿晚饭。非常奇怪的是，他老婆炒的其他菜，我都记不得了，唯独曹大肚子端出的一盘糖拌西红柿，我总也忘不了。那个年代，还有保存到春天的西红柿，也算得上稀奇了。盘腿坐在他家炕上吃饭的时候，太阳还没有完全落山，夕阳辉映在他家的窗户上，那猩红的影子，总好像就在眼前闪动。现在，只要一想起那天他请我吃饭，我想起的就是那盘糖拌西红柿，就是窗户上夕阳那猩红的影子。

我一直这样认为，在动荡的知青岁月里，唯有这样三者给予我们默默的帮助和一点一滴的救赎：一是我们自己的爱情；二是当地质朴的百姓；三是那些难忘的书籍。爱情是我们的一针补剂；百姓是我们的一碗垫底的酒（就像当时革命样板戏《红灯记》里李玉和唱的那样：有这碗酒垫底，什么都能够对付）；书籍就是一帖伤湿止疼膏。我非常感谢曹大肚子和他的那些书，在那些充满寂寞也充满书荒的日子里，他家的那些书奇迹般地出现，从那些发黄、发潮的纸页间，从那些密密麻麻的白纸黑字里，跳出了无数神奇的神灵，不仅滋养了我贫瘠的感情和精神，帮助我拿起笔学习写作，还让我感受到了荒凉的北大荒神奇的一面，让我对这片土地不敢轻视、不敢怠慢、不敢轻薄，让那些逝去了的日子有了丰富而温暖的回声，不论什么时候只要在心里轻轻地呼唤一下，就能够响起遥远的共鸣。

6

《北大荒散记》和《抚远短简》这两组文章中的一些篇章陆续发表之后，我在大兴岛乃至兵团有了点儿小名气，处境也有了改善。

处境改善的端倪，首先出现在那一年的冬天，我突然被农场场部宣传股的一个电话叫了去。我不知道他们找我有什么事情，各个农场宣传股的人，很多是为了写宣传报道的，这些报道常会在《兵团战士报》或地区和省报上发表，也有幸运的，会在《人民日报》上发表。能够进得了宣传股报道组的知青，除了是笔杆子，还得根正苗红。尽管我在大兴岛也被称为笔杆子，但是，我是永远也进不去宣传股的；因此，我对他们从来都是敬而远之。

我走进宣传股的办公室，看见有两个陌生人，穿着军大衣，正蜷缩在炉前烤火。宣传股的人介绍说，这是专门从北京来的老师，来咱们北大荒抓文学创作的。交谈中，我得知他们是来抓知青题材的文学创作的，一是他们来收集材料自己动手创作，二是来看看北大荒的知青中有没有擅长写作的人才。他们先到了师部，师部宣传队的人，没有忘记曾经在师部文艺宣传队写过节目的我，向他们介绍了我，他们才顶风冒雪，穿过冰封的七星河，来到大兴岛找我。我有些受宠若惊。我忘记都和他们谈了些什么，只看到他们在笔记本上不停地记。他们不苟言笑，但对我还是多有鼓励。我记住了他们中的一位，叫母国政，当时是崇文区（现为东城区）业余大学的老师，后来成为一名作家。粉碎“四人帮”之后，他的短篇小说颇有影响力。

母国政走后没多久，天就转暖，春天的时候，在场部教育股大刘的力主之下，我被调到场部中学去教语文，处境好了许多，不仅仅是生活条件，关键是精神放松了许多。原来二队那名干部对我的压迫感没有了，我和他曾经在二队通往场部的小路上相遇，我没有理他，和他擦肩而过。他再也无法整我了。我有一种扬眉吐气的感觉，当时觉得还是文学慈悲为怀，把我从一群“猪八戒”的包围中拯救了出来。

时间也充裕了许多，我只教两个班的高中语文，除了每天两节课，其他时间都归于我。就是在那时候，我想写点儿新的东西。写什么呢？晚上，坐在空无一人的教室里，我在琢磨。和猪号里只有马灯不一样了，教室里，有电灯。明亮的灯光，辉映着教室外面明媚的月光，那是我在北大荒度过的一段最明亮的时光。

我开始有充裕的时间对自己来北大荒之后写过的东西，进行一些梳理，用当时的话说，叫作“盘点”。我写了好多诗歌，都是歌颂知识青年“上山下乡”大有作为的，其中小话剧《大兴岛上大寨花》和长篇朗诵诗《兵团战士之歌》，都曾经反响不错。特别是《兵团战士之歌》，全文发表在《兵团战士报》和《黑龙江日报》上，还在兵团文艺汇演中获奖，其中一些漂亮的诗句在知青中传抄，有人甚至可以背诵。但是，那些东西是紧跟形势的迎合之作，是模仿贺敬之的《雷锋之歌》、郭小川的《向困难进军》、闻捷的《我思念北京》之作。

后来，在猪号里，写过的《北大荒散记》和《抚远短简》那两组文章，我开始不写那些口号式的、激情澎湃式的东西了，而是有意识地写发生在身边的感动自己的人和事，写一些不是知青而是当地老乡所关心的情感涟漪和农事稼穑，虽然方向大为改观，但所写的这些东西，总觉得就像我学生时代里读过并欣赏的那些“五四”时期的小诗一样，不过也是些杯水风波、小打小闹而已。

1971 年的冬天，我探亲回了一次北京。在北京，从老师那里借到几本当时出版的内部参考书:《多雪的冬天》《你到底要什么》《白轮船》。还有一本雨果的小说《九三年》。特别是一口气读完《九三年》后，心情、思绪都像被打翻的五味瓶，百感交集，又一时理不出头绪。我只是有些不大满足于以前写过的这样两类东西。但这种感觉并不强烈，也不明晰，只是隐隐地钻出心头，接着又像乌龟的头一样退回去，便依然按照《北大荒散记》和《抚远短简》的原有思路惯性地写着。这些东西也在惯性地不断发表着，给我空荡荡的心以虚荣的填补。

就在 1971 的冬天，一位叫鲁秀珍的编辑，走进我的生活。那时候，这对于我是个陌生的名字，我从来没有想到，在我的人生中，能够和她意外邂逅，并让我的命运发生了变化。

我的散文《照相》，先发表在我们《兵团战士报》上，碰巧被她看到。当时，她正参与筹备《黑龙江文艺》(原《北方文学》) 的复刊工作，觉得我的这篇散文写得不错，但需要好好打磨，便独自一人跑到北大荒找我。

她比我整整大一轮，那一年，我 24 岁，她 36 岁。怎么那么巧，都是我们的本命年。

虽然都在黑龙江，但从哈尔滨到北大荒我所在的三江平原上的大兴岛，路途不近。那时，交通不便，我回家探亲时，要先坐汽车到富锦县城，到了县城，可以在福利屯坐火车到佳木斯，也可以坐长途汽车到佳木斯，然后搭乘火车到哈尔滨，最快也需要一天半的时间。我不知道她是怎么找到我所在的那个偏远的猪号的。因为我没有见到她，当时，我正休探亲假回到北京。不过，我可以想象，那个正满天飞雪刮着“大烟泡”的冬天，她一个人跑到那里是不容易的。冰封的七星河上，她孤独的身影，在我的记忆里，永远是北大荒的一幅木刻画。有哪一个编辑，为一个普通作者和一篇仅有两千多字的小稿子，会跑那么远的路？幸运的我遇到了。

可惜，她来到大兴岛的时候，我正探亲回北京。她给我留下一封信，按照她给的很具体的修改意见，我将稿子改了一遍，寄给了她。第二年的春天，我的这篇《照相》刊发在复刊的《黑龙江文艺》第一期上。这是我发表在正式文学刊物上的处女作。

当时，只有两位编辑和我书信来往。一位是《兵团战士报》的副刊编辑周树年，一位便是鲁秀珍。我同这两位编辑，都未曾见过面。但是，他们是我文学写作最初的扶持者。周树年，从那么多自来稿中发现了我，而且毫不犹豫地给予我鼓励和支持。后来，我寄给他所有的稿子，经他的手都刊发在《兵团战士报》的副刊《北国风光》上。而且，每一次寄给我的样报的信封里，都会夹有一封他写的亲笔信，每一封信的内容都是鼓励我，希望我继续写。鲁秀珍，从当时黑龙江地区众多的报纸刊物中，一眼选中了我的这篇《照相》。这让我相信叶至善先生说过的话，可以定稿了。我除了感谢叶至善先生对这篇文章付出的心血之外，也对叶至善先生、周树年、鲁秀珍三位编辑对一篇文章如此眼光一致、心心相通感到惊讶。这让我感到，一个作者除了需要写作能力、实力和定力的锻炼和积累之外，也需要编辑的慧眼相识和无私的支持。他们三位是我最早接触的编辑，对我的知遇之恩，是难忘的。这实在是我的幸运。

鲁秀珍写信给我，希望我能够继续写，写好了新东西再寄给她。我想，要好好写，不辜负她。过了一年，1973 年的夏天，我将写好的那一组《抚远短简》，整理出一共八则，觉得还算拿得出手，满满抄了 36 页的稿纸，厚厚一叠，寄给了她。谁知一直没有收到她的回信。猜想，大概是我写得不好，没有入她的法眼。

这一年的秋末，父亲突然脑出血去世，家中仅剩母亲一人，我从北大荒赶回北京奔丧之后，没有回北大荒，等待着办困退回京。这一年的年底，她给我写来了一封挂号信，信中寄回我的那一组厚厚的《抚远短简》。可惜，这封信转到我手里的时候，已经是 1974 年的开春。

我没有保存旧物的习惯，这封信和这组稿子，能保存下来，是因为我想按照信中所提的意见和要求改好稿子，便没有丢。幸亏有她的这封挂号信，将她的这封信和我的这一组稿子，保留至今。这是我仅存的她写给我的一封信，也是我自己在北大荒写的稿子中仅存的一组。我用的圆珠笔，她用的钢笔，字迹颜色居然一点没有减退，47 年过去了，依然清晰如昨。

我把她的这封信抄录下来。尽管信中有那个时代抹不去的旧痕，但也看得出那个时代编辑的真诚与认真，对一个普通的业余作者的关心与期待。雪泥鸿爪，笺痕笔迹，至今看来，还会让我眼热心跳——

肖复兴同志：

您好！实在对不起，您的稿拖了这么久，一方面是忙于定稿，组稿，办学习班，未抓紧；另一原因，感觉此稿有些分量，要小说组传阅一下，结果就拖了下来。特向您致以深深的歉意！

您的《照相》在我刊发表后，引起较好的反应，认为您在创作上不落旧套，敢于创新，勿论在内容上还是表现手法，都力求有自己的特点，这点很可贵，希望发扬光大。创作本不是“仿作”嘛！

《抚远短简》也有这个特点，是有所感而发，在手法上也有新颖之处：比较细致，含蓄，形象。

我们初步看法，提供你修改时参考：

《路和树》，在思想上怎么区别当年十万官兵开垦北大荒？您们毕竟是在他们踏荒的基础上迈步的，但又要有知识青年的特点。这个特点显得不足。路——是否应含有与工农相结合的路之意，现在太“实”了。

《水晶官场院》，如何点出人们不畏高寒，并让高寒为人民（打场）服务的豪情？没有从中再在思想力量上——给人思想启发的东西，如何加以发挥？

《珍贵的纪念品》，要点是衣服为什么今天穿？如写他今天参加入党仪式时候穿，好不好？——以这身衣服，连接起知识青年的过去和展示入党以后如何以此作为新的起点？……现在感到无所指，就显得有些造作了。

我们初步选了这三则“短简”，望您能把它改好，如有可能，最好在一月底、二月初寄来，以便我们安排全年的发稿内容。

其他五则：

《第一面红旗》，寓意不十分清楚，谁打第一面红旗？写人不够。《普通的草房》，较一般，语言较旧。《战友》，亦然。《荒原上的婚礼》，场面多，思想少。《家乡的海洋》，较长。

这些就不用了。

最后，再嘱咐一点：修改时，要力求调子铿锵，时代感鲜明。现在，此文有时显得小巧，柔弱了些。

其次，要在每文和全文的思想深度上，多下功夫，通过形象来阐述一个什么哲理。现在，感到叙述抒情多了一些，思想力量不够。

祝作品更上一层楼！

这封信的最后只有“1973 年 12 月 23 日”的日期，没有署上鲁秀珍自己的名字，而是盖了一个“黑龙江文艺编辑部”的大红印章。这也算是富有那个时代的特色吧。

遗憾的是，我很想重新修改《抚远短简》，但是，在北京待业在家，焦急等待调动回京的手续办理，一时心乱如麻，已经安静不下来修改稿子了。随着离开北大荒的日子越来越久，对那一组《抚远短简》的兴趣已经渐渐变淡，而且，在北京扑面而来的又是纷乱的景物与人物以及思绪的冲击，也觉得无从改起了。心里暗暗地觉得，一切都已经是挑水的——过景（井）了。

我和鲁秀珍再续前缘，是八年后的事情了。1982年的夏天，我从中央戏剧学院毕业，和梁晓声等人一起组织了一个北大荒知青回访团，第一站到哈尔滨。已经更名为北方文学杂志社的黑龙江文艺杂志社接待了我们。我第一次见到了鲁秀珍，我应该叫她大姐的，因为她和我姐姐年龄一样大，但是习惯叫她老鲁，一样的亲切，尽管是第一次见面，却没有陌生感，一眼认出彼此，好像早已相识。

那一天中午，北方文学杂志社接风，长如流水的交谈伴着不断线的酒，热闹到了黄昏。本来我的酒量就有限，那天，我喝多了，头重脚轻，走路跟踩了棉花一样，摇摇晃晃。散席归来时，她始终搀扶着我的胳膊，尤其是过马路时，车来车往，天又忽然下起雨来，夕阳未落，是难得的太阳雨，很是好看，但路面很滑。她紧紧地抓住我的胳膊，生怕有什么闪失。那一天细雨中的哈尔滨街头的情景，让我难忘，只要一想起哈尔滨，总会想起那一天黄昏时分的太阳雨，和紧紧抓住我胳膊的老鲁。

事后，她对我说，你喝得太多了，你的同学还等着你呢，我得把你安全地交到人家的手上啊！

那天，我的同学，也就是我在《照相》里写的主人公，从下午一直坐在北方文学编辑部老鲁的办公桌前等着我，等着我到她家去吃晚饭。说来真是很巧，比小说中的巧合还要巧，《照相》这篇作品的主人公，我用的是她的真名。我们是发小兼邻居，从小一起长大，可谓青梅竹马，一直到“文化大革命”各自风流云散，再无联络。谁想她命运辗转之后，也流落到北大荒。这期《黑龙江文艺》刊登

《照相》时，她正在北大荒一个农场中学当物理老师。那天在学校的阅览室里，她翻看新到的杂志，翻到了这期《黑龙江文艺》，看到目录上我的名字，再看到文章中出现了她的名字，一切的往事涌上心头，又千方百计联系上。一篇文章，将断了线的风筝又牵了回来，不是太巧了吗？

当我将文章之外的这桩巧合告诉老鲁，她特别高兴。她把我交到同学的手上，仍然不放心，又紧紧地抓住我的胳膊，把我们两人送到公共汽车站。黄昏时的暮霭，洒满哈尔滨的街头和老鲁的肩头，让我觉得那是哈尔滨最美的景色了。

人生在世，会遇到不少人，从开始的素不相识，到后来的相识，以至相知。相识的人会很多，但相知的人很少。相知的人，彼此相隔再远，联系再少，也常会让人想起，这就是人的记忆的特殊性。因为在记忆中，独木不成林，必须有另一个人存在，才会让遥远记忆中所有情景在瞬间复活，变为鲜活的回忆。对于老鲁的回忆，我总会有两种语言或者两种画面：一种是雪（49 年前北大荒的雪），一种是雨（38 年前哈尔滨的太阳雨）；一种是画（老鲁退休后手绘的贺岁卡），一种是笔（47 年前的信）；一种是我，一种是你，亲爱的老鲁！

无论是最初发表的《照相》，还是没能发表的《抚远短简》；无论再怎么幼稚、浅薄，还是令今日羞涩脸红；在文学的这条小路上，你是我的助推器，是一艘快艇，载我从那么偏远的大兴岛驶向远方，从那么寒冷的北大荒驶向春天。

第五章 孤舟野渡舟自横

1

1974年的春天，我从北大荒回到北京。我曾经说过，我是用父亲的一条命换回到北京的。

父亲因脑出血突然去世，我从北大荒，姐姐从呼和浩特，弟弟从青海，分头赶回北京奔丧。那时，家里住房很窄，姐姐带着她的孩子住在家里，我和弟弟到同学家借宿。料理完丧事，姐姐和弟弟走后，家里只剩下我和母亲两人。逼仄的小屋里，在一盏只有15瓦的凄清、昏暗的灯光下，和母亲相对而视，我才第一次意识到母亲老了，需要人来照顾。特别是晚上睡觉的时候，母亲脱下外衣，里面穿的内衣是我中学时穿的运动衣，早已经破旧，打上了补丁。我的心里涌出一种说不出的难受。我下决心，一定要回北京，和母亲相依为命，起码不能让她再穿有补丁的衣服。

我回北京是当中学老师的。当时，大学多年停办，没有新的毕业生补充，北京中学老师极度缺乏，只好从北大荒抽调老三届中的高中生回北京当老师。在王府井的百货大楼里，我买了两件天蓝色的“的确良”衬衫。当时，“的确良”算是好面料了，每件 12 元，我当时的工资每月只有 32 元。我将这两件“的确良”衬衫，托回北京探亲的同学回北大荒时带给农场教育处的大刘，一件请大刘代我送给农场当时负责此次调动事宜的负责人，一件留给大刘作为谢意。区区两件“的确良”衬衫，帮助我幸运地搭上了这班车。

说来十分有意思，大刘比我年长一岁，他的老婆长得很漂亮，是我们大兴岛上一枝花。大刘是个善良的人，个子高大，内心柔弱，特别怕老婆，偏偏他的老婆对我印象很好，总是骂他不该接受我的这件“的确良”衬衫。我能顺利地调回北京，和大刘帮我有关，更和他老婆骂他有关。以至于事隔多年，他从北大荒来北京，带了一大坛子北大荒老酒找我，上楼时不小心，酒坛掉到地上碎了一地。那时，我的孩子刚刚出生，已经喝得有些醉意朦胧的大刘，掏出 100 元钱，非要给孩子，说是见面礼，是他老婆嘱咐的。

1974 年的春天，我到北大荒办理完调动手续，回北京报到。当时，我们大兴岛的高中生被分配到丰台区各中学当老师，要先到丰台教育局报到，等待具体分配。丰台教育局很远，需要到永定门火车站坐一站火车，我请同学去时代我报到。同学去了，得知我被分配到长辛店中学，比教育局还远，离家更远了。同学打电话告诉我，我请他找教育局的人陈情我家有老母需要照顾，请能够考虑分配离家近一点儿的中学。还真的不错，教育局的人听完同学介绍我的情况后，立刻网开一面，将我分配到离城里最近的东铁匠营中学。

这简直像是天方夜谭，我本人都没有到场，只是听同学这样一说，调动的事情立刻峰回路转，柳暗花明。今天说出来，谁会相信呢？我常常会想起这件事情，至今都不知道教育局替我办好调动手续的人是男是女，但我在心里常怀对他或她的感念，因为这件事情，比在北大荒办理调动手续时，还要简单、干净，没费一点儿周折。他或她让我感受到在世事沧桑之中那种心地善良而简单、清爽带给人的持久的感动和怀念。

1974 年的春天，似乎比往年的春天，起码比北大荒的春天来得要早一些。我从前门乘坐 17 路公交车到东铁匠营中学报到。当车子驰过城，进入郊区的大道，也就是如今的三环南路的时候，路两旁高大的白杨树，正回黄转绿吐出崭新的嫩叶。在终点站下车后，我打听学校怎么走，沿着人家为我指的一条路笔直往前走，在一个猪圈的后面，找到了东铁匠营中学。路过猪圈时，不禁想，命运真的将我和“猪八戒”紧密联系在一起，分都分不开，心里不觉一笑。

我教高一两个班的语文，记得第一堂课，我向同学们介绍我的名字后，转身在黑板上用粉笔画了个中国地图，然后指着地图上公鸡鸡冠的地方，告诉他们，我就是从那个地方来的，那个地方叫北大荒。这些同学莫名其妙地张大眼睛望着我和我身后的地图。

事后，我发现，我就像刚刚从海上颠簸的轮船上岸，还处在眩晕的状态之中。人虽然回到北京，心还在北大荒，尽管北大荒给予我的不尽是荣耀，而是很多的耻辱和羞惭。

休对故人思故国，且将新火试新茶。

我需要新的开始。

2

那时候，丰台区文化馆有个文学小组，经常组织一些文学活动。一间小小的办公室里，聚集着一群爱好文学的志同道合者，其中有后来成为报告文学作家的理由、小说家毛志成、儿童文学家夏有志、不幸英年早逝的评论家张维安，还有落魄之后被发配到丰台区文化馆的《北京晚报》的主编顾行。他当年曾写过的《粮老虎发家记》颇有影响……不过三尺微命，都是一介书生。在此之前，大家并不相识，却仿佛惊蛰后的虫子一下子冒出来似的，相逢何必曾相识一般聚在了一起，坚信东隅已逝、桑榆未晚，将一份几乎丧失殆尽的文学旧梦，像是普希金童话诗里那条小金鱼一样，让渔夫撒网般地终于捞了上来。

非常有幸，我也参加了这里的活动，常常是从永定门火车站坐慢车，一站到丰台站下车，穿过火车站对面的小胡同，来到文化馆。

那时候，"四人帮"还没有被粉碎，不知为什么文学活动一下子多了起来。各区文化馆都在抓文学创作，每一个区县都有自己的文学刊物；而且，都是一些后来成了作家的人在主办这样的内部文学刊物，比如朝阳区是陈祖芬，海淀区是韩静霆，西城区是成志伟，崇文区是郁德生、母国政……丰台区是理由，我们一起编了一本刊物叫作《丰收》，和那个"百废俱兴"的氛围是如此吻合。在那间也就 10 平方米的小屋里，激情和想象驰骋，争吵与辩论共存。或是剪灯听雨、拍窗对月，或是清茶浊酒、白雪红炉，或是干脆吃着 5 分钱一个的烧饼，喝着白开水，润着早已争执得沙哑的嗓子，将我们彼此写的小说或诗歌，像在舞台上一样充满感情地朗诵着，然后相互毫不留情地批评，突然冒出的好建议和毕毕剥剥的煤火一起蹿起来。我们甚至为到底要不要文章里多出的几个“的”字而激烈争论，仿佛哈姆雷特在追问“是生还是死”一样认真而执着。

我们也常常结伴，骑着自行车，浩浩荡荡地从郊区出发，把车铃转得山响，一路迤逦而来，冲向王府井的新华书店，不惜排着小半天的长队，为了买那些重见天日让我们渴望已久的古今中外名著。那时，托尔斯泰的《复活》1.85元一本，雨果的《九三年》1.15元一本，两本《古文观止》才1.50元……

文学组组长是理由，他大我整整10岁。为了能够让我抽出一段时间专门到文化馆里安心创作，他骑着破摩托车跑到我们学校里，磨碎了嘴皮子，找校长为我请假。他还骑着那辆破摩托车大老远地找到我家，为的是带上我风驰电掣地穿过半个北京城，跑到小西天的电影资料馆去看一场当时的内部电影。而在大雪纷飞的春节头一天，张维安一身雪花，像雪人一样推开了我的家门，只是为了因文学而联系在一起的情感，还有一点点当时他那么坚定的希望。他总是果断地鼓励我说：“你行，一定能行！”

有时，理由也会组织大家到北京郊区和河北的兴隆乡间去采风，那些活动让大家兴奋。大家聚在一起，挤在招待所里，高谈阔论，兴致勃勃。理由甚至指着招待所墙上那张破旧的地图对我说，你看这个地名多好，可以作为一篇小说的名字……这样的气氛，烘暖了那些个冬天寒冷的夜晚，让我感到好像有什么好事就要发生，一切有了希望似的。

想起在北大荒，兵团也曾经组织过很多次这样的文学活动，将爱好写作的知青组织起来，相互碰撞和交流。北大荒老一代的作家林子、林青、郑加真、平青等人，对大家有个传帮带作用。当时，梁晓声、郭小林、陈可雄、陆星儿、李龙云、刘进元、别闵生、贾宏图、蒋巍……很多后来成为北大荒的作家，都曾经参加过这样的活动。可是，我一次也没有参加过，原因很简单，依然是得罪过生产队那名干部留下的后遗症。因此，能够在丰台区文化馆参加这样的文学活动，让我感到有些激动，感到写作并不是一个人的事情，甚至有种翻身当家做主人的感觉。

有一段时间，理由住在永定门附近，离我家不远。他为人宽厚，也热情，请我到他住的地方吃饭。屋子不大，但他做的火锅非常好吃，让人难忘那个时代文学带给人与人之间纯真的感情。

当时，北京出版社在东兴隆街，市作家协会和北京出版社，也曾经在那里搞一些文学活动。很多当时和我一样寂寂无闻的写作者，集中在那里。那里几乎成了北京文学写作者的黄埔军校，成就了后来一批北京作家的中坚。我忘记了是谁推荐我参加了他们的活动，猜想应该是丰台区文化馆，或者是理由吧。到那里的人很多，谈论得很热闹。我在那里，又见到了毋国政，说起北大荒的那次相遇，恍然如梦。

那时，也结识了北京出版社的编辑胡蓉大姐。有一段时间，她也住在永定门附近，彼此来往很多。她为人很热情，对我的鼓励、帮助很大。1982 年，我的第一本书《国际大师和他的妻子》，就是她鼓励我出版的，她亲自当这本书的责编。后来，我的小说集《北大荒奇遇》，也是她作为责编。我应该非常幸运，在我每一次文学写作的爬坡起步时，都遇到了很好的编辑，并获得他们的鼎力支持。胡蓉大姐，让我想起鲁秀珍大姐。

那时，丰台区文学组里的人开始向外投稿，最活跃的要数毛志成。他频频成功，带给文学组所有人以激励，纷纷跃跃欲试。我对自己的写作并没有信心，而且，投稿对于我来说更觉得山高水远，如同烧香找不到庙门一样渺茫，心里充满忐忑，却莽莽撞撞地开始了我的投稿生涯。那时候，投稿很简单，将稿子塞进一个牛皮纸的大信封里，在信封的右上角剪下一个三角口，再在信封上写上“稿件”二字，连邮票都不用贴，直接扔进信筒就行了。至于稿子是泥牛入海无消息，还是幸运地得以刊用，全凭稿子的质量，再有就是运气了。

我底气不足，投寄进绿色信筒里的第一篇稿子，并不是我自己，而是我的中学语文老师田增科寄的。周总理刚刚逝世不久，我写了一篇怀念周总理的2000多字的散文《心中的花》(后来这篇散文被选入北京市中专的语文课本)，先拿给田老师看，他觉得写得可以，便替我做主，装进信封，写上地址，在信封上剪下一个三角口，投寄给北京日报。投寄出去，我心里依然没有底，本是抱着出师未捷身先死的，没有想到很快就刊发在报纸的副刊上。那时，报纸刊物没有如今这样遍地开花，几乎每个单位都订有《北京日报》，看到的人很多。2000多字的文章，不是“豆腐块”，占了报纸老大的版面，很是醒目。

我清楚地记得这篇散文的稿费是6元钱。稿费单是寄到我教书的中学里的，学校里的老师和我一样都是第一次见到稿费单，很好奇，事情便像新闻般传开了。有一天，校长特意把我叫到他的办公室，因为当时我和年迈多病的母亲相依为命，生活拮据，每年过春节的时候，学校都会给我一些补助。这一次校长笑着对我说：“你有稿费了，补助就给你一半吧，免得老师们有意见。”我们的校长是国立西南联合大学（简称“西南联大”）毕业的，他送我出校长室的时候，又对我说，“稿费每千字3块钱，太少了，还不如我们在昆明时候呢。”不管多少，这是我得到的第一笔稿费。

事隔多年之后，田老师替我打听到，刊发我这篇散文的编辑是赵尊党先生。

3

《北京日报》上这篇散文小小的成功，并没有带给我持久的欢欣。一时的心理满足，很快随风飘散，苦恼和困惑依然如雾蔓延。苦恼和困惑，主要不在于怎么写，而在于写什么。过去写过的那些吗？当时别人写过并成功的那些吗？

这时候，我读到了罗曼·罗兰的《约翰·克利斯朵夫》。它是我最喜欢的一部小说，是我的中学老师王瑷东老师借我的。她在临班教语文，并没有教过我，我和她并不是很熟悉。那时，高挥老师已经调走，我到学校是去看田老师的，顺便想跟田老师借书看，在语文教研室看见了王老师。偏巧，田老师不在。最想看望的田老师和高老师都不在，我很有些失望。她看出了我脸上流露出的表情，走过来悄悄地对我说，她家里也有些书，如果想看，到她家去找。送我走出语文教研室的门口，她又对我说：“常听田老师和高老师谈起你！”

王老师的这番话，让我感到亲切，更让我感动。第二天放学后的晚上，我按照她给我的地址，到东单的新开路她家。虽然经过

“文化大革命”抄家，劫后余生，她家还藏有好多的书。我先后到她家很多次，借了好多的书，有时候因为上课没有时间去她家换书，她就让刚刚插队回京待业在家的小女儿到我家，带来新的书，拿走我看完的书。《约翰·克利斯朵夫》《红楼梦》和《人间词话》，是其中印象最深的书。特别是《约翰·克利斯朵夫》，几乎成为我写作道路转折点的启蒙书。

《约翰·克利斯朵夫》让我爱不释手，我整段整段地抄，抄了好几个笔记本。书写得太好了，傅雷翻译得也太好了，我恨不得把整本书都抄下来。书看了两遍，后来翻看笔记，发现好几处地方竟然抄了两遍。

在那些苦恼而困惑的日子里，他乡遇故知般，罗曼·罗兰是我最好的朋友。

克利斯朵夫在那样的环境下艰苦奋斗的精神感动了我。他从小生活在恶劣的家庭，父亲酗酒，生活贫穷……一个个苦难，没有把他压垮，相反把他锤炼成人，让他的心敏感而湿润，让他的感情丰富而美好，让他的性格坚强而不屈不挠。

罗曼·罗兰在这本书中卷七的初版序中有这样的一段话，我记忆深刻——

> 每个生命的方式是自然界的一种力的方式。有些人的生命像沉静的湖，有些像白云飘荡的一望无际的天空，有些像丰腴富饶的平原，有些像断断续续的山峰。我觉得约翰·克利斯朵夫的生命像一条河，——那条河在某些地段上似乎睡着了，只映出周围的田野跟天边。但它照旧在那里流动、变化；有时这

种表面上的静止藏着一道湍急的急流，猛烈的气势要以后遇到阻碍的时候才会显出来……等到这条河集聚起长期的力量，把两岸的思想吸收了以后，它将继续它的行程，向汪洋大海进发。

这段话是我理解克利斯朵夫的一把钥匙，也是理解生命的行程和意义的一把钥匙。生命像一条河，这是一个并不新鲜的比喻，但当时它深深地打动了我。罗曼·罗兰给予我这样的启示和鼓励，起码让我在郁闷不舒、苦不得志的时候，有了一点自以为是精神力量的东西。当社会在剧烈动荡之后，偶像坍塌、信仰失衡，整个青春时期所建立起来的价值系统产生了动摇而无所适从的时候，罗曼·罗兰所塑造的克利斯朵夫的形象和他所说的这些话，给我以激励，让我仰起头，重新看一看我们头顶的天空，太阳还在明朗朗地照耀着，只不过太阳和风雨雷电同在，不要只看见了风雨雷电就以为太阳不存在了。

以从前我所热爱和崇拜的保尔·柯察金和牛虻为革命献身吃苦而毫不诉苦的形象来比较，克利斯朵夫更让我感到亲近，而他个人奋斗所面临的一切艰辛困苦，让我更加熟悉，和我自己身边发生的一切格外相似。同保尔·柯察金和牛虻相比，他不是他们那种振臂一呼、应者如云的人，不是那种高举红旗、挥舞战刀的人，他的奋斗更具个人色彩，多了许多我以前所批判过的儿女情长，多了许多叹息乃至眼泪，但他让我感到他似乎就生活在我的身边，我能真切地感受到他有些冰冷的手温、浓重的鼻吸和怦怦的心跳。

重新翻看我所抄的《约翰·克利斯朵夫》这本书的笔记，能察觉得到当时我和克利斯朵夫、和罗曼·罗兰交谈的样子和轨迹。你抄什么不抄什么，无形之中道出了你当时心底的秘密。其实，你不过是在用书中的话诉说你自己。

比如："痛苦的犁刀一方面割破了你的心，一方面掘出了生命的新的水源。"这句话到现在我还清晰地记得，几乎成了我的一句箴言。

比如："失败对我们是有好处的，我们得祝福灾难！我们决不会背弃它。我们是灾难之子。"难道这不是对我这一代所做出的最好的预言和忠告吗？

又比如："失败可以锻炼一般优秀的人物；它挑出一批心灵，把纯洁的和强壮的放在一边，使它们变得更纯洁更强壮。但它把其余的心灵加速它们的堕落，或是斩断它们飞跃的力量。一蹶不振的大众在这儿跟继续前进的优秀分子分开了。"说那时我是多么自命不凡也好，或说我不过阿Q一样安慰自己也好，我确实想做一个优秀的人，而不想碌碌无为，让一生毫无色彩；我确实想让自己的心灵纯洁而坚强，而不想软弱成一摊再也拾不起个儿来的稀泥。

再比如，罗曼·罗兰说克利斯朵夫："他到了一个境界，便是痛苦也成为一种力量——一种由你统治的力量。痛苦不能再使他屈服，而是他教痛苦屈服了：它尽管骚动、暴跳，始终被他关在了笼子里。"我以为这是罗曼·罗兰对于痛苦进行的最好的总结。他告诉我痛苦的力量与征服痛苦的力量，他让我向往并追求那种境界。

再来看看罗曼·罗兰对于幸福的论述。他不止一次地说过："对于一般懦弱而温柔的灵魂，最不幸的莫如尝到了一次最大的幸福。"

他对于幸福一直是这样处于贬斥的地位，他似乎对幸福不屑一顾甚至嗤之以鼻。相比而下，他认为痛苦更有价值。

他还说过这样一大段话：“可怜一个人对于幸福太容易上瘾了！等到自私的幸福变成人生唯一的目标之后，不久人生就变得没有目标。幸福成了一种习惯，一种麻醉品，少不掉了。然而老是抓住幸福究竟是不可能的……宇宙之间的节奏不知有多少种，幸福只是其中的一个节拍而已：人生的钟摆永远在两极中摇晃，幸福只是其中的一极；要使钟摆停止在一极上，只能把钟摆折断。”

这些话，安慰我，鼓励我，让我认清痛苦，也认清幸福，既不对痛苦感到可怕而躲避，也不对幸福可怜地企盼而上瘾。

之所以对痛苦与幸福那样敏感，是因为那时正处于一个新旧交替的时代，我们这一代人内心的痛苦，其实是那个时代痛苦的折射。就像罗曼·罗兰说的，生命是一条小河，在它流过了浅滩和险滩之后，流过了冰封和枯水季节之后，渐渐有了一点生机和力量，山随平野尽，江入大荒流。

无论那时这种主题化、政治化和个人对号入座式的阅读是多么的可笑，毕竟是我青春季节的阅读，它让那些外国文学作品多少有些变形；但在一切都变形的时代里，它与当时并不尽相同的形象、精神和语言方式滋润着我的心，并让我拿起笔来学习重新审视自己，重新写一点东西，写一点像罗曼·罗兰所写的克利斯朵夫一样真正人的思想、感情和内心的鲜活文字。更重要的是，那一场所谓“文化大革命”的撕扯对思想上的缠裹和侵蚀，在文学创作受到当时“三突出”的致命影响，让我感到内心像风干的鱼一样没有了一点水分，只剩下一身的鱼腥味时，是罗曼·罗兰帮我去了去腥。

4

当时，对我影响很大的还有一本书，是苏联作家巴乌斯托夫斯基的《巴乌斯托夫斯基选集》的下册。这是当时从我的一位朋友那里借来的书。

如同以前我不大熟悉王瑷东老师一样，我也不熟悉她。她是我的一个同班同学的朋友，我去北大荒的时候，她到火车站送我的同学，送别的方式与众不同，她不是来到站台，而是站在站台外面老远的地方，如今东便门角楼前明朝旧城墙的废墟上。火车驶出站台，正好经过那里，看着她高高站在那里挥手的样子，给我留下了深刻的印象。

后来，她去扎鲁特旗插队，和我的同学一直通信，因为同样爱好文学，她和我也有信件来往。一别经年，我从北大荒回来不久，她也从通辽调回北京，便又接上火。那时，她家住在天坛旁边的简易楼里，我常到她家去，聊聊闲天，借本书看，也把当时写的一些诗拿给她看。那时，我们二十多岁，残酷而残存的青春期，处于尾巴阶段，便踩着这个尾巴自以为青春如不老大树长青一般，还读诗、爱诗，并信奉诗。借诗行船，让自己能够滑行得远些，便惺惺相惜，在寒冷的暗夜里，相互给予一点儿萤火虫一般微弱亮光的鼓励。

她家有不少书，她向我推荐了这本《巴乌斯托夫斯基选集》和厨川白村的《苦闷的象征》。我借走这两本书，顺便还借了几本河北的老文学杂志《蜜蜂》。《巴乌斯托夫斯基选集》是人民文学出版社1964年出版的旧书，应该有上、下两册，不知为什么她只有这一本。她告诉我书也不是她的，是她以前的一位朋友的，借给了她，她就再也没有还。她把这本书又借给了我，我也一直没有还。

在这本书中有很多地方，都有钢笔画过的曲线，不知是她的，还是借给她书的朋友留下的读书时的心迹。我非常喜欢这本书，其中《雨蒙蒙的黎明》《盲厨师》《一篮枞果》《最后的驿车》《一枚小钢戒指》《菲娘的幸福》《雪》，都给我留下难忘的印象，其中《雨蒙蒙的黎明》《盲厨师》，我还曾经全文抄录在笔记本上。

《雨蒙蒙的黎明》，写的是反法西斯战争胜利之后，在战争中受伤的少校军官库兹明，在伤愈复员回家的途中，为还躺在医院里疗伤的战友给他的妻子带去一封信。这篇很类似我们日后伤痕文学的小说，写法却完全不同。它几乎没有展示伤痕，将残酷战争留下的斑斑痕迹和后遗症等我们司空见惯的东西都掩藏在故事的后面。故事很简单，简单得用一句话就可以讲完。巴乌斯托夫斯基的妙处，在于他讲战后枪伤可以治愈，内心的痛苦却无法治疗，以及在这样的痛苦中心里残存的希冀，在这样一个雨蒙蒙的从夜晚到黎明的氛围中，有节奏、有节制、不动声色地抒写出来。

库兹明只是把战友的信交给他的妻子，他的妻子连看都没有看，随手放在钢琴上，冷淡地说了句活着就好，隐隐道出夫妻的不合；战友妻子埋怨说为什么不通过邮局发信，还要麻烦你跑一趟，库兹明连说不麻烦，这样倒挺好的。战友妻子问为什么，库兹明的脸红了，说起自己在维斯拉受伤住在野战医院里，每个人都有信来，只有自己没有信。巴乌斯托夫斯基将战争的创伤一笔带过，而将内心的痛苦与渴望隐隐逸出。

然后，巴乌斯托夫斯基腾出笔墨，细腻地描写了屋里飘散的茶香，女人丁香香水的气息，古色古香的香烟灰碟，不出声走着的小手表，瓶子里的野花，老式的茶杯，煮开的牛奶、蜂蜜，一瓶打开的葡萄酒，遗忘在桌子上布洛克的诗集，还有窗外雨中的秋海棠……这一切所呈现出的和平年代的家居生活，是对于库兹明心理的反应。“他想假如留在这里该多好啊，留下来，像这所老屋的住户一样生活下去，不慌不忙，该劳动时劳动，该休息时休息，冬去春来，雨天一过又是晴天。”这样的愿望，多么的普通、朴素，甚至是多么的卑微，但在饱受战争创伤之后，又是多么的不容易，多么的令人向往而让人心动。

接着，巴乌斯托夫斯基大段描写了黎明之前即将别离的紧张感，一直到轮船的汽笛声传来，她打了个寒噤，库兹明再坐了一会儿。但库兹明还是要离开他所向往的这里，到他不知会发生什么的自己的家。这种内在的不舍离去的紧张感，不是像有的作家愿意书写的一夜之间男女暧昧之情，而是将战争带给人们内心的痛苦和希望，书写得那样的含而不露、委婉动人。

这时候，再来看库兹明回答他战友妻子为什么特意跑来送信时说的话：“怎么对您说呢？一切我所喜爱的常常难得亲身预见。一切好的东西，总是在身边一闪就过去了。明白吗？”战友妻子说不明白，库兹明说了他具体的感受：“您有时大约也会遇到这类的情形的。隔着火车车窗，您会忽然看到柏桦树林里一片空地，秋天的游丝迎着太阳白闪闪地发光，于是您就想半路跳下火车，在这片空地上留下来，可是火车一直不停地走过去了……火车转瞬--闪而过，可您的一生都会记得这情景。”便会明白，库兹明为什么要在这里这样说，巴乌斯托夫斯基为什么要在前面那样写。

库兹明的这趟旅行瞬间的感受，和他在这间陌生房屋里的感受，都属于内心，它们之间有着暗喻的关系。巴乌斯托夫斯基没有像有些苏联作家那样，让战后归来的伤兵看到的是妻子的另嫁或死亡，也没有如一些伤痕文学那样，让劫后余生的“右派”或其他身份的人，和其他女人一下子就有灵与肉的挣扎，有了暧昧的三角关系。巴乌斯托夫斯基只是把这些创伤深埋不露，让表层的创伤化为内涵的忧伤。小说的铺排，就是这样缜密，其起承转合，顺畅自然，像一环清澈的溪水萦绕不已。以前，我从来没有见过有这样写法的小说。巴乌斯托夫斯基的这篇小说，给予我的启发非常大，它让我对日后不久粉碎“四人帮”后火爆出现的伤痕文学，有了较为清醒的认识，让自己不会跟风也去写这样外露明显的文字。

《雪》讲述的也是战后军人归家的故事，用的则是一种别样的方法。

海军中尉波塔波夫回家之前，父亲已经去世了，他写给父亲的信，被为躲避空袭租住在他家的一位女钢琴家看到了。在这封信中，他诉说了因战争离家这些年对家格外想念，他渴望回到家时，门前小径的雪已经清扫干净，坏掉的门铃重新响了起来，那架老钢琴被调试好了音，钢琴上依旧摆着原来的琴谱《黑桃皇后》序曲，烛台上插着自己从莫斯科买来的黄蜡烛，洗脸时还能用那个蓝色罐子装水，用那条印着绿色橡树树叶的亚麻布手巾擦脸……

雪后的一个下午，海军中尉回家了。他所看到的一切，正是写给父亲信中所渴望的一切。可是，他知道，在寄给父亲这封信之前，父亲就已经去世了。所有这一切，都是女钢琴家精心为他做的。这是一个多么温馨的故事，战争让人失去了很多，也让人渴望很多，让陌生而都饱经创伤的人走近并彼此慰藉很多。同《雨蒙蒙的黎明》

一样，巴乌斯托夫斯基避开了人们常写的战争的残酷，而转向这样的温馨与慰藉，从另一侧面书写了战争延长线中的人性与人情。

海军中尉看到这一切，和我一样感动。在和女钢琴家告别的时候，女钢琴家客气地对海军中尉说自己好像在哪里见过他，海军中尉说他也有这种感觉，可是他不记得了。然后，女钢琴家送海军中尉到火车站，把自己的双手都伸向他，对他说："给我来信，我们现在差不多成了亲戚了，是不是？"海军中尉没有说什么，只是点点头。如果就在这里结尾不是很好吗？充满了未了的情怀和缠绵的余味。

但是，巴乌斯托夫斯基没有在这里收尾，他紧接着写了这样的一段：几天后，女钢琴家收到海军中尉写给她的一封信，信中表达了对她的感谢，还讲了这样一件事，在战前克里米亚的一座公园，梧桐树掩映的小径上，他曾经看到手里举着一本打开的书的年轻姑娘，从自己的身边轻快而迅速走过。海军中尉在信里说："那个姑娘就是你，我不会弄错的。""从那以后，我就一直爱着克里米亚，还爱着那条小径，在那里我只见了你短短一瞬间，以后就永远失去了你。但是，人生对我仁慈的，我又见到了你！"

小说到这里收尾，有些出乎意外，意外的不在于海军中尉来信所说在克里米亚曾经见过女钢琴家，而在于女钢琴家根本没有去过克里米亚却没有将真相告诉海军中尉。这样的结尾，将过去和现在进行了衔接，人生的巧合，不在于失之交臂后对未来又有了新的期待，而在于女钢琴家内心的善良，不忍戳穿真相，而让小说沿着惯常的爱情方向甜腻地逸出。

巴乌斯托夫斯基不愿意用已经用烂的巧合和庸俗的构想，他还是希望能够如生活中发生的事情一样，让战争中的创伤在美好的人性中痊愈，在平易和平常中荡漾诗意。他让女钢琴家看完信后喃喃自语：“我的天呀，我从来没有去过克里米亚呀！但是，这又有什么呢，难道值得把真相告诉他，让他失望，也让我失望吗？”这样的收尾，真是出人意料的好。它留给我回味的余地更为宽阔。它让我感受到在战后面临残酷而孤独的生活境遇，人与人之间感情美好的细腻与多样性。

小说名字叫《雪》，但对雪的着笔不多。但是，雪的出场，都是在关键的时刻，一次是在女钢琴家看到海军中尉写给父亲的那封信的时候：“雪在窗玻璃上映照着暗淡的微光……一只鸟从树上飞开的时候，从树干上带下一点雪。雪如白色的细粉飘扬下来，把窗户蒙上一层白霜。”一次是在女钢琴家读完海军中尉写给她的信之后，她“用蒙眬的眼睛瞩望着窗外白雪掩盖的花园”，“窗外的夕阳闪着惨淡的光辉，不知怎的，阳光总也不消失。”巴乌斯托夫斯基没有刻意以雪象征什么或说明什么，却让细碎的雪花和雪后的阳光带给我们一种美好、纯净的意境。这种意境，在收尾的时候，只是蜻蜓点水，被他一笔带过，却恰到好处。

巴乌斯托夫斯基的小说，让我的心随之低回盘桓，吟咏不已，成为那段时间久久难散的一种文学的想象和向往。

如果说《雨蒙蒙的黎明》让我明白不必正面进攻时髦的题材，不必将要写的主题明白无误地写在脸上，而是潜藏在心底，让细节替你说话，让氛围替你抒情。《雪》则让我看到结尾的妙处，以及意境和诗意对于小说的重要性，是超越情节，乃至细节的。

如果说罗曼·罗兰给予我的更多的是思想和精神方面的启迪，

那么，巴乌斯托夫斯基则更多给予我文学方面书写新方式的启迪。尽管一时我还不能立刻转换到这样动人的新方式，但起码他们让我明白，以前那种迎合潮流书写大而又大的文学，应该到告别的时候了。

5

1976年，“四人帮”被粉碎了。这个消息，是我的朋友，也就我的作品《照相》中的主人公告诉我的。那天黄昏，她在医院里从她父亲那里听到这个惊人的消息。她的父亲是位老红军，住在病房里的，也都是和她父亲一样的老干部，消息最为灵通。听到这个消息，她很是震惊，离开医院就往我家跑，想在第一时间告诉我，心急地跳下公共汽车，不小心摔了一跤，把膝盖磕破，流出了血。

这个消息，对于我们都太重要了。我们知道，一个时代结束了，一个新的时代就要来临了。

当这个消息正式传达到我教书的中学时，学校在操场上开了一个盛大的全校师生庆祝大会。不知道为什么，学校让我代表老师发言。我到学校教书不久，因为检查出患有高血压之后，每天只上半天班，平常很少露面，也很少开会，更很少在会上发言，并不显山露水，校长却偏偏找到我。我愿意到大会上发言，因为这样历史的转折时刻，一辈子只能遇到一次，我愿意让自己发自心底的发言，回响在这样时刻的天空。

没过多久，校长又找到我。在他的办公室里，他对我说：“根据上级的指示，我们现在正在做清理档案的工作，发现你的档案袋里有厚厚一沓子材料，是你在北大荒时整你的材料，我们看了，当时‘文化大革命’，你一个知青，哪有材料说的那样严重的问题。征求一下你的意见，你如果同意，我们就把这些材料统统销毁了，也就不必给你再看了，让你堵心。”

我很感谢校长。没有想到我的档案袋里，居然埋伏下当年工作组和队上干部给我写下的那么多的黑材料，在以往的那个时代里，它们是随时可以引爆的炸弹。幸好，“四人帮”被粉碎了。我真的很幸运。碰见了恶人和小人，也遇见了好人，而且好人更多；经过了残酷的时代，也经历着崭新的时代，而且，新时代更长。

“四人帮”被粉碎了，禁锢的思想松绑了，但是，对于写作者而言，像一辆行驶在老路上破旧的老车，并没有轻而易举地进入新轨道。曾经阶级斗争的思想理论和“三突出”文学创作的原则，依然像影子一样并未完全驱散干净，改弦更张，和改朝换代一样难。

那时候，我已经基本写完了我的第一部长篇小说《希望》，正在修改。这部长篇小说，我从北大荒回到北京不久后就开始写，断断续续写了两年，大约有 30 万字。那时，我的工资每月 42.5 元，和母亲一起生活，并不富裕，发工资后，我全都交给母亲，钱都由她支配。印象中，那时候我只向母亲要过两次钱，一次是要买一套 1957 年人民文学出版社出版的十卷本《鲁迅全集》的旧书，价钱是 22 元；另一次是为写这部长篇小说，我向母亲要钱买稿纸，买了 1000 多页，忘记需要多少钱，得是一笔不小的开支。母亲二话没说，掏钱给我。她不懂文学，甚至连字也不识几个，但她知道，读书和写作是我从小的爱好，对于我这就是大事。因为每天只上半天的班，中午回到家，吃完午饭，就开始写。晚上，找我的发小，到他家，将写完的一段读给他听，听他的意见。就这样，一连写了几年，让那些个枯燥而贫寒的日子变得充实，自以为未来也会像这部小说的名字一样，有了希望。

就在粉碎“四人帮”前夕，同在1976年这一年的年初，冬天将要过完的一天下午，曾经做过北京人民艺术剧院的党委书记，粉碎“四人帮”之后做过文化部副部长的赵起扬先生，风尘仆仆地到丰台区文化馆找我。他不知道从哪里听说我写了这部长篇小说，想要来看看。那个冬末的下午，我从学校下课后直接来到丰台区文化馆，赵起扬先生穿着一件棉大衣已经坐在那里了，他的旁边还坐着另外一个戴眼镜的男人，是后来做过北京市作协秘书长的苗稼全先生。当时，他们正在负责抓北京市的文学创作，而所有的老作家基本被打倒，还没有解放，就希望能从业余作者里抓出好作品，特别希望抓出长篇小说。我的这部《希望》，不仅成为我的希望，也成了他们的希望。

这部小说，写的是一个叫钟海涛的知青，在春节前，从北大荒回北京探亲，他回来的主要任务，一是到医院检查自己修水利时受伤的腿，二是要做滞留北京一年多的知青南芳的工作，让南芳重返北大荒。南芳此时正在跟音乐学院的老教授学自小就学过的小提琴，重拾旧梦。在钟海涛做她工作的同时，她也做钟海涛的工作，希望他也能留在北京，陪伴自己，她觉得一切的希望还在北京，而不在北大荒，日子总会变化，艺不压身，自幼学过的东西应该重新捡起来，将来才有希望。两人的矛盾不断，在这样的冲突中，钟海涛在北京的环境中，回忆起自己和南芳共同的学生时代，他们共同报名去北大荒以及在北大荒战天斗地的时光。这种理想与现实的纠结、矛盾的心理，还有对北京和对南芳留恋的感情，一一折磨着他，他却依然在春节前夕赶回北大荒参加开发荒原的会战。

这样的一部小说，是那个时代的产物，带有那个时代抹不去的影子。尽管我的笔墨较多地写了南芳的希望是那样美好，“913 事件”之后北京政治氛围隐隐的变化，对未来的期冀，是那样触手可及。这些描写隐含着当时我自己的矛盾心情。不过，尽管心在南芳一边，屁股还是坐在钟海涛的一边，大多还是把笔墨集中在主人公钟海涛的身上。虽然他也有矛盾和片刻的犹豫甚至动摇，但最后还是毅然决然地返回北大荒。还是“三突出”的模式，还是对知青“上山下乡”的歌颂，还是对那种大而无当连自己也开始不大相信的希望的一种固执惯性的书写。

当赵起扬和苗稼全来找我的时候，他们对这部小说给予了肯定和支持，给予了我很多鼓励，希望我尽快改好交给他们。但是，没过多久，“四人帮”被粉碎，他们一时忙于其他，顾不上来这样一部小说；更主要的是，这样的创作模式，随着一个时代的逝去，注定是死亡的命运。我已经不抱希望，把这厚厚 1000 多页的稿纸，塞进我家的一个铁皮箱子里。1978 年，我考入大学后，把母亲送到姐姐家，自己住校，把空出的房子借给一位结婚没有房子的朋友住。他觉得我的那个破铁皮箱子占地方碍事，便把它移到院子里。一整个夏天的大雨浇灌，等我回去一看，1000 多页的稿纸，已经被雨水沤烂。我的第一部长篇小说，就这样无疾而终，死无葬身之地，连个囫囵个儿的尸首都找不到了。

《希望》，到底没有了希望。这真是对我的一个绝妙讽刺，也成为那个新旧交替时代一个有意思的象征。

粉碎“四人帮”后，在没有上大学的那一段时间里，我都处于苦闷的状态，除了读书，基本没有写什么东西。我所教书的中学，顶楼有一个不大的图书馆。当时，“文化大革命”前的旧书都还没有整理，存放在一个个麻袋里。没课的时候，我常去那里翻书，负责图书馆的女老师姓刘，知道我爱看书，任由我随便翻。我从那里翻出了李準的短篇小说集《春笋集》、王汶石的《风雪之夜》和《黑凤》、康濯的《我的第一个上级》、郑克西的《杏林春暖》、刘真的《长长的流水》、王愿坚的《普通劳动者》、陆文夫的《二遇周泰》、李若冰的《山·湖·草原》、艾芜的《南行记》和《南行记续篇》、欧阳山的长篇小说《三家巷》……还有《人民文学》杂志的合订本。在这厚厚的、已经残破的合订本中，有一篇小说《岁交春》，写法新颖，和当时的小说不一样，特别吸引我。它的作者叫方之，我是第一次听说，但我记住了这个名字。很多书，包括《人民文学》杂志的合订本，我都拿走了，刘老师也不跟我要。

在图书馆里，我碰见了新调来的一位数学老师，她也常到这里来看书、翻书，聊起来，知道她是从莫力达瓦旗回到北京的知青，同为知青，又彼此爱好文学，聊得很开心。她很好心地借我一些书，其中印象最深的是一本《论契诃夫的戏剧创作》。她还借给我卡夫卡小说的手抄本、《今天》的手抄本，在上面，我读到了后来轰动的朦胧派诗歌。我很喜欢北岛的诗，抄了一些，如《回答》《生活》等；也喜欢赵振开的小说《波动》，但当时不知道赵振开和北岛是同一个人。也不知道，这位女数学老师的父亲就是曾经大名鼎鼎的舒芜。难怪她家里有那么多书。萍水相逢的际遇，还有这些书，都曾经帮助我度过写不出文章的那段艰难而痛苦的日子。

就在那时候，我开始学着写诗。觉得写不出小说，而诗最容易抒发内心很多短暂一瞬的感想，诗最个人化、最随意，也最容易排解自己郁闷不舒的心情。

抄录一点当时写的诗——

人之随笔

嘴

能恶毒地骂，
能甜蜜地吻，
能像越王尝粪，
也能像刘姥姥吃海味山珍。

手

远古时代，
你长满丛生的毛。
现在你纤纤十指上，
戴上毛绒绒的手套。

耳

为了对称？
为了倾听？
你是两支酒杯，
浇醉了心长眠不醒。

眼

蓝色的——蓝蓝的天空。
黑色的——莽莽的山岭。
所有的颜色会聚一起，
一道绚丽的彩虹。

鼻

人的珠穆朗玛峰，
你骄傲的高耸。
眼看不见你的鼻孔，
嘴够不着你的鼻顶。

脚

鞋有千奇百怪，
袜有多姿多彩。
伸出来——
一样的五指分开。

泪

尿能肥田，
血能救人，
汗能治病，
只有你，最无能。

乳

你们俩遥遥相对，
却永远不能团圆。
虽然中间的沟壑，
很浅，很浅。

心

隔着皮，隔着肉，
隔着厚厚的衣服。
说你是鲜红的，
谁能看见你真面目？

发

可卷可直可短可长，
可黑可白可红可黄。
纵使剃得你精光——
长出来依然卷直黑黄。

我还以四季为题，各写一组。挑春夏秋冬中各一首诗——

窗前一盆石榴

望着窗前的一盆石榴，
嫩绿的叶子已爬上枝头。

我看见的却是萧瑟的深秋。

石榴叶在飘落，
然后便是凛冽的冬，
枯枝在寒风中颤抖。

是啊，一切这样的快，
这样的真实，
一点情面不留。

眼前仍是一盆葱茏的石榴，
春风正抚摸它的绿叶，
绿叶正向风谦卑点头。

定陵的米兰

在灵恩殿的废址前，
我看见你——米兰。
起初我以为是桂花，
曾经熟悉的伙伴。

你们的枝条长得相似，
花瓣像得更无法分辨。

细碎的小黄花撒满枝头，
眨着无数明亮的眼。

可是，你毕竟不是我的伙伴，
无论你如何仔细地装扮。
请原谅，我不是责备你，
只是笑自己还如此的梦幻。

记忆的画卷也许会重复，
大自然会尽情变换涂染。
这只是初夏，
那一次是桂花，这一次是米兰。

秋天的树

风吹动颤抖的树叶，
像蜂儿鼓动着羽翼。
树啊，你也要飞吗？
要飞向哪里？

风吹走最后一片叶，
只有树枝在轻轻叹息。
树啊，在绿荫覆盖的日子，

你酣睡在谁的梦里？

冬夜问答

小姑娘，
夜深了，你怎么还不回家？
是在等妈妈，还是等爸爸，
他们会给你带来新年的礼物，
还是一篮子童话？

叔叔，
你怎么也还不回家？
也是在等你的爸爸和妈妈？

哦，亲爱的小姑娘，
在这个寒夜里，我在等待谁呢？
我不知道该怎么回答。

这些诗，横七竖八地抄录在几个横格本上，像蜷缩在那里的可怜的小猫，除了给朋友看过，从不敢示人，更未曾发表。它们只是帮助我度过那段日子，它们像荒寂渡口旁的一支支小小的孤舟，载我夜航远渡。

第六章　戏如人生

1

在过去的历史中，有些年月，千载难逢，不同寻常，无论对于历史，还是对于个人。

如今人们常提起并很怀念20世纪80年代。其实，20世纪70年代末，更是一个重要的时间段，起码对于我是这样的。

1976年，粉碎“四人帮”。1977年，恢复高考。那一年秋天的一个晚上，我的一位高中同班同学，跑到我家。他和我一样，都是三年前从北大荒抽调回北京当中学老师的。他跑来告诉我，大学就要恢复高考制度了，要我珍惜这次难得的机会，争取报考，以我们的学习成绩，考上大学应该不成问题。他说起来很兴奋的样子，仿佛我们马上就要成为大学生了。难怪他兴奋，1966年，一场突如其来的“文化大革命”，中断了我们的大学梦。现在，终于到了破梦重圆的时刻，我和他一样的兴奋呢。

这时候，躺在外屋已经入睡的母亲，不知什么时候已经走进我的屋子里，当着这个同学的面，对我说："你考大学，我怎么办？"

刚才兴奋的气氛，立刻凝滞了。那时候，我的母亲正患有幻听式的神经分裂症，家里离不开人，确实需要我来照料。我这位好心的同学知趣地悄悄溜走了。这一年，我没有报考大学。我的这位同学考取了北京师范大学物理系。

当时，伤痕文学与戏剧正热火朝天，我也忍不住跃跃欲试。我有两个小说的构思，一个是写一对青梅竹马的男女同学的悲欢离合。男同学的父亲是国民党，国军军官；女同学的父亲是共产党，老红军将领。两位军人曾经在战场上刺刀相见；"文化大革命"中又在劳改队中重逢。他们的后代由相爱到分离，再到劫后余生重逢时刻，他们的父亲都已经不在人世。小说取名为《两代人》。

另一则是《一件精致的玉雕》。

最后写作时，我放弃了第一则，选择了后一则。《两代人》中尽管有我学生时代生活的影子，但前后两代人的命运，国共两党的斗争，题材太大，不是我能驾驭的，上一代的经历，只是道听途说，并非亲身经历。而且，这样的题材，在伤痕文学中已经开始出现，并不新鲜。

秋天，在我的同学准备考取大学的时候，我写完了短篇小说《一件精致的玉雕》。这是一篇和我以前的写作模式的告别之作。尽管现在看来显得单薄，但它已经不是"三突出"的模式，不是宏观的大主题，也没有写刚刚粉碎"四人帮"之后正热门的累累伤痕，而是写了步入新时代两个年轻售货员围绕着退货的一件小事，逐步展开彼此微妙的心理和感情，以及由此蔓延出的新的、又多少有些意外的绿意葱茏的枝蔓。最后，一件普通的衬衫，演绎成一件精致的玉雕。

尽管那时候，我还不知道世界上有一位外国作家叫布罗茨基，但在以后的日子里看到《布罗茨基谈话录》，看他在论及俄罗斯画家列宾时说过的话：“好画家尤其表现在小画作和画稿里。他不该只编织大幅的情节画。”我很赞同布罗茨基的话，尽管当时并不完全清晰、明确，但是，我已经意识到要和那些大画作区分开来，要努力用自己的眼睛和心，书写自己的文字，浅显，却要力求清澈。

1977 年的年底，我的小说《一件精致的玉雕》，经过几次修改，文学组的同伴看完后觉得不错，替我在信封上写下地址，再剪下一个三角口，寄到了人民文学杂志社。《人民文学》是和中华人民共和国同龄的老牌杂志，是文学刊物里的“头牌”，以前在它上面看到的尽是赫赫有名的作家的名字。那时候，刘心武的小说《班主任》刚刚在《人民文学》上发表，轰动一时，《人民文学》自然为众人瞩目。如果不是文学组好心的同伴替我直接寄出了稿子，我是不敢的。

没过多久，学校传达室的老大爷冲着楼上高喊有我的电话，我跑到传达室，是一位陌生的女同志打来的，她告诉我她是人民文学杂志社的编辑，“你的小说我们收到了，觉得写得不错，准备用，只是建议你把小说的题目改一下。我们想了一个名字，叫《玉雕记》，你觉得好不好？”我当然忙不迭地连声说好。能够刊发就不容易了，为了小说的一个题目，人家还特意打来电话征求意见。而且，《玉雕记》显然比《一件精致的玉雕》要好很多，更干净，也更有文学味儿。当时光顾着感动了，放下电话，才想起来，忘记问人家姓什么了。

1978 年的第四期《人民文学》杂志刊发了这篇《玉雕记》。这篇幼稚的小说，给我带来好运，它很快被《中国文学》杂志翻译成英文和法文介绍到国外，并被改编成广播剧广播，被选入《建国三十周年北京市短篇小说选》一书。可以说，正是由于这篇小说，我开始被文坛认识。尽管当时我连北京市作协在哪里都不知道，但是，他们推荐我参加刚刚恢复的文讲所，也就是后来的鲁迅文学院在粉碎“四人帮”之后的第一期学习班。可惜，那时，我已经考入中央戏剧学院，当我拿着文讲所的报到信去报到的时候，人家说我已经考上大学了，就不必到他们这里来了。那一年，我不知道中国作协是刚恢复还是正在筹备恢复，在北京和平宾馆召开了一次作家大会，由诗人李季主持，很多劫后余生的老作家都来了，我居然很荣幸地也被邀请参加。而另一次在华侨饭店的大会上，我第一次见到赵丹和黄宗英，如同出土文物，抖擞一身灰尘，他们还是那么英气勃发……

是的，我感受到了新时代的万物复苏、百废待兴、蒸蒸日上；更感到那时候文学的美好与纯真，正是我小时候憧憬文学的那种样子，觉得能写点儿东西真的是件挺幸福的事情。

我一直想知道带给我好运的这篇小说《玉雕记》的责编是谁。但是，我一直也不知道打电话的那位女同志是谁，不知道发表我的小说的责任编辑是谁，那时候，我甚至连人民文学编辑部在什么地方都不清楚，连寄稿子的信封都是文学组的伙伴帮我写的。一直到20年后我调到人民文学杂志社，我还在打听这位女编辑是谁，杂志社资格最老的崔道怡先生对我说，应该是许以，当时由她负责小说《玉雕记》。可惜，许以前辈已经去世，我连她的面都没有见过。这让我无限伤感。

2

如果说文学作品有“处女作”之说，投稿也应该有属于自己的“处女投”。真正属于我的“处女投”，是寄给《诗刊》的一组儿童诗。说是一组，其实总共就两首，是完全仿照泰戈尔《新月集》写的。大概因为前面两次《心中的花》和《玉雕记》的投稿都还顺利，壮了我的胆吧，在信封上写上“寄《诗刊》编辑部收”，把稿子装进去，再在信封右上角剪了一个三角口，就扔进了大街上的信筒。这是我第一次自己往外寄稿子，感觉真有些异样。那时候，大街上的信筒是老式的、绿色的、圆圆的，半人高，以前也曾经不止一次往里面投寄信件，但是，都是贴上邮票的呀。这样不贴邮票，就剪下一个三角口，能寄到吗？然后，马上打消了自己这样小心眼儿的念头，以前两次寄出的稿子，不是都寄到了吗？我的手气就这么差？

那时，《诗刊》编辑部在虎坊桥，我每天下班都要路过那里倒车回家。在他们编辑部的门口有一块大玻璃窗，每一期新发表的诗，他们都选出一些，用毛笔手抄在纸上，贴在玻璃窗里，供过往的行人观看。玻璃窗前总会围着好多人，一行一行把诗看到底，那时人们关心诗，就像如今人们关心时装秀一样，诗和文学离人们那样近。有一天黄昏，下班路过那里，我忽然看见我的那两首诗居然墨汁淋漓地抄写在玻璃窗里，题目改成了《春姑娘见雪爷爷（外一首）》。题目下面就是我的名字。最后一行，写着“选自《诗刊》1978 年第 6 期”。我的心跳都加快了，玻璃窗里我的那些稚嫩的诗句，好像都长了眼睛，将所有的目光聚光灯似的打在我的身上。这是我第一次发表诗，也是我唯一一次发表诗。只是，到如今，我知道了所有发表我其他作品的责任编辑，却始终不知道发表我的诗的责任编辑是谁。

对于我，“处女投”和“处女作”的作用与意义相同。它让我有了信心，也让我见识了世道人心，那些我根本就不认识的编辑，让我触摸到并不敢忘怀的文学的良知善意和应该拥有的本义。

就在我对投稿有了一些信心的时候，投稿开始不再那么顺风顺水。我写了第一篇报告文学《剑之歌》，是写当时在马德里世界击剑锦标赛上负伤并勇夺银牌的击剑女将栾菊杰的教练文国刚。寄给几处，不是退稿，就是石沉大海。这让我对这篇报告文学的质量打了问号。还是丰台区文化馆文学组的同伴不服气，把退回的稿子换了个信封，转手要寄给《雨花》杂志，说栾菊杰和文国刚都是南京人，《雨花》也是南京办的，可能会用的。我拿过信封，自己给《雨花》杂志寄了出去。反正，也不用贴邮票，就是在信封上剪个三角口嘛。或许，真的会是东方不亮西方亮。

1978年的春天，我在学校传达室打电话，偶然间看见桌子上放着一张当天的《北京日报》，随手打开翻看，看到了中央戏剧学院招生的广告，12年前报考中央戏剧学院并拿到了录取通知书等待入学的情景，立刻浮现在眼前。整整经过了12年一个轮回，如今，中央戏剧学院又开始招生了，我的心里爬满了小虫。再仔细看招生年龄的限制到31岁，那一年，我正好31岁。我知道，这是我的末班车，机不可失，失不再来，去年高考就已经错过，这一次，不能再失之交臂。

回到家，我做母亲的工作，母亲终于答应了。在母亲的心里，孩子的事情总是会唯此为大的。

说来难忘，中央戏剧学院考试分为初试和复试，复试是面试，初试考写作和戏剧文学常识两门。写作考试，在古楼一层的大厅里进行。那里，离中央戏剧学院很近，大厅没有一扇窗，只有一扇门，里面阴森森的；不过，正是夏天，倒也很凉快。考试的题目是《重逢》，是一个带有明显戏剧情境的题目。考试前不久，我正准备写一篇叫作《遗忘在荒原的红苹果》的小说，写一个柬埔寨华侨，怀有一腔爱国之情，当年为了回国上中学，冲破重重阻拦，从香港泅渡大海回到祖国；在"上山下乡"运动中，又主动报名来到了北大荒；但是，当她的父亲回国探亲，在广州希望见到自己孩子时，北大荒当地组织却不准她请假，她与父亲的重逢化为泡影。一气之下，她选择了离开北大荒，出国回柬埔寨，和她在北大荒的恋人不得已而忍痛告别。而当她终于回到柬埔寨的时候，父亲不幸去世。粉碎"四人帮"后，她回到广州，希望和她在北大荒的恋人重逢，恋人从北大荒专门给她带去苹果。那苹果，是当年他们两人为了解决苹果过冬的问题，而把苹果藏在正包心成长的卷心菜里，创造出了在北大荒的严寒冬季里还有鲜艳红苹果的奇迹。路途遥远，恋人去广州和她重逢，她已经结婚，有了小孩，而那几个红苹果在长途颠簸中已经烂了。这个故事，怎么那么巧，完全符合考试的题目《重逢》。胸有成竹，我很快写完，第一个交了卷。

戏剧文学常识考试，在中央戏剧学院的教室里进行。试卷上有一道解词的题："举国欢腾"和"百废俱兴"的"举"和"俱"各自的词义。我答对了后者，却答错了前者。这两个成语，具有我们国家和我们这一代人的特殊年代感，和我完全个人化的考试记忆，竟然如此密切。

那时候，"四人帮"刚刚被粉碎，国家和民族正在一个历史的转折关头，才忽然觉得悲尽兴来、物换星移，才一下子觉得报国有门、济世对策，也才真正明白了“举国欢腾”和“百废俱兴”是什么意思，仿佛天都格外蓝了起来。

那一年冬天，我考上了中央戏剧学院。11 月底，我去学院报到，特意选择在晚饭后离开家。当我推着自行车拐出屋后的小道，下意识地回头，忽然看见母亲扶着墙角走了过来。我知道，我一走，到学校住校，家中就只剩下母亲一人，心里有些发酸，回转身，向母亲走去，母亲却使劲儿向我挥手，让我赶紧走。

中央戏剧学院在棉花胡同，到学校报到，走进被分配的宿舍，五个学生住，三张上下铺的单人床，选了靠门口的一个上铺。收拾停妥行李，躺在上铺上，怎么也睡不着，脑子里想的全是母亲，母亲一个人孤零零在家里，会怎么样呢？翻来覆去，在床上折饼，只听见尚存在窗外大白杨树上阔大的叶被风吹得哗哗直响。我实在忍不住了，跳下床铺，走出宿舍楼，骑上自行车，往家里赶。回到家，敲了半天的门，才听见母亲问话：“谁呀？”我说：“是我，您快开门！”说完就看见房门玻璃后的窗帘掀开一角，露出母亲的脸，看清是我，才把门打开。这时候，我看见，房门被一根粗大的木棍顶着。

这一幕，我怎么也忘不了。这根大木棍也顶在我的心口上。我知道，母亲本来病就没有好，孤零零一个人在家，有些害怕。这样上学，我也不会安心。我下决心，一定说服母亲，把她暂时送到姐姐家。

这一夜，母亲睡得很安稳，我却怎么也睡不着。

3

第二年春末，那篇寄出多日的《剑之歌》，我以为再一次石沉大海，却终于有了回音。我接到雨花杂志社的一封电报，要我速去南京改稿。正在上课，学校不准请假，只好熬到放暑假。记得很清楚，我到南京的那天清晨，路上的行人很少，只见有一些老人躺在马路边的凉椅上乘凉。刚刚下过一点小雨，地上有些湿润，风很清爽。按照地址找到雨花编辑部，站在大门口，怎么看怎么面熟，好像在哪儿见过。想了想，是在电影里，这不就是当年蒋介石的总统府吗？心想雨花编辑部真会找地方。

接待我的是《雨花》当时的主编顾尔镡先生。我知道，他是位著名的剧作家，写过话剧《峥嵘岁月》。他是粉碎“四人帮”后我见到的第一位作家，身材魁梧，仪表堂堂，面容可亲。他出现在我面前的样子，给我印象太深：穿着一条短裤衩子，一件和尚领的大背心，摇着一个大蒲扇，和我在街上见到的那些躺在凉椅上乘凉的老人没什么两样。他让编辑先安排我住下，就住在编辑部旁边的招待所里，招待所旁边就太平天国天王府的西花园，热是热点儿，风景十分不错。下午，顾尔镡先生来看望我，对我说这房间太热，你晚上要是改稿子就到我们编辑部，那里电风扇多，也凉快些，便让当时做编辑后来成为作家的梁晴给我一把编辑部房门的钥匙。

那一年的夏天，南京非常热，每天趴在桌子上用两台电风扇前后吹着改稿，听顾尔镡先生摇着大蒲扇说些和稿子有关或无关的事情。我也见到了写过《李顺大造屋》的作家高晓声，他几乎天天中午在总统府的石台上铺张凉席，躺在上面午睡。不过，说实在的，那时，我来南京最想见的是作家方之。前两年，我在《人民文学》杂志合订本上看过他的短篇小说《岁交春》，后来，又在1979开春的《北京文学》杂志上看到他的新作《内奸》，感觉写得别出机杼，非常喜欢。可惜，我没能见到，就在这一年我的这篇《剑之歌》发表的10月份，他因病去世了。

有时候，我到新街口闲逛，到鸡鸣寺吃小吃，或到天王府的西花园散步；或到体工大队找文国刚聊天，到离莫愁湖不远的小巷栾菊杰家补充材料；或到玄武湖随心所欲地瞎走，胡思乱想，想起父亲年轻时候曾经在这座城市受训，以及“文化大革命”大串联时，深夜独自一人，我坐轮船从浦口下船时的满江灯火……那是我有生以来最惬意的日子。它不仅让我学会了文学上的许多东西，更让我感受到了由文学的真诚所弥漫起的平和与温馨的氛围。

1979年10月，我的这篇经顾尔镡先生指导而修改的报告文学，发表在《雨花》杂志的头条位置上。

没有想到，这篇报告文学，当时竟然有了我意料之外的影响。其实，并不只是我的作品，那时候，文学的影响，超出历史的任何一个时期——徐迟的一篇报告文学《哥德巴赫猜想》、刘心武的一篇小说《班主任》、宗福先的一出话剧《于无声处》，都能够立刻传遍大江南北。我想这不仅是因为文学独有的魅力，更是因为正值政治开放清明之时，新闻与历史尚未完全苏醒，文学敏感而迅速地填补了或者说越俎代庖了它们的功能，使得那个时期的文学虽显粗糙却一身泥水，湿淋淋、生机活现地呈现在读者面前，打通了不仅是文学读者也是更多普通人的心理通道。只有那时候的文学，膨胀了或者说是超过了文学本身具有的功能；也只有那时候的文学，和普通人是那样的息息相通。

这篇《剑之歌》，和理由的《扬眉剑出鞘》相互呼应，互为表里，将击剑运动员栾菊杰和她的教练文国刚叠印而出，看到了现实，更看到了历史；看到了运动员真实成长的艰辛，更看到了人物命运与时代颠簸的艰辛。不久，我和理由收到峨眉电影制片厂的导演曾未之的邀请，到成都根据我们这两篇报告文学改编电影《剑魂》。1980年的寒假，我和理由飞往成都，那是我第一次坐飞机，第一次到成都，第一次睡南方的藤床，非常硌人。导演曾未之是位从长春电影制片厂（以下简称“长影”）调来的老导演，他很热情，也很健谈，常眉飞色舞地聊起我们没有看过的好莱坞电影。在电影厂的食堂里，我还特别高兴地看见了演员贺小书，她和曾导演都是从长影调过来的。读中学的时候，我看过她演的电影《鸿雁》，特别喜欢，觉得她长得漂亮又温婉干净，没有有些女演员的妖艳和矫情。只是，距离她出演《鸿雁》已经过去了20年，她和电影里的样子不一样了，有些苍老。这让我多少有些失望，在我的脑海里，她还是20年前的样子。流年暗换之中，一代人已经无可奈何地老去。

那时候的峨眉电影制片厂在成都的郊区，四周是一片田野，晚饭后，黄昏时分，理由常和我一起到田野里，踩着田埂散步，空气是那样的清新。冬天的成都，田野里还是绿油油一片，生机盎然。

那时候，文学是多么的纯，人与人之间的关系是多么的纯，就像那时没有雾霾、没有酸雨、没有沙尘暴的环境一样，让我的呼吸格外顺畅。都是一些素不相识的编辑，都是沙海淘金一般从自然来稿里选择的作者，无论是作者的我们，还是素昧平生的编辑，不敢说那时都在做青史文章，却敢说那时没有一丝朱门歌舞与后庭软花的气息。认真、热情、单纯、简单，就像当年我爱用的碳素墨水洇在纸面上一样，黑是黑，白是白，那样清晰，那样爽朗；就像当年的雪花飘落在地上一样，没有被我们人工有意装点成五彩的冰灯雪雕似邀宠的模样。曾经心想，那时候我投稿的经历，大概并非个例，很多作者都曾经和我一样拥有过相似的经历，因为我们毕竟身处同一个时代。我分外怀念那一段年月。

非常有意思的是，那年夏天，我从南京修改《剑之歌》回到家后的第三天，我的儿子落生。如同小鸟啄破蛋壳似的，他睁大了一双明亮的眼睛，望着这个陌生的世界，和对他、对我们一样崭新的时代。

4

在中央戏剧学院读书四年，有些课程没有好好学，那时候，一门心思就想写东西。由于《剑之歌》的小小成功，我一鼓作气，接连写了好几篇体育题材的报告文学，其中1980年发表在《新体育》杂志写羽毛球教练王文教的《深深的海洋》，1981年初发表在《中国青年》杂志写排球运动员郎平的《球，落地生花》，1981年夏发表在《十月》写乒乓球运动员张德英的《贴深蓝色海绵的球拍》，以及发表在《北京文学》写国际象棋大师刘文哲的《国际大师和他的妻子》，反响都还不错，给我带来了好运。特别是《国际大师和他的妻子》，还获得了那一年的“北京文学奖”。那是我获得的第一个文学奖项。

那时候，我不知道写作还可以获奖，可以给你带来很多荣誉，让更多的人知道你。那时候，我真的还是一个雏儿，在《北京文学》的颁奖会上，《北京文学》的负责人周雁茹大姐，和我的这篇报告文学的责任编辑章德宁，要我代表获奖作者发言。我写了个简短的发言稿，但发言的时候，还是有些紧张，手不住地抖，手中的发言稿像受惊小鸟颤动的羽毛。坐在我旁边的是汪曾祺先生，那一年，他的小说《大淖记事》获奖，他宽厚的手掌在我颤抖的手上轻轻地拍了几下，然后冲我微笑地点点头，示意我不要紧张。

那时候，我的写作热情高涨，常常在下午和晚上没课的时候，跑出学院四处采访。特别是采访国际象棋大师刘文哲，印象深刻。他家在府右街，离学院不远，我一连六个晚上到他家采访。顶着星光月色，骑着自行车穿行在寂静的街道的情景，让我难忘，让我兴奋，也让我相信报告文学的创作原则：确实是七分跑，二分想，一分写。

那时候，课程印象最深刻的，是孙家琇先生教的莎士比亚、谭霈生教的戏剧情境、晏学教的编剧，还有导演系的老师罗锦鳞先生专门为我们讲了整整一个学期的《哈姆雷特》。我最后悔的是没有好好学祝肇年先生的中国古代戏曲史。祝先生学问精深，但我失去了向祝先生求教的宝贵机会。

再有，便是后悔没有好好学英语。教我们英语的是从北京大学请来的一位姓王的教授。由于整整 12 年，中央戏剧学院没有招生，我们是粉碎“四人帮”后戏文系第一届学生，入学考试没有考英语，班上同学的年龄不齐，爷爷孙子都有，不仅很多人英语水平很弱，而且这样的年龄再学英语难度确实也很大。王老师教了我们一年，由于我中学六年正经学过英语，虽然多年没有再学，毕竟有一定的基础，第一学期考试后，矮子里拔将军，我的成绩不错，王老师奖励了我一本《英汉小词典》。第二学期结束之后，王老师不再教我们了，临走之前，他专门找我谈了一次话，认真地对我讲：“你的英语不错，你现在的英语处于这样一个关键的阶段，咬咬牙，坚持下去，词汇量多掌握一些，你就学成了；如果你扔下了，也就半途而废了。我知道，你喜欢写作，毕业后，英语也可能用不上，不过，我希望你能坚持学下去，对你会有帮助的。”他说得语重心长，让我非常感动。可是，事后我撂爪就忘，还是一门心思扎在写作上，就像一个溺水者，人家向你抛来救生圈，你也不管，只顾自己在水中瞎扑腾。现在，我常常会想起这位只教过我一年英语的王老师，而心生愧对之情。

那时候，我最喜欢去的地方，是学院的图书馆。图书馆不大，但全部开架，挑书方便，中外各种剧本尤其多。而且，很清净，居然没有那么多的学生。有时我心里会想，中央戏剧学院最重视、在外面影响最大的是表演系，最不受重视、影响最小的，便是我们戏文系了。表演系出了好多有名的演员，当时还在读书的、去演电影《牧马人》的丛珊，已经声名在外了。戏文系，出了什么有名的剧作家呢？曹禺有名，人家是中央戏剧学院毕业的吗？不过，表演系的那些俊男靓女，大概有些不怎么爱读书吧，要不在图书馆里怎么见不着他们的身影呢？

再有爱去的地方，是学院的小礼堂。那里，基本上是表演系和导演系的天下。那里的舞台上，几乎每周都有排练。排练时，门户开放，很多人都来观看。北京电影学院、北京外国语学院（现为北京外国语大学）的不少同学，也都闻讯纷纷赶来观看，一边观看，一边谈谈有始无终的恋爱。当时，姜文、岳红、吕秀萍等人排练的好多小品，我都是在那里看到的。

中央戏剧学院表演系、导演系的教学，重视并讲究小品的训练，这是中央戏剧学院的传统，有一整套教学方法。小品的品种很多，有生活模拟小品、形体表现小品、音乐小品、无声或无实物表演小品……我特别喜欢看他们排练小品，其中有一种声响效果小品，最吸引我。这种小品，最后落幕前要把戏剧高潮集中在一种声音上，比如钟声、雷声，或者盘子摔碎在地上的声音，等等。这种小品，不仅考验表演者的表演能力，而且考验其构思能力，让前面所铺排的一切，千条江河归大海，最后浓缩集中在一种声音上，瞬间如花訇然绽放。

我觉得，这样的小品更像文学创作中的短篇小说，要在咫尺天地之中显示才华，其中最后出现的声音，会让人感到惊奇、欣喜、悲伤、惘然若失，有一种独具魅力的艺术回味，颇类似欧·亨利的短篇小说。这样的小品，常会对我的写作有很大的启发，让我感悟到戏剧和文学之间天然的关系，有丰富戏剧营养的作家，文学创作的笔墨会更多样、更充盈；有丰富文学修养的演员或导演，表演的深度和厚度会更绵长、蕴藉，他们的艺术生命也会更久远。

在小品训练中，表演系的老师要求他们的学生要先到生活中去观察和搜集素材，然后来组织自己的小品，不能闭门造车。他们后来在电视台演出过的有名的小品《卖花生仁儿》，就是这样产生的。我们戏文系的老师也要求我们注意生活的观察和积累，这叫作磨刀不误砍柴工。

这一点要求非常重要，也是我在中央戏剧学院学习四年最为重要的一种训练和收获。

记得作家李凖当年下乡收集创作素材的时候，在农村大集中看到有人卖一匹瘦得皮包骨头的驴，却被吹嘘得天花乱坠。这样生活中的偶然一瞥，让李凖写下了短篇小说《瘦马记》，后来，又被改编成了电影《龙马精神》。

另一位作家刘真，当年在火车上听到同伴谈起山东的军阀韩复榘的一桩笑话，说他什么也不懂，看到篮球场上那么多人抢一个球，便大叫一声：“一人发他们一个球，都不要抢了！”这样偶然听来的笑话，刘真把它变为她的小说《核桃的秘密》中一个重要的细节：一个农村的老大娘，看到八路军打篮球，心疼地说，这么多人抢一个球，真的太辛苦了。等把日本人打跑了，胜利了，一人发他们一个球！

想起李凖和刘真，我更加坚信这样观察生活、积累生活的重要性，这样的训练是写作的基本功，是笨功夫，需要像戏曲演员，拳不离手、曲不离口一样，坚持天天记笔记。这样的日积月累，才有可能将生活中的点滴，变为自己的创作素材，才有可能将庸常的生活，化腐朽为神奇，摇身一变，成为艺术。

5

我有几个笔记本，其中两本，记的是上课时的笔记，记得最多的是罗锦鳞先生讲《哈姆雷特》。他是我国最早翻译古希腊戏剧的老一辈翻译家罗念生的儿子，家传丰腴，学问深厚，他讲的《哈姆雷特》，条分缕析，极其细致，仅此这样一出戏，就整整讲了一学期，我的笔记记了快有一本，虽然并没有完全听懂，却记得饶有兴趣，煞有其事。

另外几个大小不一的本子，记的是生活中的点点滴滴，类似表演系学生做小品之前的生活素材的积累，或者像舞美系学生随身携带的速写本。这几个本子对我的写作帮助很大，可以说是写作的基本功训练，很多构思，是从这里而来；许多语言，也是从这里而来。在中央戏剧学院读书的那几年，我重视这样的笔记，觉得它就是自己写作的武器库。那时候，曾经买过一本新出的《契诃夫手记》，书中全部都是契诃夫随手记录的生活笔记，一小段一小段，都很短，但非常有趣，活灵活现，简洁几笔，就勾勒出人物的面貌和生活的场景。

其中有这样两段，记忆犹新：

有人每次在报上看到大人物的死讯就穿上丧服。

一个女演员的丈夫，在他妻子登台献艺的时候，满面春风坐在包厢里，不时向观众致谢。

当时，读得忍俊不禁，简直比契诃夫的小说还有意思。这样的笔记，成为我学习的榜样。

将近 40 年过去，如今只剩下一个绿皮小本。重新翻看这个笔记本，如同旧友重逢，更像和自己的青春重逢，不仅仿佛重返校园时光，还依旧觉得颇有意思，有帮助、有启发。

挑选几段，摘录如下 ——

学院里，一位欧洲文学史的学者，和一位政工干部恋爱。当年他们是同学。“文革”中的一段对话 ——

“你还记得古希腊《被缚的普罗米修斯》吗？”

“记得。”

“看他在那样的威胁下，最后被山劈开，落到了最底层，可是，他也没有屈服。”

“我懂得你的话。”

表演系进修班一个女同学，和我们戏文系一个男同学恋爱开始时，对男同学说："我演过一百多个角色，有时在生活中分不出我是在演戏，还是在平常普通地谈话。"

"那现在呢？你是在演戏，还是在和我说话？"

"看你说的，我是说有时候，进入角色的快感，你一点儿也不懂！"

分手时，她把一叠礼物还给他，对他说："人变了心，礼物也显得轻了！"——这是莎士比亚的一句台词。

月夜。

"你记得莎翁《威尼斯商人》最后一幕，罗兰佐对他的情人说过的话吗？'好皎洁的月色！微风轻吻着树枝，不发出一点声响，我想正是在这样一个夜晚，特洛伊罗斯登上了特洛亚的城墙，遥望克瑞西达所寄身的希腊人的营盘，发出他深心中的悲叹！'"

"知道，后来克瑞西达变了心。我知道！"

"那你呢？"

"不知道，我只知道克瑞西达，不知道自己。"

"你看过《美狄亚》吗？她被丈夫抛弃后，忍无可忍，杀死了她亲生的两个孩子，找丈夫报仇！我们的妇女呢？只会出现秦香莲、王宝钏，只会告状，不会反抗！如果你变了心，我可不会是秦香莲……"

"你是美狄亚？"

"我也不是美狄亚。"

“那你是……”

“我只是我，用我的方式报仇。”

他说话爱提名人。

有一次，讲起编剧的方法，他对同学说：“车尔尼雪夫斯基说合理的个人主义……亚里士多德讲悲剧，一是英雄人物死亡，一身顺境变逆境……有这两条够了，你就编去吧！”

有一次，编剧进修班的一个同学请教他，他问人家：“说你来这里几年了？”

“三年了。”

“莫里哀流浪了十三年，才写出第一个剧本。”

一次，谈起恋爱中漂亮和爱的关系，有同学说漂亮最重要，一见钟情就是因为首先看到的是漂亮。有同学说爱重要，情人眼里出西施，母猪也能变貂蝉。

他说：“美不存在被爱者的身上，存在爱者的眼中。‘猫抓老鼠，只要抓自己的眼睛就可以了。’这是狄德罗说的。”

你不觉得他是莎士比亚的一个杰作吗？

是，是《奥赛罗》里的埃古。

你不觉得她是曹禺的一个杰作吗？

是，是《日出》里的老翠喜。

人家的人生道路，讨论了这么久，你一句话就完了，这么简单？

牛顿的物理定律，欧几米德的几何定律，都是这样几句话就说清楚了。

那你的话就是牛顿的物理定律，欧几米德的几何定律了？

这几段笔记，明显带有中央戏剧学院的色彩。当时，刚粉碎“四人帮”不久，八面来风，四方洞开。校园里，充满百废待兴、唯新是举的气氛。进了中央戏剧学院的学生，更愿意显示自己的身份特点，常常把那些戏剧家尤其是外国戏剧家，如莎士比亚、莫里哀、萧伯纳、迪伦马特、奥尼尔、契诃夫、万比洛夫等人挂在嘴边，就像大家出门特别愿意把中央戏剧学院的校徽挂在衣襟上一样，坐公共汽车，售票的小姑娘都会高看几眼。如果换一个环境，哪怕是换一所学校，比如电影学院、音乐学院呢，再说这样的话，满嘴莎士比亚、莫里哀、萧伯纳、迪伦马特、奥尼尔、契诃夫、万比洛夫，都不合适，会让人觉得造作。但是，在中央戏剧学院里，没有一点儿违和感，大家听了，都觉得特别有趣，常常会心会意。人们常会忽略或者模糊现实与戏剧的界限。在那所小小的校园里，迟到的青春，在课内外书本上跳进跳出，借助戏剧情景，回光返照一般，重放光芒。

我特别愿意把听到的这样的话，看到的这样的事，记录下来，然后，在晚上宿舍熄灯之后，讲给大家听。大家哄笑之后，又给我补充好多，笑声更是此起彼伏，成为课堂教学的一种延伸。

还有一类，我也特别愿记，便是生活的点滴，类似冰心的《拾穗小札》和秦牧的《艺海拾贝》。这些笔记是从表演系同学排练的小品中受到的启发，因此，对人物的对话尤其感兴趣。对话，是话剧中表现艺术的重要手段，和小说中的人物对话相似，又不尽相同，比小说更丰富（因为得有潜台词）、更精练（因为舞台的限制不能如小说般过于随意）、更具有现场感（因为对面就是观众而不是看不见的读者）。笔记中记录的这些对话，都非常生活化、非常有意思、非常有特点、非常符合人物身份和性情，自己瞎编或想象，是编不出来的、难以想象到的。这些对话，对于我写小说，帮助特别大。对于人物对话的敏感和重视，得益于在中央戏剧学院四年的学习，特别是表演系的小品——

每周六的晚上，宿舍里有位同学，都要把皮鞋擦得锃亮，接着对着一个小圆镜子梳呀，梳呀，把头发梳得锃亮。然后，挎上背包，走出宿舍，走出校门。

周日晚上，他回来了。回来就看菜谱。

大家问他："喂，过得怎么样呀？""怎么一回来就看菜谱呀？"……

"别提啦，我把菜炒煳了！"

不用说，他又是跑到老丈人家练手艺献殷勤去了。

雁过拔毛，习以为常，卖肉的靠肉，卖菜的靠菜，你有方向盘，我有听诊器……用你的时候，拔你的毛；用我的时候，拔我的毛，互相被迫，又互相自愿，习惯得相互拔毛。

"你这头是哪儿剃的？"

"你猜！"

"你告诉我嘛！"

“不，你猜！”

“我妈那儿。对吧？”

“就在一拐弯儿那儿理发店。”

“你看嘛，就是我妈那儿，是我妈给你吹的风吧？”

“不知道，我又不认识你妈！”

“个子高高的。”

“不，矮矮的。”

“最里边的那个？对吗？”

“是的。”

“我妈吹的风，我一看就能看出来。”

“这次，你看错了。”

“行啦，你别逗我了。”

“我干吗逗你呀。是个小姑娘给我剃的头嘛！”

“不理你了！找你那个小姑娘去！”

“你说的我的辫子铰了好，还是不铰好？”

“不铰，现在这么长多好看！”

“可我妈让我铰了。”

“那你就自己看着办吧。”

“我又一次听你的，没铰，你看，现在辫子越长越长了。”

“辫子越长越好看。”

“哼，看美得你。”

“我美什么呀，辫子长在你头上，又不是长在我头上。”

两个同学吃早点。一个撕开包装纸，吃面包，一个吃馒头。

“你看你吃面包，我吃馒头。”

“还不都一样，都是面粉做的。”

“那可不一样。你的穿着漂亮的衣服呢，我这是裸体。”

“你看前面那个女的长得怎么样，盘儿靓吗？”

“不错。”

“敢不敢上去和她搭搭话？”

“我？”

“对！”

“还是你去吧！”

他去了。几句话，搭上了，搭熟了。后来，成了他的女朋友。

“我喜欢《七月》这本诗集，多么热烈，看得你心里发烫！”

“得了吧，你喜欢那妞儿的大脚丫子吧，像一艘船，看得你心里发烫！”

“真庸俗！”

“我不明白，怎么一提起脚丫子就是庸俗了呢？人没脚丫子能行吗？怎么走路？照你那么说，澡堂子里修脚师傅是世界上最庸俗的人了？那么，有了鸡眼，找谁呢？”

“你手里有大鬼，又有小鬼，还有本主二，那么多的好牌，怎么让你打砸了呢？”

“就是因为好牌太多了！”

“好牌多还不好？那让我们一手孬牌的还怎么个活法儿？”

“好牌多，就不知道怎么出牌好了，也容易嘚瑟，三犹豫，两嘚瑟，就崴泥里去了。”

木材厂一车间女党支部书记，看中了车间的一个工人，人实在，长得也英俊，她找他谈对象。

“我可不想找您这样的。”

“你想找什么样的？”

“稍微落后点儿的。”

“为什么呀？”

“您看呀，我就是一穷工人，没门路，没本事，工资低，住房条件差。比如以后我要盖间小房，缺根檩条，怎么办？我得从厂子里偷一根。您是党支部书记，看着不顺眼，揭发我吧，心里又不落忍。可是，您每天看着檩条堵心，您说咱俩这日子能过一块儿吗？”

她乐了，对他说：“我让车间主任批个条子，批你一根檩条，不就全截了！”

公园的小亭子里，常有俩老头儿在那里唱戏，一人坐着拉胡琴，一人站着唱，用手里的拐棍儿打着拍子。唱到好处，众人叫好。唱到高处，引颈如鹅。唱到最高音唱不上去了，笑道：“费劲了，早年可不是这样！”

拉琴的老头儿笑问：“早年？早年是什么时候？梅兰芳时候，还是马连良时候？”

旁边人起哄道："是钱浩梁的时候！他唱'临行喝妈一碗酒'最来劲！"

这时候，人群中走来另一个老头儿，唱戏的老头儿指着这人说："得了，看周信芳来了！"

大家起哄，让周信芳唱一段，他也不客气，也不跟拉琴的打招呼，琴起嗓来，来了一段《徐策跑城》。

"我不愿意上他家去。"

"为什么？"

"不管你撒什么样的种子，到他那儿都结他一样的果子，哪怕你撒的是石头。"

"是啊，就听一人一个劲儿地白呼！我离开他家，唯一见到的东西，就是他的大黄牙！"

根据一段台词改编的男女对白——

"你告诉不告诉我，胡金科夫是谁？"

"不告诉。"

"不告诉？"

"干吗不告诉我？心里有鬼？"

"没错，就是心里有鬼！"

"爱告诉不告诉。让你这个胡金科夫憋在心里烂了，烂成蛆！"

"干吗烂成蛆？就不兴变成一朵花？"

"花！花！也是烂菜花！"

"行啦，别嘴硬了，吻我一下，我就告诉你。"

"好吧。"

"得！现在你成了什么人了？成了商品，和我在交换。世界上根本没有什么胡金科夫。对不起，我的心情很糟糕，所以胡乱开玩笑。没有别的办法，只有开玩笑，才能让我有救！"

笔记本上，也记录了很多生活细节或场景，也有一些人物命运的悲欢离合。这样的笔记，一般会比较长，摘录几段稍微短一些的，可以看出当时我的兴趣点和关注点——

表演系的一个男同学，说话时总找胸腔共鸣，嗡嗡的，跟个音响似的。他还特别爱在水房里背台词，水房在戏文系宿舍的楼上，房间小，水哗哗流动中，发出的声音带水音儿，共鸣效果最好，挺好听的。但是，一大清早就听见他那带水音儿的台词朗诵，特别招人烦。后来，他在一出大戏里，扮演一位伟人，全局中只出场几分钟，只有一句台词，声音并不嘹亮，而且，也没有水音儿。一打听，原来他的嗓子莫名其妙地坏了。

十三年没见，他到她的单位找到她，毕竟读中学的时候是朋友。

"你还认识我吗？"

望着他那一脸大胡子，她没有认出他来，更叫不出名字，却说："怎么会不认识！"

送她走后，在传达室的来客登记本上，才看到他的名字。但是，这个名字对于她也很陌生。

房子着火了。

女的冲进屋里，第一个行动是找相册。她看见男的也冲进屋里，找他们恋爱时彼此写的信件。

——“我们最宝贵的东西，一点儿没有损失。”

“你当时给我读一首诗，可是，我什么也没有听见。我站在你的身后，看见你脸上有绒绒的小毛毛，不像现在有了扎人的胡子。你当时一定以为我在听呢吧？”

文百灵。武画眉。

早晨，老头儿提着鸟笼遛鸟。百灵鸟笼矮些，画眉鸟笼大些。遛鸟时，百灵笼要晃动得幅度大些，它才会高兴。打开鸟笼，画眉飞出来，飞到树枝上，快活地叫一阵子，又飞回鸟笼。

喂它们都是精食。玉米面和蛋黄合在一起，晾干，搓成粉末；夏天天热，放点儿绿豆粉，败火；还得捉些活虫儿，给它们尝鲜。

百灵叫得好听，它能模仿各种声音，小鸟的叫，蛐蛐的叫，钟摆的声音，连推过小车吱吱声，小河流水的哗哗声，都会。但是，如果小孩撒尿，老头儿提起鸟笼，赶紧离开，怕是“脏鸟”。

画眉叫的比百灵声高、粗、响。它像是粗大健壮的小伙子，百灵像能织善绣的闺女家。

鸟笼中央，有一根横棍儿，上面沾满粗拉拉的沙子，为了给鸟挠痒痒。有时，老头儿伸出筋脉突兀的手，用长长的手指甲，轻轻地给鸟梳理羽毛，鸟舒服地立在横棍儿上，懒洋洋地望着太阳，惬意极了，就像恋爱时被情人抚摸。

鸟通人性，它也知道享受。老头儿说。

那时候，学校里也举办一些活动，印象比较深的，是舞美系举办过一次学生作品画展，表演进修班的李保田举办过一次他个人的画展（他的画非常不错，以后再也没有见过）。展览都在教室，规模不大，又很简陋，但是，洋溢着那时候无论是青春初度还是梅开二度的勃发、旺盛的气息。两次画展，我都去了，舞美系的画展，在每幅作品旁边，有学生为画作写的简单说明。这些题句，写得特别好，有些像是诗，比我们戏文系写的都要好。幸运的是，笔记本上居然还留有当年的记录——

《雨中》：画它的时候，我没穿雨衣，也没打伞。

《小路》：我喜欢小路，它崎岖，画它的时候，我省略了其他。

《爱情》：一对并排在一起的白杨，多像树木中的情侣。

《白杨林》：它使我感到音乐有了形状。

《蓝色的湖泊》：秋天一片枯黄的山中，难得有一汪如此蓝蓝的湖泊，被人遗忘。

我们戏文系曾经办过一次墙报，大家把写的诗、文章或剧本，抄在稿纸上，然后贴在一块黑板上，类似我中学时候办过的墙报《小百花》。别的诗文包括我自己写的，都忘记是写什么了，唯独有一首小诗，至今记忆犹新，题目叫《简·爱》，全诗就一句：把繁体字爱中的心去掉了。写诗的是同宿舍的一位上海人，我称赞他写得好，像北岛写的《生活》，全诗就一个字——“网”，一样的好，无尽的感叹都浓缩在这一个字、一句话里面了。

那时候，学校常组织我们到新街口的小西天电影放映所，看一些内部电影或外国电影。刚入学不久，刚看完重新放映的电影《柳堡的故事》，他曾经对我说：“你说我看电影时候，听到里面的插曲《九九那个艳阳天》，怎么就想要撒尿呢？”

笔记本还在，那种纯真而又诚挚的学生时代，远去了。

6

1981 年国庆节过后，我去青海。这是我在中央戏剧学院读书的最后一年，学院组织我们毕业实习。那时，是金山先生当院长，我见到他时，他拄着拐杖，步履蹒跚，不苟言笑，表情呆滞，面呈病态，远没有了当年出演电影《风暴》中大律师的风华正茂。他开明得很，让我们自己选择地方实习，只要不出国，哪里都行。我毫不犹豫地选择了冷湖。原因很简单，我的弟弟在那里。冷湖是青海石油局的总部，他在那里的生产调度室当调度员。1967 年底离开北京，他已经在那里 14 年了。

路途是那样的遥远，从北京坐火车到西安，先去拜访了作家李若冰先生。他和诗人李季，是最早进入柴达木的作家先驱，可以说，他们二位是柴达木石油开发的见证者，是柴达木文学的开拓者。“文化大革命”期间，我在旧书店曾经买到过李季的《柴达木小唱》上、下两册诗集；在从北大荒调回北京当老师的中学图书馆里，我曾经读过李若冰的柴达木手记《山·湖·草原》，对这位前辈作家仰慕已久。然后，坐火车到兰州，再转乘火车到柳园，整整坐了三天两夜的火车。弟弟早早就在柳园那个沙漠中孤零零的小站等候了。又坐上一辆五十铃汽车，奔波了250多千米，翻过祁连山和阿尔金山交界的当金山口，进入比北京空气稀薄三分之一的柴达木盆地，再行驶130多千米，才到达了冷湖。

这380多千米蜿蜒而漫长公路的四周是一眼望不到边的瀚海戈壁，除了星星点点的芨芨草、骆驼刺有些灰绿色外，黄色，黄色，扑入眼帘的便都是起伏连绵、平铺天边的沙丘单调的黄色。冷湖，是在这无边黄色沙丘包围中的一个小镇。它让我感到荒凉和荒凉中的神奇，刚进入这个小镇，让我有种不真实的感觉，让我觉得像是童话中的城镇，或者是月球上的什么地方，那一幢幢房子像是突然从沙丘上长出来的奇特植物，它们与四周那一片浩瀚的戈壁滩太不协调、太不对称了。

我在冷湖住了一个半月。住在石油局调度室旁边的办公室里，调度室的唐主任，百忙之中抽空陪我到处转，给我讲述这里的故事。在那一个半月中，我像刘姥姥进大观园，对这里的一切充满新奇感，常常想努力探明是什么力量，能够在这样一片荒沙戈壁上，建起一座虽然不大却朝气蓬勃的城市呢？

我到了冷湖的许多地方，可以说跑遍了冷湖的角角落落。我首先来到了“冷湖”这个地名的发源地，那是一片远远没有青海湖大，也赶不上苏干湖和尕斯库勒湖宽阔的高原湖，是阿尔金山的千年积雪融化流下来而形成的湖泊。正是清秋季节，湖水很清、很静，静得像一面镜子，湖面上漂浮着蓝天白云，而将一湖清新的绿都沉淀在了湖底。谁也不知道这片湖水在柴达木沉睡了多少年，一直到了1956年，中华人民共和国第一批女子勘探队闯进了柴达木，勘探到了这里，才发现了它。只不过她们发现它的时候，赶上的是数九寒冬，风沙呼啸，湖水给予她们的是凛冽，她们便给它起了这样一个写实且有些情绪化的名字：冷湖。这个名字冷冰冰的，谁能想到，1958年9月13日，离它不远的五号构造区的地中四井喷油了。冲天的黑色油柱让人们没有料到，井架四周不一会儿便成了一片汪洋油海，飞来的野鸭子误以为这里是冷湖呢，纷纷落下来，就被油粘住再也飞不起来了。

地中四井是在柴达木打出的第一口油井，年产量32万吨，现在看来并不多，但在当时石油年产量只有百万吨的中国，贡献是极大的。青海石油局浩浩荡荡地迁到了这里，给这里起个地名吧，于是冷湖就这样第一次画在祖国的版图上！冷湖，就是这样渐渐平地起高楼，在一片荒沙戈壁上建设起来的，石油局的职工家属从全国各地涌来，最多时达到了6万多人，井架最多达到了1011个，其中726口井出了油。那时井架林立，炊烟缭绕，人气大振，生气勃勃，冷湖不再是寒冷袭人的湖，而是一片沸腾的油海。你不得不感慨大自然的神奇，它对人有着这样大的诱惑力和感召力；你不得不感慨人的力量是多么的伟大，人可以改造大自然，让沧海变桑田，让戈壁变家园。同时，你也不得不感慨石油的力量是多么的伟大，它是现代化人类赖以生存的黑色血液，燃烧起全球范围内人类的生命欲望、力量，和对地球深处无穷奥秘的想象力。可以说，冷湖是中华人民共和国建设初期生产力和生产关系以及国家与人的精神风貌的一面旗帜、一种象征。

我走到地中四井，放眼四周是一片望不到边的荒沙，没有了大漠孤烟，没有了长河落日，只有星罗棋布的井架。井口还在，早已经不再出油，旁边矗立着纪念碑，上面雕刻着“英雄地中四，美名天下扬”和“东风浩荡时，油龙逐浪飞”的字样，只是东风的“风”字被风吹掉了，戈壁滩上无情的风到底要比碑上的字厉害。但是，确实应该有这样一座纪念碑，它不仅记载着一段不会被风湮没的历史，而且会让后人懂得没有这里的地中四井，便没有冷湖的存在。它是冷湖的开始，像一个字有力的第一笔。冷湖，就是靠它冲天油浪的洗礼才如婴儿一般诞生的。

我走到烈士陵园。它坐落在起伏的沙丘上，沙子已经掩埋了坟茔的一部分，有的坟前的墓碑已经残缺凋落，有的墓碑里镶嵌的烈士的照片已经被风沙吞噬。这里我许多熟悉和不熟悉的人，都向我讲述他们的故事，并带我来向他们拜谒。为了冷湖，为了柴达木，他们把生命祭献在了这里。我献上芨芨草，表达对他们由衷的崇敬之情。

在这座陵园中，许多这样值得让我们后来人崇敬的牺牲者，至今让我难以忘怀。石油部中华人民共和国第一任总地质工程师陈贲，莫名其妙被打成“右派”，被发配到这里来劳动改造，但他没有被压垮，反而积极参与了这里的勘探和开发，参与了冷湖地中四井的发现工作，坚持实践并应验着他曾经被批判的“侏罗纪”的地质理论；以至于整他的人来到冷湖，也不得不对他另眼相看，于是找他来谈谈，想让他也给自己一个台阶。他却义正词严地说没什么好谈的，甩手而去。即使得罪了人家，为此迎接他的命运是紧接着连降两级，也坚持自己“宁作刚直的栋，不做弯腰的钩”的做人原则。这样一位对中华人民共和国石油事业有着卓越贡献的地质工程师，在“文化大革命”中冤死在冷湖，他忍受不了非人的批斗，选择了即便自杀也要留下自己刚正不阿的身影。

石油部另一位总地质工程师黄先训，比陈贲的命运要好，赶上了拨乱反正的好时机，将自己头顶“右派”和“反革命”的帽子摘了下来。改正之后，他唯一的要求是来一趟柴达木盆地。作为总地质工程师，他跑遍了全国所有的油田，唯独没有来过青海油田。谁想到长年“右派”的非人生活使他的身体糟透了，已经买好了去青海的火车票，却突然一病不起，查出是癌症晚期。临终之前，他摇着苍老、瘦弱的手臂，要求将他的尸体埋葬在冷湖这座沙丘之上。

从此，我对这个荒凉的冷湖小城不敢轻慢。

我分外理解40年前作家徐迟第一次来到冷湖之后为冷湖写下的那首热情澎湃的诗：“藏于柴达木地下穹窿的，是无数的石油构造，它将喷射一道道喷泉，喷出无比绚丽的彩虹。明天，炼油厂、石油城，将把盆地上空照得通红。”

那一年，徐迟是在冷湖度过的中秋之夜。他和石油工人在帐篷里一起开了联欢舞会，他买了月饼和哈密瓜，他喝了酒祝了辞，还唱了两首云南小调。然后他到帐篷外面散步。他这样写道：“一个冷湖的中秋舞会在戈壁沙滩上进行着。在冷湖的高空上面，是一个从来没有见过的最大的月亮……”月亮“仿佛就在头顶上高挂的一盏灯。月华如水，装满周围的山又从山谷湖的边缘上，一如水银泻地似的，尽情往外溢出……”

同时，我也分外理解李若冰当年第一次来到冷湖后对冷湖夜色的深情描写：“冷湖之夜，确实美极了。当你走出帐房，在探区走着的时候，天上布满了星座，大地上布满了星塔。天上地上，星星相互辉映，连成一片，组成一幅奇异绚丽的夜景……我觉得出现在大戈壁滩上的冷湖的星塔，是特别壮丽的，迷人的。冷湖的星塔，在我的记忆里永远光明，难以忘却……”

徐迟和李若冰的这些文字，只有站在冷湖这片土地上读，才会在心底涌出这样的感动。这样美丽的夜色，是在饱尝那样多的辛劳和酸苦，饱受那样多的沧桑与磨难之后，个中滋味，才变得那样的绵长。他们的文字，是和这里的日月星辰，和这里的石油人，紧密联系在一起的。于是，他们的文字才富有那样深厚的情感，像这里无边无垠的戈壁滩一样宽阔，而不再是儿女情长，顾影自怜，幽怨自恋，杯水风波。

我也渴望写出这样的文字。

在这里，我写下的第一篇文字，是《留给柴达木的歌》。那是我到柴达木西部花土沟之后一挥而就的。唐主任派车，专门载我去了那里。临行前，他对我说：“路可不好走！那里是我们石油局最艰苦的地方，也是青海海拔最高的地方。你得做好吃苦的准备。”

路确实不好走，当地人叫作“搓板路”，还是当年马步芳留下来的老路，坑洼不平，又坚硬如铁，颠簸得有时会把轮胎扎破，有时会把人整个颠起来，头直接撞到汽车的顶棚上。一清早出发，中午在一个类似兵站的地方吃饭，然后，特意到尕斯库勒湖寻找阿吉老人的墓地。在柴达木，有人不知道美国总统是谁，却没有人不知道阿吉老人。老人的一生几乎就是一部柴达木近代史，柴达木的第一条路就是在老人脚下踏出来的。那时，他独自一人牵着骆驼，横穿茫茫戈壁，到麦加朝圣，便征服了柴达木。大军解放大西北，追赶吾斯满匪帮，是老人带的路；20 世纪 50 年代初，勘探队进柴达木找石油，还是老人做向导。这位乌孜别克族老人长髯飘飘、仙风道骨，在柴达木最具传奇色彩。一直到 1960 年带领部队从柴达木进巴海吐海准备平息叛乱，从马上摔下，脑出血去世，阿吉老人与柴达木风云际会了大半个世纪。老人的墓地在柴达木西部油沙山旁，头枕油田，面朝太阳升起的地方，不远处是清幽的尕斯库勒湖，是诗人李季诗中形容过的“镶着银边，映着宝蓝的天”的尕斯库勒湖。此刻，尕斯库勒湖像阿吉老人伸出的一只永远挥动的手臂。

到达柴达木西部的花土沟，天已黄昏。落日一轮，晚霞满山满天，火红得像要把整个宇宙燃烧起来，是我从未见过的壮丽景色。

石油局开发西部指挥部，设在花土沟。这是一个比冷湖好听的地名，但是，没有一朵花，只有漫天风沙。第二天上午，我走出招待所，在附近转悠，见到的不再是昨天刚到时那样壮丽的景色了。首先撞进眼帘的，是一排排灰头灰脑的地窨子。这种在地下挖的住所，我第一次见到，真有些震惊，简直就像土拨鼠在地下挖的住所，只有最上面一点露出地面，勉强可以采光。这样简陋的住所，如同倒退回了几千年前的原始时代，比我当年在北大荒住的拉禾辫草房子还远远不如。简直难以想象，已经是 1981 年，他们还住这样的房子！

我忍不住好奇，想看看里面到底是什么样子，于是贸然走进一家地窨子。见到的主人是位藏族人，叫马万海。他告诉我，明天他就要回老家酒泉了。他是采油指挥部负责生活的副总指挥，刚刚退休，来到柴达木干了 27 年，把青春留给了柴达木，把儿子也留给了柴达木。他这样对我说。我对他说：“你把歌声也留给了柴达木。”他年轻的时候是位民间歌手，一直到老，歌唱得依然很出色。他听后，笑道：“对，你说得对，把歌声也留给了柴达木，藏族民歌有一首这么唱的，‘大雁飞走了，影子留在故乡。’”

当天晚上，我写下了《留给柴达木的歌》的草稿。

回到冷湖，我结识了龚德尊和黄治中夫妇。他们是石油局研究院的工程师，刚刚结婚，新房在研究院新建成的红砖房里。他们都是 20 世纪 50 年代初从石油学院毕业自愿到柴达木来的知识分子。一个爱拉小提琴，一个爱唱歌，活活泼泼的一对。音乐传情，小提琴是连接起他们之间爱情的红丝线。1958 年，一场噩运袭来，黄治中被打成“右派”，抓进监狱；并让龚德尊交代他的反党罪行，她没有交代，被开除公职遣返四川老家。一对棒打鸳鸯，从此悲欢离合一杯酒，南北东西万里程，一直到 21 年之后，两个人都被落实政策重回冷湖，在招待所里不期而遇，不幸的是艰辛的遭遇和岁月的无情，两人都已垂垂老矣。龚德尊结婚又离婚带着一个孩子，黄治中却是孤身一人依然苦苦等待着她；是小提琴悠扬又带有幽怨的琴声，将分离、漂泊的心又连接在一起。

那天晚上，在他们家，他们很高兴地拿出相册给我看，那里面保存着他们年轻时到柴达木的照片，看着他们骑着骆驼，奔走在戈壁滩上的照片，青春的姿影让我感慨岁月的流逝。黄治中还拿出他在劳改的艰辛时光里自己动手做的小提琴，拉响琴声，如怨如诉，我能听到历史遥远而苍凉的回声。那一天深夜，从他们的新房走出来，由于狂风大作，也由于我沉浸在他们讲述的往事之中而走了神，跋涉在戈壁滩的沙窝子里，迷了路。

龚德尊和黄治中夫妇的沧桑命运和他们对爱情以及对我国石油事业的坚贞之情，让我感怀至深。回到北京，一直想写，但一直不敢贸然动笔，怕写得不好，辜负了这一对夫妇。一年多以后，我才终于写成了报告文学《柴达木传说》。

可是，没有想到的是，这篇报告文学还没有写完，龚德尊却突然死于一场煤气中毒的灾难，给我的这篇报告文学平添了一个令人意外的结尾。写完这篇报告文学，我增加了一个题记，写下了这样一句话：生活使一切虚构黯然失色。

在这篇报告文学的结尾，我增添了这样一段：“报告文学从来都是靠真实来赢得读者，而不允许有杜撰虚构。但是，这一次，我倒真希望我所写的一切都是虚构的，都是杜撰的，都是假的，不真实的，它仅仅只是一个柴达木的传说而已。但愿！”

在冷湖一个叫作“南北饭馆”的地方，我参加了一次北京学生的聚会，他们都和我弟弟一样，1967 年底乘坐同一列西去的列车，来到冷湖。在这次聚会中，我认识了另一对夫妇：曹淑英和刘延德。他们两人和我同龄，都是老三届中老高三的学生，1967 年一起自愿报名到了这里。刘延德只是私下对江青一伙人表示过不满，被打成反革命。他们本来定下在这一年的“五一”劳动节结婚，刘延德被揪出来的时候，离“五一”还有两个月，他要在冷湖被游斗一圈，然后送到劳改农场劳改。游斗他的大卡车向曹淑英工作的医院开来，前面要上一个土坡，他当时想了，如果上了这个土坡在医院门口看见了曹淑英，他就一头栽到车轮底下不活了。他幸好没有见到她。他忍受了关押在青海海西州德令哈监狱四年非人的日子，提前一年释放，监外执行四年（这是一个让人啼笑皆非的判定）。他乘着一辆便车星夜兼程又忐忑不安地回到了冷湖，去找曹淑英。他不知道迎接他的会是什么样的命运，四年未见，曹淑英会不会早已经另嫁他人？谁想到，曹淑英一直苦苦等待，为此的代价是被开除了党籍，调离了医院，到制碘车间和有毒的物质打交道。意外的相逢，让他们执手相看语噎。曹淑英不介意他是不是监外劳改的犯人，毅然和他结婚。新婚之夜，她看到他浑身的伤痕和手腕上镣铐留下的深深的凹槽，禁不住失声痛哭。

那一天，在南北饭馆里，酒酣之际，有人提议每个人表演一个节目助兴，轮到刘延德，他站起来说："我不会表演节目，我给大家讲一个故事吧。"他讲了枣红马的故事。八年牢狱生活，出狱之前，他翻出身上所剩无几的几文钱，买了五个馒头，走向这匹枣红马——这匹在监狱陪他干活并曾经救过他性命的枣红马。他爱它，在监狱那些阴郁的日子里，它给予他老朋友一样的温情。他把这五个馒头喂给这匹枣红马，看着它把五个馒头一个个吃完，然后，他搂住了马脖子，止不住流出了眼泪……

听完枣红马的故事，我怎么也忍不住，落下了眼泪。饭后，我和刘延德并排走在冷湖灿烂而低沉的星空下面，戈壁料峭的风在耳边尽情吹拂，我们什么话也没有说，就那样静静地走着。我决心，一定要写一篇对得起刘延德夫妇也对得起自己的东西。后来，我写了一篇报告文学《柴达木作证》。

《柴达木传说》和《柴达木作证》，是我20世纪80年代初期重要的作品。这两篇报告文学，都刊发在上海的《文汇月刊》上，随后，被多家报刊转载，被更多的读者认识，为我赢得不少声誉。读者的眼睛是雪亮的，真诚而深入的创作，总不会被湮没。

这也是我毕业实习的重要收获，毕业论文，学校要求我们每人写一个剧本，我写了一个清代耶律楚材的独幕剧。我知道，写得并不如意，但有了这样两篇作品在，我可以无悔无愧地毕业了。

中央戏剧学院四年的学习，让我步入一个新的天地，我似乎隐隐地知道，下一步路该怎么走。

第七章　青春作伴好还乡

1

罗达成是我的朋友。我们第一次打交道，是在1981年，他在上海的《文汇月刊》工作，约我写一篇相声演员姜昆的报告文学。姜昆和我同是北大荒回京的知青，彼此还算熟悉。我写了一篇《姜昆走麦城》，写完之后，就去了青海。《姜昆走麦城》排出小样（那时还是铅字排版），他立刻将小样寄到青海，速度之快，又如此认真，是我以前未曾见到过的，因此对他印象深刻。

在青海，我写下第一篇关于柴达木的报告文学《留给柴达木的歌》，便寄给了他，很快在《文汇月刊》上发表了。这是经他之手发表的我的第二篇文章。之后，《柴达木传说》《柴达木作证》《诗人和他的土默特女人》等几乎所有关于柴达木的报告文学，都是经他的手刊发在《文汇月刊》上的，以至后来许多读者误以为我是上海的作者。

我和罗达成因文结缘建立起的友情，如今长达近 39 年。

我们两人第一次见面，是两年之后的 1983 年的春天。在上海火车站的人流如织中，罗达成接我，远远地向我挥手。虽然以前从未见过面，却一眼认出彼此，似乎相识多年，他乡遇故知。然后，我们一起穿过赵丽宏诗中说过的“举着鲜花穿过南京路”，到那间没有窗户的小屋里找我们共同的好朋友赵丽宏。从此，开始了我们之间的文字和朋友之交。

《文汇月刊》是 1980 年创办的新刊物，至 1990 年终刊，它只有短短的十年历史。但是，这段历史是中国文坛乃至中国当代一段重要的断代史。这十年之中，《文汇月刊》成为中国文坛的一个重镇，尤其是它所刊发的报告文学，影响至深，只有《人民文学》可以和它匹敌。我几乎所有重要的报告文学都在《文汇月刊》上刊发（除《生当作人杰》是在《北方文学》上刊发，因此常让罗达成遗憾而对我心生不满，口有怨词），这实在是我的荣幸。

写作《柴达木传说》，给我的心理造成很大的冲击。我忽然意识到，如《柴达木传说》里的龚德尊和黄治中这样生活在底层饱受磨难的普通人，不知该有多少！尤其在时代转折时期，他们的出现，又带有多少沉甸甸的历史印迹！他们比我写过的那些功成名就的运动员、教练员和演员，更让我心动，更值得书写。我决心沿着《柴达木传说》这样的写作路数，把写作的对象放在这样的普通人身上，而不再书写以前曾经写得比较轻车熟路的运动员、教练员和演员，我没有必要再为他们锦上添花。报告文学，如果从夏衍的《包身工》开启，本来就不是名人谱、英雄谱、模范谱、明星谱。

1982 年夏天，毕业前夕，我在上海的《文学报》上写了一篇文章《为普通人立传》，以此明志。我希望这一新的写作方向，能够和自己以前的写作，也和其他作者的写作，拉开一点距离。

在这篇文章中，我引用了罗曼·罗兰的一句话：

> 对普通人就得表现普通的生活，它比海洋还要深，还要广。他们中最渺小的人，也包藏着无穷的世界。

然后，我说："他们是社会的脊梁，共和国正是依赖他们而生存，成长的。包括作者在内，也是靠他们的血汗滋养。我愿意继续努力，不断提高和锤炼自己的思想和笔力，去表现普通人的生活，去深入这个无穷的世界，并力图挖掘、反映和揭示它。"

没过多久，我又看到日本作家水上勉说过的一段话："作家要为普通的、无名的人，留下墓志铭。"更坚定了我的这一主张。

我的这一主张，得到罗达成的支持和鼓励。为了方便采访，他特意向文汇报社申请，为我办理了一个记者证。他对我说，文汇报社这样给社外人办的记者证，只有黄宗英少数几个人！我知道，他是让我珍惜，让我能够为《文汇月刊》写出更多更好的文字。

1982年4月的一个星期天，我正在家里洗衣服，忽然从收音机播放的新闻里听到这样一条消息：天津和平区东北角一家副食店的一个叫孙淑云的会计，一家三代12口人住在一间13平方米的房子里，她调理三代人的关系，将艰难生活的痛苦嚼碎咽进自己的肚子里，两次让房给了别人家。我听后很感动，一直以来，住房问题是全民性的大问题，我当时就住在简陋的一间半的小房里，对于房子问题蕴含的辛酸苦辣感同身受。当即放下正在洗的衣服，赶到火车站，买张火车票，到了天津。那时，心里真是充满激情，仿佛写作具有使命感，有一股看不见的力量，如风一样在驱赶着你，不自觉地往前奔去。

我在东北角附近的一条胡同深处找到这家副食店，可惜，孙淑云请假在家没来上班，一位店员好心写给我孙淑云家的住址。当天晚上，我在那间只有 13 平方米的小屋里找到孙淑云。她家住在靠近海河边的一所大杂院里，是当年天津八大家之一长源盐商杨家大院的后花园。只是时代更迭，岁月变迁，大院里住进的普通人家越来越多，花草繁茂的后花园，早已变成了杂乱无章的大杂院，空间越来越挤，房子越来越破。

孙淑云家那间 13 平方米的小房，是由原来杨家后花园的一个八角凉亭改造的。

那是一次难忘的采访，说是采访，其实更像故人重逢的开怀畅谈。我和孙淑云不像萍水相逢，反而彼此并不陌生，她对我突然的造访，显得有些激动。我看到窄小的房间里，一张双层的床铺，想象着一家十几口人，该如何挤在这张双层床铺上；其间婆媳斗气，妯娌相泣，又是怎样发生的。

两个孩子正挤坐在一把椅子上，趴在饭桌上写作业，她非得让孩子站起来，把这唯一的一把椅子让给我坐，又让孩子把茶杯里的茶倒掉，为我冲了一杯当时正热门的麦乳精……一切，那么亲切、那么亲近，又那么心酸，让我觉得她的身上有我家人的影子，这个窄小的家里有我家和我熟悉的很多家的影子。

一连几天，我到孙淑云家和她详谈过去她所经历的一切事情。我了解到，艰辛的住房问题背后，还蕴藏着她内心深处的隐痛。因为出身资本家而失去上大学的机会，年龄大了，不得已嫁给了一个煤建厂的工人，才住进这样与她以往生活场景完全不同的小房。孙淑云这样内心的隐痛，折射出的是沉重的历史对于渺小个人无形的压迫。这样的房子问题，一下子因历史情不自禁地介入而更显厚重。

望着这位比我大 6 岁、饱尝人间冷暖的大姐，我知道，从中学毕业，到"文化大革命"结束，20 多年来，憋屈在她心里的种种世事沧桑和人生况味，正需要对人倾诉，我来得恰逢其时。那时候，人与人之间不设防，心与心那样容易接近，容易敞开心扉，仿佛真的如安徒生童话，只要有一只温暖的手轻轻地抚摸，冻僵的玫瑰花就能立刻重新开放。

我决心立刻写下这篇报告文学，仿佛心里憋着好多东西，渴望一吐为快。在天津河北区文化馆的阅览室里，我写下了这篇报告文学，取名为《海河边的一间小屋》。河北区文化馆，在中山路上，是一座简陋的旧式小楼，阅览室在二楼，房间不大，需要一早赶到，不然很难抢到座位。我一清早就赶到文化馆大门前，第一个冲进二楼的阅览室，抢到最里面一个安静的座位。从早写到晚，中午下楼，在对面的一家小饭馆买了两个烧饼草草吃罢，回去接着写，一直写到黄昏时分，文化馆关门，这篇《海河边的一间小屋》写完了。

走下那颤悠悠的木楼梯，出文化馆，我走到前面不远的狮子林桥。桥下流淌着海河水，往南面望去，偏东一点，就是孙淑云的家，那间 13 平方米的小房，虽然看不见，却依稀浮动在那一片蒙蒙的晚雾中。不知为什么，我忽然涌出一种想流泪的感觉。

回到北京，我把《海河边的一间小屋》寄给罗达成，他立刻回我一封电报，要我去找孙淑云要她和她家人的照片，并迅速寄给他，他下期发稿要用。

罗达成是一个感情深厚、真挚的人，孙淑云的房子问题、孙淑云的内心隐痛，他和我一样感同身受，因为他和孙淑云一样经历过没有考上大学，住在简陋的工房里的心酸……福克纳在论述作家素质时曾经说怜悯心和同情心是其中必备的两种。这是罗达成当年作为作者和编者出道时的底色，我整个20世纪80年代的创作，得益于他的知心和鼎力支持。那时候，只要是我的稿子，他会毫不犹豫地立即发稿，如果有一段时间我没有新作，他常常用电话和电报催稿，一次紧接一次，不厌其烦，马不停蹄，毫不留情。甚至大半夜里，也会听到摩托车的突突声，邮递员送来他的电报，逼我的写作更上一层楼。可以说，他对我有力的催促、知心的帮助，改变了我写作乃至人生的走向。即便对我的孩子，他也一样以诚相待。那时，我的孩子刚刚上小学，他来北京见到孩子，像大人一样和孩子握手，耐心地和孩子纹枰对弈。达成是中国象棋高手，和孩子下棋时却一样认真。孩子说，从来没有一个大人和他握过手。孩子的童年日记里，记录了梦中见到达成的情景。都说作家要有一颗赤子之心，达成有。岁月经年，时至如今，达成还保留着我的孩子当年画给他的贺年卡。达成重情重义，重视老朋友，哪怕是小孩子。

我们之间，唯一一次因为稿子的问题发生冲突，差点儿闹僵。1985年，我写了一篇关于诗人昌耀的报告文学《诗人和他的土默特女人》，交给了他，他却转手给了当时因缺稿跑到上海求援，即新疆一家刊物主编，也是作家的矫健手里。我当时就跟他闹翻了，他向我解释，矫健也是朋友，支援他一下嘛，再说你不是要为普通人立传吗？诗人又不是普通人，你可以把你写的普通人的东西给我嘛。

我说诗人不是普通人，可你看看昌耀的人生比一般普通人还要惨！其实，我心里的小九九是，矫健的新疆刊物影响小，希望刊发在《文汇月刊》上，影响大些。我驰书一封，信中不客气地写道："你如果不把这篇稿子从矫健手里要回来，咱俩的交情就此结束。"

没有办法，罗达成只好把稿子从矫健手里要回来，刊发在《文汇月刊》上。罗达成给予我的帮助和支持、对我的宽容和理解，让我难以忘怀。想起他，我就会想起放翁的那句诗："旧交只有青山在"。老朋友，越来越少了。

全国第二届优秀报告文学奖评奖，《海河边的一间小屋》获奖。那时候，我如孤魂一样，游离在文坛之外，消息闭塞，不知道这一情况，人正在南京一家部队的招待所里，参加南京青春杂志社组织的活动。那次参加活动的都是当时被称为青年作家的一批人，记得有江苏的赵本夫、山西的李锐、安徽的曹征路、上海的程乃珊等。活动要求每人写一篇小说交给《青春》，大家都在忙于埋头写作，忽然传有我的电话，要我去接。当时电话还不普及，能安装电话的，都是有头有脸的人。部队招待所的房间没有电话，要到办公室去接，部队电话属于内部，一般打不进来，会是谁打来的？又有什么要紧的事情？我心里有些奇怪。

竟然是罗达成打来的。他首先对我说："肖复兴呀，给你打通这个电话不容易呀，你知道吗，都是长途，你花我们好几百块钱呢！"

原来，他先是打电话到中央戏剧学院，没找到我；又打到我家的公共电话，家里人告诉他我去南京参加青春杂志社的活动；又打到青春编辑部；又找到部队招待所……一通打听后，终于打通了，确实不容易。那时候，长途电话费不便宜。

电话里，罗达成告诉我《海河边的一间小屋》获奖的消息。他对我说："我们老梅说了，不管花多少长途电话费，也要把这个获奖的消息，在第一时间告诉肖复兴。"

他说的老梅，是《文汇月刊》的主编梅朵先生。

当时，文坛上流传一句顺口溜：梅朵梅朵，没法躲！说的是梅朵向作家组稿之厉害。罗达成在这方面得老梅之真传。罗达成终于给我打通电话的时候，梅朵就站在电话机旁，微笑地看着罗达成。那是1983年的春天，南京和上海的春天，比北京来得早些，已经桃红柳绿，芳菲满园。

2

1983年底，天津百花文艺出版社的编辑谢大光来北京找到我，他看到了《海河边的一间小屋》，很感动，希望我将这篇报告文学，和新近写的有关普通人的报告文学，一起编一个集子，交他们百花文艺出版社出版。他笑着对我说："《海河边的一间小屋》写的是天津的事，在天津出书，是再应该不过的事情不是？"

这是我和谢大光第一次见面，但我早知道他，他也是一位作家，散文写得很漂亮。一年多之前，1982年，我便在《人民日报》上读过他写的散文《鼎湖山听泉》，他把鼎湖山写得实在太美。能够得到他的青睐，我当然很开心。

谢大光说他早在《文汇月刊》上读到我写的报告文学，注意到我在《文学报》上写的《为普通人立传》。他也是罗达成的朋友。罗达成对我说："我到天津去过大光的家，看见大光的女儿长得特别像邓丽君。”和朋友的朋友交往，最容易缩短距离，心心相通，因为你信赖的朋友，就是你们之间的桥，走过去，走过来，便当得多，轻松得多。

有一阵子，我常到天津，和天津文学界的朋友很熟。那时，天津文学杂志社的张少敏成了我的好朋友。在他的帮助下，《天津文学》的老主编万力和作协的领导鲍昌，曾一度力主调我到天津作协搞专业创作，而且通过市委宣传部，已经要给我分配住房。那时候，文学活动频繁，在天津，我认识了很多天津的作家，也认识了来天津的外地作家。记得我住在天津第一招待所的时候，认识了一同住在那里的北京作家浩然和内蒙古作家冯苓植，彼此交谈甚欢。这些活动和交往，让我打开眼界，重新认识自己、认识文学，也认识了那些以往存在于他们的作品之中和存在于我的想象之中的各类作家。

在天津的时候，我常去天津文学编辑部和百花文艺出版社玩，那是两幢漂亮的小洋楼。我也曾经到天津大光家，他家在五大道一幢小洋楼的一间拥挤的房子里。可惜，我没有见到他的女儿。那时候，他的女儿、我的儿子都还小，我们也都还算年轻。一晃，将近40年过去了，一切恍然如梦，唯有当时的情景，依旧清晰如昨，定格在眼前。想想百废待兴时的文学，是那样的富有朝气和情谊；文人之间，无论长辈，还是同辈，都没有隔阂，平淡如水，却那样亲切而亲近，使人一见如故。如果是开会，也没有后来时兴的在会议桌前摆满写着众人名字的座签，如同梁山泊好汉排座次一般，按照职务高低和大小个儿整齐排列。1995年，我调到小说选刊，第一次到作协开会，看到座位上那些扑克牌大小的座签，感到很新奇，也很吃惊。我意识到，时代在发展，一切都在变，20世纪90年代中后期的文学，已经不是80年代的文学了。那个时代，无论你怀念也好，诅咒也罢，一去不复返了。

1984年，《海河边的一间小屋》在谢大光的努力下顺利出版了。这是我出版的第二本书，是我出版的第一本报告文学专集。一年前，我的第一本书《国际大师和他的妻子》，一半是报告文学，一半是小说。

谢大光为我编辑的这本书取名为《海河边的小屋》。在这本书的后记里，我写道：

> 书名中将原来的“一间”两字去掉了，因为我从这一间小屋又走到另一间小屋，和许多小屋的主人相识了，相交了，心和心相撞了。我采访了煤矿工人、石油工人、汽车司机、店小二、邮递员、送煤工、小学老师、待业青年、小裁缝、家庭妇女……这些篇章大多收在这个集子了。

接着，我又写道：

> 我住在小屋。我采访小屋。我对小屋的感情，五味俱全……于是，我写了，从小屋到小屋。《海河边的一间小屋》是其中一篇。小屋对我总是一往情深。没有小屋，便没有我的报告文学。

同时，我再一次引用了罗曼·罗兰的话：“对普通人就得表现普通的生活，它比海洋还要深，还要广。他们中最渺小的人，也包藏着无穷的世界。”并引用了歌德的一句话：“不要说现实生活中没有诗意。诗人的本领正在于他有足够的智慧，能从惯见的平常事物中看出引人入胜的一个侧面。”然后，我写道：

我愿意从目前我们仍不尽如人意生活中去挖掘这种“诗意”。我愿意去深入反映这些看来平凡却无穷的“世界”。

我应该感谢罗达成，同时也要感谢谢大光，是他们帮助我、支持我，让我有信心和勇气，改变报告文学的写作方向，把目光聚焦在这些普通人的身上，去努力挖掘在他们身上所蕴含的诗意，去展现他们平凡而无穷的世界。我应该庆幸自己清醒地转变了这个写作方向，并清醒地认知到，文学不属于精英，而属于大众；文学不应该屈膝于权势和资本，而应有着独立的品质和正义与正气；文学不应被边缘化，或偏安于一隅，或高居于庙堂之上，或自恋于主席台名签的座位排序之间，而应身处时代的激流之中，让浊浪排空，不要因衣襟上溅湿一点浪花就狼狈而逃。

1989年之后，我再没有写过报告文学。也曾有人找我写，甚至有人出很高的稿酬让我为企业和企业家作传，我都婉言谢绝了。一个时代有属于一个时代自己的文学，一个时代有一个时代文学样式命定的路数，就像鲁迅先生所说“五四”初期小品文的创作成就要高于其他文学样式一样，粉碎“四人帮”之后出现报告文学十多年的繁荣，是由时代造成的。报告文学是在剧烈变动的时代之间的产物。进入新的时代，报告文学的创作高潮期和读者的蜜月期已经过去，再如何人为努力，也是强弩之末。

多年以后，在天津，过海河，我特意到东北角，望着眼前变化万千完全认不出来的景物，忽然想起了那篇《海河边的一间小屋》。这篇报告文学是以孙淑云为第一人称写的，在结尾处，我以孙淑云的口吻这样写道："如果房子富余了，我的这间当年的八角小亭翻盖的小屋拆除了，平地盖起了一座摩天大楼，会怎么样呢？还会有我这样一段含泪带笑的故事吗？"将近 40 年过去了，当年的八角小亭翻盖的小屋的确早已经被拆除了，平地也早盖起了一座座摩天大楼，眼前，物是人非。人生几回伤往事，山形依旧枕寒流。狮子林桥还在，海河依旧缓缓流淌，孙淑云大姐，你现在在哪里呢？

3

20 世纪 80 年代，我一直都是小说和报告文学双管齐下，左右开弓。而且连续获奖，其中体育题材报告文学《剑之歌》《国际大师和他的妻子》《李富荣和别尔切克》先后获奖，写普通人的报告文学继《海河边的一间小屋》获得全国第二届优秀报告文学奖之后，《生当作人杰》获得全国第三届优秀报告文学奖。小说《星星般的眼睛》《两个失恋人的一个夜晚》《抹不掉的声音》《一路平安》等也相继获奖。其中一些作品被翻译成英文介绍到国外，还相继出版了几本书。可以说，一路顺风顺水。

顺风顺水的情况下，很容易导致心态膨胀，也很容易因写作轻车熟路，少了一些清醒的变化，即容易原地踏步却自以为还在向前走。在 20 世纪 80 年代中期，我意识到这样的问题，回过头来重新审视自己所写的作品，我看到，和同代那些优秀的作家相比，自己的东西只不过是小儿科，都还很浅显，真的没什么了不起的，没有必要自鸣得意。我是一个不大自信的人，这样的心理，容易让自己自卑，却也容易让自己不自满，稍微清醒一些，能看到自己和他人的差距。

苏联作曲家肖斯塔科维奇在总结自己的创作时说要“不为订货者而写交响曲”。在势头正猛的报告文学创作中，我给自己定下的规矩，也是这样一条：不是真正打动自己的东西，不去写；不为订货、不为获奖而写，尤其不做资本和权力的附庸和吹鼓手。

那时候，我写过一篇题为《玩具》的短文：

> 爱因斯坦将科学家分为三类：一娱乐快感；二功利；三献身。其实，从事一切创造性的人，都可以以此群分。
>
> 有这样一件事，我觉得有些奇特甚至难以琢磨。法国昆虫学家法布尔晚年患重病，躺在床上，看到几只小虫子冻僵了，便放在自己的怀中，虫子居然苏醒了。这似乎带有冥冥之中的神秘色彩，也蕴含着某种象征意味，昆虫学家看到的只是虫子，怎么没看到别的呢?
>
> 瑞典化学家舍勒，不愿意当教授，一辈子在小镇当药剂师。瑞典国王授予他奖章，他根本不去领取，国王找不到人，只好发给一个与他同姓的人。英国皇家学会发给他的金质奖章，他干脆给他的小女儿当玩具了。
>
> 英国皇家学会颁发给达尔文最高奖柯普雷奖章时，达尔文如舍勒一样，也是不予理睬，说那不过是一个圆形的小牌牌而已。

舍勒、法布尔和达尔文这样的人，属于爱因斯坦说的哪一类人呢？一类？三类？我想，三类，大概是后人旁观者的认为，他们觉得自己该是一类吧？他们是把自己的创造当作快乐，其余一切在他们的眼里只是给孩子玩的玩具吧？

舍勒、法布尔和达尔文，渐渐地离我们远去，让人感慨并感叹的是那些越来越漂亮的玩具，拥挤着堆放在我们的眼前，诱惑着我们，让我们跃跃欲试，蠢蠢欲动。

写完这则《玩具》，我想起一件往事。《海河边的一间小屋》获全国第二届优秀报告文学奖后，《中国青年报》曾经采访我，并让我自己写了一篇获奖感言的短文，还配了一张我的照片一起刊发在报纸上。非常有意思的是，报纸刊发后的第二天，我去排队买带鱼，售货员称好带鱼，用报纸包好递给我，我拿回家一看，包带鱼的那张报纸，是那张印有我照片的《中国青年报》。

没错，一切都只是玩具而已，所有的荣誉都不足为道，甚至是浅薄的、沾满鱼腥味的。

我只希望自己能够以舍勒、法布尔和达尔文为榜样，即使做不到爱因斯坦所说的第三类——献身型，也难以完全摆脱第二类的功利之诱惑，把那些文坛上最容易感染的名缰利锁视为玩具，起码要力争让自己的手别那么急不可耐地伸出去，让自己的心别蠢蠢欲动。

我开始清点自己以往写过的东西，开始清点自己的库存，探寻还有什么处于沉睡状态，可以唤醒它们，作为我新的写作的种子和酵母。我不希望自己轻车熟路、惯性地书写，如“古道西风瘦马”一样，成为一幅衰败的旧画。

我发现自己的库存中还有这样两样东西没有动：

一是那么多和我一样从全国各地返城的老三届的颠簸命运。以前知青题材写得更多的是知青在边疆、在乡间的命运，返城之后的命运涉及不多。

二是除幼儿园没教过，我先后在大、中、小学里当教师 10 年。又有做学生前后 18 年的经历（小学 6 年、中学 6 年、“文化大革命”期间在校 2 年、大学 4 年）。这做师生一共 28 年的生活，占据了我当时人生的三分之二，基本还没有触动过。

当我想到这样两点，心里对将要发生的创作，有了一种隐隐激动和冲动的感觉。对于写作者而言，人生的经历就是财富。如同历史需要隔开一段时间才能够看得更清楚，文学的写作也需要时间距离才可以得到重新的审视和拥有获得感。这样的时间距离，便是素材与自己感悟的发酵，让过去曾经发生的一切变成了文学，而不再仅仅是生活琐碎的本身。

4

我开始了新的写作。

我先写了六个返城知青的命运，以此试水。和以往的写作相比，下笔的时候，我感到沉重。我知道，因为这里面融有我的感情，写他们，其实就是在写自己。

我笔下的那些老三届，青春时节下乡，步入中年时下岗；历史在大踏步地倒退时，以他们作为历史的牺牲品；时代在飞速地前进时，又以他们作为时代的润滑剂。他们的生命淹没在这样两段历史之中，青春已惨不忍睹，他们的来路又是如此艰难、苍茫。哪一代人赶得上他们？对比上一代，他们没有老本可吃，他们的身上也有伤疤，但从来当不成奖章。当然，他们更无法同下一代相比，因为青春本身就是最大的财富，新的一代已经强有力地横在他们的面前，取代了他们社会中心的位置，他们被无情地抛在社会的一隅，在下岗的大军中，可以大量地找到他们的踪影。他们还剩下什么？他们没有了青春，没有钱、没有房、没有地位，却是上有老、下有小，一根生活的扁担艰辛地挑着这样一老一少的两头。在讲究出身的年月，他们背负着档案袋里“出身”这张沉重的纸；在讲究文凭的年代，他们背负着没有“文凭”这张沉重的纸；这两张纸足以把他们的身心压弯。

他们身上始终笼罩着一种悲剧的色彩。无论过去的年代，他们处于悲剧的中心，还是如今处在悲剧的边缘，他们始终是在抗命，不是命运在捉弄着他们，就是他们不屈服命运。无论他们是悲剧的参与者，还是悲剧的扮演者，或是悲剧的牺牲者，命运残酷地折磨着他们、摧残着他们，却无法让他们屈从而低头认命。

悲剧色彩就是他们青春的底色，使得他们一生注定难以褪色。牺牲成了他们无法涂抹掉的本色，是从青春到如今无法更易的命运。所以，他们在而立之年未立，但在知天命之年知命。这命就是对于时代、历史与自身的认知。所以，他们吃苦而不诉苦，他们在默默无闻地生活着，他们以对历史善意而通达的理解，以对理想忠诚而坚毅的投入，以对下一代宽容而信任的期望，以对新生活艰辛而痛苦的自我消化，支撑着我们共和国的大厦。在新的历史的转折期，他们以自己的牺牲和努力，显示着这一代人微弱却独特的生命价值。

是的，他们是一代生命的绝唱。

我将这一组六位知青返程后命运的报告文学，取名为《啊，老三届》，交给罗达成在《文汇月刊》上发表。我没有想到，竟然反响不错。罗达成鼓励我依旧以《啊，老三届》为题，继续写下去。“老三届”，成了一个醒目的词汇，它里面蕴含着被耽误了青春又不甘屈服的一代人的命运，镌刻着新旧两个时代交错叠印的影子，回荡着在政治与经济转型时期复杂而激越的诘问和回声。

所以，我在《啊，老三届》的前面，特意将《新编创世纪》中的一段话作为题记——

> 我们毁灭，我们永生，我们消失。
>
> 我们再现，我们寻觅、战栗。我们呼唤，谁会是我们？我们到底又会是谁？

我听从了罗达成的意见，继续写《啊，老三届（续篇）》。1986年和1987年，我骑着自行车在北京的大街小巷穿行。而后，我第二次去青海，然后去浙江、山西、黑龙江、内蒙古等地，采访了大量生活在第一线的老三届，写成了《啊，老三届（续篇）》，继续交给罗达成在《文汇月刊》上刊发。

我没有想到，文章发表不久，竟然收到很多知青读者的来信，同样当过知青的上海作家王小鹰也给我写来鼓励的信。一样从北大荒回来的知青作家梁晓声看完了《啊，老三届（续篇）》，那时他刚刚写完他的长篇小说《雪城》，对我说：“你那里写的都应该是我《雪城》里的素材和人物。你完全可以写得更长一些，现在这样用太可惜了。”

我很快收到人民日报出版社时任社长姜德明先生和安徽文艺出版社的编辑沈小兰女士的来信。他们的信是前后脚到的，都希望能够将前后两篇《啊，老三届》合成一本书，交给他们出版。很快，《啊，老三届》一书，由人民日报出版社和安徽文艺出版社同时出版。这实在是我没有料到的。我知道，并不是我写得多么好，而是老三届这一代人为世瞩目。纪伯伦曾经写过这样一句诗："如果一棵树也写自传的话，那么，它不会不像一个民族的历史。"一棵树尚且如此，每一个老三届的人何尝不是如此呢？他们每一个人的自传都可以是我们这个民族的历史。我只不过替他们书写了这段空前绝后的历史。

我没有想到这本小书会引起那样大的反响。大概是因为写老三届比较早，才会引起那么多老三届的注意。毕竟我们是同一代人。我们彼此理解着，彼此鼓励着。

同时，有一位美国的大学生利用暑假到北京找到我。我忘记他叫什么名字了，他说一口流利的汉语。他告诉我是在台湾学的汉语，但他更为关心的是大陆的情景，他想研究中国知青运动这段历史，于是在美国的图书馆里查到我写的《啊，老三届》一书，又看到我发表在杂志上有关老三届的一些零星文章。他很想和我谈谈，并希望我能介绍他到北大荒去，做一番实地考察。记得我骑着自行车带着他从编辑部到我家，进行了一次长谈。我被一个美国人对中国历史尤其是对知青这段历史的热情感动。

另一位在日本东京大学读社会学博士的中国学生葛慧芬女士，辗转从东京写信寄到我的手中，并几次给我打来长途电话。她也是在图书馆里查到那本《啊，老三届》和有关材料，希望能得到我的帮助，她告诉我她选择了老三届这一研究课题，才获得了奖学金。

她说东京大学之所以对她的这个选题感兴趣，可能是认为老三届在“文化大革命”之中和之后的命运，同日本第二次世界大战后在一片物质和精神废墟中重建自己家园的情况有很多相似之处。她要研究这个课题，并准备写一本书。我很愿意帮助她完成这个课题的研究。她一时无法回国，寄来了好多调查表格，让我帮她寄给老三届的朋友，她好进行定量的分析。我从她细致的研究中学习到了不少东西。1994 年，我到日本，在东京见到了她。1995 年，她专门回国进行老三届的研究和写作。她的论文初稿就有 30 万字。

我很高兴老三届成为世界性的话题，它同时给予我一些思考，为什么老三届可以成为世界性的话题？这不仅是一代人的历史，更是中国极为特殊的断代史。研究中国这几段特殊的历史，是不能回避老三届的。老三届确实是历史的标本，也是现实生活中的活化石。

无论是葛慧芬，还是那个美国大学生，他们都要比我小十几岁。从年龄来看，他们与老三届不是同一代人，但他们对老三届都寄予了极大的关注和热情。仅此一点，就让我很感动。我想我应该努力比他们做得更好些才对。

这样，我想应该将《啊，老三届》接着写下去。可以说，我所写的书中没有一本，如这本书一样，一直处于不断补充、不断出版的状态，仿佛它是一阙未完成的交响曲，是随着日子一起不断生长的一棵树。

1987 年的秋天，我重返北大荒，想继续采访留在那里的一些老知青。当时统计的数字表明，到北大荒的知青有 40 万，返城的有 36 万，还有 3.7 万知青星星点点撒落在北大荒辽阔的黑土地上。我就是冲他们去的。

1992年，我到山西和上海，采访了蔡立坚和高崇辉两个典型的当年知青。1997年，我第三次来到柴达木盆地采访那里的老三届朋友。我希望我的笔能稍稍宽泛些，涵盖面能稍稍大些，对生活在第一线、奋斗在第一线的老三届能多一些了解。

我们这一代人，转眼年龄已经过了六十。粗略回忆一下，这一代人告别校园，步入社会，经历了整整四个十年。第一个十年属于青春，是天真、幼稚的青春，却也是激情昂扬的青春，有足够的资本肆意挥霍；第二个十年属于迷茫，蒲公英一般迷途而不知其返的漂泊无根，携妻带子蜗牛一样驮着家，从曾经是广阔天地的农村先后重新回到陌生的城市，却已经是流年暗换往来人，老眼厌看南北路；第三个十年大概是最为苦涩的十年，在商业时代的巨大转折和动荡中，这一代人大多是在这十年中养大了他们的下一代，又送走了他们的上一代，一根扁担肩挑着承上启下的两头，在历史和人生关键时刻完成了他们宿命般的命运。但是，前三个十年中的任何一个，都无法和第四个十年以及以后再一个十年相比，因为这个十年，这一代人开始相继到了退休之年，步入老年。落日心犹壮也好，只是近黄昏也罢，一代知青，真的已经无可奈何地走到了尾声。

想到这一点，我的心有些发紧。我不断跟踪曾经写过的这些老三届生活和命运变化的轨迹，从20世纪80年代一直写到21世纪。特别是1997年7月，如果不是丁东告诉我蔡立坚不幸车祸身亡的消息，也许，还不会重新拾起笔来。当年，在太原，丁东带我到蔡立坚家中采访，他对我说："你应该为蔡立坚写一篇文章，当初你和她谈了那么长时间，她向你谈了许多对别人都没有谈过的事情。更何况快到了知青'上山下乡'三十年了！"我被说动了心。一晃，知青三十年了。真是人事有代谢，往来成古今，人的一辈子能有几个三十年呢？我是应该写点什么，为他们，也是为自己。于是，我写了《蔡立坚笔记》，并开始在《文汇报》开设《我们这一代》专栏，写了一年的有关老三届的文章。

对比以前我写的那些老三届的文章，我希望这一组文章除了更关注老三届现在的生存状态，以及经过这四个十年之后对精神、理想、情感和以往历史的态度和心思之外，我希望我的笔能滤就个人的感情色彩，更多地写写那一个个活生生的老三届人。这些新的篇章，连同过往写过并不断补充的老三届命运的篇章，重新题名为《绝唱老三届》，先后由东方出版社、中国华侨出版社和新华出版社出版。我希望能够给他们艰辛的生活以真实的写照，对他们复杂的情感给予真诚的关照，同时希望能为历史留下一点生动的注脚。

在新版的《绝唱老三届》的自序中，我曾经写过这样的一段话——

> 一切都可以成为历史。人生如流，岁月如流。或许用不了多久，这些老三届都会霜染两鬓。他们可能会为自己曾经有过的可笑的幼稚与可怕的真诚，以及种种无可挽回的闪失和局限而感慨，而渴望能够抖擞生命，重新再活一次。但他们毕竟生活过了，那是千载难逢的岁月，那是与我们共和国的命运胶粘在一起的生活。他们可以当着后代子孙的面骄傲地说："我们曾经是老三届！"
>
> 也许，那时候，会有人鄙夷不屑，以为这不过是一段十分遥远而陌生的历史故事，但必定会有人洒下真诚的热泪，并且发自深情地感慨道："啊，老三届，他们就是老三届！"

在这本书的后记中，我又补充写了这样一段话——

我始终相信，每个人都是一本打开的书。每个人都是一个完整的世界。老三届是值得写的，他们的世界无可穷尽。“知青文学”（尽管这一命题不尽科学）也了无穷尽。或许，仅仅只是开始。只要老三届在这个世界上还存在，“知青文学”便会跌宕起伏，内涵与外延都在发展，自身与外部的认识都在深化。这便要看作者的后劲，如同漫长的马拉松。即使老三届一个个死尽，他们也会化作不安的灵魂，震颤着，骚扰着后代的心灵以及后代的历史，犹如苏联卫国战争文学一浪高于一浪。并不只是参加过战争的父辈们来写，而是他们的后代来写他们一样。

在这本新版的《绝唱老三届》的扉页上，我写了这样一段话作为题记——

是历史，使得老三届成为特有、专用的名词。在未来的词典中，撰写这一词条时，需要持有深沉的感情色彩，也需要秉以浓重的史家手笔。

第八章　永远的校园

1

关于中学校园生活的写作，几乎和老三届的写作同时进行。从20世纪70年代末到90年代初，我一直都是这样一手写报告文学，一手写小说，我不希望自己顾此失彼。我一直认为，这样双向的写作彼此受益：小说可以密切和现实相关，紧接地气；报告文学可以从小说中学习文学的表现手法，不至于使得报告文学沦为简单的新闻报道。这样的写作，一直到1989年底，我结束了报告文学的写作，进入了散文随笔和小说的写作。

我关注并喜爱中学校园生活的写作，应该是小时候受到儿童文学深刻影响的结果。但是，中学校园的写作，不是传统意义上的儿童文学，它书写和面对的对象，是正处于青春期的孩子，在国外，属于成长小说的范畴。歌德的《少年维特之烦恼》应该属于这一类小说的前驱。在我国，更加重视儿童文学，对于这一类从少年向青年过渡的成长小说，一直重视不够，起码在80年代中期，这一类短篇小说都出现得极少，长篇小说，更是几近于无。

在中央戏剧学院读书的时候，我偶尔写过两篇短篇小说《日出》《上高中的时候》和一篇中篇小说《高中时代》。那时，并未深想，也未曾有过写长篇小说的打算。1985年，当我清点库存，发现中学校园这一段生活，基本处于未曾完全苏醒的状态，很多的想法、很多的人物、很多的细节，都还储存在脑海里，没有动用，我才有要写长篇小说的冲动和打算。

正巧，那一年，北京日报在劳动人民文化宫组织青年咨询活动，邀请我参加。一位女高中生问我："作家为什么没有写我们中学生生活的小说呢？"然后，她又接着对我说，"您当过中学老师，应该了解我们中学生的生活，您为什么不写呢？"我反问她："那你希望我写点儿什么好呢？"她坦率地说："像男女同学交朋友的事情，您应该知道，在中学里很普遍，您怎么不写写呢？"

这位女同学的话，和我当时心中所想正好吻合，加强了我写作的信心和冲动。这便是我写作"中学生三部曲"第一部《早恋》最初的动因。

我在北大荒和北京一共教了七年的高中，应该说对中学校园的生活很熟悉；而且，很多曾经教过的学生，一直和我有来往，让我对校园感到很亲切。

不过，真正要动手写作长篇小说，我还是感到有些力不从心，底气不足。虽然，在此之前，1986年，我的第一部长篇小说《我们曾经相爱》由作家出版社出版，但是，我觉得自己写得匆忙，并不成功。我不想重蹈覆辙，希望能够在对艺术和生活的双重把握方面有些新的进步。于是，我回到母校汇文中学和曾经教过书的东铁匠营中学，找老师和学生聊天，一方面补充生活，一方面找回以前自己在校园里的感觉。

重返校园，让我回想起当初自己当学生和当老师的很多生活。我想起从北大荒回到北京，第一天到东铁匠营中学上班，跟着教导处的老师去班上突击检查，说是检查，其实是搜查，要求每个学生把书包和衣兜全部翻出来查看，这些学生带的东西可谓无奇不有。我跟在教导处的老师身后，先看到一个男学生从裤子的后屁股兜里掏出一个避孕套，令我大跌眼镜，我以前都还没有见过这玩意儿呢。紧接着，我看见这个男学生座位后面的一个女学生，站在那里，有些战战兢兢、犹犹豫豫。教导处的老师对她说把兜里所有的东西都掏出来。她只好把一个钱包掏了出来，老师又对她说把钱包里的东西都拿出来，她只好拿了出来，我看见，钱包里面有一张男同学的照片。

在写作《早恋》的时候，我将这一幕作为小说第一章的开头。

当时，中学校园里，早恋现象就是如此普遍、严重，而且明目张胆，难怪让老师和家长手足无措，乃至气愤至极、视之如敌。但是，关键是如何面对，又该如何引导。我当时雄心勃勃，觉得可以处理好这一难题。记得我第一次家访，走到班上一个女学生家里。这位女学生梳着长长的辫子，打扮过于成人，是班上早恋“名角”之一，本想去她家了解情况，做做工作，试试我的本事，去的时候还挺有信心的呢。她对我的到访，根本不欢迎，戒备心很重，一句话不说，只是用一双警惕又带有几分挑衅的大眼睛紧盯着我。那一刻，我心想，这工作还真不是那么容易做的呢。尽管我从心里是不赞同教导处这样有伤学生自尊的做法，但确实不能只怪教导处的老师，校园和社会隔着一堵并不高的墙，成人社会曾经禁欲的世界打开了，如同打开了潘多拉的魔盒，冲击着这些正处于青春期的学生。所有的老师，对于这样的学生突然冒出来的早恋问题，应对和处理方法确实不多，因为对于老师而言，这也是一个新的课题，有些棘手。

正值新旧时代交替的时候，“早恋”还真的是一个禁区，被一些老师和家长视为洪水猛兽。而处于青春期又恰遇改革开放时代的中学生，迎接他们的正是一切百废待兴的新时代，各种思想纷至沓来，门窗打开，八面来风。这些青年学生“春江水暖鸭先知”一般，最为敏感，最想尝试。风来了，让树枝不摇；云彩来了，让雨不下，是不可能的。如果仅仅以师长过来人的身份和思想，以及老一套的方法教育他们，甚至惩罚他们，他们很难接受，并且极容易发生冲突。仅靠突击检查的手段，只能治标不治本。

重返校园，我找学生们单独交谈，也开过很多次座谈会，和他们畅谈这些他们最感兴趣也最困惑、迷茫的问题。一位学生私下对我说：“老师、家长总说我年龄小、幼稚，根本不懂恋爱，而是在‘乱爱’！这说服不了我们，我们承认，我们不懂，才要去追求；我们是幼稚，可总不能一出生就老奸巨猾吧？”还有一位学生对我说：“我们不希望老师、家长仅仅拿他们年轻时候的观点来指导我们，那本身就是形而上学，世界是发展的嘛！”……

这些话，撞击在我的心头。在所谓早恋问题上，不仅包含两代人对于恋爱问题的认知和态度，而且包含两代人在时代转折时期的观念和行为方式。其中的矛盾、抵牾，乃至交锋，便在所难免。所谓代沟，就这样明显地呈现在早恋这个问题上。

有一次在母校和高三一个班开座谈会，从放学后一直开到星星满天。他们的班主任是以前教我的化学老师，她很开明，事先对我说：“你和学生们谈，我不参加，学生会更放得开！”果然，学生们放得很开，聊得很尽兴，那么晚了，还兴致勃勃、余兴未尽，舍不得散会。最后，几位学生没有走，围坐在我的身边，其中一位班上的生活委员，问我：“肖老师，您知道，为什么我们愿意把这些连老师和家长都不告诉的话，对您讲了吗？”我反问她：“为什么？”她执意要我回答，我只好说：“可能是因为我们的交谈比较融洽，你们信任我吧？”她摇摇头，其他几位学生也都摇摇头。我一连又说了几个理由，他们还都是摇头。最后，我说：“你们是希望我早点儿把这部长篇小说写出来！”这位生活委员笑着点点头。

我从来未曾感觉到这些孩子是这样的真诚，这样的可爱，对于爱情和友谊纯真的憧憬和追求，是这样的强烈。他们让我想起契诃夫的小说《带阁楼的房子》里奔跑在夜色笼罩下、美丽田野和林子里的那个小姑娘，想起莫泊桑的小说《月色》中赴第一次约会而充满懵懂的美好憧憬的那个孩子。同时，我也想起自己，在高中三年的时间里，几乎每个星期天的下午，都要和女同学约会，几乎每周都要彼此通信，每天放学之后，站在学校大门口传达室的小黑板前，焦灼而渴望地看上面收信者的名字中，有没有出现自己的名字。如果说早恋，我不同样经历过早恋吗？

如果真的爱这些正在情窦初开的孩子们，就应该真正地走进他们的心里，去理解他们、尊重他们，在这样平等的基础上，再来谈和他们的交流、沟通和指导，才会达到两代人的融合。但是，现实总是残酷的，两代人什么时候能够达到真正的水乳交融呢？从屠格涅夫的《父与子》时代，代际的矛盾就存在，尤其在时代变革的时期，引发的深刻的思想冲突，最先也最容易表现在代际矛盾之中。

想想“文化大革命”初期，首先引发的矛盾不正是出现在我们当时作为学生，和老师及家长的冲突上吗？那种冲突，和今天在早恋问题上的冲突，只不过所站的位置颠倒而已。我怎么可以好了伤疤忘了疼，去与学生为敌，视早恋为洪水猛兽呢？或者去做一个呆板的说教者，以一种“吃过的盐比他们吃过的饭多，走过的桥比他们走过的路都要多”的言辞，去做一名令人讨厌的教师爷？

我很想写关于中学生早恋题材的长篇小说，我有这个写作的冲动，而且，我也有了这样方面素材的积累。但是，一时，我不知如何下笔才好，我还缺少一点信心。

2

那时候，北京出版社从崇文门外的东兴隆街搬到安贞桥西新修通不久的东三环南侧。出版社新盖起的宿舍楼，在出版社大楼的后面。我家离北京出版社很近，因为和胡蓉大姐很熟悉，我常到那里找胡蓉大姐玩，顺便蹭几本新出的书看。在那里结识了和胡蓉大姐同在文艺编辑室的吴光华。他们两家也刚刚搬进新的宿舍楼里。有时，我也到他们两家串门，偶尔会蹭顿饭吃。

彼此熟悉之后，我管他叫老吴，不像如今见到编辑就叫老师。老吴年长我 11 岁，我们两人还曾经一起去过深圳、沙头角和南昌。但真正熟悉起来，是 1985 年，一次偶然聊天中我说起如今中学里早恋已经不是个别的现象，学生和老师、家长的矛盾挺多，学生苦恼，老师和家长也苦恼。我想以这样的题材写一部长篇小说，但信心不足，不敢贸然动笔。他听后，一下子很敏感，对我说：“这是个好题材，你应该写这个长篇小说，现在还真没有这样的长篇小说。”他在出版社一直负责编长篇小说，对于长篇小说的创作状况很熟悉，获得首届茅盾文学奖的李凖的长篇小说《黄河东流去》，就是他作为责编。最初，我有些犹豫，因为这在当时是个禁区。他用一种激将法鼓励我说：“正因为是禁区，你才应该闯闯。只要你敢写，我就敢出！”

可以说，《早恋》这部长篇小说，最后是在老吴的激将法下出笼的。最后这重重一锤，很重要，它激发了我的信心，让我有了一种箭在弦上不得不发的冲劲儿。为了让我有时间写这部长篇小说，老吴拿着出版社和作协的介绍信，还特意骑着自行车跑到我当时的工作单位替我请假。那时候，单位正在集中开会，不准请假，每天把我们关在一间办公室里学习文件，写心得体会。我只好躲在办公室的角落里，把一张桌子搬到那里，偏安一隅，身在曹营心在汉，每天带一沓子稿纸，偷偷地写这部长篇小说。写了八个月，用了一千好几百页老吴送给我的三百字一页的稿纸，捧着送到老吴的面前。

老吴很快就看完了，找到我，摊开好几页写满密密麻麻有他特点的一边倒的斜体字的纸，谈了好几点意见，包括最重要的结尾处理，让我拿回去修改。改完之后，他从头到尾又替我修改了一遍。二审、三审，都很顺利地通过了。二审是老西南联大高才生刘文先生，三审是当时出版社的副总编田耕先生，我都认识。他们对这部长篇小说给予了很高的评价，认为拓展了写作题材的新领域。稿子先在北京出版社大型刊物《长篇小说》上发表，然后发到了印刷厂，那时还是铅字印刷。排版、三校都完成了，清样也出来了，请画家王惟震画的非常漂亮的铅笔素描插图也都画好了，就要上机开印了。谁想，麻烦出现了。当时，北京市正开“两会”。有中学教师和校长的代表听说要出这本书，其实，他们根本还没有看过，只是一听说“早恋”这个书名就如临大敌一般，向也来参加“两会”的北京出版社的领导提出质疑，其中最重要的意见是，现在学校里本来早恋现象就够严重的了，再出这样一本书，不是让早恋现象更加严重嘛！当时，他使给出版社打来电话：《早恋》停印。

当时，我并不知道事情发展到这样严重的程度。

当老吴将新书送到我手里的时候，我才知道这件事情闹得沸沸扬扬，因为关于早恋，在当时的教育界还是一个敏感的话题，谁都知道现状是怎么回事，谁都不愿意去碰，不自找这个麻烦，却不知道这一停一印之间，老吴付出的昂贵代价。只记得老吴当时一脸轻松地对我说：“书终于出来了！”

《早恋》出版引发的风波，一波三折，即使说不上惊心动魄，今天看来也让人感叹不已。

当时，得知《早恋》突然停印的消息之后，老吴闯进出版社领导的办公室，和他吵了一架。他对他的顶头上司说：“你没有调查就没有发言权！你下令停机之前，起码应该把书稿翻一下吧？”当时，他就把他的顶头上司惹怒了，怒气冲冲地对他说：“这是我的决定，你有意见，可以去市委告我！”说罢，自己摔门而去。

说老实话，我真想象不出老吴居然也有这样的脾气和举动。平常，老吴给我的印象是温文尔雅，说话都是吴侬软语，很缓慢的样子，和凡是带“长”的官碰面都是要绕道走的人，怎么突然吃了豹子胆怒发冲冠起来？

泥人也有个土性。第二天，他和刘文一起还真跑到了市委，找到市委宣传部主管出版的副部长陈昌本，拿出《早恋》的清样，请部长断案。部长还真就接下了清样，答应三天之后答复。三天之后，陈昌本说这书没问题，《早恋》才得以重印。事情由于上一级出面过问，表面是老吴胜利了，实则暗藏玄机。后来，我看到老吴在他的自传里写道："《早恋》的出版，给我的人生之旅埋下了一颗'钉子'。"这钉子，便是在他被推举市劳模、提名邹韬奋出版奖、提拔文艺编辑室的副主任等一系列坎上显露出扎人的锋芒，让他节节败北。

当我事后知道这一切经过之后，心里很不是滋味。老吴所付出的一切，都是为了我、为了一本普通的书。我不知道如今还能不能够找到这样的编辑了，在 20 世纪 80 年代，却有老吴这样的编辑，无私而真诚地奉献自己，没有任何明目张胆的功利，只是纯粹为了一本书，为了一个作者。那时候，编辑和文学与那时候的天空一样纯净，还那么值得让人怀念和感动。

其实，曾经得到老吴这样无私而真诚帮助的，不仅我一人。李凖获茅盾文学奖的长篇小说《黄河东流去》，老吴找李凖十几次交流意见，增补了整整一章；浩然的长篇小说《苍生》，老吴提出了十余条修改意见，致使浩然增写了十六七万字。唐人的《金陵春梦》第八卷，老吴自己为书加写了 20 万字，却不要求署名和一分钱稿费。20 世纪 70 年代末，老吴编辑的第一本书《领队的大雁》，他亲自跑到作者所在凉山的部队，讨论出详细的构架提纲，作者写完初稿，他调整、修改、定稿，最后署名人家要求写"解越京"，"解"是解放军的意思，"越"是当地越西县的意思，"京"是他来自北京向他表示谢意，他却把最后这个"京"字去掉了。他说："编辑就是编辑，编辑出力是应该的。"

如今还有这样的编辑吗？记得浩然在世的时候曾经说老吴是"无名的英雄编辑"，老吴担当得起这样的称谓。

对于作家，老吴是这样认识的："一个作家可以不是哲学家，不是思想家，但他必须是真诚的，必须有良知，必须忠实于生活，否则就没有资格当作家。"在这里，把作家改为编辑，同样适合。老吴就是有这样资格的编辑。

说来有意思。《早恋》出版风波，最后还有这样一个小插曲：领导要求把书名《早恋》改换，这个"早恋"太扎眼，容易让老师、家长恼火。"早恋"一词确实不够严谨，恋爱什么时候叫早？贾宝玉和林黛玉恋爱的时候，还没有现在的中学生年龄大，算不算早？但是，"早恋"已经成为校园里约定俗成的一个专用名词，换掉这个名字，时代感和现实感会大大减弱。老吴坚决不同意改书名，坚持《早恋》这个书名。

领导又提出将书中扉页的题记："谨以此书献给全国五千万中学生和他们的老师家长"中的"全国五千万中学生"删掉，改为"谨以此书献给中学老师和家长"。这是领导下的最后一级台阶，老吴勉强同意了，然后找到我说："他的意思是这书不是给学生看的，是给老师和家长看的，好给反对出这本书的人一个交代，一个说辞。书出来了，你说还能限制谁看吗？"我笑着说："掩耳盗铃呗！"有时，我们成人比孩子还显得幼稚。

《早恋》第一版就印了 8 万册，此后又再版多次，成为我出版的所有书中印数和再版次数最多的书之一。《早恋》出版之前，仅在《长篇小说》杂志上刊载，我就拿到一万多元的稿费，到出版社取稿费的时候，老吴笑着对我说："你一本书就成了万元户！"20 世纪 80 年代，"万元户"是一个令人羡慕和骄傲的称呼。我应该感谢老吴，他让我凭借《早恋》名利双收，可是，他自己却什么也不要，我都未曾请他吃过一顿饭。而且，他因此失去了那么多，一直到黯然退休，却无怨无悔。

我只写过这样一首小诗送给老吴——

几番风雨落书中，旧忆穿心暗自惊。
一怒冲冠因早恋，千言飞笔为新情。
老来谁记棋枰事，闲去空思庙里僧。
莫唱挽歌悲楚曲，烹茶夜火月华明。

3

《早恋》的写作，带给我信心，更带给我乐趣。写作是一件快乐的事情。写作拓宽了自己人生的半径、回忆的周长和想象的延长线。

那时候，我四十不到，气力和心思都还旺盛。重返校园，更让我重返青春，梅开二度一般，有了创作的冲动。在写作长篇小说的同时，我还有副产品，写了长篇报告文学《和当代中学生通信》以及《和当代中学生对话》，分别在《少年文艺》和《当代》上发表。在写作完《早恋》之后，我开始马不停蹄地动手写我的“中学生三部曲”之二——《青春梦幻曲》。

《青春梦幻曲》，我想和《早恋》拉开距离。首先，我将《早恋》所写的群像，变为集中写一个女中学生；其次，在表现手法上，变全知全能的第三人称叙述为日记形式的第一人称限制性的主观叙述。这样以日记形式的主观叙述，更适合一个女生的心理特点，更容易抒发内心的秘密，荡漾起情感的漩涡。

这样的想法，源于我在母校采访时遇到了一位高二的女同学。她和她的同学们从班主任老师那里知道我要写长篇小说“中学生三部曲”，都非常支持，愿意参加我的座谈会。那天，座谈会结束之后，她一直站在教室的外面等我出来，对我说：“我有上中学以来记的四本日记，你想不想看看，我可以借你看！”这对于我而言是求之不得的，我高兴地对她说：“那太好了！这会对我的写作帮助极大！”第二天放学之后，我如约到学校找她，她抱着四大本日记，并递到我的手里。我知道，这里有她中学生活的学习思想和情感的轨迹，也有对我的一份信任和期待，我如获至宝，把沉甸甸的它们抱回家中。

她的日记写得非常好，不仅在于她的文笔好，还在于她的真诚在日记里袒露无遗，只有孩子才会拥有露珠一般的清莹与纯真，扑面而来的，是感性而充满鲜活的生活细节，荡漾着的是一池春水乍起的心理涟漪。看着这样原汁原味的日记，我像走进了她的生活，更像走进了她的心里，像走进了一座芬芳而充满秘密的花园。如果想研究青年心理学，这些日记真的是最好的第一手范本了。

有时，看她和家长赌气。有时，看她在和自己生气。有时，看她一眼揭穿老师自作聪明的小把戏。有时，看她那么快和家长闹僵，又那么快和解。有时，看她那么毫无情面地褒贬她的同学，尤其是女同学。有时，看她是那样想念远方的姑妈，她写道：“我真恨自己为什么才十六岁，我要是二十多岁有多好，就可以自己找房子，把姑妈接过来一起住了。”有时，看她是那样喜欢班上的一个男同学，她写道：“为什么他是个男孩子呢？不然我就可以天天和他在一起了。”有时，看她批判自己的嫉妒：“我嫉妒。我以为自己长大了，看来还不行。”有时，看她夸大自己的孤独：“为什么我在班上找一个知心朋友就是找不到，我都快要憋死了！”有时，看到她故作高深地谈论生死：“我不怕死，可我不愿死，死对我还很陌生。”“生死好像没有什么界限，可以在一个人的身上同时表现出来，简直可以说生就是死。”有时，看她认真地谈论爱情：“人都有感情，有爱情，没有爱情的结合难以想象，没有爱的生活等于死亡。我希望得到爱，我需要。我懂得自爱。我现在不该要。”有时，看她是那样高调表彰自己：“家里总怕我搞对象，他们太不了解我了。虽然临近考试，可是我还想写日记，我觉得我的感情是那样的丰富，我的理想是那样的远大！”……

有时，她用英语写日记。她渴望倾诉，又怕别人看见。她渴望家长理解她，又怕家长知道她的秘密。她是那样的矛盾，又是那样的可爱！

我真的非常感动，一边大把大把地抄录她的日记，一边想，这样的孩子是差不了的，家长是不必担心的，她一定会考上一个好大学的，会获得属于她自己的那一份事业与爱情的；一边想，日记里所袒露的这些微妙的心思和深藏的秘密，尤其是对男同学的那种细腻而缠绵的感情，她的父母知道吗？如果知道了，会怎么样对待她呢？会像我一样，觉得是那样的美好，那样的令人羡慕，又那样的想从心底为她祝福吗？

同时，一边忍不住又想，我是不是应该也写这样一本日记，记录下眼前这一年所发生的一切？如果我是她，该如何面对这正在发生的一切？如果是她心仪的那个男同学，又会如何面对？两个人会因此碰撞出什么样的火花？这让我好奇，也充满有趣的想象，展开变幻无穷的画面。这便是写小说的魅力，是报告文学写作无法带来的。如果报告文学和小说同样都是一只鸟，报告文学可以成为大鹏展翅的鹰隼一样的大鸟，搏击时代风云；小说则是梦中的青鸟，如若不是“身无彩凤双飞翼”，便难书写“心有灵犀一点通”的在缥缈云中飞翔的快感。

有了这个想法之后，我隐隐有些激动，这应该是个不错的想法，可以让小说更接近现实的生活，会让读者感到更真实、亲切。历史，拉开时间的距离，会看得更清晰一些；小说，追近时间，会写得更有胶着感。我开始以这个女学生的角度，动手写一本别样的日记。

从1986年1月25日开始，一直到6月10日，我记了小半年的日记。这半年的时光，国内外发生了好多大事、小事：切尔诺贝利核电站爆炸；美国航天飞机“挑战者”号失事，其中一位航行太空的平民女性教师——37岁的麦考利夫丧生，现场有很多她的学生；墨西哥世界杯上，马拉多纳以神奇的“上帝之手”，带领阿根廷夺得冠军；工人体育馆，百名歌星演唱会，唱响一曲《让世界充满爱》，崔健第一次演唱他的《一无所有》；日本电视剧《阿信》和中国电视剧《新星》流行而受到人们的热议；春节鞭炮消费高达620万元，仅小鞭就放了11亿响；元宵节全市元宵卖了500万斤；夏季中国流行色为中黄、柠檬黄和蓝绿色；和郎平齐名、身高1.86米的美国女排名将海曼在日本突然去世；北师大钟敬文、黄药眠、启功等教授联名写信给北京市市长，反映该校不少老教授仍用蜂窝煤，买煤十分不方便，影响了教学和科研工作……

这些大事和小事，无疑会为我的小说添彩，增加难得的时代气息和现实的烟火气。我要让我的女主人公在这样的大小事中穿行，让小说不仅仅围绕中学生小打小闹的“puppy love”（小狗之爱）进行，还有了更为丰富的内容，让人物的成长有了更为广阔的空间。

每天晚上，写日记的时候，眼前总会浮动着我的这位小校友的身影，一边记录着当天发生的事情，一边想象着我如果是她，该如何面对这样的事情，然后，把想象记录下来。

有了她的这四大本日记和我这半年的日记，我有了底气，开始动笔了。在我替她写的 6 月 10 日这最后一则日记中，最后写了这样三行话：

> 巴黎机场每隔几十秒就有一架飞机起飞。
>
> 美国宇宙飞船以每秒几十公里的速度飞向太空。
>
> 各地人们的行色匆匆的脚步在你的叹息中踏过。

我是希望她能够抓紧中学最后的时光迎接高考，争取考上一个理想的大学。我也希望自己要加紧写作，迅速完成《青春梦幻曲》。我有些急不可耐了。我已经给小说的女主人公起好了名字，叫路天琳。

日记写了半年，小说写了半年，在这一年的时间里，我的眼前，天天浮动着路天琳的影子。天天有她相伴的日子，真是非常美好的日子，仿佛如卡朋特乐队唱的那样：Yesterday once more。我真的重回了校园，重回了青春。永远的青春，永远的校园。

《青春梦幻曲》写得很快，比写《早恋》顺利。它基本就是这样两种日记的叠合、交融，或者说是碰撞出的火花。我采用了她日记中的那些生动鲜活的细节和微妙的心理，然后把它们放在我记的日记中，让发生的故事就是近在眼前的 1986 年发生的。有细心的读者，一一对照 1986 年的现实，惊奇地发现，连小说中写的哪一天的天气，都是完全吻合的。这给读者，也给作者，以别样的快感。

不同的作者，不同的小说，有各自不同的写法。《青春梦幻曲》对于我，是一种新的尝试，起码给我新的冲动，徜徉在写作过程中，想象着要发生的故事，心里充满期待，是从来没有过的感觉。

小说刚刚写完，天津百花文艺出版社的编辑余小惠（她是我前几年常到天津交往的朋友之一，后来获得茅盾文学奖），就开车到北京，立马取走厚厚一叠小说稿子。为了抓紧时间审读和出版，她着急忙慌地连我家的楼都没有上，让我把稿子送到楼下，她立刻脚不沾地开车回天津了。《早恋》由于出版风波而被耽误了一些时间，也由于余小惠手脚麻利，《青春梦幻曲》虽然比《早恋》晚写了大半年，却几乎和《早恋》前后脚在 1987 年出版了。余小惠在原书名后面加了一个副标题：一个女中学生的日记。

这两部长篇小说的出版，带来的反响出乎我的意料。特别是天津广播电台邀请我去天津，和广播员一起合作播送了这两部长篇小说之后，为更多的读者知晓了。我收到的读者来信，有几千封之多，让收发室的老大爷都吃惊。那时候的读者是这样的热情，那时候的文学和读者的关系是这样的密切。作为作者，有一种难得的成就感和亲切感。读着那些来自全国各地素不相识的读者的来信，心里也会涌出一种虚荣感。

我想，这并不是因为我写得有多么出色，而是当时这类题材的文学作品很少，读者渴望读到的长篇小说更是几乎没有。中学生的生活，尤其是进入青春期的高中生活的文学作品，确实一直被忽视。成人文学认为这样的作品属于儿童文学，容易不屑一顾；儿童文学认为这样的作品不属于儿童文学，而容易弃之门外。我想起我自己读中学的时候，也想找一本反映中学生生活的长篇小说，找遍学校的图书馆，只找到一本百花文艺出版社出版的写大学生生活的长篇小说《乘风破浪》。

《早恋》和《青春梦幻曲》，引起影视导演的关注，希望将其改编成电视连续剧。这是意料之中的事情，原因便在于上述所说的，题材新颖，总是容易得到大家的关注。《青春梦幻曲》出版后不久，天津电视台便自己动手编剧，很快将其改编成8集的电视剧并上映。

不过，《早恋》的电视剧改编就不那么容易了。最初，是北京电影制片厂的导演谢飞找我，希望将其改编成电视连续剧。当时，他在北京电影学院表演系兼课，想一边上课，一边让学生排这个电视剧，学生毕业了，这个电视剧也拍完了。想法很好，可是最后没有成功。接着，江苏电视台的导演徐平欧找我签好版权合同，他也请江苏的儿童文学作家程玮将剧本写好，却在开机的时候被上级的一个电话叫停。然后，北京电视台的导演鲁晓威又找到我，提出改编《早恋》。我将前面谢飞和徐平欧的事情跟他讲了，希望他慎重考虑，不要贸然动手。他当时因导演电视连续剧《渴望》而大红，因此信心十足，和我签订了合同，并支付了第一笔稿酬，让我自己当编剧。我们在他家、在我家，前后多次仔细研究了剧本详细的提纲，我也动手写了大部分剧本，几经修改，已经改得和《早恋》一书千差万别了。但是，最后还是没有成功。我只好将写好的剧本改成长篇小说《放学后容易发生故事》，交河北少年儿童出版社出版。

或许，我没有影视缘和话剧缘。但不应该仅仅归罪于客观的种种原因，也有自己的主观原因。虽然我是中央戏剧学院戏文系编剧专业的科班出身，但是，编剧的能力确实欠缺。作为编剧，我曾经参与了电影《剑魂》《继母》和电视剧《人杰》的拍摄，还都正式上映了，应该说并非颗粒无收。但是，我心里清楚，这几个剧本写得都并不十分成功。

还是小说的创作，给我极大的安慰和鼓励。因为和剧本的写作相比，虽然同样都是一个人写作，但是剧本关系到最后的拍摄，便不只是一个人而是关系到众多人的事情。剧本的写作，最后是一种和众多人妥协的事情，剧本如同一条游蛇，最后不知会蜿蜒到何处。小说最后的走向，尽管也要和责编、出版社沟通以达到最后的一致，但毕竟还是可以由作者把握的，无论好与坏，作者能够凭借最后的完成而见到收获的果实。

《青春梦幻曲》写完之前，借我日记的那位小校友，已经如愿考上了四川大学。我心里充满对她的感谢。在《青春梦幻曲》最后，我添加了一节尾声，写了她考上大学，并虚构了她给我写的一封信，作为小说最后的结尾。在信中，引用了席慕蓉的一句诗："十六岁的花季只开一次。"然后我借小说女主人公路天琳写给我的这封信说："我喜欢这句诗。我已经十八岁了，十六岁早已过去。十六岁属于中学时代，只要开过花，哪怕只要一次，也就算没白过。"写下小说这最后一笔，我为自己也为路天琳而感动，为我的那位远在成都的小校友而感动，并从心里祝福她，就像祝福自己远在他乡的孩子一样，祝福她在未来成长的道路上一帆风顺。真的，我从来没有将小说中的人物和现实中的人物如此混淆一团。

距离写这部小说已经过去了 34 年。当年的读者，如果和小说的主人公路天琳差不多大的话，现在也该 50 多岁了。至今，依然有很多当年的读者倔强地相信路天琳实有其人，他们或在网上，或来信询问，路天琳现在怎么样了？路天琳在哪里生活？她最后和谁结婚了？她的爱人和孩子怎么样了？是不是也有了和我们一样进入中年的苦恼……尽管我一再解释，路天琳是小说中虚构的人物，但他们依然坚信，路天琳应该是现实中的人物，她应该就是那位借我日记看的小校友。

她应该和路天琳一样，都已经50多岁了。我真的很想念她。

4

“中学生三部曲”的第三部《青春奏鸣曲》，是在《青春梦幻曲》出版之后的第五年即1992年出版的。时隔五年这么长时间，是因为我一直没有想好怎么写，也是想写得能比前两部有点儿进步，拿得出手才是。

1991年夏天，我到大连参加辽宁少年儿童出版社组织的一次活动，认识了王瑞起先生。他年长我几岁，温文尔雅，以前是位医生，后来成为辽宁少年儿童出版社的总编辑。我们一见如故，在大连老虎滩的海边，我们长谈许久，他静静地听完我的想法和这第三部小说的初步构思，鼓励我应该尽快写出来，一鼓作气才好，不要再耽搁时间，要不气会接不上来。他说的有道理，那一年我44岁了，离青春越来越远，和写作《早恋》和《青春梦幻曲》时相比，少了那时跃跃欲试的激动和冲动。时不我待，确实应该抓紧时间，要不真的接不上这口气了。

回到北京，1991年的初秋，我开始了《青春奏鸣曲》的写作。这一次，我思想很明确，要和前两部小说拉开距离。首先，小说发生的时间，前两部小说写的都是20世纪80年代的故事，这一部我要把它放在90年代伊始，和正在进行的时代紧密合拍。其次，把小说的发生地，彻底从校园移至家庭，这样可以回避老师这一部分，避开已经写过的师生矛盾，而将小说的重头戏放在孩子和家长之间展开。最后，在小说的人物设置和结构上，我写了四组家庭彼此交织以及四组家庭中上下两代人在不同时代背景发生的故事，重点写了主人公——高考失利复读的高三学生米兰和她的母亲姚欣两代人之间的故事，是一个青春期正好遇到更年期的故事，希望能够将剧烈动荡的社会转型期两代人不同的处境和不同的想法展现出来，也希望拓宽校园的范畴和现在进行时态的故事，能够上溯到家长这样上一代的时间段所发生的故事，带出一点儿绵延至今的历史感，对今天在孩子身上发生的屡见不鲜的故事，能够有一点儿刺激和激活。

当然，也希望小说能够从教育的角度，从前喻文化向并喻文化乃至向后喻文化过渡和前进，即前喻文化是前一辈教育后一辈，并喻文化是两辈人相互教育，后喻文化是后一辈也可以教育前一辈。

我稍微一点的野心，是想让以往孩子气过浓的校园小说，能更加厚重一些。当然，我知道，这只是我一厢情愿的想法，能不能如愿，关键要看我的能力和储备，这便是我四年没有动笔的原因。

因为这部小说在心里酝酿了很长时间，写起来速度很快，1991年的年底之前，我就将书稿交给王瑞起。他很快读完，给予我极大的鼓励和支持。当时，社会发展的速度极快，尤其是经济发展，市场经济彻底打破原有计划经济的束缚，当时深圳一个响亮的口号是“时间就是金钱”，明确地将速度和金钱挂上钩，钱不再是万恶之物，而成为人们追求的一个新的并且是急迫的信仰。文学在整个社会中的位置，发生了极大的变化，以前徐迟一篇报告文学《哥德巴赫猜想》、刘心武一篇小说《班主任》，一夜之间便可以传遍大江南北的鼎盛时代，过去了。读者对于书的需求也发生了极大的变化，出版界的情况，更和以前大不一样，被推进市场的汪洋大海里，一时处于窘状。这部《青春奏鸣曲》的印数很低，《早恋》一版8万，《青春梦幻曲》一版3万印数的好日子，风光不再了。

但是，王瑞起没有放弃，还是说服了社领导，顶着压力，在印数不多且出版要赔钱的情况下，还是将书出版了（后来，在他的坚持下，第一次将我的“中学生三部曲”合在一起出版）。不仅出版了，他还和当时的社长一起，立刻到北京，召开了《青春奏鸣曲》的座谈会。这是我没有想到的，让我非常感动，对平常性格显得柔弱而不多言语的王瑞起刮目相看，他的身上居然有这样大的魄力。

当时，王瑞起和社长老盖住在宣武区（现为西城区）的北纬饭店，那是一家老饭店，但不大。座谈会在饭店一间很窄小的会议室举行，一张长桌两旁挤满了人，椅子都顶到墙了。参加座谈会的有德高望重的老教育家韩作黎，中国作家协会时任书记处书记、评论家谢永望和作家张锲，中国社科院文学研究所所长、评论家洁泯，和中国社科院的评论家、后来的中国作家协会副主席张韧，光明日报评论部主任、评论家秦晋，儿童文学作家庄之明和尹世霖，当时有事未能出席的作家韩少华特意派来他的女儿韩晓征，我的《早恋》一书的责任编辑吴光华，北京师范大学教授吴继路，还有我的中学老师田增科。

在这些人中，除吴光华和田老师是我请来的之外，其余各位都是王瑞起请来的。我不知道王瑞起怎么有那么大的神通，一下子请来了这么多位可以称为当时文坛大腕的评论家和作家，他们蒜瓣一样挤在这样一间狭窄、寒酸的会议室里。1992年的春天，28年前的春天，北纬饭店的春天，让我那样的感动，那样的难忘。后来，我参加过很多次作品讨论会或作品发布会，和这次“寒酸”的会议相比，已经完全不可同日而语。在我的记忆里，没有红包和车马费，只发给每人一个黑色的公文包作为纪念。所有这些人，即便是那么大年纪的韩作黎教授和作协或社科院的领导，统统都是坐公交车或骑着自行车来到北纬饭店，参加这样一部单薄的小说的座谈会。

那样的情景，对于今天而言，是那样的遥远，甚至不真实，只可作遥远的怀念了。

那时候，王瑞起和他的出版社，想得那样简单、单纯。开这个座谈会，就是为了讨论这本书的长短得失，一锅汤水炖烂一根萝卜，一支奏鸣曲自拉自唱，根本没有考虑到宣传；像如今，起码要请几位报社的记者发个新闻稿，让更多的人知道有这本书出版。他们连个座谈会的简要记录都没有，散会了，他们也打道回府了。

幸运的是，我还保存着当年的一个笔记本，记录下了这次难忘的座谈会上大家发言的简要。我考虑再三，还是想将其摘录下来。尽管其中好多是对作品的美言和对我的鼓励，但讨论是真诚的、是及物的，特别是对作品缺点的指陈，对小说结尾米兰拒绝大学保送而出走深圳的不同意见的表达，都是极有价值的，是真正意义上的座谈会，而不是为了多卖几本书的商业化宣传。而且，其中不少前辈已经过世，也是表达我对他们的一份怀念吧。

这是一份难得的 20 世纪 90 年代初期的文学标本，第一行写着：1992 年 5 月 13 日北纬饭店——

尹世霖： 一，作品表达了新一代的追求，设置的人物全部都是没有考上大学的孩子，是黑七月的败兵或降将，把这些高考复读的孩子放进作品里，有普遍的意义，值得称道。二，不落俗套塑造了各类典型人物，如米兰、陈紫云、李陵等，构成众生相，有我的学生的影子。三，什么是追求？肖复兴写了不同于父辈，甚至不同于20世纪80年代而是处于90年代青年的追求，是他的成功之处。开始读，我并不喜欢米兰，觉得有落俗套之感。读到五十多页，有了平原出现高山的感觉，毕竟米兰得到高考录取书的那张薄纸，开始搅得全家不安之后，小说才有了魔力，掀起了高潮。最后结尾，没有想到，突然恰到好处。把握自己的命运，不要坦途，不迈方步，而要在险峰上攀登，米兰的追求，不同于母亲当年的追求，又有相同之处，母亲当年的追求很大程度是听从组织的召唤和安排，米兰今天的追求则是听从她自己的内心的呼唤。她将来当了妈妈后，她的孩子也会拿她当一面镜子呢。我认为，这一点以后肯定会被人评头品足。四，读复兴的第一部作品是《早恋》。当时，韩老让我看看，问我的看法，韩老是肯定的。《早恋》是迷倒中学生的拿手戏。读这部小说，米兰对李陵，亚非对米兰，算早恋吗？书中写的恋爱故事占的百分比太多了，值得商榷。当然，写的是美的，是善感、善良的，同时也写出了不同的恋情态度而导致最后不同的结果。但是，描写要有个度。对米兰的追求，掌握恰当，包括她奋斗最后如愿以偿。不过，她的结局让我难以接受，我觉得没有必要，不写她最后乘车南下，一样可以有振聋发聩的作用。

洁泯：我觉得这本书很好，是本文学书，尽管写的是青年，是跟文艺现在投以的宽松、和谐相呼应的。小说有酸辛，也有欢乐，是当前文艺界提倡生活中平凡且有益于人欣赏的作品。经济建设是物质的生产力，小说也是，是精神生产力。这是应该重视的，现在文艺界希望有这种宽松、和谐，否则作家就会前怕狼后怕虎。读者也希望有生命力的真实的作品，才爱看。应该鼓励、爱护、推动这样的作品的诞生，一种冷漠的态度是要不得的。文艺批评难写，但不能冷漠，比冷漠更糟糕的是践踏，讨论肖复兴的小说，是有意义的。复兴写中学生，有很多经验，我记得最早一篇是《早恋》，受到各方面种种的非难，也有赞同。我当时是赞同的，十七八岁的青年，对他们的心理要求、朦胧的爱情追求，不能抹杀，那是一种荒唐的奇怪的现象。不管这本书的成就有多大，开创这一个领域是有意义的，小说的布局、情节、人物，是有意义的。以后，复兴又写了不少，他执着这方面，是值得肯定的。下面，随便谈一点《青春奏鸣曲》的零星意见。优点是写时代发展趋势下青年的心态，主线一是不同的生活追求，二是不同的爱情追求，就是事业和爱情两方面，写得比较成功，合乎生活本身发展逻辑。把两代人不同的遭遇交叉来写，米兰妈妈当年性格倔强，不顾一切拼命要到西北去，这一点，在米兰身上表现得更加强烈。妈妈最早钟情于某一人，以后的感情难以消失，掌握得很有分寸，妈妈保留那封信，被米兰发现，所发生的故事，合情合理，表现了两代人的相同与不同之处，写得很生动。在人物的塑造上，我觉得米兰的性格比母亲更倔强，不服气、自信、自尊，是鲜明的。不屑于自费读大学，和母亲的矛盾，自尊心受到伤害，到第二次大学录取之后的转折，从性格的发展来说是符合米兰的，青年一代的当代意识也写出来了。她受到改革开放的召唤而到深圳突然了些，她是思念李陵的，但这时候感到事业高于爱情，信也不回，可以说是矜持，但最后李陵追到火车站送她，却没有太深刻的表示，占用她脑子里的是深圳，显得突然。这个结尾复兴煞费苦心，不搞大团圆，不流于一般。出人意料是好的，但总觉得太突然。

张韧： 肖复兴作品很多，但开会很少。复兴在创作上的位置，20世纪80年代中期，文学创作打破单一局面而呈现多元化，有人在寻根，有人学现代派，有人写新写实，复兴不是参与哪一个派别，而是寻找自己的东西，在中学生写作领域有开拓性，在当代文学史有自己的位置。读《青春奏鸣曲》，我向自己提出拷问：和复兴以前的作品，和其他作家，有什么不同？我读时渐渐觉得，有复兴自己的追求，突破了西方心理实验小说的特点。文学需要写些更新的东西，一种心理最蓝的天、最纯洁的水，这是上帝的礼物！文学不仅追求社会真实，而且要写心理。作家追求的不是写自然主义，而是在写人物性格的同时写心理。可以说复兴的这部小说是校园小说，但和他以前的校园小说不同，更接近写两代人的冲突，米兰的情节更多不在于十六岁花季的同学之间、师生之间，而是与父母的两代人之间凸显，更接近于家庭小说。米兰母女之间的冲突，米郑两家的冲突，看巴金的《家》、曹禺的《雷雨》，是把社会的东西反映在家庭里面，复兴的小说是通过家庭的冲突反映社会。复兴的小说并未强烈追求，但有这个因素。德国有一位教授，在介绍德国文学时提出一个问题："你们为什么不拓宽一些家庭小说呢？"如果复兴的小说仅仅局限于校园，而不是拓宽到家庭展开，小说的表现力就会减弱。小说里说米兰的妈妈是“警察”，很有意思，她虽然是“警察”，但不面目可憎，而是可怜天下父母心。我认为，这部小说是寻求中学生自己的人生价值，寻求两代人相互理解的点。恰恰这种寻求是走向成熟的而非《青春梦幻曲》那样天真烂漫。作品情感渗透是作品的理解点。比如读信一章，米兰的母亲上一代的追求，我觉得理解得不够充分，仅仅站在米兰的角度说上一代失败，是不全面的。不是虚伪而是真诚的追求，都是不应该被否定的。文学的另一半球上，人与自然、家庭的伦理关系，正面临一场新的革命，文学的开拓是没有止境的。

洁泯：补充一点，小说有一种不足：历史感。米郑两家，成长的年代就是历史，很痛苦。现在小说通过他们过去经历表达出来的只是情感痛苦，不够充分。他们过去的道路比较平稳，米兰母亲去西北是自己非要去的，不是发配，历史的痕迹缺少描绘，便会对他们的思想感情看不清楚，影响米兰对上一代更深刻的理解。倒是陈紫云的妈妈身上能看到历史的痕迹。写当代年轻人的生活，写上一代人，不能割断历史，这样会让人物更生动些。

谢永旺：这几年看新作品少，但这部作品一句一句看了。想了想，写的什么呢？青春追求，理想，都是它的主题。但是写了两代人，不仅是青年人，作者还提供了人生广阔的图景。我读的时候，开头有点隔，后进入作品描写的生活中去了，很顺畅地读了下去，有享受的味道，很吸引人。我的亲属没有这一代人，对他们不了解，没有参照，但仍然引起很多共鸣。许多人生道路共同的东西吸引了我，我高中毕业到的兰州，1952年第一志愿到的兰州。我当时爱好文学，想当作家，招生表上说是培养创作人员。米兰的母亲是抱着热情去的兰州，不论个人目的，还是高远的理想，单纯，也有些盲目。她后来又回到北京，这个曲折的过程，写得很精彩，自然。走后门写得很平静，这种描写我很欣赏。关于年轻人的描写，更多写他们由矛盾到逐渐理解，非常细致的心理描写，很自然。将米兰的经历融入上一代，结构很完整。几个年轻人走了有区别特点的人生道路，着力写了他们成长中的美好感情。小说的语言是美的，文了一点儿，只是人物的语言不够。稍稍插进的北京俗语，显得不和谐。我尤其比较欣赏米兰看雨的描写，包含着作者精心的设计和对艺术的感受，一直到最后米兰去南方的火车窗外的雨的相伴。艺术上的感受和表达，增加了作品的美。

张韧：开头引入的流行曲，后面反复出现，而不是引入悲怆曲，恰恰是青春的和谐，小说的节奏和韵律感是值得肯定的。

谢永旺：青年人的情味写得好，由此我想作品是写人生的。写人生，为人生，这是“五四”以来相当古老的提法。但写人生图画也有不同，新时期开始走的是强烈的历史感，如“五四”初期郑振铎说的“血与泪的文学”；到20世纪80年代作家转入对日常人生的探索，平静、沉思；这种探索是好的，写人，提高人。这种对两代人尤其是对青年人的人生探索，是肖复兴自己的收获。小说不足之处，我觉得是米兰最后的出走。性格符合，心理发展的轨迹不清晰。作者有意为之多，不像作品前面写得那么自然。主要人物米兰写得稍微成熟了一些，毕竟是一个十七八岁的孩子，在她的追求中，有成熟的一面，也有很多冲动的但包括可贵的东西。现在这个女孩子写得不够生动，包括她对母亲的理解，和生活拉开了一些距离。

秦晋：小说我感到亲切、必要。我们对当代青年的理解、认识都是欠缺的。作品写的两代人，与我家一样，我的二女儿和米兰的年龄一样大。二女儿去年考大学，我不想让她学文，让她学理工，我们夫妻俩下功夫安排她学习、考试、报考志愿，高考考了543分，考上了第一志愿北方交大信息管理专业。一考上就不高兴，怎么也不愿意继续学习，最后退学。我说不清，怎么解释也解释不清，只好今年准备再考。我们这一代人，和年轻人沟通是复杂的，全社会都应该关注，不是用一个道理能讲清楚的。肖复兴关注这个问题，是很不简单的。这个作品让我们理解这一代年轻人。另外，小说用流行歌曲穿插，流行歌曲对青年一代影响力之大，也是值得研究的。我们重视不够，肖复兴关注这一领域，也是可贵的。整个小说清新、诗意，有韵味，读着是一种享受。生活本身更为复杂，小说反映得还不够深。提出的问题尖锐，深度不够，两代人的相互理解有着深刻的历史原因。这个结尾是好的，但本身深刻的东西，从社会到道德，再到心理各方面，铺垫得不够。

庄之明：刚才很多著名的评论家讲了很多，我作为一个读者谈谈感想。肖复兴有一条值得敬佩，他始终和中学生有密切的联系。作品两个气息很浓：时代与青春。要想真正倾听时代脉搏的声音，你就得贴近青年的胸口。肖复兴是贴近中学生的，他讲过："我爱中学生，我希望他们比我们这一代幸福，他们能够追求到他们的一切，包括理想和爱情。"这话很让我感动。小说的青春气息也很浓，比如齐秦的歌、米兰的心灵世界，她的动荡、微妙以及逐渐到成熟的心理，最后向大千世界睁开眼睛，描写都是很好的。作者和青年是同呼吸的，再现了多姿多彩的生活，也反映了社会和历史在家庭生活的积淀。读后觉得应该略微停下脚步，听听他们喊些什么，想些什么。肖复兴中学生题材的写作逐步走向深刻。这部作品把老师避开了，是其高明之处。读后也有不满足，一些处理有些雷同，比如都是接触到高考，《早恋》是报考师范，《青春梦幻曲》的路天琳是拒绝保送，米兰是没考上。结尾，出人意料，人为痕迹是有的。主人公可爱的一面写得少些，如天真、纯真。

韩作黎：我对复兴的作品很关心，也有深厚的期望寄托在他的身上。大家都是从作品本身谈的意见，我想从教育的角度谈谈意见。复兴的作品包括以前的，都触及教育普遍的带根本性的重大课题，这就是全国形成一种普遍追求分数、追求升学率的局面的原因，深化教育改革，是多么的重要。从文学方面触及这一重大问题，是有价值的，是值得充分肯定的。

张锲：肖复兴长期致力于中学生的写作，应当向他致敬。作品结尾，偶然性太大，但我总体对结尾还是欣赏的，我们很多作品，对青年这种主动性、创造性的思想行动，关注不够，描写不够，鼓励不够。这是一部值得推荐的书。

吴继路：儿童文学，从理论上讲包括儿童和少年两个成分。儿童文学创作，是未成年人的一个大概念，包括公民十八岁之前一大段。复兴的作品从《早恋》开始，恰恰表现的是高中这一阶段。这在儿童文学中是一个盲区，成人文学和儿童文学两不管。但这是人生一个重要阶段，从复兴的作品中就可以看到这样一个阶段对于孩子成长的重要性。儿童文学有可能与少年文学区分开，可以叫作青春文学，成为一个独立的品类。复兴的劳动有开创处女地的价值，在文学史上会有这样的影响。我在想，这一本书有什么特殊之处？在于写成熟，从儿童到成人的过渡时期基本在于从成长中逐渐走向成熟。这部作品的结构，两个生日起着架构的作用，写出了成熟的因素和过程。复兴写出了孩子走向成熟的三个标志：一是自我认识。米兰通过一年的时间对自己的思想行为都有清晰务实的变化，描写得充分。二是理解上一辈。这是成熟的重要标志，以前他的作品是要求上一辈理解下一辈。三是人生选择。这在小说结尾米兰的选择中充分展现。

吴光华：我和肖复兴是老朋友，责编了他的《早恋》，对他的作品有所研究。对肖复兴在《青春奏鸣曲》中有什么发展，谈谈看法。我感觉肖复兴的创作在向前发展，同《早恋》比较而言，文笔、叙述、结构，有很大进步。《早恋》写得过实，事件太多，《青春奏鸣曲》向前发展，尤其是心理刻画，对人物思考的深度、描写的角度，有所深化，对少男少女的心态描写进了一步。当然，也有缺陷，《早恋》没有离开校园文化，《青春奏鸣曲》从校园搬出来，通过家庭反映社会，角度是新的，是有一定深度的，从这个角度，肖复兴写了米、郑、陈、李几个家庭，反映得都不太透。肖复兴可能有这个想法，但没有发展。米兰的母亲写得是成功的，有典型意义，特别是她的爱情生活。前边写得好，后面没有充分展示，与郑的纠葛没有展开，米郑两家的矛盾后面也没有展开。郑这个人物也没有展开，社会上这种机敏、见风使舵的人物，后半部成了好好先生，笔受到局限。最遗憾的是陈紫云，她的母亲是上一代另一种典型，如果能进一步发展，小说的容量会重得多。可惜，这个人物戏很少，没有展开。下一代中米兰的形象，内心世界展示得不错，写她的同时，有两个人物，笔墨少了些，一个是李陵，生活在底层奋斗者的形象；一个是陈紫云，另一种典型。都写得有些蜻蜓点水。如果把这三个人物写透，这支奏鸣曲会奏得更响，因为毕竟不是米兰一个人的奏鸣曲。

韩晓征：我一直是肖叔叔的读者。肖叔叔北大荒的经历，对他选择中学生写作的决定起了重要的作用。对于青春的感情、生命的感情很深厚，因为他的青春经过磨难。什么是青春，各自答案不同，有的医学家说人一生下来就衰老了。我最近接触好多小孩，在家中都是宝贝的独生子女，应该是孩子的年龄，却没有孩子的感觉了。说到代沟，是个模糊的概念，即使同辈人，看着离得近，其实离得很远。我对崔健、罗大佑感兴趣，可能他们喜欢谭咏麟。肖叔叔倾其心力，始终如一理解中学生，是难能可贵的；一部部地为中学生写书，是让人很感动的事。肖叔叔对于青春有很深的感情，在书中时时能够感受到。我们处于一个尴尬的时代，我们这个时代更富于戏剧性，表现这个时代是有意思的，肖叔叔作为作家有责任感。我们面临物质的冲击，我们小时候不关心钱，现在却觉得钱非常重要，有了钱就有了尊严和一切，社会不可阻挡地把人往物质上推。小说最后米兰去深圳的选择，有少年朦胧的冲动，更是社会价值观的变化，让人深思。越来越多人狂迷追求物质，追求精神的人是值得钦佩的。肖叔叔一直对青春文学的探索，是令人钦佩的。很多人玩文学，或纯粹为了赚钱，北大出过一本书叫《精神魅力》，精神的追求会永远存在下去的。

5

在这些与会发言的人之中，我要特别写一下洁泯先生。早在《早恋》一书处于非议的漩涡的时候，首先关注这本书的就是洁泯先生。他在《文汇报》上率先发表评论文章，对《早恋》进行评论和表扬，打破了那时的僵局，不仅给予我，同时也给予了出版社强有力的鼓励和支持。尽管当时我和他素不相识，尽管此事已经过去30多年，但往事不该如烟而逝，记住这些给予这本小书理解与支持的人，不仅是为了表达我的感情，同时，还可以看到一个时代留下的影子和轨迹，看到时代真是发展得非常迅猛，不可阻挡。

1993年的夏天，洁泯先生给我打来一个电话，他要为出版社编一套“当代世相十万言”的丛书，他看到我在报刊上发表的一些文章，觉得合适，希望我能够加盟。我非常高兴和感动，高兴我的文字还能够走进他的视野，感动他还在关注我的写作。他约我见面详谈，我说去您家拜访吧，他说他家太远，就到他的办公室吧。他虽然退休了，但社科院还给他留了一间办公室。

那天，我去社科院找到他的办公室（小得出乎我的意料，摆满的书籍让屋子更加逼仄），他已经早早在那里等着我了，他就是这样一个蔼蔼长者，总是那样平易近人。说实在的，虽然我已经出过一些书，但为他编一本，心里有些惴惴不安，毕竟他是有名的评论家，见多识广，怕难入法眼。他却一如既往地鼓励我说，他看到我最近写的一些文章，是在现实生活中观察和思索之后而写的社会百态，正符合他编的这套书的要求。正是在他的鼓励下，这本《都市走笔》才得以出版，他还特意为我的这本书写了序言。这是我专门请求他写下的，我很少为自己的书请人写序，除报告文学集《生当作人杰》曾经请梅朵写过一次序，这是第二次，因为我敬重他，并始终感念于他。

在这则序中，他再次提及《早恋》，他说："肖复兴的创作，从《早恋》到最近的《戏剧人生》，都是写学生的，对中学生和大学生的生活流向，他们的心态变化，他几乎了如指掌。在青年读者中，他的作品是极受欢迎的。我虽然年纪已老，也一样喜欢他的书，他小说中的文义，可以唤起老年人对青春的向往与赞美。捷克作家昆德拉认为青春'是超越任何具体年龄的一种价值。这个思想用恰当的诗表现出来，成功地达到了一个双重目的：他既恭维了年轻人，又神奇地抹掉了年长者的皱纹，使他成了一个与青年男女同等的人'。我十分激赏这段话，因而我认为，肖复兴虽致力于写青少年，但他的小说又为年长者所同享。"

我始终不敢忘怀这些话，我知道，这是一位长者对晚辈的鼓励、教诲和希望。我常常拿他的话鼓励自己，让自己写得更有进步一些，不辜负他的期待。

我很少能够见到他，我相信“君子之交淡如水”的古训，文坛毕竟不是闹哄哄的大卖场。每年的春节前夕，我只是寄一张贺卡给他，表示我的敬意与祝福。我知道他的身体越来越不好，但每一次他收到贺卡总要回寄一张贺卡给我。前两年的春节前，他寄来一张红色贺卡，在贺卡上密密麻麻写了前后两页，读后知道他的身体不好，心情也不好。他说：“我这几年身体走下坡路，肠癌开刀，留下了大便难以控制的后遗症。我的青光眼已转入恶化，成了视神经萎缩，视力只有零点一，读书写字俱废，报纸也少看，写东西极少。”但即便这样，他还说：“我时常读到你的文章，关于音乐方面的，读了尤其钦佩。”他还是一如既往地给予我鼓励。

想想一个年过八旬的老人，身体那样差，视力那样差，还能够读、能够写，心里真的很感动，忍不住想起放翁的诗句：“岂知鹤发残年叟，犹读蝇头细字书。”对于文坛，他似乎不像有些人那样昂扬，而是颇为悲观：“现在文艺界似乎很萧索，出的东西不少，有影响的似乎不多，这十多年，也不见有什么大手笔问世。”

他去世前一年的春节前夕，在寄给我的贺卡上写道：“收到贺卡，至为感谢。多年来我目疾恶化，生活进入半自理状态，但心情尚好。祝您写作丰收，工作有新成就。还有身体健康最要紧。”想到一个身体状态不佳的八旬老人，还要亲自走到邮局去寄贺卡，我的心里充满无法言说的感动。

我所敬佩的前辈文人，渐渐凋零，一个个去世，让我心生无限的感叹和怀念。我知道，我感叹的是一个时代的凋零，怀念的也是一个时代的凋零。

第九章　艺术之门

1

1989年春天，我到德国一个多月，节省下的生活费和出差补助有1000美元，正够买一台当时不错的日本山水牌音箱。那时候，国内的CD很贵，一盘动辄要卖70元上下，在那里的超市看到有打折的CD在卖，一盘只要2马克，便随手买了几盘。说是随手，是因为当时根本不懂，也认不出CD封面上印着的那些音乐家的外文名字。只是看哪张封面好看，就挑中哪张，有点儿像选美。没有想到，那随手买的几盘CD中，居然有一盘是鲍伯·迪伦的《鲍伯·迪伦的档案》（*Documents of Bob Dylan*）。一共有7首歌，绿色的底色上，年轻的鲍伯·迪伦抱着木吉他对着话筒在唱歌。

这便是我第一次听CD，是认真听音乐的开始。

这盘CD跟随我那么多年，常常在听，后来才知道封面上这个年轻人，就是赫赫有名的鲍伯·迪伦，老得一脸核桃皮一样多的褶子，如今竟获得了诺贝尔文学奖。如今的CD早已经成为古董，就连MP3、MP4也迅速被遗忘。1994年我在东京特意买来专门听音乐磁带的随身听，在我家都已经落满尘土。联邦德国早和德意志民主共和国合并，柏林墙也早被推倒了。

时间飞快流逝，一切变化太快！

只有音乐没变。不要说20世纪80年代末和90年代的音乐没变，就是巴洛克时期的巴赫，或更古老的文艺复兴时期的帕勒斯特里那的音乐，也都没变。只要把他们的音乐放进音箱，几百年前的声音，立刻昔日重现，原汁原味，一点儿没变。这便是音乐独特的魅力。

我才发现，世界上竟然有那么多美妙的音乐，是我从来没有听过的。我才发现，在这个浩瀚的世界中，个人是那样的渺小；在艺术的世界中，我和孩子一样懵懂无知。我必须要补课！要不，这一辈子太亏了！

家里摆放着庞然大物——我的音箱，它可不是吃素的，它的胃口太大，吞吐量太大。我开始给它不停地喂食，到处买CD，回家后，急不可耐地把它们插进音箱，然后放大音量，满屋子荡漾。

那时，北京灯市口的音箱商店、王府井外文书店二楼的音像制品柜台、北新桥的“华夏”门市部、琉璃厂的“华彩”销售点、农展馆举办的“第三届国际音像制品展销会”，以及后来的西四方庄和我家附近的劲松中街的黑市、五道口的打口带黑市，都是我常去的地方。我到那里买过各种正版或盗版的CD和磁带，堆满书架，塞满床铺底下。那时，兴致浓郁，野心勃勃，占有欲极强，恨不得把所有没听过的音乐，一览众山小地都囊括在自己的怀中。

我迷上音乐，比这时候要早很多，最早始于童年，没有上学的时候，买过一角七分钱一只的笛子，学会吹奏的第一支曲子是《小放牛》，至今依然会吹。那美好的旋律中，有我童年最纯真、遥远的梦。上小学后，花两元两角钱买了一把胡琴，那时候，两元两角对于我家不是一个小数目，我父亲每月工资只有 70 元，一斤棒子面就要 8 分钱。升入初中，我特别想学小提琴，由于家里生活拮据，没敢对父亲张口，偷偷给姐姐写了一封信，姐姐回信说如果我确定自己真的那么喜欢小提琴，就寄钱给我。我想了想，姐姐已经有了两个孩子，买一把小提琴不是小钱，便把买小提琴的愿望咽进了肚子里，没再向姐姐提。少年时期，和音乐失之交臂，一直是我的一个未竟旧梦。

买了那么多的 CD，听了那么多的音乐，在很大程度上，是圆自己的这个童年旧梦。包括音乐在内的一切艺术，其实都是人类对现实世界不满足和对未知世界充满想象的一个梦。

也就是从那时候开始，我写音乐笔记，记录我听音乐的经历和感想。第一篇是《最后的海菲兹》，写于 1990 年的夏天，发表在那一年的《十月》杂志上。

在这篇音乐笔记中，我记录了第一次听海菲兹演奏小提琴的感想。我偶然在中央人民广播电台的立体声音乐节目中，听到海菲兹演奏的《贝多芬 D 大调小提琴协奏曲》。那有力的揉弦、坚韧的跳弓、强烈的节奏、飞快的速度，如此气势磅礴，特别是进入第二乐章，一段飘然而至的抒情柔板，像是河水从万丈悬崖上急遽跌落，流进一片无比宽阔、深邃的湖面，那湖面映着无云的、蓝得叫人心醉的天空。悠扬的琴声立刻侵入我的骨髓，我禁不住全身心为之颤动。这样的演奏，和一般琴手拉开了明显的距离，因为琴声里不仅有乐曲的优美和技术的娴熟，还有世事与人生的沧桑。

我把这支长达40分钟的曲子录下来，反复播放，一遍遍沉浸在海菲兹那炉火纯青的琴声和我的无穷的想象里，即使杂音也无法遮挡海菲兹的光芒和我自己天马行空的想象。不过，毕竟有杂音。我希望能够买到一盘真正的海菲兹磁带或唱片，原版的。在这篇《最后的海菲兹》中，我写了到处寻找他演奏《贝多芬D大调小提琴协奏曲》的CD而未果的经历和遗憾。

那时候，CD还不像后来那么多，找一支曲子不能像今天一样用手机即刻轻松下载。不过，那时候的文学还有那么多的读者，而不像现在不少人已经只是看手机，所谓“两耳不闻天下事，一心只看朋友圈”。1992年，我意外收到一个硕大的包裹，是从美国新泽西州寄来的。包裹单上写着寄件人“王大进”，是一个陌生的名字。打开里面一层层的包装，最里面是一盘CD唱盘，就是我要找的海菲兹演奏的《贝多芬D大调小提琴协奏曲》。

这是我绝对没有想到的，让我喜出望外。原来是一位读者，留学美国毕业后居住在新泽西州。他在一本已经过期的《十月》杂志上，看到我写的这篇《最后的海菲兹》，知道我想买海菲兹演奏《贝多芬D大调小提琴协奏曲》的CD而在北京城遍寻未果，便从新泽西州邮寄这盘我渴望得到的CD唱盘。他不知道我的地址，便直接寄到北京出版社的十月杂志社，几经辗转，漂洋过海，到达我的手中。唱盘里夹有一页短信，他写道：“不必言谢，同是天涯爱乐人，相逢何必曾相识。”28年过去了，这句话一直记在我的心间。只有爱乐的心彼此相依，跨越时空，才能在音乐中相知相逢。

也就是从那时候开始，我在《文汇报》上开设了音乐笔记的专栏，写作我听古典音乐的感受和感想。那时，《文汇月刊》停刊，担任《文汇月刊》副主编的肖关鸿调任《文汇报》副刊部主任。我的这一组音乐笔记全部都是经他的手刊发的，我关于音乐笔记的写作，首先得到他的支持，并督促我坚持写了下去。

我知道，我的专业是戏剧而非音乐。对于音乐，我只是一个门外汉，充其量是一个只懂皮毛、只重感性的“发烧友”而已，写作音乐笔记的专栏，大言不惭，信笔涂鸦，随心所欲，竟也可以蔚为文章。圣桑早就说过：“音乐起于词尽之处。”为什么我有这样大的胆子，还要用文字来言说音乐？我觉得其中一个原因是我从内心深处喜欢音乐，童年对音乐的未竟之梦，至今不能释怀。另一个原因则是，对比那些音乐家，我确实是门外汉，但作为听者，无论我多么外行，我和他们的经历以及对于艺术的向往和理解大同小异；作为爱好者，我对音乐的热情并不亚于音乐家们；所以我觉得我还是有资格可以来谈一谈音乐的。我可能谈得并不够好，但是，我可能谈得和他们并不一样。

在商业化的时代，消费主义泛滥，艺术也在日趋变得实惠、实际和实用（我称之为“三实主义”），或屈膝于权力，或谄媚于资本，或玩世于时尚，或附庸于风雅。但是，我始终认为，唯有真正美好的音乐难以藏奸，一切在音乐面前都会变得透明。在日复一日的附庸风雅、华而不实甚至腐败的生活之中，唯有音乐能够与这样的生活拉开一点距离。正如《西方音乐史》的作者唐纳德·杰·格劳特和克劳德·帕利斯卡所说：“音乐是‘几乎完全超脱具体的物质世界’的‘艺术的正规领域’。”这是其他艺术领域望尘莫及的。在这样的领域里，可以拓宽并湿润一些我们已经快要萎缩成话梅核一样的心，我们可以稍微得以放松和喘息，以及平衡心理和心灵与粗糙现实生活的落差。我们可以和以往的任何回忆相逢，和向往的任何情感相拥。可以说，只有音乐这样“艺术的正规领域”，才能够让我们漂泊无根的心灵有所依托，才能够把涌动在心里想说又说不出的话语最微妙地表达出来。

我始终认为包括文学在内的一切艺术，都应该向往音乐的境界，所有音乐都指向心灵的深处。音乐是我们这个世界上的泛宗教。我更要感谢在20世纪90年代整整十年时光里认真而系统地聆听了古典音乐，并由此读了和音乐相关的大量的书，随手记录下了我听音乐的心得、感想。音乐，补充我的文字、救赎我的人生、滋润我的心灵，还为我留下了这样一组音乐笔记作为纪念。这是音乐特别给予的一份难得的赠品。

1999年底，肖关鸿为上海学林出版社主编一套散文丛书。他建议我把在《文汇报》上所写的音乐笔记的专栏文章结集出版，这便是我的第一本关于音乐的书——《音乐笔记》，于2000年出版。这本书编得很精心，也有些与众不同。当时，还没有图画本的书籍，或者有却还未成型。《音乐笔记》一书用了100多幅音乐家肖像、手迹、曲谱的照片和相关的纪念邮票作为插图，而且，这些插图占据书中每一页大幅的位置，很是醒目，也很是新鲜。这些照片和邮票，全部来自上海一位收藏家周贤能先生无私的奉献。

我看到样书，也感到很新鲜，开始和周贤能交往，并成为朋友，也学着他收藏和音乐家有关的世界各国发行的邮票，几近痴迷。在上海，周贤能还专门陪我去静安寺的邮市找邮票。每次出国，更是先要问清当地的邮市所在地，去访票、买票。音乐，让我有了一块业余爱好的新的处女地。

在肖关鸿主编的这一套书中，这本书定价最贵。最初，我很担心，这么贵的书，谁来买？没有想到，卖得非常好，一版8000册，很快销空。此后，这本书再版多次，成了上海学林出版社的畅销书，几乎年年都在加印。恐怕，这是肖关鸿和出版社也没有想到的。

有时候，真的不知道哪片云彩有雨。

2

《音乐笔记》的出版，给我带来好运，让更多的读者知道我，知道原来这家伙还是个古典音乐的“发烧友”和集邮迷。我的童年音乐梦，在远离童年之后，居然能够以文字的形式呈现。

2002 年，北京大学中文系主任温儒敏教授正在主编一套供大学生读的“名家通识讲座书系”，每一册以十五讲的形式，谈文、史、哲、科学各方面的学科通识。温老师找到我，希望我能写其中一本《音乐欣赏十五讲》。我连忙推辞，虽然我已经出版了《音乐笔记》，但那只是随笔，一些断篇残章而已。以文学的样式，单摆浮搁，零星地谈谈音乐可以，谈深谈浅、谈东谈西，都没有什么，读者也不会从学术的专业角度和你较真。但是，写一本通识教材之类的书，专门谈论古典音乐，我的学识积淀远远不够，我从来没有过这方面的训练，也从来没有古典音乐史方面的修养，怕是力不胜任，别误人子弟。我知难而退，对温老师说，还是请音乐学院的老师写最合适。温老师却说：“找你写最合适，我们不希望写得那样专业、刻板，就要你写出对音乐的感想和认识，你随意写，怎么想就怎么写！”

在温老师的一再鼓励下，我只好接下这个烫手的山芋，心里一点儿底都没有。一连多天，茫然无措，我都在想这样一个问题，即文学和音乐之间的关系。我忽然发现，音乐在历史长河的发展进程，和文学的发展进程，还真有着非常相似甚至神似的方面。

首先，它们存在的方式都是以时间为单位，读文学，要一页一页地看，听音乐也要一个小节一个小节地听。它们都不像绘画或雕塑。一幅绘画，一个雕塑，我们瞬间就可以把它看完，用不着时间流淌的过程，即使雕塑的背面你看不见，放一面镜子也就看见了。尽管音乐和文学的材料不同，音乐的材料是乐器和人的声音；文学的材料是文字，在一句话当中只能有一个主语。如果不同的人从不同的角度同时发出各自的声音，那将是一种新的声音，但是一种杂乱的声音，我们什么也听不清。而乐器放在一起，发出各自不同的声音，合在一起却可以是非常好听的音乐，这便是所谓的交响乐。在那里，每种乐器都是一张嘴，可以在同一时间，形成一种众神喧哗、多声部的效果，这就是音乐的神奇之处。文学完全可以向音乐学习，巴赫金就创造了复调小说的理论，文学的叙述角度也可以是多声部的，形成一种和音乐一样交响的效果。

同样，音乐早在几百年前就曾梦想过和文学联姻。贝多芬喜爱文学，借助歌德和席勒的诗融入他的音乐；浪漫主义时期的音乐更是与文学有着割舍不断的因缘，《浮士德》《麦克白》和《佩利亚斯和梅丽桑德》曾经演绎出多少不同风格的美妙音乐。听《佩利亚斯和梅丽桑德》中结尾佩利亚斯异父同母的兄弟戈洛悔恨交加而梅丽桑德死去时候的音乐，勋伯格用的是小提琴，西贝柳斯用的是大提琴，福莱用的是长笛，德彪西用的则是整体的弦乐。乐器选择的不同，说明他们内心的潜台词不尽相同，各自情感的表现方式也不尽相同。小提琴不绝如缕，袅袅散尽，将心声轻轻地倾诉；大提琴琴声呜咽盘桓，将爱深深埋藏在心底；长笛则哀婉、典雅，有一种牧歌般寥廓霜天的意味；弦乐的哀婉，不绝如缕，最后以柔弱至极的和弦结束，曲终人不见，江上数峰青。音乐家对表现同一题材甚至同一规定情节中的音乐元素之一——乐器的感受和表现方式不尽相同，都源于文学对他们的共同启发，燃起他们不同的想象，拓宽了他们的创作空间。

看来，音乐与文学各有其长，可以相互借鉴，当然这种借鉴不是简单的“输血”式，而是一种相互的营养吸收、彼此素质的培养。音乐和文学给予彼此营养，这一点很重要，会给彼此带来益处。文学，在音乐面前，不必那么自惭形秽，它有属于自己的优势和长处。

当我想到这一点，多少树立起我写这本书的信心。我想，就从这样一个角度出发，在文学与音乐之间的关系和比较中写这本书。既可以扬长避短，也可以让音乐的空灵性和多义性得到发挥。我不必非得在音乐史那样正规要求中坐地为牢。

于是，我认真而详细地先写了一份十五讲的提纲，交给了温老师。

在这份提纲中，我从文艺复兴时期、巴洛克时期、浪漫主义时期……一直到现代音乐的诞生时期，挑选了我自认为重要，当然也是我自己喜爱的30位音乐家：帕勒斯特里那和蒙特威尔第；巴赫和亨德尔；莫扎特和贝多芬；韦伯和舒伯特；李斯特和柏辽兹；孟德尔松和肖邦；舒曼和勃拉姆斯；罗西尼和比才；瓦格纳和威尔第；布鲁克纳和马勒；德彪西和拉威尔；柴可夫斯基和强力集团；斯美塔那和德沃夏克；格里格和西贝柳斯；理查·施特劳斯和勋伯格。两人一组，分为十五讲，来讲述从古典音乐到现代音乐这400年发展历史演变的进程。十五讲就像是十五条道路，30位音乐家就像是分别站在每条路口上的向导，带领我们和我们想要见到的音乐家的音乐一起拥抱、相逢，同时认识并感受那个曾经发生的时代在音乐中留下的印迹，或者说，音乐为那个时代记录下的声音。我希望这本书以这样的方式或者说是特点，能多少带一点“史”的感觉，也能让“史”多一点文学细节和内心感受的描绘与诉说，不至流于那么枯燥。我希望这本书以人物串联起音乐史，哪怕是粗线条也好，让人物在“史”的背景中有了立体感而显影凸立，让“史”在人物的衬托下有生动的细节与血脉的流淌。

温老师很快看完这份提纲，并给予了肯定。他只提出一条建议，要我在书的最前面写一个绪论，把我的这些意图写出来，给全书一个提纲挈领的概括和提示。这也是对这类书的基本要求。

我开始做了这份我力所不能及的工作，不过，我应该感谢温老师，是他的信任，给予了我这样一个机会，可以让我暂时将浮躁的心收拢在音乐里，认真地坐下来，重新聆听那些美好的音乐，重新思考那些音乐在历史发展中的样子以及我自己的感受。在这样一个重新学习的过程中，不仅梳理了我以前并不认识的历史，也梳理了我自己听音乐的经历，回过头看看音乐曾经给予我哪些帮助。这本书，让我从单摆浮搁的音乐随笔的写作，转变为有了一个集中地，像把零散的果子装进了一个篮子里，像在花团锦簇的花园里盲目乱窜而迷路之后，找到了一条可以抵达出口的芬芳小径。

应该说，《音乐欣赏十五讲》比起《音乐笔记》有些明显的进步。这都要格外感谢温老师。有时候，有外力逼迫你做一件力所不能及的事情，也是有好处的，可以避免因轻车熟路而自以为得意的写作，逼迫你不得不努力往前走几步。这便是所谓的“压力像弹簧”和“没有压力轻飘飘”吧。对于一个写作者，遇到这样催促你开顶风船的人，是难得的，是幸运的。

一切准备工作就绪，我开始了这本书的写作。动笔之前，我要求自己做到这样几点——

一是我希望写得干净、简练。以前，我们毕竟讲了那么多的音乐，400年的漫长历史，音乐真的像一条在向我们流淌而来的河，不同派别、不同风格、不同性格、不同命运的音乐家像是河里的鱼群一样翻滚着向我们涌来。只有把他们的性格和命运尽可能细致、生动地描述出来，他们的音乐才能够更深入我们的内心；只有把他们放到整个历史的脉络里，你才能发现他们的音乐除了好听或不好听之外存在的意义。我想，不管我们学文学也好，听音乐也好，把它放到一个历史大背景中，才能更加深刻地认识它、了解它。音乐就像文学一样，没有大历史的眼光作为背景，很难体会其中的乐趣，打一个比方：如果我们不是以一个大历史作为背景去理解古代的作为一种拟书场形式的白话小说，现在就会对里面的许多程式感到可笑，觉得很笨；也就不会对"五四"时期新文化运动中出现的第一篇主人公以第一人称的小说叙事角度出现的重要意义有深切的认识。同样，如果我们缺乏对个案的具体分析，也许一切会变得大而无当，最后只剩下一个恐龙架子。

二是我希望在这样的音乐史里面能够看到人类无与伦比的智慧、天才的创造力以及丰富的想象力。音乐最初的发现起源于对空气的振动所发出的声音的理解和创造。一部音乐史其实是人声与乐器在空气中振动不断被发现与创造的历史。从帕勒斯特里那的复调合唱到亨德尔的清唱剧，一直到威尔第和瓦格纳的歌剧；从舒伯特的艺术歌曲到舒曼、勃拉姆斯的艺术歌曲；从蒙特威尔第到巴赫对乐器的顶礼膜拜和发掘；从贝多芬奠定了交响乐的艺术形式，一直到后来马勒、理查·施特劳斯对器乐新的理解与创造，一直到勋伯格彻底对调性的打破和十二音体系的建立……音乐微妙的变化，情感曲折的选择，潜在价值的判断，都在音乐这样的人声与器乐的变迁中，折射出时代的光彩与音乐家探索的足印，同时也折射出人类同奇妙大自然交融的轨迹。如果从这一意义而言，人声是音乐投向大自然的回声，器乐则是大自然给予音乐的一面镜子。

三是我希望在音乐的发展中探索创新与保守之间的关系。在艺术中，创新与保守的意义各自不同，并不是我们社会学平常意义上所理解的唯新是举，保守则一定是“落花流水春去也”的颓败。纯粹的古典精神如巴赫那样的掌玉玺者，同浪漫派的革新人物如柏辽兹、李斯特、瓦格纳乃至勋伯格所存在的价值是同等重要的；后浪漫主义时期如勃拉姆斯那样古典主义保守派的隐士，与革新派对于音乐贡献的价值，同样是不分伯仲的。他们的相互存在，提供给我们缤纷多彩的音乐，告诉我们世界的多种多样，还告诉我们人类在发展之中观念的变化与人性激情永不枯竭的演绎，这演绎才能够带来音乐生命与人类生命生生不息的力量。因此，一部音乐史也就是人类历史的缩影。我们的祖先，从来不缺少创造革新的能力，也不缺少对古典精神的操守，而这样两个方面，我们现在都是匮乏的。我希望音乐能够带给我们这样的弦外之音的思索。

四是我希望音乐能够为历史留下声音的注解。书写任何时代的历史，都需要恢宏的手笔，也需要生动的细节填充那些恢宏之间留下的空白和缝隙。而任何一个时代的背景需要苍茫的图画大写意为其渲染，也需要声音为其伴奏，音乐背景便是不可或缺的一种伴奏，它是历史存留今天的画外音。我们便能够从帕勒斯特里那触摸到中世纪的脉络，从巴赫看到巴洛克的辉煌，从贝多芬看到资产阶级革命的风起云涌，从马勒、理查·施特劳斯看到世纪之交的波诡云谲。我们便能够在读完浩瀚的政治、经济、历史或其他学科历史之后，有了一部声音历史的伴奏，把我们人类的历史领略得更为活色生香。音乐便是我们人类历史存在的声音与表情。

这是我的四点希望，也是对自己的四点要求。我不知道能不能做到这些。断断续续，从春天写到冬天，我只是努力做着，虽不能至，心向往之。尽管叔本华早就从形而上学的角度指出，音乐的内容联系着宇宙的永恒，音乐的可能性与功能超越其他一切艺术。对比文字，他曾经这样说："音乐比文字更有力；音乐和文字结婚就是王子与乞儿结婚。"我却在做着这种无力的事情，以有限的文字来阐释无限的音乐，企图王子与乞儿结婚。但话又说回来，谁又能够说王子非得和公主结婚，王子和乞儿结婚的童话，为何就不能成为我们的一种想象或现实？

无论我是不是做到了、做好了，我在努力做着这样一件事。在写作中，我感到前所未有的快乐和充实。因为我感觉我在写作，也在学习，有一种重返校园写毕业论文的感觉。我努力要做的是，在这《音乐欣赏十五讲》中，讲的不是干巴巴、枯燥的教材讲义，而能够好读、好看。读者在读这本书的时候，或学生在听这门课的时候，就像音乐本身好听一样，能够真正在欣赏之中不知不觉地完成。你打开书的时候，音乐会开始了，风来雨从，气象万千；合上书的时候，音乐会结束了，月光如水，晚风正在吹拂，音乐还荡漾在你心旷神怡的感觉中。

这真的是一种美好的境界。执笔写作和聆听音乐，在这个嘈杂、喧嚣的世界，让我幸运地能够接近这种境界。

3

《音乐欣赏十五讲》，2004年由北京大学出版社出版。2012年，我对全书进行了一次修订，特别是对第六章的肖邦、第九章的瓦格纳、第十章的马勒、第十一章的德彪西和拉威尔、第十五章的理查·施特劳斯和勋伯格，做了较大的修改和补充，出版了此书的新版。自2004年此书出版以后，几乎年年再版，居然成了长销书；而且，还先后在台湾和香港出版了繁体字版。

我没有想到这样一本小书可以得到读者的认可和欢迎。你做过的事情，尽管做得并不完美、不理想，但你尽心尽力做了，读者的眼睛是雪亮的，他们会看到的，这是给予作者最大的安慰。

2019年秋天，北京大学出版社要再版我的《音乐欣赏十五讲》，要求在书中的每一条注释后添加引文的页码。这是一本2004年出版的旧书，书写得很不规范，注释中只有引文书名及作者、译者，没有注明所引书中具体的页码。15年过去了，重新找回当年曾经查阅过的那些书籍，犹如重拾旧梦，实非易事。

让我意外的是，那些书大多数是当年自己买的，居然都还在书架上，虽已经尘埋网封，并未相离相弃。重新翻阅旧书，如同老友重逢，别有一番滋味。我发现其中引用最多的是一本叫作《十九世纪西方音乐文化史》的书。这本书是20世纪90年代初，在琉璃厂荣宝斋对面不远的一家专门卖音乐类书籍的书店买到的。这家书店很小，被左右两家店铺挤在中间，像一块茯苓夹饼。但是，它里面可售的有关音乐的书籍不少，这是我买到的其中一本。

这是一本1982年的旧书，作者是保罗·亨利·朗格，译者是张洪岛。说老实话，当时见识所限，我并不知道这本书，也没听说过这本书的作者朗格和译者张洪岛；是书名吸引我，让我毫不犹豫地买下它。它静静地躺在书架上已经有十年的光景，纸页粗糙，业已发黄，定价只要两元一角。现在想来，真是恍然如梦。但就是这本书让我加深了对西方 19 世纪音乐的了解和认知。可以说，朗格是我西方古典音乐的启蒙老师，是写作这本书的最好帮手。

为添加注释页码，不得不重新翻看这本封面已经破损和被水浸湿、印渍斑斑的书，但依然兴趣盎然，还有新的收获，不禁想起桑塔格说过的话：最有价值的阅读是重读。

这本书的原名为《西方文明中的音乐》（*Music in Western Civilization*），后来听说，原书一共二十章，《十九世纪西方音乐文化史》只翻译了原书的最后六章，集中在 19 世纪。书名起得比原书名要好，更为醒目，而且将朗格以文学和文化为背景和底色书写音乐史的特点彰显了出来。第一章上溯古典主义时期的贝多芬，首先揭示其“在整个十九世纪余下的时间的发展都是在他的魔咒之下，没有一个音乐的领域的真正灵魂不是归功于贝多芬”的意义，作为 19 世纪音乐的序幕，有着承上启下的史的价值判断，将全书腰斩于此处，腰斩得不俗、不凡。起码对于我这样一般的音乐爱好者，这样截取的断代史，比“从猿到人”的写法，显得更接近、更亲切。21 世纪之后，我国出版过这本书的全本，书名恢复原名《西方文明中的音乐》，但是，不如这本旧书影响大，我买的这本书的第一版，就印了一万册，此后又曾经再版多次。一本学术著作，能有这么多的印数，实属不易。

这本书囊括了 19 世纪几乎所有欧洲重要的音乐家，论述了浪漫主义时期从发生到鼎盛再到衰微的全过程。对于这些耳熟能详的音乐家，朗格既论及他们的作品，又不囿于作品，而是放在大的历史与文化背景下进行比较，在前后发展链中考察，其褒贬臧否，显得格外举重若轻，很多地方颇有见地，不是一般的音乐鉴赏辞典，也不是学究式的学术术语的列阵驰骋。对比一些音乐史，如《牛津音乐史》或朗多尔米的《西方音乐史》等书，朗格的这本书，更为吸引我，对我写作《音乐欣赏十五讲》的帮助和启发最大。

他批评柏辽兹，一针见血，毫无扭捏："缺乏对于精神事物的理解，他没有沉思冥想的能力，他是一个性情火热的音乐家……他毫无拘束的音响的想象力使他不得安宁，他的管弦乐队没有一刻停歇。它经常在变动，从这一种色彩到另一种色彩，有时清澈而优美，有时则粗糙而庸俗。"

对于大名鼎鼎的李斯特，他同样毫不留情："进行着钢琴家，作曲家，指挥家，技师，哲学家，音乐学院院长以及僧侣等多种活动；所有这一切都妨碍了他的艺术达到成熟所需要的平静。因此，他的作品是不平衡的，伟大的作品很容易为许多应时之作所掩盖。"其中对李斯特身兼数任和应时之作这样两点批评，至今依然具有现实的警醒之意。

他批评柴可夫斯基："第四交响也大体上还是非交响乐的。虽然它有些主题素材是很美的，呈示得很好，整个配器也很有趣，但是毫无在交响乐上发展的痕迹。"特别是他指出："柴可夫斯基的俄罗斯性不在于他的作品中采用了许多俄国主题和动机，而在于他艺术性格的不坚定性，在于他的精神状态和努力目标之间的犹豫不决。即使在他最成熟的作品中也有这种特点。"这种不坚定性，既是指艺术品格，也是指精神状态。重读此语，我再次想起我们的艺术、我们的知识分子，也想起我们那么多的知识分子为什么如此喜爱柴可夫斯基。我们缺少这样深刻的批评，也缺少这样的作家和艺术家。

也有表扬，比如他高度评价瓦格纳：“浪漫主义达到高潮和衰落时期最有代表性的、最完善的大师。”说他的作品“是一种剧院的语言，它不适宜狭小的场所，它是一个民族的声音，日耳曼民族的声音”。一个音乐家的音乐，可以是一个民族的声音，实在是一个至高无上的评价。

他说“德彪西的音乐反映了世纪转折时期的过度敏感、坐卧不安、心慌意乱的分裂的精神状态，但是它却摆脱了那个时代所激起的强烈的热情，泪汪汪的多愁善感和嘈杂的自然主义”。“泪汪汪的多愁善感”，真是绝妙的比喻，指德彪西的一些同伴，也指我自己乃至更多的人。我极其喜欢德彪西，几乎买过他所有音乐的唱盘。

不过，朗格对于瓦格纳和德彪西的评论，都是从音乐发展史的角度出发，而不拘泥具体的作品。前者，他着重于瓦格纳音乐的民族地位；后者，他着重于德彪西对浪漫主义晚期艺术弊端的揭竿而起的意义。朗格说的颇有高屋建瓴、拨云见日的感觉，而不纠缠一般的作品演绎。

朗格才会进一步将德彪西在世纪之交的价值揭示出来，他说德彪西“是这个世纪交替时期的唯一的伟大而绝对具有独创性的作曲家。有生气勃勃而独立自主，对于那些消磨着浪漫主义后期的垂死的各种乐派的精力的生死搏斗，他是漠不关心的”。“在浪漫主义末期，由于浪漫主义的长期统治和瓦解而使西方音乐陷入不可救药的混乱之中时，德彪西是二十世纪新音乐中最初的一位大师”。在这里，我看到朗格研究音乐史的学者风范，更看到他对历史与现实批判的锋芒。

最有意思的，也是我最感兴趣的，是朗格对于 19 世纪音乐两位保守派的评论。一位是布鲁克纳，朗格开门见山指出其是一个矛盾体："布鲁克纳的艺术是纪念碑式的，但又是墨守成规的……严肃但又朴素，深幸但又常常是不幸的。"他形象说布鲁克纳是"生活在十九世纪的中世纪的心灵，为寻求一种通向上帝之间的艺术而斗争"。他进一步分析集中在布鲁克纳身上和作品中的这种矛盾的价值和意义："像他这样完全不合时代的艺术家是少见的，但是像他这样集中地反映了其时代的善与恶的艺术家也同样是少见的。""他的确是让每个人的心都感到温暖的音乐家"，他"试图清除浪漫主义强加在音乐上的音乐以外的文学成分"。我见识浅陋，没有见过曾经有人这样剖析布鲁克纳。我很喜欢布鲁克纳的交响曲，从没看到有人对他有如此高的评价，深得我心而分外感动。

另一位是勃拉姆斯，朗格极其肯定地说："这位浪漫主义最后阶段的大音乐家，是在舒伯特之后最接近古典时期诸音乐家精神的。他的艺术像成熟的果子，圆圆的，味甜而有芳香。谁想到甜桃会有苦核心呢？写下《德意志安魂曲》这位作曲家看到了这伟大的悲剧——音乐的危机。他听到当代的进步人士的激昂的口号'向前看，忘掉过去'，而他却变成一个歌唱过去的歌手；也许他相信通过歌唱过去，可以为未来服务。"

勃拉姆斯，也是我非常喜欢的一位音乐家。他和克拉拉长达 43 年的友情和爱情的奇迹，他对年轻音乐家德沃夏克的鼎力支持，都让我非常感动，并且爱屋及乌连带对他的音乐非常喜欢。曾经有人把勃拉姆斯视为无论过去还是现在都是有诱惑力的；而"向前看，忘掉过去"的口号，对于我们更不会陌生。从这样两个方面，朗格强调了勃拉姆斯的意义，今天重读，依然觉得并不过时，仿佛是朗格贴近我们的耳语。

朗格为布鲁克纳和勃拉姆斯做总结时说："在十九世纪下半叶，在实用主义盛行，崇尚实力和成绩的时期里……他们是中世纪遗留下来的两个'原始人'。但是，他们又是'怀着无限的柔情和无比的沉着注视着他们的理想'，他们是纯洁而热情的信仰者。"

我感到，重读朗格，不仅让我重温19世纪欧洲音乐史，也让我重新面对和审视包括文学在内的一切当下的艺术，期冀我们拥有更多对于艺术纯洁而热情的信仰者。

感谢北京大学出版社再版《音乐欣赏十五讲》一书，让我在补充注释页码的过程中，重读朗格的这本书。将我的读书感想汇报给读者朋友，也算是对我的这本新版《音乐欣赏十五讲》一点新的补充吧。真的，重读朗格的这本书，我感到我的这本《音乐欣赏十五讲》写得有那么多的不足。这些不足，不仅是因为自己的笔力有限，更是因为自己的思想有限，缺少朗格一样对于时代、艺术、人这三者之间高屋建瓴的透视和把握。如果有时间、有机会，我希望自己能重新写一下这本书，让自己有些进步。

重读朗格的这本《十九世纪西方音乐文化史》，让我重新翻捡音乐史，再来聆听《音乐欣赏十五讲》这本书中所提及的30位音乐家的作品，感慨与感受颇多。无论是端坐在音乐厅中，还是沉浸在唱盘或磁带里，或是在图书馆的书架旁，从朗格的这本已经被我翻烂的《十九世纪西方音乐文化史》中，总会感到音乐在感动我的同时，又是这样的汪洋恣肆、博大精深，而自己不过是一条只在浅水里游荡的鱼，潜沉至大海深处，是何等具有诱惑力，又是何等的艰深。李斯特说，音乐家生性"好在音响中倾诉着自己命运中最敏感的秘密"。在音乐中探寻这些秘密，更是何等的奥妙无穷和意味横生！它就像莱茵河上的女妖罗蕾莱。这便是聆听音乐奥妙和抒写音乐感悟独一无二的魅力！

4

《音乐笔记》出版不久，儿子看到我还在不停地写关于古典音乐笔记的随笔文章。有一个星期天，他从学校回家，对我说："爸，您别总写古典音乐，总写容易重复，您写点儿新的好不好？"

我问他："你觉得写点儿什么新的好？"

他毫不犹豫地回答："摇滚呀！"

说老实话，我没怎么听过摇滚，对摇滚有一点儿约定俗成的偏见，便对他说："我不喜欢摇滚，怪闹腾的！"

他听完，很不客气地反驳我说："您不了解摇滚，就没有发言权，摇滚也不都是重金属，也有很好听的。"

第二个星期天，儿子背回满满一书包磁带，其中不少是打口带。他把这些磁带从书包中倒出来，一盘一盘地摊开，满满腾腾地摆满一床，然后对我讲解这些磁带，最后对我说："您先听听，看看感觉怎么样？下礼拜我回家，咱们再交流，听听您的感想。"

儿子上学去的这一个星期，我把这些磁带基本都听完了。感觉确实大不一样，起码和我印象中的摇滚音乐完全不同。无论是电吉他的演奏，还是歌手的歌声，竟然也如此婉转动听，并不都是那样震耳欲聋的打击乐。年龄老了，容易趋于保守，甚至固执而自以为是地抵触新鲜事物，以为世界上只有古典音乐最好，其余的都属于另类而无法上道的。那时，儿子正在北大读书，总会比我更多地接触新鲜的事物，我应该向他取经，别成为一个九斤老太一样的顽固的保守老头儿。

星期天，儿子回来了，问我听得怎么样。

我指着其中几盘磁带，对他说："我喜欢听这些。"

这是 Cocteau Twins、Portishead、Nirvana、Tangerine Dream、Red House Painters。

儿子笑着说："我就知道您肯定会喜欢这些。"然后，他指着 Red House Painters 这盘磁带说："这盘'红房子画家'很有名，美国新音乐杂志称'红房子画家'是一支'最强烈的悲伤和凄美的乐队'，说这盘磁带'脆弱但具有奇特暖意的荒凉的音乐'。您看，摇滚不全是闹腾的吧？"

我向他讲了我听 Tangerine Dream 的感觉。在《潮汐的转折》里，电子乐韵味缥缈地荡漾，开头模拟的水声、铃铛声和马蹄声在渐隐渐强中，奏出的竟是熟悉的穆索尔斯基《展览会上的图画》的开头曲，让我很是惊讶。然后紧接着七首乐曲连缀而成，除了最后一曲《潮汐的转折》有一些人声的吟唱是在为乐曲伴奏外，没有任何人声，更没有一句歌词，不间断地倾泻而下，他们居然能够巧妙地将古典音乐移植到现代音乐里。这是我没有想到的。

他说："您看到了吧，摇滚音乐和古典音乐不是死对头，它们俩也是可以融合在一起的。在这方面，摇滚音乐一直在做探索，而对于古典音乐，拉赫玛尼诺夫早就已经预言会出现新的音乐的，您写过的勋伯格，他的音乐不就已经出现不和谐音了吗？"

他接着向我讲解了一下 Cocteau Twins、Portishead、Nirvana。自从他上大学住校以后，我们很少交流，这一次通过摇滚的桥梁，有了不少共同语言，让我们彼此都挺高兴。

下一个星期天，他又背回满满一书包磁带和唱盘。这一回，他背回来的全部都是“老艺摇”。

再一个星期天，他又背回满满一书包磁带和唱盘。就这样，往返反复，他乐此不疲，他想一口把我喂成一个胖子。

我才知道，上大学几年，他已经买了这么多的摇滚磁带和唱盘。关于音乐，他走得比我远。到底是年轻。

在这样的“恶补”的过程中，我静下心来，第一次认真而全面系统地听摇滚、了解摇滚。那里有许多我从来没有听过的刺激和震撼，以及有别于古典音乐的异质的美。它让我见识了一种有别于古典音乐的全新的音乐。在那一书包又一书包的磁带和唱盘里，我喜欢上其中的汤姆·韦茨、帕蒂·斯密斯、阿莫斯，尤其喜欢鲍伯·迪伦和约翰·列侬。

那一段时间，儿子刚考完托福和美国研究生入学考试，忙于出国读研。在焦急地等待录取通知书之前，正好有这样一段空余的时间陪我。我们一起买唱盘、听摇滚、查资料，彼此谈着对摇滚相同的和不尽相同的感受和体会，还有脸红脖子粗的争论……直至把全家都裹挟进来，跳跃在那六七百盘的唱盘、磁带内外，弥漫在飘雪的冬天凛冽的空气里和我家放音响的炎热的西窗之下，构成了那些日子里最难忘的回忆，在那硬性的摇滚中融入了一些格外柔软和湿润的东西。

就是在那时候，我写下了听他们几位摇滚歌手的音乐的感受，开始了从古典音乐转向摇滚音乐写作。

其中，最令我们难忘和震撼的是鲍伯·迪伦和约翰·列侬。

听列侬的《圣诞快乐》，那是越战结束后写的歌：“现在是圣诞了，你在今年做了一些什么？又一年过去了，新的一年要来临了。现在的圣诞，我希望你能找到快乐。我身边的亲爱的人，无论是老人还是年轻人，这是一个非常快乐的圣诞，我希望再没有任何恐惧，因为战争已经结束了……”真的，非常感动，这是一个歌手更是一个诗人的歌。听这样的歌，我想起听到第二次世界大战刚刚结束的消息时美国水兵在街头情不自禁地与一个女郎拖吻的那张有名的照片。我相信列侬和那个美国水兵与那个女郎的心情是一样的，只是他的歌中充满激动之后更深的感情期待，才在那一年的圣诞夜唱得这样平易却深切动人。听列侬的另一首《想象》：“想象这里没有天堂，这很简单，如果你想试试的话。我们的下面也没有地狱，我们的上面只有天空。想象所有的人民，只为今天的和平生活；想象没有国家，想象没有杀戮，想象没有牺牲，想象没有宗教，这一切并不难做到。想象没有占有、没有贪婪、没有饥饿，四海之内皆兄弟……你可以说我是做梦的人，但我不是唯一的一个，我希望有一天你能加入进来，那么世界就能变成一个。”那一连串的排比是那样的直抒胸臆，那绝对是诗的发言，虽然有些浪漫和乌托邦，但他对世界和平统一的向往，让你无法不感动，在被他的真诚感动的同时，感慨有些歌手的浅薄和贫乏。列侬一步就迈过了那种浅薄却装点得豪华如游泳场里的蘑菇池而走向那样宽阔的水域，立刻有一种“潮平两岸阔，风正一帆悬”的境界。

鲍伯·迪伦和我年龄相近，我们同属一代人，我们的青春都属于20世纪60年代。

60年代，虽然有西班牙王子胡安·卡洛斯和希腊公主的豪华婚礼，以及美国人诺曼·博劳克成功地培养出比原产量高3倍的高产小麦新品种这样能够让人高兴的好消息，但60年代是整个世界动荡的年代，短暂的好消息不能如方糖一样，稀释掉灰色云层密布的60

年代而让它变甜。

60年代，是一个饥饿的年代。非洲的大饥荒、我国“三年困难时期”，估计全世界有三分之一的人口肚子空空在挨饿，因饥饿而损失的人口令人咋舌。当时的美国总统肯尼迪和联合国秘书长吴丹一起号召全世界与饥饿做斗争。

60年代，是一个战争的年代。苏联进行核试验，美国恢复了地下核试验。两个超级大国军备竞赛，苏联要在古巴建立导弹基地的争执不断，核裁军的呼吁不灵。据统计，当时苏美两国拥有的核武器的爆炸力总和相当于世界人均承受3吨TNT（一种烈性炸药）的爆炸力。整个世界处在随时可能爆炸的火山口上。

60年代，是一个运动的年代。整个世界此起彼伏按下葫芦起了瓢，不仅中国搞了“文化大革命”运动，欧洲也是学潮不断，美国出现反种族歧视的民权运动，意大利出现工人罢工运动，拉美不少国家受卡斯特罗影响搞革命运动，更是野火烧不尽，春风吹又生。

60年代，是一个暗杀的年代。肯尼迪在达拉斯被暗杀，没过多久，马丁·路德·金在孟菲斯被暗杀。

60年代，是一个资本主义和社会主义意识形态矛盾冲突的年代。苏共二十二大召开后的非斯大林化，苏联武装占领布拉格，我们和苏联的珍宝岛战役，东西柏林之间的柏林墙的建立……

鲍伯·迪伦的歌声就是回响在这样的60年代。

鲍伯·迪伦敏锐地感知着60年代的每一根神经，宣布了垮掉的一代和忧郁的布鲁斯、乡间民谣的50年代的结束。

面对60年代所发生的这一切，鲍伯·迪伦用他嘶哑的嗓音唱出了他对于这个世界理性批判的态度和情怀。他以那样简朴、疏朗又易学易唱的旋律，意象明朗且入木三分的歌词，沙哑深沉而强烈愤恨的情绪，站在领头羊的位置上，充当着人民的代言人的角色。

1961年，他唱出了《答案在风中飘》和《大雨将至》，那是民权和反战的战歌。

1962年，他唱出了《战争的主人》，那是针对古巴的导弹基地和核裁军的正义的发言。

1963年，他唱出了《上帝在我们这一边》，那是一首反战的圣歌。

1965年，他唱出了《像滚石一样》，那是在动荡的年代里漂泊无根、无家可归的一代人的命名……

他以深切的同情和呼喊民主、自由、和平的姿态，抨击着60年代的种种强权、战争、种族歧视造成的黑暗和腐朽。对于如我这样也是在60年代度过了整个青春期的人来说，听鲍伯·迪伦的歌没有什么隔阂，反而是那样的亲切、水乳交融、肌肤相近。

60年代，在饥饿的边缘上挣扎的世界三分之一的人口中，也有我们的一份，而我却在饥肠辘辘时热血沸腾地写下这样的诗篇："要把克里姆林宫的红星重新点亮，要把世界上三分之一受苦受难的人民解放。"

60年代，在反战的斗争中，我们也不止一次跑到天安门广场集合，伸出了愤怒的臂膀。呼喊着和鲍伯·迪伦一样的心声，只是没有如他一样唱出"上帝在我们这一边"，而是高喊着"正义在我们这一边！"

60年代，在那些如火如荼的政治年代里，我们更是无比的投入。珍宝岛战役，就在我下乡插队的北大荒的乌苏里江上，离我近在咫尺，我们抱着随时上战场而决一死战的豪情壮志，聆听着那枪炮声的召唤。站在北大荒的冰天雪地里，我也愤怒谴责苏联的坦克车开进了布拉格的街头，蹲在白桦林的树墩旁写下诗的急就章。没有舞台和广场，就跑到村里的食堂，把吃饭的桌子、椅子挪到一边，腾出空地来，站在那里慷慨激昂地朗诵。而在柏林墙建立的时候，我们正在挥舞铁锨，深挖洞、广积粮，大挖现在已经被用来做商场和 KTV 包间的地下防空洞。

60 年代，在“文化大革命”中，我们更是和鲍伯·迪伦一样鱼翔浅底，鹰击长空，冲锋陷阵在第一线，一样的粪土当年万户侯，一样的自以为是、激进冒失，根本听不进父母的话，反而把他们当成挡路堵道的“保守派”和“保皇派”。只不过，我们把鲍伯·迪伦唱的歌词作为激扬文字更为直白、昂扬地挥洒在大字报上……

我和鲍伯·迪伦是多么相似。我当然听得懂鲍伯·迪伦那时唱的“来吧，两院的议员，请注意这个警告，不要站在门口，不要堵住走道……外面有场战斗，打得异常激烈，马上震动你的窗，让你的墙壁嘎嘎直响。因为时代在变。来吧，父亲和母亲，全国的父亲和母亲，不要去批评你们不理解的事情，你们的儿子和女儿对你们的命令已经不听，你们的老路子越来越不灵……因为时代在变”（《时代在变》）。我们也就对当时美国联邦调查局把鲍伯·迪伦列入红色共产党的“黑名单”不会感到奇怪。

60 年代的鲍伯·迪伦相信音乐的力量，以为音乐可以救赎这个世界，就像那时的我们以为可以解放世界上三分之一受苦受难的人民。

60 年代的鲍伯·迪伦在出版他的专辑时，把专辑的名字命名为《时代在变》。他相信时代在变，相信音乐能够使得时代改变。

听鲍伯·迪伦 60 年代的歌，是在看一本发黄的黑白老相册，是在追忆似水年华。那是一代人逝去的壮丽的青春和梦想，让我感动，更让我感喟。

就在那一年的年底，我到台北参加国际艺术家创作营，在台北住了一个月，接着写这一组摇滚的文章。我住在复兴路，离重庆街很近，那是台北一条有名的书店街，我常到那里翻书和买书。那里有一家“黎明书店”，卖摇滚的书多，我在那里的一本书中意外地见到了阿莫斯，是那张我曾经看到过的阿莫斯敞怀抱着一只小猪正在喂奶的照片。因为来台湾之前刚刚听过她的《火神的祭童》，写过一篇听过之后的感想《抱小猪的阿莫斯》，一下子好像遇到了我的什么熟人。在这张照片旁边写着这样的一段话：“在发行《火神的祭童》专辑的时候，托莉·阿莫斯照了一张裸露上半身、怀抱一只小猪，为小猪哺乳的照片，用来当宣传照，并且大剌剌地把这张巨幅照片摆在许多重要公路旁。不料，此举引起了许多保守人士的抗议：‘会妨碍交通安全。’”这真是我没有想到的。

这本书中介绍阿莫斯是一头红发，被称为“红发精灵”。她演唱时特别爱穿一身女神一样的圣洁的白长袍。和我想象的差不多。还说她 1963 年出生在北卡罗来纳州，出版《火神的祭童》时正好是 30 来岁，和我猜想的年龄也差不多。我很为自己和书中写的这几处“差不多”而自以为得意。但是，书中介绍的这样一件事是我不知道的，也是无法想象和猜测的。阿莫斯走红是因为她第一张专辑《小地震》中一首叫作《一支枪和我》的歌，这首歌唱的是阿莫斯自己遭到性暴力的经历——她的后脑勺被一支枪顶着，被压在货车的后车座上强奸。她控诉性暴力，控诉无耻的男性。她还因此联合一些妇女团体成立了“全美反暴力联盟”。我当时看到这里很震惊，我才忽然意识到最初听她的歌时有许多自以为是的误听。

我赶紧给已经写好的文章补充了一个结尾，我写道：

我想阿莫斯的歌并不仅仅是我听出的那样向古典和自然回归，她不可能那样超脱，回避着矛盾，忘却了自身的痛苦。也许，那只是我内心隐藏的一种逃避，便以为她的歌也是和自己的心合拍。听音乐时常常会出现这样的情景，将自己的酒杯里的酒倒进了人家的酒杯，把人家酒杯里的酒倒进了自己的酒杯，彼此置换着角色和心情，音乐只是那炽热的酒，音符置换成了液体。因此，阿莫斯不是摇滚里的“婉约派”，她只是将自己的控诉融合在她的温和之中，将火焰藏在自己的内心。她不是那种以叛逆者的另类形象出现在极端化的舞台上，而是以一身圣洁白衣的超凡拔俗的姿态给堕落的社会以清心明目。如果说叛逆者是要芟削毒草的脑袋，那么，她的作用更在于渣滓的沉淀。便也就明白了她没有选择尼可或帕蒂·斯密斯的路，从声音到节奏力度刻意模仿男性向男性靠拢，而是秉承了凯特·布什的风格，阴柔之中表现女性自身的魅力和诉求。对于男人和男性的世界，她有她的理由远离和拒绝，她宁肯露出乳房抱着小猪去给小猪喂奶。

在台北的日子，我有充裕的时间重新聆听摇滚、思考摇滚。我发现，我对摇滚，从一无所知到渐渐明晰了一点点，对摇滚也多了一些感情。有一天，出台北市，乘车沿着沿海公路飞驰，不远处是邓丽君的墓地，陪同的朋友问我要不要去看看，但当时我已经没有了以前那样浓郁的兴趣，对自己对邓丽君一时的轻薄和喜新厌旧，暗自心生惭愧。

那时候，摇滚确实占据了我心中大部分的位置。我知道，摇滚作为一种文化现象和文化力量，从来不是为了怀旧，也不是为了缠绵悦耳。鲁·里德说过：“生活被摇滚所拯救。”这位古钢琴家、古典音乐作曲家，倒戈为摇滚先锋“地下丝绒”乐队的主将。他说出的这句话的分量，不仅影响当时，也影响后代。

我也想起了帕蒂·斯密斯。我非常喜欢她的歌，嗓音独特又敏感，情感细腻又奔放不羁，如雷雨前扯动那千疮百孔的风帆猎猎，为传统的摇滚注入了新鲜的血液，人们才开始从摇滚中听到了再不仅仅是男人的声音，而终于有了女人对这个世界的发言。从1975年她出版的第一张唱片《马群》开始，我买了她几乎所有的唱片，包括她的自传《只是孩子》（*Just Kids*）英文版。帕蒂·斯密斯也说过这样的话：“你若能了解摇滚乐，你就能知天下事。”

我虽然到现在还未能完全理解鲁·里德和帕蒂·斯密斯对摇滚下的这样似乎有些极端化的论断的意义所在，但我已经明白摇滚并不是一件简单的事情，或仅仅是一种另类的艺术形式。深入了解它，需要静下心来，虚下心来。在这个世界上，即使在艺术的天地，也没有实现真正意义上的平等与民主，垂下头，躬下身，学会聆听尤其是聆听不同的声音，并不是那样容易的事情。我们大多时候只允许一种声音存在，我们有时候心浮气躁，有时候自以为是，有时候倚老卖老；我们有时候比失聪的贝多芬还要不如，便常常有意无意地拒绝了好听的音乐或很容易与其失之交臂。

德彪西曾经说过：“音乐只为聆听而存在。”静下心来去聆听，是欣赏和接受音乐的第一步。聆听他们的那些音乐，充溢着奇异的感觉，像是到异国他乡去旅行，让心情变得忽然日朗天青，忽然又暴雨瓢泼，耳朵和眼睛以及心灵都被激活了。聆听带给我的感受是那样美好和开阔。

我将写好的关于摇滚的文章都重新修改了一遍，并新写了一些篇章。从台北返回北京的时候，儿子的录取通知书已经来了，即将去美国读研。这时候，老友肖关鸿从《文汇报》调任文汇出版社任社长，他来信问我在台北一个月的收获，并问我有什么新作可以交他们出版社出版。我便把手头上正在写作的有关摇滚的文章告诉了他，他说那就赶紧写完，交文汇出版社出版。

2002 年底，这本写摇滚的随笔集《聆听与吟唱》，在文汇出版社出版。和肖关鸿主编的上一本《音乐笔记》一样，他也特意安排了很多幅精彩的插图，为书增色不少。为了和上一本《音乐笔记》有关联，肖关鸿在书名"聆听与吟唱"后面，加了一个副题：《音乐笔记》续篇。

对于我，相比《音乐笔记》一书，更重要的是在写作这本书的时候，常常有这样两个问题不时地回旋在我的心中，是我以前写音乐随笔时未曾认真想过的：一个是在东西方文化的碰撞中摇滚的位置和作用；一个是在西方文化的发展中摇滚与古典音乐不同的位置和作用，以及摇滚与古典音乐之间的关系。我知道这不是我能够回答得了的问题，但这念头缠绕在《聆听与吟唱》一书的写作中。

事实上，一部西方古典音乐史，从复调音乐取代格里高利圣咏开始，到无调性对多重调性的创造，都是在不断反叛的历史。而摇滚在自身的发展历史中出现过对古典的回归和向往，也说明其和古典音乐并非水火难容；同样，早在勋伯格音乐中所开的噪音先河，已经和摇滚在某种程度上相通了。古典和摇滚就是这样交织在西方文化发展的筋脉中。

20 世纪 70 年代末，瑞士籍意大利人莫罗德第一次用合成器录制了"欧洲迪斯科"，在通过电影《周末狂热》的热播而迅速让迪斯科狂热起来的时候，我们对摇滚还是一无所知。但刚刚开放的中国，对这一西方摇滚的新样式却心安理得地接受了，迪斯科在20世纪80年代风靡大街小巷，甚至激荡在公园里晨练的老头老太太之中。摇滚就是这样在我们毫无察觉之中无所不在地渗透进我们的生活。我那时听过并喜欢过张蔷的《月光迪斯科》等，只是并不知道它们来自摇滚，更不知道摇滚已经进入我们的生活并改造我们的精神。

无论东方文化还是西方古典音乐，摇滚具有的对生活嘲讽的品格，对心智启蒙的品质，对民主化平民式、朴素的诉求和实践，尤其是对现实批判和颠覆的杀伤力，都是它们所不具有的或者说是缺乏的。东方儒家的中庸之道，西方古典音乐的高雅、和谐，在我们的心中已经磨上了厚厚的老茧。在这个越发老龄化的世界，大部分的空间被世袭或惯性跑马占地般占领着，挤压着年轻人，没有了他们的居住和使用面积，更没有了他们的话语权力。我们多少能够明白为什么会有那么多的年轻人疯狂热爱着摇滚乐，也就多少能理解一点鲁·里德和帕蒂·斯密斯的话了。约翰·列侬还在他的歌中唱过："披头士比基督有名。"

在这本《聆听与吟唱》的自序中，我写下了这样的一段话——

没错，起码在现在年轻人的心中，尤其是崔健唱响了他最为震撼人心的《一无所有》之后，摇滚比基督还要有名。

感谢读过上一本《音乐笔记》的读者朋友能够接着读这本续篇。感谢我的朋友关鸿一年多来对我的鼓励和督促，让我坚持一年的时间得以完成了这本书。一年的时间，世事沧桑，春秋演绎，生活发生着许多有意思和没意思的变化，唯一不变的是音乐对我始终如一的陪伴。无论什么样的情况，坐在音箱前听音乐，坐在电脑前写作，便立刻荣辱皆忘，月白风清，心一下子格外清静。真的，没有比听音乐和写作更惬意更快乐的事情了。实在应该感谢世界创造了它们——生活被它们所拯救，起码对我是这样。

多年之后，我到美国看孩子。他陪我到纽约，我们一起去了格林尼治，去寻找“问号瓦”酒吧。这是当年鲍伯·迪伦第一次从明尼苏达州的矿山来到纽约，最初演唱的地方。我们也一起去了中央公园的草莓园看望约翰·列侬。虽然是第一次去那里，但无须问路，人群的流向就是指路的路标。那里已经围着很多人，人们无限怀念他的心情，和我一样经年不散。站在那里，可以望见约翰·列侬当年住过的达塔克公寓。如果他还活着，站在公寓的窗口前，他可以看得见这里的草莓园和这里的人们，包括我。

那一年夏天，我们一起到辛辛那提，正好赶上帕蒂·史密斯展，在市中心的当代艺术中心展出。在展览中，看到她的各种唱盘、诗集和照片，以及小山一样积满烟灰缸的烟灰，还有她的一张破旧的单人床。我早就知道，她就是趴在这张破床上写歌、写诗、看书。因为我看到她写过这样的话：“我不认为写作是一种安静壁橱式的行为，我认为写作是真正的体力活。当我在家里写东西时，我会疯狂，我会像猴子一样不停地动，全身的汗水会把自己弄湿。”看到这张单人床时，仿佛看到了她的那种样子，心里涌出酸楚，还有感动。

我想起了当年孩子催促、帮助我写作《聆听与吟唱》的情景。流年如水，已经过去了十多年，重新想起鲁·里德说过的话：“生活被摇滚所拯救。”不禁感慨万千。

5

2007年的大年初一，在京沪高速公路，出了一次车祸。我在天坛医院住院，一直住到“五一”过后才出院。那一年，是我的本命年。

医生嘱咐我还需要卧床休息，不可下地走动。窗外已是桃红柳绿，春光四溢，终日躺在床上，实在烦闷、无聊，我想起了画画，让家人买了一个画夹、水彩和几支笔，开始躺在床上画画。

几年前，在写作《黑白记忆》和《蓝调城南》两本书的时候，因为刚刚重游北大荒旧地而感慨万端，也因为得知北京那些熟悉的老街巷即将被拆而再无踪影，便随手画了北大荒和北京街巷的一些速写，这是我最初画画的时候。一点儿基础没有，画得很差，连基本的透视都不懂，完全是情动于心，无知无畏。但是，当时，这两本书的责任编辑包兰英和丁宁，都还是极其宽容地将这些画作为插图印在书中，做了黑白处理，替我遮了一点儿丑。这给予我极大的鼓励，也激发了我画画的兴趣。

在前一年即2006年的春天，我去芝加哥看孩子，因为迷上了画画，我到芝加哥大学图书馆里，疯狂地找关于画画的书。在《黑白记忆》和《蓝调城南》这两本书中，画的都是房屋之类的建筑，连带一些风景，我要找的都是这类的书。没有老师教，我也不懂如何学才算得法，就是照葫芦画瓢，模仿着画，一张张地画，一遍遍地画，也自得其乐，乐此不疲，似是而非觉得自己学到一点儿东西。然后，用这一点点刚刚学到的方法，大言不惭地去画芝加哥大学以及芝加哥市中心的建筑和风景，觉得多少有点儿进步。

在那些无名和有名的画家或建筑师中，我最喜欢的是奥地利画家席勒（Egon Schiele）。那时，我对他一无所知，不知道他和赫赫有名的克里姆特齐名。我看到的是席勒的画册。那本画册，收集的都是席勒画的风景油画。在那些画作中，大多是站在山顶俯视山下绿树红花中的房子，错落有致，彩色的房顶、简洁而爽朗的线条，以及花色繁茂的树木，异常艳丽，装饰性极强。我不知道他画的都是他母亲的家乡——捷克山城克鲁姆洛夫。我更不知道，我只看到了他风格独特的风景画，却没有看到他浓墨重彩的重头戏——人体画，更以出尘拔俗的风格为世人瞩目。

但席勒是我建筑和风景画的入门老师。2007年的春天和夏天，我趴在床上，在画夹上画画，画的好多都是模仿席勒的画。花花绿绿的油彩涂抹在床单上，成为那一年养伤的记忆。

细想起来，我对画感兴趣，最早应该在我小的时候。那时候，家里的墙上挂着一幅陆润庠的字和一幅郎世宁画的狗。我对字不感兴趣，觉得画有意思。那是一幅工笔画，装裱成立轴，有些旧损，画面已经起皱，颜色也已经发暗。我不懂画得好坏，只是觉得画上的狗和真狗比起来，又像，又有点儿不像。说不像吧，它确实和真狗的样子一样；说像吧，它比我见过的真狗要毛茸茸好看许多。这是我对画最初的认知。

小学二年级的一个暑假，我去内蒙古看望在那里工作的姐姐，看到她家里有一本美术日记本，里面有很多幅插页，印的都是中华人民共和国成立以来一批有名的美术家新画的作品，有油画，有国画，还有版画……我第一次认识了那么多有名的画家，第一次见到了那么多漂亮的美术作品。尽管都是印刷品，却让我特别喜欢，感到美不胜收，仿佛打开了眼界，乘坐上一艘新的航船，来到了一个风光旖旎、崭新的水域。

印象深的还有哈琼文的《祖国万岁》和吴凡的《蒲公英》。吴凡的画是一幅木刻：一个孩子跪在地上，一只手举着一朵蒲公英，噘着小嘴，对着蒲公英在吹，是那么的可爱，对即将吹飞走的蒲公英充满好奇又喜悦的心情，让我感动。即使已经过去了60多年，当时看到这幅画的情景，依然恍若眼前。

暑假快结束，和姐姐分别的时候，我跟姐姐要走了这本美术日记本，带回北京。这本日记本一直跟随着我到现在。之所以珍惜，是因为它引领我踏入美术最浅显的一道门槛，见识到了这个世界上还有这样的宝贝，画上的那些人物山川或花卉鸟兽，是那么的美好而令人向往。

尽管我的中学美术课最好的成绩不过是良，但这没有妨碍我对美术的热爱。以至到现在，每到一个地方，无论国内还是国外，参观当地的美术馆，成为我必修的功课。

如果2004年算作我学习画画的开始，而真正学到一点皮毛，或者说真正有了兴趣，是在2006年芝加哥大学的图书馆里和2007年的病床上。

尽管画得不入流，但就像喜欢音乐却从不入门一样，并不影响我画画入迷，觉得画画是那么的好玩，会画画的人是那么幸福、快乐，那么让人羡慕！

后来，看到日本导演北野武的一篇文章，他写了这样一段话："我从小就喜欢画画，但真正认真起来画画，是1994年那场车祸之后。那时，我都快50岁了，因为车祸，在床上躺了一个多月，半边脸瘫掉，实在太无聊啦，就开始画画，只是为了好玩……但说实在的，我的水平还不如小学生，全凭感觉随便画画，完全谈不上技术……其实，人怎么活得不无聊，这个问题的关键还是在于自己，不要为了别人的眼光而活。如果自己觉得人生过得有意思，那即便是身无分文，只要有地方住，有饭吃，能做自己喜欢的事情活下去，这样也就足够了。”

我惊讶于北野武的经历和想法，竟然和我一样。同样的车祸，同样由此喜欢画画，同样觉得好玩和有意思。虽说是大千世界，茫茫人海，更芸芸众生，其实，很多的活法、想法和做法，是大同小异的。

就别管他人的眼光，别管自己画得好坏，只管快乐、好玩就是！画画占据了我不少时间，打发日复一日沉闷、无聊的光阴。我常到自由市场买一些速写本，很便宜，一买一摞，回家画，随画随丢，很多都找不到了。有时候，我愿意外出到公园或街头画画速写，速写本因有厚厚的硬皮封面，很沉，又占地方，便带一本新出版的诗刊，在手里一卷，拿起来走人，很方便。我喜欢在诗刊杂志上画画，因为诗刊的用纸不错，而且，诗歌分行，内文留有大量的空白，正好适合涂鸦。又由于不是正规的画本和画纸，所以不用那么拘谨，可以随心所欲，信马由缰，画得不好，一撕一扔，都可以肆无忌惮。乐趣便也由此而生，是在别处画画没有的。所谓游野泳，或荒原驰马，别有一番畅快的兴致。

有一次，我画了一个戏人，过了好几天，忽然发现画的下方有一首诗，叫作《在梨园》。怎么那么巧，和我画的戏人相吻合，好像有意在那里等着我一样，好和我、和我画的戏人有一个邂逅。用“在梨园”作为我的画的题目，岂不是得来全不费工夫？

还有一张画，画的是四个身穿漂亮长裙的老女人，如同年轻人一样，手舞足蹈重返北大荒，画的上方，是一行黑体字的题目《当我回眸无可回眸的青春》。一下子，让我的画如照一面凸透镜，充满反讽。

另外一张画，一位挺着啤酒肚的男人，挽着一位穿着紧腿裤的女人，迎面碰着一位身穿风衣的女人，这女人正用一只手指指着他们。本来，这只是我在公园里偶然见到的一景，被我随手画了下来。不过是熟人意外相见的常见场景。谁想到，在画中穿风衣的女人的风衣里，藏着一首诗的题目：《相逢却不说话》。这让我的这张画一下子充满戏剧性，三个人之间构成了具有前因后果的戏剧关系，富有张力，瞬间变得不那么简单。这个题目，让我忍不住想笑。

这一发现，让我其乐无穷。便回过头来重新看我在诗刊上画的画，居然很多画的旁边或画的里面，都有诗的题目或诗的句子，和画剑鞘相配，仿佛前世的默默姻缘，似乎是埋伏在那里的伏兵，等待着出其不意的袭击，和我的画撞个满怀。

《在梨园》等，并非孤例。诗画暗通款曲。所有的艺术都是横竖相通的。

中国文人画本来就讲究题诗和题句，让画与诗互文。好的诗文，会给画添色，赋予其更多的象外之意。诗刊上这些诗句和诗题，帮我这些单薄、无聊的画点缀出一些新鲜的生趣。这样意外的发现，让我自鸣得意，在诗刊上画画的劲头更多、更浓了。在我家所有的刊物中，诗刊是被利用得最充分的，也成为我最喜欢随身携带的速写本。

最有意思的是，有一次我和雪村、赵蘅几个人一起去看望画家兼翻译家高莽先生，带去几本诗刊，请他看看。一是请他指点；二是和他共同一乐；三是请他在上面题个词，留个纪念。一箭三雕。

高莽先生看了之后，连说不错，这样画画，挺有意思！

我翻开诗刊的扉页，请他为之题个词。高莽先生不仅画好，书法尤其是隶书也挺好的。那天，高莽先生兴致很高，对我说：“我给你画个像吧！”

这让我有些受宠若惊，因为相比题词，画像比较麻烦，要费好多时间；而且，高莽先生已经九十高龄，眼神大不如以前了。

他说罢，让他女儿晓岚拿来一粗一细两支笔，顺手合上那本诗刊，就在诗刊的封面上画了起来。

他画了一幅我的侧面像。面目的轮廓用的细笔，头发和眼镜用的粗笔，粗细的对比与融合之间，让画面有了层次，也有了灵动感。

画完之后，他问我今年多大了。我告诉他：“七十初度。”他便在画像的下方写了几行小字：老朽九十，能为七十老弟画像，实人生之幸事也。高莽 二〇一六年五月十二日于北京。

北野武说得对，画画确实好玩得很！还可以有意外的收获呢！

2015 年 9 月开始，我在《腾讯大家》开设了一个专栏，专写已经消失的老北京的街巷院落和老店铺等旧风物。到 2017 年 5 月，编辑告诉我希望我转换题材，写点儿别的。我明白他们的意思，挽歌当然没有赞曲好听，别再给他们找麻烦，我开始转写美术家。因为一直关心画画，观了好多画展，读了好多画册，看了好多美术家的传记，正好一直想写，可以顺风顺水地写下去。正好 2017 年是欧洲新造型风格派艺术一百周年，蒙德里安是这个风格派艺术的创始人和代表人物，荷兰把这一年命名为蒙德里安年，我便写了第一篇蒙德里安的《真实不仅存在于真实之中》，算作新店的开张。

2017 年的年底，我出发去美国看孩子，在机场候机的时候，忽然接到北京大学出版社编辑王炜烨发来的一则手机短信，说他在《腾讯大家》上看到了我写美术家的专栏，他希望我能将这些文字编成一本书，交北京大学出版社出版。我给他打电话，对他说，专栏刚写了半年，文字不够，等我从美国回来再商量吧。

2018年5月回国，小王和我联系，坚持希望我能写成一本书。画画，只是我的业余爱好，毕竟不是我的专业，和音乐一样，随手涂鸦，随手写点随笔点滴，可以；写成一本书，我自感底气不足。好几年前，广东教育出版社的编辑邱方就曾经要我写这样一本随笔，因为我在她那里出版了《我的音乐札记》《我的读书笔记》《我的父亲手记》等几本书，她很希望有这样一本专门谈美术的书，与其配套，阵容齐整一些。邱方是我多年的老朋友，但我一直觉得自己积累不足，几年下来，这本书也未能写出来。现在，一下子再接受北京大学出版社的要求，我缺乏信心。

小王鼓励我，还是希望我能写下去，会和在他们出版社出版的《音乐欣赏十五讲》相得益彰。这当然是一个很大的诱惑，我有点儿动心。

忽然之间，我从音乐转向美术。都说艺术是相通的，但这个“通”，对于专业者而言，是大海的横竖相通；对于我却是九曲回环，只是有点儿水珠的渗透而已。以这样一点儿水珠的渗透而铺排成一本书，对于我是一个挑战，不过，也是一种学习，更是一种乐趣。

2018年的下半年，我的主要精力放在了这本书的写作上。它让我又有了一次学习的机会，瘦驴拉破车，驶向自己并不熟悉的路程。不过，我又给自己打气，干吗非得是瘦驴拉破车，就不能像是踏上一艘新的航船，向一片未知而充满诱惑却也是自己向往的水域进发？尽管有些不知深浅，却也自我感觉良好，眼前出现的竟然是“潮平两岸阔，风正一帆悬”的美景和幻影。

潘天寿先生曾说：“墨非水不醒，笔非运不透。醒则清而有神，运则化而无滞。”他谈及的是中国画的笔墨之间的关系，其实，也可以说是一个画家和一个作家自我的要求或追求。水，是一种外力，没有这种外力的浸入，墨便不会醒来，便也就没有了中国画的墨分五色。同样，没有一点儿外力的压迫、催促和推动，写作便也容易如幽灵一般，总在惯性的老路上徘徊，难以走出一点儿新路来。笔，无论是画家的笔，还是作家的笔，只有在新的不断运动中，才可以写成新的篇章，正所谓“愿乞画家新意匠，只研朱墨作春山”。

2019 年新年过后，我将这本写美术的新书稿完成，交给小王，小王建议我取这样一个书名——“艺术地生活”。我很赞赏他在书名中用的这个“地”字，一下将艺术和生活的关系变得亲近而主动乃至互动起来，将艺术直接介入我们今天的生活之中。如果书名变为“艺术的生活”，意思便大不一样了。

艺术地生活，对于我们今天处于这样一个浮躁而越发追求物质的现实生活，并不那么容易。因为艺术可以堂而皇之地步入我们的客厅、餐厅、会场、画廊、美术展和拍卖会，却一时难以真正步入我们的生活。

第十章　补课的作业

1

喜欢话剧，自童年时起。冷淡京戏，也是自童年起。

刚上小学不久，第一次看京戏，在广和楼，演的是《四进士》，我的一个同学的父亲出演戏里面的主角宋世杰。也是我的这个同学邀请我去看的这出戏，广和楼，那时改名为广和剧场，离家不远，就去了——友情出看。根本看不懂，唱得咿咿呀呀，一句词拖着长腔，唱老半天，让人等得不耐烦，看到半截，居然睡着了。这让我的这位同学很不高兴。

这之后，除了偶尔看过两场评戏之外，我再也没有看过包括京剧在内的任何古典戏曲。想起在中央戏剧学院读书的时候，教授我们中国古代戏曲史这门课的祝肇年教授，有一次在讲《西厢记》时问我们看过这出戏吗，看过王实甫的哪个版本，看大家无言以对，便不无讽刺地说，很多人不都说看过《西厢记》吗？是看过，看过小人书。对于古典戏曲，我就属于祝先生讥讽的“小人书”水平。或者如按照前辈吴小如先生说的，对于中国戏曲，我也就只是“幼儿园水平”。

一直到2001年的岁末，我才在台北看了《四进士》之后的第二出戏曲，不是京戏，是昆曲——江苏昆曲团来台北演出的全本《钗钏记》。对于昆曲，我更是一无所知，昆曲中最著名的《牡丹亭》，也只知道“游园惊梦”里杜丽娘的一句唱词：“原来是姹紫嫣红开遍，似这般都付与断井残垣……”还是读中学时在费枝写过的一本短篇小说集《春晖寸草》里看到的。那天晚上，有一场台北市交响乐团演奏的穆索尔斯基的《展览会上的图画》的音乐会，我本是要去听音乐会的，如果不是朋友一再劝说我一定要去看看，不仅去看看昆曲，也看看台北人是怎么看昆曲的。这话话里有音，倒引起我的好奇，才去一观究竟。

演出在台北市中心的新舞台剧场。这个剧场是辜振甫先生的女儿私人经营的，因为她喜爱中国的戏曲国粹，新舞台专门演出各种戏曲，也算是台北一绝，和北京的长安大戏院有一比。我去的时候很早，但剧场里面已经人山人海，热闹得像是提前在过年。我看见了余光中、白先勇和席慕蓉几位台湾著名的作家也都来了。上午开会时刚见过席慕蓉，午饭在一起吃的盒饭，下午她刚刚回到家，晚上又从淡水跑来，不过算是最近的，因为余光中是从高雄坐飞机来的，白先勇最远，是从美国赶来的。

说来，真是浅陋，我是第一次看昆曲。这次来自南京的江苏昆曲团是我国六大昆曲团（都曾来台湾演出过）之一，水平相当高。昆曲本发祥在江苏昆山，明清时期，南京是昆曲的重镇，历史渊源极深。因此，在他们没有到达台北之前，这里的报纸就大肆宣传了，门票早就销售一空，比大陆要热得多。别的地方我不大清楚，起码比北京要热，如此火爆的场面，我是没有见过。

这次上演的《钗钏记》是昆曲的一出老剧目，明朝王玉峰编的本子。剧情并不新鲜，讲的是一介贫寒书生和富家女儿相爱，先是不成，后是历尽艰辛，再后是男的中了状元，终于和女的成亲，大团圆落幕。不过，昆曲不是如我这样的外行人来看的。昆曲历来被看成高雅的艺术，它的曲调和唱词，被称为“雅部”，和大鼓词、相声绝对不是一回事。唱昆曲、看昆曲，虽不必非焚香沐浴，却都是雅人而非俗人做的事情。如果不是后来徽班进京，慈禧喜欢并提倡，让京剧拔去了头筹，几百年来，昆曲一直是雄居剧坛的霸主。

也许，因为我是抱着这样的态度去看昆曲的，上演半天，怎么也难以进入剧情。记得叶圣陶老先生在 20 世纪 30 年代写文章时，说昆曲是“写意的”，“演唱昆曲是厅堂里的事，地上铺一方红地毯，就算是剧中的境界”。虽在中央戏剧学院上课的时候就知道这是比布莱希特的“间离效果”还要早得多的艺术，不仅间离，而且写意，可就是进不去这样的境界。再加上唱词听不懂，不断拨浪鼓似的侧过头看边幕上打出的字幕，更是难以在简单的红地毯布景（偌大的舞台显得越发的空荡荡），和一个字要拖长十几拍的唱腔中进入剧情。看看身旁的观众津津有味地看得入迷，欣赏的并不再只是剧情，而是演员举手投足的表演和唱腔一波三叠的韵味，自是觉得和人家是两股道上跑的车。

白先勇也说过和叶圣陶先生相似的话：“昆曲是最能表现中国传统美学抒情、写意、象征、诗化的一种艺术，能把歌、舞、诗、戏糅合成那样精致优美的一种表现形式，在别的表演艺术里，我还没有看到过，包括西方的歌剧芭蕾，歌剧有歌无舞，芭蕾有舞无歌，终究有点遗憾。昆曲却能够以最简朴的舞台，表现出最繁复的情感意象来。”

当然，这都是后来专门找来看的。说实话，对自己在台北那晚看昆曲的表现，真是很惭愧，面对这样丰富而美好的艺术，只能够说明自己的无知和轻薄，亏了自己还是中央戏剧学院毕业，专门学过中国古典戏曲史的。

幕间休息时，观众三五成群地聚在一起，兴致勃勃地议论着，似乎是兴犹未尽。对于昆曲的历史，他们能够如数家珍，说得出明嘉靖年间的魏良辅和梁辰鱼，知道什么叫作弋阳腔，什么叫作昆山腔，巾冠服饰有什么样子，净丑脸谱有什么区别，了解魏、梁二位是如何将昆曲从冷板清歌改进为成本的连台戏，从民间推向了大雅之堂，还能够和你掰扯一下昆曲为什么能够在万历年间由士大夫带进了京城，让皇上大开眼界由此步入辉煌……

听着他们眉飞色舞的谈论，津津有味的怀旧，让我长见识，也让我感慨，台北人对昆曲的感情，实在让我吃惊。在这样浓郁得近乎火爆的氛围中，我能够想象得出在昆曲的鼎盛时期，市井里的勾栏瓦舍也好，京都中的雕栏玉砌也好，昆曲所创造的辉煌，是要早于也甚于文艺复兴时期莎士比亚的戏剧的，更是和古希腊戏剧、印度梵剧并称为世界三大最古老戏种中唯一硕果仅存的，它确实是我们民族的骄傲。那时候，进戏园子听一场昆曲，和如今听交响乐一样是件雅事。而曾经遍布江南的戏班子演出昆曲时的锣鼓喧天、笙歌笛管的情景，连当初来中国的马可·波罗都叹为观止。想想自己是学习戏剧的，却远不如他们那样热情和珍爱，实在是有些脸红。

说来更是惭愧，也就是那天的晚上，我才知道半年之前，即2001年5月，我们拥有700年悠久历史的被称为“百剧之祖”的昆曲，以全票通过，被联合国教科文组织评为了“人类口述和非物质文化遗产代表作”。我惭愧自己对自己民族文化遗产的无知和轻薄，守着身边这样的宝贝，却不知道爱护、珍惜和关心，我们是那样容易被一些过眼烟云和花拳绣腿的东西迷惑，却偏偏以为昆曲是过了季、过了气的老古董。

从台北回来后，我开始看京戏、看昆曲、看河北梆子。我需要补课。

我开始像当年近乎疯狂地购买唱盘和听音乐会一样，开始到长安大戏院买票看戏。

在长安大戏院，我看的第一场京戏是折子戏专场，其中《秋江》让我叹为观止，击节叫好。一老一少，两个演员，手里没有拿任何道具，幕布上没有任何背景，完全靠身段动作，将江心荡漾的一叶扁舟表现得那样活灵活现、惟妙惟肖。上船、划桨、风吹船摇、浪打心动，表演得比现实生活还要真切，真的是出神入化。心想，这要是换成电影里的实情实景，真的让一条江河和一只小船出现，该是何等乏味，一点儿看头都没有了。又想起在中央戏剧学院看表演系的同学无实物表演，真的远远比不上这里呀！

看《焚绵山》“烧山”一场，纷飞的大火，同样也完全是虚拟的，靠的依旧是演员的“手眼身步法”之功力，驾驭舞台上之极简主义，在咫尺天地间调动起漫天火烧、遍山树鸣，如此风生水起，真的是魅力无穷。介子推母子俩奔突于山火之中，最后从山上翻身滚落，真的扣人心弦，程式扑跌动作表演中，母亲翻落下来时头套掉了，满场观众惊讶一声，没有叫倒好，反倒是一片掌声。

看《锁麟囊》，薛湘灵那水袖舞得，真是飘逸灵动、飘飘欲仙，是这出表演最出彩的地方，让戏中的人物和情节，不仅只是叙事策略的一种书写，而成为艺术内在的因素和血肉；让内容和形式、人物和演唱，互为表里，融为一体。形式，不再是外在的点缀，而可以独立成章，并升至为全剧的华彩乐章。这才是真正的京戏，是世界任何一个品种的戏剧难以企及的境界。

也特意看了梁谷音的昆曲《蝴蝶梦》。这出戏京剧叫作《大劈棺》。中华人民共和国成立后，因有迷信和黄色内容而被禁演。其实，它不过借庄子说事，将一则庄周梦蝶的故事进行重新演绎，其中对于爱情与婚姻的质疑，颇具有后现代的意味。庄周最后唱“万古大梦总相如”，是现代故事的古装版，今古交替，充满反讽，互为镜像。

梁谷音饰演庄周的妻子田氏，第一场“扇坟”，一出场破扇遮脸、优美碎步的亮相，后来出场那一方透明的红纱，袅袅婷婷，让她上下左右、胸前身后、眼前嘴中、地上地下，翻飞得如同一个火一般燃着的精灵，让我忍不住想起理查·施特劳斯根据王尔德的《莎乐美》改编的歌剧里的那段“七重纱”舞，有异曲同工之妙。借助它们，将一个闺中寂寞难禁、春心荡漾、欲火中烧、于心不甘又急不可耐、万千风情而敢于叛逆、铤而走险的妇人，拿捏得恰到好处，勾勒得须眉毕现。那种含情欲说、媚眼相看、心事难付、情结如蛇一样盘结的错综复杂，那种从含羞、哀怨到娇憨再到放纵的最后情感的喷薄而出，如大写意的水墨画的墨汁淋漓地洇染一样，一点点层次分明地呈现出来，将简单的舞台舞动得风生水起。别看舞台朴素至极，几乎没有什么新奇和高级的装置，演员也没有浩浩荡荡的人马，一共只有四个人出演，却让舞台充满气场，满满盈盈荡漾着的都是戏的神韵和灵魂，咫尺天地，无限江山。真的是我国古典戏曲独具的艺术品质。没看过这样的精彩表演，实在是人生之大憾。

特别是看《四郎探母》，最让我震撼。不是震撼于“坐宫”一折那段经典的“对啃”精彩对唱，或那一声“叫小番”惊心动魄、翻山越岭的高调门，而在于剧本的演绎，对人情、人性的揭示，放在那样一段动荡的历史夹缝中。以前这是一出禁戏，批判它阶级调和、美化叛徒。在以阶级斗争为纲的教育模式和历史观下，杨四郎被俘之后为番邦挎刀打仗，还娶了番邦的铁镜公主为妻，生下了孩子，不是叛徒是什么。但是，看完全戏之后，我在想，这出戏的妙处，便是把杨四郎推向了这样一个绝境之中，他必须面对自己所处的困境。而这种困境并不是他自己造成、自己所能解脱的，是战争将人情和人性无情地摆弄和摧残，即便是英雄也无能为力。这便是这出戏的好看之处。它不是一般的儿女情长、男欢女爱，乃至肌肤之亲的情欲粉戏，而是要看人性的挣扎、内心的坦露、残酷现实的面对。我震撼于《四郎探母》书写的是这样一个恒大的主题，演绎的是这样一个曲折的叙事主调。这里虽没有金戈铁马的英雄那种断株追日、煎饼补天的壮烈，却有着更为深入的内心咬噬和内心的惨烈。

看这出戏，让我想起两方面的现实：一个是粉碎“四人帮”后，那些因被打成“右派”或“反革命”的人，重回故里，重新面对他们的亲人的现实；一个是台湾海峡开禁，台湾老兵在垂垂老矣之时，重回故里，重新见到阔别多年的亲人的现实。这两种现实，都和《四郎探母》中杨四郎所面对的现实差不多。无论出于政治斗争，还是战争，这些无辜的人的命运与内心的煎熬和诘问，都和杨四郎一样。一出老戏，百年之后，和现实还有着如此密切的关联，实在是了不起。好戏便好在它具有浓缩历史与人生的永恒故事和主题的本事。

多年下来，看过这些古典戏曲之后，我想补课需要交作业，我应该为包括京戏在内的戏曲写点儿什么才是。我可以写观戏的一点感想、历史的一点钩沉、人物的一点勾勒，写戏曲在中国近代发展变化的跌宕曲折……我忽然发现，可写的有那么多，博大精深的戏曲，能够给予我那么多！

特别是在看到打着创新的招牌对于老戏粗暴、肆意的改编（如《虹霓关》等），尤其是国家大剧院声势浩大的新编史诗京剧《赤壁》之后，这种愿望就更加强烈。这是继大型新编历史京剧《袁崇焕》之后又一出打着改革招牌的大戏，却也是一出过于"跑海"（梨园行话，即不守规矩自己随便瞎来）的大戏。滥施现代化的声光电和豪华制作，光是铜雀台盛景、火烧赤壁壮观、草船借箭梦幻，这几处景的装置，就足够金碧辉煌，走的是一条奢华之路，完全违背了京剧从来都是一种诗化和写意的艺术特色的本质。京剧的魅力，在于以少胜多，在于舞台上虚拟世界的营造，而不在于实景搭制的金碧辉煌和人海战术的泛滥。

如此令人啼笑皆非的创新之作，却得到一时铺天盖地的赞扬，真是令人费解。我在想，我国是一个具有古老戏剧传统的国家，但随着多媒体时代和泛娱乐化时代的到来，戏曲的生存面临极大的挑战和威胁。为了拓展生存的空间，戏曲自身在做挣扎和努力。这种挣扎和努力，一方面表现为挖掘传统老戏的排练，增加剧目的数量和品种；另一方面又不满足于老戏，便有了对于传统老戏的改革和创新，以推出一些现代新戏（甚至有新编京剧《奥赛罗》）。可以说，体现了我国戏曲创作和演出的矛盾和焦灼。值得反思的是，近年来舞台上以革新、创新之名的这种奢靡浮华之风，更早可以追溯到张艺谋导演的歌剧《图兰朵》，历史与民俗、宫廷与服饰，都可以成为卖点，便不惜泼洒金钱，以图大制作。这样大把花钱开了头，本来属于极简主义的京剧，岂不要和电影里的大片看齐了吗？

好的戏剧，从来都是朴素的。在文艺复兴时期莎士比亚戏剧演出的鼎盛时期，舞台的布景、道具是简陋的，双方激战的军队不过用两个人代表，再浩浩荡荡的群众也不过用四个人表演。从来没有如我们现在这样动员上百个群众演员充斥整个舞台。想起"文化大革命"之前，著名的花脸演员袁世海出演《李逵下山》，舞台上空荡荡的，没有一点布景，但他把李逵下山时候的山、林、水等万千景色表演得淋漓尽致，状若目前。袁世海自己说："所有的景都在我的身上呢！"记得前些年上海昆曲著名演员梁谷音排演《潘金莲》，花了区区 600 元，不过做了一块绣裘的天幕就演出了。现在说起来，简直如天宝往事，无法想象了。当然，时代在发展，舞台也在变化，我们也没有必要非泥古不化，将简朴变为简单，但奢华之风，还是应该警醒为宜。尊重京剧艺术的规律和特点，把握好其中的度，还是很有必要的。

我应该写点儿什么，不仅是以弥补以前自己对于京剧的浅薄的迷失，也是对京剧在时代变革中命运的哪怕很微弱却是很必要的一点认知和呼吁。

于是，我开始了《戏边草》一书的写作。

这是我这些年来补课的一份作业。在这份作业中，我也写了在京剧申遗成功之后，我国传统戏曲在衰落、振兴与变革的文化背景下的忧虑，特别是在多媒体时代，声光电高科技对于传统戏曲曾经赖以信奉并推崇的艺术品质与准则，理直气壮地侵蚀与理所当然地破坏。戏曲令人忧虑的现实与辉煌的历史不对称。

在写作这本书的时候，我重新找出1993年中国戏剧出版社出版的《残酷戏剧——戏剧极其重影》。这是一本很薄的小册子，当时只印了1500册，是法国戏剧学家安托南·阿尔托1985年的著作。这位曾经住过疯人院的现代戏剧大师特别指出："现在的问题是，在这个滑落的，在不察觉中自杀的世界里，是否会有这样的一个核心，它的成员能推行这样崇高的戏剧观，并将自然和神奇的戏剧归还我们，以代替我们不再信奉的信条。"阿尔托所说的崇高的戏剧观是："戏剧中有一种奇特的阳光，一种具有异常强度的光，在它的照耀下，难以置信的、甚至绝不可能的事物，突然变成了我们正常的环境。"戏剧可以"在整个民族的精神中引起最奥秘的质变"。

阿尔托所说的自然和神奇的戏剧，我觉得包括我们的古典戏曲。不敢说它们能够引起我们民族精神最奥秘的质变，但可以说，它们一定会影响我们的民族精神，而且，其影响力是潜在的，是奥秘的。因为那正是我们古典戏曲独具的，可以给予我们的。

在写作《戏边草》的时候，我坚信我国的京剧、昆曲，乃至众多的民间戏曲，是我们整个民族奇特的阳光，可以打通从古代到现代的隧道，照亮我们今天的生活——不敢说照亮我们生活的全部，起码可以照亮生活的一隅。

2014年，《戏边草》出版。我很想把这份作业交给祝肇年先生，遗憾的是，无法请祝先生批改了。祝先生早在 1991 年就已经过世。

2

2007 年底，办理了退休手续，我成为一个领取退休金的老人。青春真的像一只小鸟，一去不回来。

退休之后，我学习画画和学写格律诗，选择这样两种方式，自娱自乐。杜甫诗云："自吟诗送老，相劝酒开颜。"将其中的"酒"字，换成"画"字，是我生活两翼的真实写照。诗与画，是进入老境的两根快乐而合手的手杖，可以扶我迈开新的步子朝前走，不至于一下子老态龙钟，步履蹒跚。

我们这一代人，不少人喜欢诗，一类是马雅可夫斯基（一直到后来的郭小川、贺敬之）的政治阶梯诗，一类是古体诗。爱好一点儿文学、自视几分清高、当时所谓革命理想的膨胀，以及有铺天盖地的毛泽东诗词的影响；这样四点因素合一，在我们的学生时代，常常有来由或没来由地就会诗情大发，书生意气，激扬文字，还要蹩脚、拙劣却自以为是地学古人相互唱和。

记得我在汇文中学读高中时，颇有几名校园诗人，见什么写什么，比如夸张地讽刺校医务室："凉白开水医百病，发面起子治胃酸。""文化大革命"开始之后，教学楼的卫生没人打扫，厕所小便池常常爆满，有诗贴在小便池之上："桃花潭水深千尺，不及我校小便池。"再比如串联的时候，徒步长征途中自己烧火做饭，笑话百出，有诗云："酒瓶权作擀面杖，饺子煮熟成片汤。"这样的诗，口口相传，不胫而走，在我们同学中流传甚广，当时甚至油印成册，至今还有人清楚地记得。

“上山下乡”运动来了，这些校园诗人大多出身不好，都去了各地插队，一下子星云流散。由于和父辈决裂，又都尚未恋爱，亲情与爱情睽违，同学之间的友情便扶摇直上，几乎处处是“他乡有明月，千里寄相思”；又因人各一方，天远地远，距离将友情放大得变形，伤怀念远，立刻成了诗一唱三叠的主旋律。那时，我们的信中几乎都会有彼此诗的唱和，似乎个个都是挑了诗囊，抛了行囊；人人都会“疏又何妨”“狂又何妨”，去“酒酣耳热说文章”。青春时节的痛苦，也变成了诗流畅的韵脚。

我自幼喜欢古诗，“文化大革命”后期，我成了“逍遥派”，学校图书馆的高老师偷偷借我好多书，我从楚辞、汉赋、唐诗、宋词一直到元曲，不管懂不懂，乱抄一气，抄了不下十来个笔记本。本子是从家门口的文具店里买的处理品，到现在还清楚地记得，插页是当时的革命样板戏的剧照，和抄录的那些古代诗词，呈一种交叉穿越的感觉。

不过，那时对旧体诗的热情，很快就随着插队和返城等为生计而疲于奔命的日子散去。自从开始写作小说、报告文学和散文之后，四十余年来没有写过什么诗，更从未写过旧体诗。这么说，也不准确，在中央戏剧学院读书的时候，教我们中国古代戏曲史的祝肇年先生，曾命每个学生学写一首古诗作为作业上交，我写了一首七言绝句，还得到了祝先生的表扬。仅此一次，日后，诗与我渐行渐远。

退休之后，旧体诗居然不请自来，如同阔别多年的老友再一次重逢。“街上偶相遇，当胸就一拳”，记得这是刚刚返城回京阔别重逢后，我们校园诗人写过的一句诗，其中亲切的劲儿，和我与旧体诗重逢的情景有几分相似。

退休以来，闲来无事，有两套书，一直置于桌上和床上，如影相随陪伴我，即便出国，也要带上其中的一本，心里才踏实。这两套书，一是放翁的《剑南诗稿》八卷，一是浦起龙点注的《读杜心解》两册。心有所动，手有所痒，便如描红模子一样，学着写一点儿，虽然还只是皮毛，却极有兴趣地努力为之，心向往之。

“退休无所事，一觉醒天然。游泳乘风去，遛弯踏月还。敲些碎文字，挣点零花钱。偶尔涂鸦画，生宣就墨研。”便是那时我写下的第一首旧体诗。

我只学写格律诗。这样做，是想集中学习，可以毕其功于一役。说是律诗，当然，也只是打油诗而已，因为距离严格的律诗有很大的差距。

相比其他古诗，律诗能够在有限的文字之中创造出无限天地，在咫尺之间调动起五湖风雨、万里关山，是属于文学中极简主义创作的极致。我喜欢其中严格的格律，戴着镣铐跳舞，有一种别样的意味。平仄的关系，语言中那种天音浩荡的韵律；对仗的讲究，字词间那种奥妙的无以穷尽，都让我重新着迷。“两个黄鹂鸣翠柳，一行白鹭上青天。”对仗得多么工整又可爱，没有一个生僻字，都是大白话，相隔了一千多年，奇怪的是，杜甫说的怎么还是和我们现在一模一样的语言？好的文字，就是这样和岁月、和我们没有任何隔阂，由此而越发让我们今天因词穷而感到理屈，而感到脸红，而感到愧对前人。

重新迷上了古诗，从那些经过了时间淘洗的经典诗句中，体会到中国文字的独到之处，其字与字、词与词之间微妙的变化和独特的韵味，真的只有中国文字才有。如今太多过眼烟云的即时性文字，乃至一些粗鄙的文字，在这样令人叹为观止和心醉神往的文字面前，更是相形见绌。无论文学还是文字，真的只有变化，没有进化，古典常常是我自己需要补充和汲取的最好营养。而古典中的精华与精粹，更在于古诗之中，格律诗更是处于其金字塔的塔尖。

于是，因最初的痴迷而情致高涨开始散漫的写作之后，我想不能这样“有枣一棍子，没枣一棒子”地乱写，还是集中写点儿什么才好，便写了一组北大荒回忆诗，毕竟青春的岁月在那里，在我的第一首北大荒诗中说：“平生多少事，尽在那端牵。”那时，我正在美国看望孩子。孩子上班后，屋里空荡荡的，风静云闲，神清思澈，正好可以集中精力写这样一组诗。在时代的动荡变迁和残酷的生存现实之中，无情地衰老了我们这一代人；偌大的物质与精神的折磨和失落，磨钝了青春的韵律，搅乱了人生的章法，甚至失去了生活的韵脚。能够寸心未与年俱老，努力保持一份诗情，是我自己的，也是这一代人的一点希望的寄托和动力吧。

于是，一天天地写，写踏荒垦荒的三江平原、七星河两岸、曾经的岁月、残存的记忆。全部写成五言律诗，几年下来，竟然积少成多，便萌生了一个小小的野心，写满300首吧，不是有《唐诗三百首》吗？也整一个“北大荒三百首”。想放翁在86岁高龄，在他生命的最后一年时光里，还写下了长短不一的481首诗，我再用几年的工夫还写不出300首吗？便以此激励自己，“四海交情残梦里，一生心事断编中”，便也将放翁的诗句当成自己的心愿。

不过，和画画一样，我真的是无知者无畏，信手写诗，和信笔涂鸦一样，那样自以为是，胆大妄为。因学识浅陋，又无人指点，不知其中已是错误百出、千疮百孔。2011 年夏天，我去美国小住，从图书馆又借来台湾版的上、下两册《读杜心解》，还有一本《唐诗鉴赏辞典》、一本王力的《诗词格律》，两相对照，方知旧体诗里面的学问和规矩，远比我想当然的丰富得多、讲究得多、严格得多。其中，“格律”尤其是格律诗至关重要的律令。那时，北大荒 300 首诗已经基本写完，正有些志得意满，仿佛荒原业已亲手开垦完毕，荒土地上长了一片茵茵青草呢。重新看自己所写的这 300 首诗，不禁汗颜，后背发凉，因为几乎没有一首诗的格律是合格的。尽管写的时候觉得很努力了，却是按下葫芦起了瓢，错误如落叶时时飘落在自己的头顶而全然不知。这些诗中的一部分，我曾经抄录给朋友看过，但没有一个人指出其中的毛病和谬误，大概他们都碍于情面，不忍心指出来，而多是以鼓励为主吧。我便赶紧对照格律，从头逐一修改。修改的过程，是学习的过程；学习的过程，是面对自以为是的过错羞愧的过程，也是知错而改、知难而进的快乐的过程。

聂绀弩和邵燕祥先生都曾经说过，旧体诗的写作是一种游戏。这种游戏的快乐，首先便在于其严谨的格律。格律，让平仄和对仗，有了音乐般的韵律，有了字与字、词与词之间细致入微、紧密非凡而奇特无比的关系，亦即布罗茨基所讲的：“一个词在上下文中特殊的重力。”而这种韵律和关系，则为中国文字、中国文学乃至中国文化所独有，有旧体诗自成一体的语言系统、美学系统和价值系统。这些系统不是正襟危坐的高头讲章，而是温润清澈，如水流动，贯通在旧体诗的格律与韵律之中，真的是一种中国独有的奇妙而有着特殊重力的存在。

在这里，可以真切地触摸到、学习到格律诗的格律之微妙，也可以触摸到、学习到对于世事沧桑与人生况味，古人是如何体味、追寻，并在有限的词语中处理和表达的。由此观照现今的社会和自己，那种流失的古典情怀以及它们的表达方式，常让我在这些旧体诗里面生发感喟，甚至羞愧。当然，也让我靠近它们庇荫取暖，学到许多，并得到许多快乐。

因为，面对现今纷繁变化的世界，我们需要这样带有古典情怀的诗性的营养，起码对于我，需要这样诗性的释怀。同样，还因为，现今存在的一切，以及我们内心所思悟和情感所需要的一切，在旧体诗中都可以找到这样诗性的对应，非常奇特，而且，非常准确，又非常含蓄和浓缩。

在修改这些诗草的过程中，重新认识古诗，重新审视自己，重新认知并关照古诗和自己以及和这个世界与现实的关联作用，真的觉得受益，感到快乐。

那天，看到孙犁先生的女儿出版的一部新书中，有一张照片，影印孙犁先生晚年书写的一幅字，抄录的是杜甫晚年的几句诗，其中一联印象非常深刻："雕虫蒙记忆，烹鲤问沉绵。"后查诗集，是杜甫去世前两年所写的一首百韵五排中的一联。对于文字写作的意义，和对于朋友的书信其实更是情谊的关切，同为暮年，经历了人生和世事的沧桑跌宕之后，孙犁先生和杜甫的心境如此相通，竟然一步跨越了一千多年的历史长河，找到了自己心情最合适、最干练的抒发，不能不说是旧体诗的魅力，真的叹为观止。这是只有我们中国古诗独具的魅力，是现代文学中任何一种体裁难以比拟的。

因此，阅读和写作旧体诗，寻找这种韵律和词语之间的关系，寻找这种古今心思与表达、抒发之间的奥妙与微妙，则大有曲径通幽之乐趣。其乐趣，在于游戏精神和古典情怀并存，相得益彰。而且，它特别适合独自一人品味、思索和探寻，可以不必打扰任何人，将自己的心情和感情、一瞬即飞的回忆、擦肩而过的思绪，在中国独有的方块字，而且是有限的方块字之间，其实也是在无限的想象天地之间，逐渐显影，逐渐摇曳，“穿花蛱蝶深深见，点水蜻蜓款款飞”。在这有限和无限之间，有着“众里寻他千百度”、有着“咫尺应须论万里”的魅力和诱惑，尤其适合需要远避尘嚣的老年人。我称之为自己的“智慧体操”，是我常常操习的八段锦，可以心定神清、延年益寿。

正如布罗茨基所说：“除了少数例外，近代几乎所有有些名气的作家都交过诗歌的学费。”我没有多少名气，却也一样在交诗歌的学费，在为自己补课。中国古典的诗歌尤其是格律诗，其绝妙可以说全世界绝无仅有，更值得为它交学费。我只是觉得自己交的时间晚了些。

论及诗时，布罗茨基还说：“艺术就其天性，就其本质而言，是有等级划分的。在这个等级之中，诗歌是高于散文的。”这话说得是否偏颇，各自有各自的理解。但对于我而言，无疑提升了诗的补课的位置与分量，需要认真对待才是。当然，在我的理解里，这里的诗歌，指的是古典旧体诗，并非现代诗。

修改过后的《北大荒三百首》，我先交人民文学出版社的老朋友包兰英，因为我写北大荒的《黑白记忆》，是经她之手出版的，想她会对这本同样写北大荒的书感兴趣。她的确感兴趣，觉得写北大荒的小说、散文和报告文学乃至现代诗很多，但还没有一本书是以格律诗的形式整体写北大荒的，聂绀弩写过《北国草》，但数量毕竟少些。但是，书的出版很艰难，出版社的领导不同意出版，尽管包兰英一再努力，最后还是未能出版。辗转多日，一直到 2013 年，在武汉大学出版社张福臣的支持下，这本《北国记忆：北大荒三百首》才得以出版。

书出版之后，高兴没过一年，重新翻看，居然发现旧的补丁补上了，新的窟窿又出来了，依旧千疮百孔。这一次不仅在于格律，而且在韵脚上又出现了新的问题。尽管我采取的是宽韵严律的原则，对于“鱼”“虞”、“佳”“麻”、“真”“文”之类严格地区分，不怎么在意，但有些韵还是相离太远。而在入声字方面，更是深陷泥沼，大错特错。因此，面对这本已经出版的《北国记忆：北大荒三百首》，格外后悔，出版得太匆忙、太粗糙，急于想看到成果。一畦萝卜一畦菜，自己的孩子自己爱，还是功利心过强，对我国经典古诗尤其是格律诗的敬畏之心不够，以为学点皮毛便能够次第诗成，行走天涯。

我在这本书上开始新一轮的修改，希望能够有再版的希望，可以将错误改正。

几乎我所有的书的出版都还比较顺利，只有这本书的再版却饱经波折。2015 年，我的另一本格律诗集《复兴诗草》出版，但这本书却未能如愿再版。此后，一连几年，一再修改，再版却一再无成。一再无成，我依然一再修改。我在这本已经被涂抹成花脸一般的《北国记忆：北大荒三百首》中写了这样一首诗：

黑字栖鸦改旧笺，幽身化蝶落花天。

七星萧散三千里，一梦蹉跎五十年。
塞外荒原云逐日，诗中残雪雁迷烟。
青春虽在寒风里，白发犹从碧草边。

已故老作家萧军所说：“只有旧体诗，才是为自己写的。”“才和自己有着血肉关联。”

前辈学者钱穆先生，在论述旧体诗时也曾经说过这样类似的话：“中国古人曾说‘诗言志’，此是说诗是讲我们心里的东西的。”在这里，对于“诗言志”的“志”，钱穆先生做了最好的解释，而不囿于传统和现时惯用的那种宏大的指向，强调的是“心里的东西”，亦即萧军先生所说的“和自己有着血肉关联”的东西。这个“心里的”和“血肉关联”的，我想，大约是旧体诗区别于新诗乃至文学其他形式最特殊、最迷人的地方。所以，钱穆先生又说：“正因文学是人生最亲切的东西，而中国文学又是最真实的人生写照，所以学诗就成为学做人的一条径直大道了。”

这是学习旧体诗的更高境界了。这样的境界，值得为它多交学费，好好地补课。

第十一章　清算后才能反思

1

1989年的夏天，母亲突然去世，竟没有留下一句话。虽说她已经86岁，应属于喜丧，但还是让我猝不及防。那天夜里，我从医院回家，远远看见楼里的灯全暗着，只有我家屋里所有的灯都亮着，只有儿子一个人在家，他很害怕，把所有的灯都打开了，给自己壮胆。那一年，他刚刚10岁。我对他说，奶奶没有了。他一下子扑在我怀里哭了。母亲走了，我才感到这个家空了一半。

一连几个月，我静不下心来，什么东西也写不下去。我想起母亲在世时的很多情景。尽管她不是我的生母，但是她把我从小带大，不仅生活上含辛茹苦，还要承受父亲沉重的政治压力。1989年，我42岁，从5岁起，她开始带我，刨去我到北大荒6年，我和她在一起生活了31年的时光，比我和父亲在一起的时间还要长11年。我对她的了解和感情，是从北大荒回到北京之后开始的，应该很晚了，算起来，只有15年的时光。但这15年是我和她相依为命的15年。想起这一切，我的心里有一种对母亲的愧疚感。因为我觉得自己完全可以做得好一些，却常常忽略了这一点。

这种愧疚感，让我的心更加沉重，怎么也拿不起笔继续写点儿东西。就在这时候，我的好朋友赵丽宏给我写来一封长信。那时候，没有电子邮箱，没有手机微信，手写的书信，通过邮局挂号邮寄过来，厚厚一沓信纸，沉甸甸的，让我有种说不出的感动。一个人的悲哀，其实是极其渺小的，尤其放在一个动荡的大时代的汪洋大海之中，连一叶扁舟都算不上，小如尘芥，不会被人注意，而随时间湮没，冲刷得不剩一点儿渣滓。赵丽宏的信，和他温和的性格一样，砸碎磨烂，委婉而动情地劝说我尽快从悲伤中走出来，一定不要放下笔，要继续写作。作为作家，对母亲最好的怀念，就是要写出东西来。

赵丽宏的信给予我很大安慰，他说得对，不能放下笔，对母亲最好的怀念，就是要写出东西来。想想自己，除了会拿起笔写点儿东西，还会什么呢？不写东西，又能做什么呢？

我应该写写母亲。我以前写报告文学的时候不是强调为普通人立传吗？母亲比我写的报告文学中的那些普通人更普通、更平凡，就像一滴雨、一片雪、一粒灰尘，渗进泥土里，飘在空气中，看不见，不会被人注意，甚至连我自己都会忽视她。在那一刻，我忽然意识到，人啊，总是容易把眼睛盯在别处，而忽视眼前的、身边的。于是，便也最容易失去弥足珍贵的。

我责备自己为什么到母亲去世之后才想起来写写她老人家。人的一生中可以有爱、恨、金钱、地位与声名，但对比生死来讲，一切都微不足道。一生中可以有内疚、悔恨和种种闪失，都可以重新弥补，唯独生命不能重来。现在，再来写写对比生命来说苍白无力的文字，又有什么用呢？在拿起笔之前，我的内心充满矛盾，荆棘一样尖锐地刺伤着我自己。

她老人家总浮现在我的面前，在好几个月白风清的夜晚托梦给我。这是非常奇怪的事情，我的梦中从来没有出现过父亲和生母的样子，唯独她这样频繁在梦中出现。或许真的是日有所思，夜有所梦吧。那些日子，我常常想起和母亲在一起的往事，小时候，自尊心、虚荣心膨胀，看不起目不识丁的母亲；她没文化，针线活做得也不拿手，针脚粗粗拉拉的，嫌她给我缝的对襟小褂土；嫌那前面没有开口的抿裆裤太寒碜；嫌那踢死牛的棉鞋没有五眼可以系带；我甚至开始害怕学校开家长会，怕她踩着小脚去，怕别人笑话我……还有长大成人以后只顾奔自己的前程，由于自私和种种闪失，而把她孤零零甩在家中，在不知不觉中忘记了她的存在，以致晚年让孤独的她患上幻听式的神经分裂症……

这些往事，如此清晰地出现在我的面前，沉重地压迫在我的心头，有种不吐不快的感觉。我忽然觉得，我以往写的所有普通人的报告文学，渊源都来自她老人家。没有她，便没有我的一切。对比她，我写的那些东西，都可以毫不足惜地付之一炬。

我应该为母亲写一篇像样的文字。

1989年的年底，我写成了两万四千字的长文《母亲》，立刻交给了老朋友罗达成。经罗达成之手，以最快的速度在第二年即1990年第一期《文汇月刊》上发表。罗达成特意跟我要了一张母亲的照片，配发在文章的题头。照片上的母亲，正坐在6年前搬进新家的沙发上看新开的水仙花。那时，母亲的身体还那么好。

1990年的春末，孙道临先生辗转通过电话找到我，告诉我他要将这篇《母亲》改编成电影，正在和上海电影制片厂商量这件事，如果定下来，他希望我自己当编剧将其改编成电影剧本。这是我没有想到的，我还没有听说过将一篇散文改成电影的，心里虽高兴，但也没有多少信心，甚至希望。

这一年的夏天，孙道临先生专程为这件事从上海来北京。我如约到北京的北长街前宅胡同上海驻京办事处，孙道临先生已经早在胡同口等候着我了。记忆是那样的清晰，一切恍如昨天：他穿着一条短裤，远远地就向我招着手，好像我们早就认识。我的心里打起一个热浪头。第一面，很重要。

我也见过一些大小艺术家，但像他这样的艺术家，我还是第一次见到。他的儒雅和平易近人，也许很多人可以做到，但他的真诚，一直到老的那种通体透明的真诚，却并非所有人都能够达到的境界。

那天，我们在上海驻京办事处吃的午饭，除了吃饭，我们谈了一个话题，那就是母亲。他说他在年初的一个晚上看新的一期《文汇月刊》，那上面有我写的《母亲》，他感动地流出了眼泪，当时就萌生了一定要把它拍成一部电影的想法。经过了半年多的努力，他终于说服了上海电影制片厂，决定投拍。他对我说，读完我的《母亲》，他想起自己小时候在北京西什库皇城根度过的童年，想起自己的母亲。他也想起了在“文化大革命”的岁月里，他所感受到的如母亲一样的普通人给予他的难忘的真情。

那天，他主要听我讲述了我的母亲的故事以及我对母亲无可挽回的愧疚。他听着，竟然情不自禁地落下了眼泪，我不敢看他的眼睛，因为我从来没有见过一双70岁的眼睛居然没有浑浊，还是那样清澈，清澈得泪花都如露珠一般澄净、透明。他忽然站起来对我说：“我为什么非要拍这部电影？我不只是想拍拍母爱，而是要还一笔人情债，要让现在的人们感到真情对于这个世界是多么的重要！”

我们一老一少泪眼相对，映着北京八月的阳光，我感受到艺术家的一颗良心，在物欲横流中难得的真情，和对这个喧嚣尘世的诘问。那天回家，对着母亲的遗像，我悄悄地对母亲说：“一个北大哲学系毕业、蜚声海外的艺术家，拍摄一个没有文化、平凡一生的母亲，并不是每一个母亲都能够享受得到的。妈妈，您的在天之灵可以得到莫大的安慰了。”

剧本断断续续写了一年多。为再一次修改剧本，我从北京飞抵上海。是个傍晚，正好赶上他去安徽赈灾义演，他在电话里抱歉说没有能够接我，怕我下飞机误了晚饭特地嘱咐别人早早买下了整整一盒面包送给我。我打开那一盒只有上海做得出来的精巧的面包，心里感到很暖，那一盒面包足足吃到了他从安徽回来。

剧本定稿的时候，他请我到淮海中路他的家中做客。我见到了他的夫人王文娟，他们两口子特意做了冰激凌给我吃，还把那个季节里难以找到的新鲜草莓，一颗颗洗得清新、透亮，精致地插在冰激凌上。我和他说起了电影《早春二月》，说起了第一次读柔石的小说，当时我在读高二。那时，我们到北京南口果园挖坑种树，劳动之余，同学之间在偷偷传递着一本书页被揉得皱巴巴像牛嘴里嚼过一样的《二月》。书轮到我的手里，是半夜时分，我必须明天一早交给另一位守候的同学。老师还要在熄灯之后严加检查，我只好钻进被子里，打开手电筒，看到了天亮。

他静静地听我说完，告诉我当时拍摄和后来批判《早春二月》的许多事情。我问他萧涧秋是不是他自己觉得扮演的最重要也是最好的角色。他对我这样说：中华人民共和国成立以后，一直都在努力改变以往在屏幕上的形象，希望塑造工农兵的新形象，便拍摄了《渡江侦察记》和《永不消逝的电波》。但是在这之后，他一直渴望有新的突破，在塑造了工农兵的形象之外，能够塑造更吻合他自己本色与气质的知识分子的角色。终于等来这样一部《早春二月》，他非常兴奋，也非常看重。他说不仅他自己看重，就连夏衍先生也非常看重，特别在他的剧本中详细地批注和提示。没有料到，这样一部电影，他付出了极大的心血，却吃了不少苦头。那天的交谈，让他涌出许多回忆和感喟，颇有"别来沧海事，语罢暮天钟"的沧桑之感。

对于我们这样的一代人，随历史浮沉跌宕之后，有些普通的词，便不再那么普通，而披戴上岁月的铠甲，比如"老三届""红海洋""黑五类"……早春二月，便是其中一个意味寻常的词。这个词不仅有我们的青春作背景，也有孙道临先生的艺术演绎作依托。因此，我一直认为，萧涧秋是他扮演的最重要也是最好的角色，他不仅成为中华人民共和国电影史的一部分，也是中国知识分子心路历程的一部分。从某种程度而言，孙道临先生和萧涧秋互为镜像，有着内心深处的重叠，其善感而敏感的心，和我对我的母亲的情感，一脉相连。

电影改名为《继母》，由中央实验话剧院的演员郑振瑶出演我的母亲。拍摄现场，孙道临邀请我去看过一次，看到郑振摇，那身材和模样，还真的和母亲有几分相像。我知道，一篇散文改编成电影，不那么容易。从立项到投资，从剧本到摄影再到演员的最后敲定，周折很多。孙道临先生执意拍摄《继母》，表达了他对母亲的真诚感情，更是感喟这个世界缺少真情而对真情的一种自省与呼唤。这种真诚不止于一般的旨在澄心，而是持有那种赤子之心。这一点，我以为是和《早春二月》里的萧涧秋一脉相承的，或者说其中的矛盾、彷徨、自省与天问一般追寻，是有良知又有思想的艺术家的本质和天性。

因这部电影，我和孙道临先生这一段交往，对我影响至深。他袒露自我与勇于自省的真诚，让我感怀至深。1995 年 2 月，我寄给他两本我的新书，书里面有那篇《母亲》。他写信对我说："再次读了你写的关于《母亲》的文章，仍然止不住流泪。也许是年纪大了些，反而'脆弱'了吧。总记得十七八岁时是要理智得多，竟不知哪个时候的自己是好些的。"孙道临先生的信，让我非常感动，并感慨。一直到老，他依然保持着赤子之心，那种对艺术、对生活、对他人的真情，真如他所说如今世上稀少，对于这个世界是多么的重要！

真善美，其中"真"字是首位的，不可替代的，缺少了一个"真"字，"善"和"美"都谈不上。对于写作者，这是一种应该具有的品质。孙道临先生是我学习的榜样，也许我做不到他那个样子，但我应该努力去做。

2

1994 年，天津教育出版社出版了我的散文集《情丝小语》，里面收录了《母亲》。我将这本小书寄给了天津的孙犁先生。

我和孙犁先生于 1993 年 3 月开始通信。在那一年《长城》杂志第一期上，我读到《芸斋短简——致赵县邢海潮》，是孙犁先生写给他保定育德中学的高中同学邢海潮的 50 多封信，信都写得很短，但其中乡谊之深、旧情难忘，以一个多病之身，关心另一位孤独之人，让我想起一句杜甫的诗：“谁肯艰难际，豁达露心肝。”读后非常感动，写了一篇读后记《大味必淡》，寄给天津《今晚报》，并嘱咐他们，如果刊发，请将报纸寄给孙犁先生一阅。孙犁先生收到报纸后写给我一封信，对我的写作有颇多鼓励，我和他的通信由此开始。

孙犁先生对于晚辈从来都是平等而充满感情的。他收到我的《情丝小语》这本小书，读过其中的《母亲》之后，给我写来一封信之后，接着又驰书一封，特别说——

复兴同志：

您的信来得快一些，我发信，是托人代投，有时耽误。

您的书，我逐字逐句读完第一辑，其他选读了几篇。在这本书中，无疑是《母亲》和《姐姐》写得最好。

文章写得好，就能感动人；能感动人，也就是有真实的感受，就是有真实的体验。这本是浅显的道理，但能遵循的人，却不多，所以文学总是无有起色。

关于继母，我只听说过“后娘不好当”这句老话，以及“有了后娘就有了后爹”这句不全面的话。您的生母逝世后，您父亲就“回了一趟老家”。这完全是为了您和弟弟。到了老家经过和亲友们商议，物色，才找到一个既生过儿女，年岁又大的女人，这都是为了您们。如果是一个年轻的，还能生育的女人，那情况就很可能相反了。所以，令尊当时的心情是痛苦的。

这篇文章，我一口气读完，并不断和我的身边的人讲，他们有的看过电影。当年《文汇月刊》我是有的，但因很少看创作，忽略了。又不看电影。

现在有的作家，感受不多，感想并不少，都是空话，虚假的情节，虚假的感情，所以，我很少看作品了。

谢谢您给了我一个机会，得读这样一篇好文章，并希望坚持写真实，不断产生能感人的文章。

即祝暑安！

孙犁

七月四日上午

孙犁先生的信，让我没有想到，不仅没有想到他给予我那么大的表扬和鼓励，更在于他对于父亲的理解和对我的启示。在写《母亲》的时候，一直到文章发表之后，重心一直放在母亲上，并没有一点儿放在父亲上，我连想都没有想到过一点点父亲当年那样做内心真实的感情，而只是一味地埋怨父亲。孙犁先生的信提醒了我，也委婉地批评了我。真的，对于父亲，我一直都未曾理解，一直都是埋怨，一直都觉得自己的痛苦多于父亲，而且，这些痛苦大多源自父亲。也许，只有经历过太多沧桑的孙犁先生，对于哪怕再简单的生活才会涌出深刻的感喟吧，而我毕竟涉世未深。我不懂得一个人到中年的父亲，选择一个比他年纪大的女人作为我和弟弟的新母亲，是为了我和弟弟。我不懂得孙犁先生所说的父亲“当时的心情是痛苦的”。

可以说，从读到孙犁先生的这封信时起，一个念头在心里钻出：我应该也写写父亲。

可是，我不知道该如何写。我的脑子是乱的，纷涌在面前的父亲，是面目不清的。我才发现，虽然是父亲，我却一点儿也不了解他。

一直到2001年，我写了一篇关于父亲的文字，仅有2000字。写的是一桩往事：我读初二的那一年，偷偷拿走家里的5元钱，买了4本书，被父亲发现，把我摁在床板上，用鞋底子打了我屁股一顿。那个年月，5元钱对于一个贫寒的家来说是笔不小的数目。挨完打后，我拿着那4本书，跑回书店，好说歹说，求人家退了书。我把拿回来的钱放在父亲面前，父亲抬头看了我一眼，什么话也没有说。第二天晚上，父亲回来晚了，从他的破提包里拿出了几本书，我一眼就看见，就是那4本书，父亲对我说："爱看书是好事，我不是不让你买书，是不让你私自拿家里的钱。"

将近60年的光阴过去了，我还记得父亲用鞋底子打我屁股的情景，记得父亲讲过的这句话和讲这句话的样子。那4本书，跟随我从北京到北大荒，又从北大荒到北京，几经颠簸，几经搬家，一直都还在我的身旁。只是父亲已经去世47年了。

这篇文章，被多处转载。但是，我心里清楚，我写得并不好，我写得太单薄，因为我回避了我和父亲之间最主要矛盾与隔阂的部分，我还是没有真正袒露自己的心，去努力寻找父亲和自己真实的关系、内心深处痛心的矛盾，以及伤怀至深的冲突。这一切源于父亲的历史，他当过国民党少校军衔的军需官，抗战结束后的1945年，他从部队转业，集体到南京受训，然后到地方的财务局，一路辗转，从信阳到张家口，再到北京，一直在西城区财政局做一名行政20级的小科员。国民党，还是一个少校军官。这样一个曾经拥有过的身份，如一块沉重的石头，一直压迫在我的心头，却不知道其实同样压迫在父亲的档案里和父亲的心里。

读初三的时候，我15岁，少先队退队之后，申请加入共青团，首先一条，就是要和家庭划清界限。于是，如同父亲一遍遍写交代材料一样，我不知写了多少对家庭出身、对父亲历史认识的报告，交给团支部，接受组织一遍遍的审阅、一次次的考验。尽管我的作文写得不错，但是，这样的材料，远比作文难写，总觉得写得枯燥，笔重千斤，心很累，却还是始终入不了团，便常把心中的怨气转给父亲。我并没有理解父亲写这些交代材料时真正的心情，更不理解他看到我一遍遍写材料而没被通过后的比我更难受、自责的心情。我只顾自己的心情，觉得有好多的委屈，埋怨自己为什么会摊上了这样一个父亲。有时候，为了表现出和家庭划清界限，还要做出一些决绝的举动，以显示自己倒向革命一边。我从未想过父亲的内心会是一种什么样的感受。

我想起这样一件事，我们大院里住着一个在中华人民共和国成立以前当过舞女的女人，丈夫被抓进监狱，她突然和我们大院油盐店的少掌柜生下一个私生女。从不多言多语的父亲，在家里和母亲悄悄地议论这事，说了句："王婶也不容易，一个女人带着两个孩子，日子怎么过呀！"他的话，被我听到了，我当时就反驳他："你站在什么立场上说话？还'王婶王婶'地叫着？"父亲立刻什么话也不说了，像霜打的茄子，蔫蔫地待在一旁。而我却把这件事情写进我的入团思想汇报里，以显示自己的进步。也许，父与子的矛盾，是每一代人具有的普遍矛盾，但没有如我们这一代一样，或者说如我这样以伤害父亲为代价来显示自己进步的步伐铿锵。我不懂得上一辈人的历史，也不懂得生活的艰难，只知道阶级的立场，只知道要时时刻刻睁大眼睛，警惕着和父亲划清界限。为的只是入团。

那时，我崇尚的是保尔·柯察金对于资产阶级冬妮娅的决绝行动，以此对待父亲，把他如同冬妮娅一样抛落在资产阶级温暖的软席车厢里，以为只有自己才奔跑于革命的风雪中。我不知道，其实，是我将父亲抛弃在残酷的风雪之中啊！

如果我要写父亲，应该先不要回避自己那时的软弱和自私，而且，是以革命进步为名义的软弱和自私。只有这样，才能拂去历史蒙在父亲身上的尘埃，看清一些父亲真实的面目和内心，也能够真诚地面对自己真实的面目和内心。写父亲，其实，首先是在写自己。

我读到布罗茨基说过的一句话。这句话是他在对俄国文学进行批判后讲的，在批判了普希金、赫尔岑、托尔斯泰，以及近一代作家包括西蒙诺夫、苏尔科夫等人之后，他对陀思妥耶夫斯基情有独钟，称赞他“是一个经常对自己进行最后审批的人”。然后，他针对陀思妥耶夫斯基说了这样一句话：“这就是一个人对自己、对自己的良心和意识的十分严厉的清算。”

清算很重要，没有对自己的良心和意识（我理解，良心属于道德方面，意识则属于由时代、教育等多方面影响所形成的思想方面）的清算，反思便谈不上。我无法管他人，也无法真正做到布罗茨基所说的十分严厉的清算，起码努力去做一分也好。

就先从父亲这里开始吧。

当我越来越清晰、明确了这一点之后，对父亲的回忆，不尽是埋怨和不满，不仅仅是国民党、少校军官那些表面的和档案袋里的沉重和缥缈，以及以前更多我对这些方面的厌恶和批判，而多了父亲一些鲜活的带血带肉的东西，如同浪潮过去后的礁石一样浮出水面。父亲这样以完全崭新的面目出现在我面前的时候，我感到有些惊讶和陌生，更感到当时自己对上一辈的隔阂，以及对于历史认知的浅薄。当然，也有在其中发生矛盾时自己的软弱和自私——或许，这便是布罗茨基所说的“意识”的觉醒和清算的开始吧。

有这样两件往事，一下子游鱼一样振鳍掉尾地向我游来。

一件是我的生母去世后的每一个清明节，父亲都要带着我和弟弟，到广安门外郊区生母的坟前扫墓。我第一次和父亲走到那里的时候，走到了一座坟前，看到父亲扑通一下跪在坟前。突然矮下半截身子的父亲的这个举动，把我吓了一跳。然后，看见他从衣袋里掏出两张信纸，对着母亲的坟磨磨叨叨地念上老半天，就像老和尚念经一样，我听不清他念的是什么，只见他一边念一边已经泪水纵横了，完全不顾在他身边站着的我和弟弟。念完后，父亲掏出火柴盒，点着一根火柴，把这两页纸点燃，很快，纸就变成了一股黑烟，在母亲的坟前缭绕，在母亲的坟前落下一团白灰，像父亲一样匍匐在碑前。

那时候，我实在太不懂事，对生母的印象也实在不深，没有父亲那样深的感情。我只盼望着父亲赶快把那两张纸念完，把纸烧完，就可以带我和弟弟去旁边不远的小溪里捉蝌蚪了。

多年之后，我已经长大成人，从北大荒第一次回北京探亲，带父母到大栅栏的大观楼电影院看朝鲜电影《卖花姑娘》。这是一部很煽情的电影，我看电影时擦完眼泪之后，瞥了一眼坐在身边的父亲，忽然发现他也在掉眼泪，在用手不停地擦着眼角。我心里想，他是一个国民党军官呀，怎么会为贫苦的百姓掉眼泪呢？那一年，我已经 25 岁。难道还是一个小孩子吗？却比小孩子还要可悲、可笑。

另一件，是高一后我和同在西打磨厂老街住的一位女同学要好。几乎每个星期天的下午，她都要到我家里来，和我聊天，一聊就聊到很晚。我沉浸在少男少女朦胧的情感梦幻中，忽略了周围的世界，尤其忽略了身边父亲和母亲的存在。

所有这一切，父亲是看在眼里的，他当然明白自己的儿子正在发生什么事情，又在经历着什么事情。以他过来人的眼光看，他当然知道应该在这个时候需要提醒我一些什么。因为他知道，我的这位女同学的父亲是位老红军。我发现，每一次我送她走出院门回到家，父亲都好像要对我说什么。我现在当然明白了父亲欲言又止的那些曾经沧海的忧虑。两个父亲，两个党，一个共产党，一个国民党。我和父亲当时却隔着一段无法逾越的距离。我崇尚保尔·柯察金对冬妮娅的决绝，却又在做着保尔·柯察金和冬妮娅的缠绵之梦。我的内心，是多么矛盾而不可救药。

那一段似是而非的感情，是我人生中最纯真而美好的感情。每个星期天她的到来，成为我最欢乐的日子；每个星期见不到她的日子，我会给她写信，她也会给我写信。整整高中三年，我们的通信，有厚厚的一摞。我把它们夹在日记本里，涨得日记本快要撑破了肚子。父亲看到了这一切，但是，他从来没有看过其中的任何一封信。去北大荒的时候，我把这些信都留在了家里。

1973 年的秋天，父亲突然脑出血去世，连一句话都没有留下来。那时，我在北大荒插队，正在地里收割大豆，电报传到地头，我赶回北京奔丧。父亲的后事料理停妥之后，我打开我家那个黄色的小牛皮箱。那里藏着我家的看家宝贝，父亲的工资、所有的粮票、布票、邮票等，都放在箱里。我想父亲会不会给我留下了信，哪怕是只写几个字的纸条也好。在小牛皮箱的最底部，有厚厚的一摞信。我翻开一看，竟然是我去北大荒之前没有带走的那位女同学写给我的信，是整整高中三年写给我的所有信。

当时间和我一起变老的时候，这样两件已经被我淡忘的往事，重新浮现在眼前，越发让我心动。也就是这样两件往事，让我和父亲有了一点点的接近，却付出了几乎一辈子的代价。我才明白，在这个世界上，亲人之间，离得最近，却也有可能离得最远。

重新想起父亲去世那一年，看到小牛皮箱里父亲为我保存的青春来信的时候，心里非常悲伤和愧疚。我也早已成了父亲，而且快到了当年父亲去世时候的年龄，如果遇到同样的事情，我会做到同父亲一样吗？我不敢肯定。

2014 年的冬天，我去美国看儿子，借到一本香港牛津大学出版社出版的北岛的散文集《城门开》，书中最后一篇文章是《父亲》，文前有北岛题诗："你召唤我成为儿子，我追随你成为父亲。"文中写道："直到我成为父亲……回望父亲的人生道路，我辨认出自己的足迹，亦步亦趋，交错重合，——这一发现让我震惊。"读完这篇文章，我再一次想起了父亲，眼泪禁不住打湿了眼睛。我想，我应该可以提笔写写我的父亲了。

第二年回到北京，我开始了《父亲》的写作。这一年的夏天，我终于写完了这篇对我重要的《父亲》。我不知道能否得到父亲在天之灵的原谅。我只希望他能够看到他已经有了一个孙子，还有了两个重孙子，可以说是"四世同堂"了。

3

很长一段时间，我是被列为知青作家的。我做过六年知青，时间虽不长，却是青春期最重要的六年，在人生的履历中，占有的位置极其重要。但是，真正书写知青题材的文学作品，写得并不多，尤其和梁晓声相比，实在少得可怜。几十年下来，除了写过几篇屈指可数的小说，有过一本小说集《北大荒奇遇》之外，只有《啊，老三届》《绝唱：老三届》《黑白记忆》几本书，再有便是《北国记忆：北大荒三百首》一本旧体诗集。

尽管如此，我的知青身份仍在，很多知青朋友，尤其是北大荒的知青朋友，还是很希望我能继续写些知青题材的文学作品，为他们代言并证言。可是，我不知道该再写些什么，有些茫然。是轻车熟路，继续按照《绝唱：老三届》《黑白记忆》的路数往下写？或者将旧书一出再出？我不大情愿重复自己。

2014 年，在海口举办的一次全国书展中，北京日报的一位记者问我关于知青文学这个话题的时候，我对她说："我认为我们这一代作家应该到了和知青文学告别的时候了。"她问我为什么要这样说。我说："作为历史的亲历者，我们这一代人有我们这一代人的局限性，仅靠我们来反思那段对中国产生广泛影响的历史，显然是不够的。我们应该寄希望于我们的下一代，甚至下下一代，他们写的知青文学，或许更真实，更全面，更深刻。"

我的《黑白记忆》是 2005 年出版的，《绝唱：老三届》（修订版）（只是对旧书的补充）是 2012 年出版的。实际上自 2005 年之后，我没有接着写这类书的打算。

后来的几年时间里，忽然有好多人找我，要我为他们的书写序。这些书都是知青回忆录，有的是个人撰写，有的是集体所著。开始，我还是极其有兴趣的，认为对于知青的那段历史，民间的书写，与作家和史家的书写不尽相同，可以填补其中的空白和不足。民间知青文本，可以更加彰显独一无二的知青身份，而隐去了现在变化的形形色色的身份；因此，便没有前者容易出现的名利位置的焦虑和矫情，从而表达得更为果敢、单纯、直接和平等。某种程度上，其与作家学者的专著互补，让知青这一段断代史，更为真实、丰富，充满鲜活的细节，让关于知青的研究不仅居庙堂之高，也可以处江湖之远。它让文字的权利归属于民间，让文化的资源挖掘于民间，是对日益贵族化、正统化的文学作品，特别是对电视连续剧中人为编造、将历史美化并戏剧化的知青文本的一种纠正。

但是，越来越多这样大同小异的知青回忆录涌现在我的面前，甚至很多是一个连队生产队，集中知青每人撰写一篇回忆文章，然后汇编成一本书。这样类似当年小靳庄人人写诗的壮观，让我心生疑惑和忧虑。

在当年我所在的大兴岛的知青回忆录推到我的面前，要求我为这本书写序的时候，这种忧虑越发弥漫心头。我无法推辞，毕竟大兴岛是我的青春之地，写文章的知青多是我当年的朋友。但是，我有些担忧，旧事一再重提，会不会如隔夜菜一样吃起来没有了味道或者变了味道？会不会仅仅是翻看老照片一样陈芝麻烂谷子单摆浮搁的罗列，一种常见的怀旧情绪的放任弥漫？或者是未见咀嚼和消化后的排泄？

说实在的，我的心里很矛盾。毕竟大兴岛也是我当年青春的流放地。任何一代对于逝去的青春都会怀旧，这没有什么不好。怕的只是在怀旧中放大了某一面，将放大的那一面膨化、诗化和戏剧化，从而不由自主地滑向自恋，而沦为自我慰藉的相互抚摸。如果只是拼命地梦想追回似水年华，希望用今天的回忆让昔日重现，以此慰藉苍老的心，那只是自吟自唱的流行小调或安眠曲，而不是一代知青灵魂的安魂曲。应该看到，尽管付出了极大热情的倾泻，乃至物质的投入，这样几乎泛滥的自写自编的知青回忆录，多少像是我们知青自我陶醉的卡拉OK，是我们知青在自造的文字中的狂欢。从某种程度而言，是和如今电视屏幕上屡演不衰的、人为编造的知青电视剧的双簧戏，有着心理上和思想上的呼应的，彼此依托，互为镜像。

我越发地发现，包括我们大兴岛的回忆录在内的民间知青文本，随着知青整体进入退休状态，大家有了足够的空余时间，这样的回忆录正在以自写自编、自筹资金、自产自销的形式，层出不穷、此起彼伏，相互攀比着，热情难挡，已经构成了后知青时代的一种文化现象。如此多同质化的知青回忆录的出版，那么多知青在晚年涌出那么多和年龄完全不符的热情乃至激情，于几乎千篇一律怀旧风的回忆文字之中，到底能够给予我们和我们的下一代一些什么样的启发?

我提醒自己，要充分并清醒地看到，大家的叙述，尽管是充满感情的，是真诚的，却也是游离的、断片式的、自慰式的，无法独立而散漫；大家是在相互阅读中得到自我认同和相互抚慰的，其同质性、互文性、重复性的东西多，对抗性、差异性、审视性的东西少。因此，就事论事的文字居多，平面化而很难触及历史的痛处与深处；由于是回忆自己的青春，难免情不自禁地美化青春美好的一部分，而忽略甚至遮掩青春残酷的一部分。更由于多是感性的抒发，便不可能对“文化大革命”的衍生物——那段“上山下乡”的历史，有更理性的梳理和反思。

当然，不应该那样要求大家，那不是他们的责任，他们只管自己痛快淋漓地书写就是。但是，这些恰恰是后知青时代文化现象中普遍存在的问题；也是我自己写作这类题材作品需要格外警惕和审视的课题。也就是说，所有这些体现知青群体的问题，同样存在于包括我自己在内的知青作家的身上。

后来，我先后去了哈尔滨、天津、珠海、海南和香港等地，参加了当地的知青聚会。当地的知青朋友，都有自己的知青联谊会和网站，联络起来很方便，如同散落的蒲公英立刻复盘聚拢在一起，一呼百应。忽然发现，天南地北，虽相距遥远，但心有灵犀，热衷的事情，不忌讳雷同，竟然如出一辙。这便都是出书、聚会和文艺演出。我称之为后知青时代的“老三样”，就像当年聚在一起齐声朗读“老三篇”一样，声震于耳、激情澎湃。这种现象，让我有些震惊，可以说，没有哪一代人至暮年之后，有我们这一代知青如此高涨的热情投入。

出书，前面已经说过，如水漫出堤坝，几乎浸透各地，越出越多，越出越厚。我们大兴农场出过一本，觉得不过瘾，马上就要出第二本，然后几乎人手一册，成为共有的集体记忆。

聚会，不只是三五朋友的小酌，也不满足于当年一个生产队里插队知青的碰面，而是一地乃至几地知青的大聚会，千条江河归大海一般，云集一起，声势浩大，甚至每地每个生产队都有自己专属的大红旗，让人想起当年“上山下乡”时红旗漫卷西风的壮举。

文艺演出，则是聚会的附件。尽管是附件，投入的热情和财力却不小，成了知青聚会的重头戏。这不仅让当年农村、农场或兵团的毛泽东思想文艺宣传队的老演员有了梅开二度的机会，也让平常日子里在公园或立交桥下唱歌、跳舞、健身的一般知青有了用武之地。有的地方，比如海口还特地从北京请来专业演员助阵，急管繁弦，好不热闹。

冷静下来细想，如此“老三样”，三箭齐发，回溯的靶心都是青春之地。“致青春”是人生和艺术永恒的主题。尽管后知青时代的知青已经是一脸褶子了，但并不妨碍他们“致青春”。这样的“致青春”是涂抹在心灵上的去皱霜；是让过去的回忆成为今天早已经变幻了的语境中的编码，以此进行交流、沟通，以此虚拟了眼下早已变化了的等级乃至权力与财富的人们，在知青的共同称谓与命名中寻找消失的身份认同。

所以，才有了这样无师自通的“老三样”，不用一位指挥家即可集体一起齐刷刷演奏，并且回荡着青春同样的交响共鸣。这种三位一体、系列化的活动，已经成为后知青时代一种不约而同的仪式。聚会是仪式最外层的包裹，文艺演出是仪式里面最美味的馅，而出书则是为仪式留下文字的记录，让这种仪式更有庄重感，也让进入后知青时代大多数已经退休甚至拿到了“痴呆证”（北京 65 岁以上的老人可领取老年证，获取免费乘车等优惠。“痴呆证”乃戏谑之称）的老知青，在早已被边缘化甚至被人们遗忘的状态下，觉得逝去的青春和今天的生活都有了无缝的连接，甚至有了些许的意义。

当然，任何一代人都有权致敬自己的青春。只是知青一代越发显得恋旧，而且不愿意孤杯自饮，而是愿意聚集在一起抱团取暖。抱团取暖，便是自己觉得有寒意在身，其背后的文化诠释，除了孤独、寂寞，以及被边缘于时代的失落之外，更多的是对逝去的知青时代一团乱麻的难解难分之情。这也就是自新时期四十年以来知青文学虽然时有热闹的泡沫涌现却鲜有突破的原因，或者基础。

写作，从某种程度而言，就是写回忆，一个作家对于回忆的处理有多深、多远，写作便会有多深、多远。

记忆存在于逝去的岁月那里，记忆和岁月是连在一起的。由于岁月流逝，记忆会处于沉睡状态，如果不是我们有意识地唤醒它们、恢复它们，记忆就会永远沉睡在那里，被我们自己，更被时间遗忘。在一个好了伤疤忘了疼的年代里，回避记忆、抹掉记忆、热衷于失去记忆，已经是司空见惯了。人们更容易将目光投向充满诱惑的眼皮底下和前方。唤醒或恢复记忆，不那么容易，因为回忆不仅有那些美好的一面，也有那些并不美好的甚至是沉重、丑恶得让我们痛彻心扉的一面。拥有这样痛感的回忆，是一种能力。正如约翰·列侬的歌里唱道："当你感到疼痛的时候，你长大了。"

习惯忘却，没有记忆能力的民族，便容易得过且过，暖风熏得游人醉，沉醉在现实的灯红酒绿中狂欢。如果回忆只是一些青春时节的自恋与缠绵，自作多情，腻味得让人发麻，回避了更重要的沉重而疼痛的一面、无情而残酷的一面，这种回忆一样也会让我们沉醉在现实的灯红酒绿中狂欢，将回忆变成一支棒棒糖，甚至是遮羞布。

新的一代，正在扑面而来，一代知青，已经走到了尾声，到了审视自己、反思自己、考虑他人的时候了。否则，我们这一代真的要被时代抛弃，甚至遗忘了。

意识到这一点的时候，忽然想应该再为知青，也为自己写一点东西，是自我的回顾，也是自我的总结。这将是我知青题材的最后一本书。2018年，是知青"上山下乡"运动50周年。50年前，1968年7月20日，我离开北京，到了北大荒。我希望新书能在50年后这一天之前写成。自己给自己留一份纪念。

4

首先翻看《黑白记忆》，这本书于2005年由人民文学出版社出版。2004年，我再次重返北大荒，这本书记述的就是这次重返北大荒的所见、所闻以及所忆和所思。重新翻看这本书，我发现写的更多的还是自己，是自己在北大荒的痛苦遭遇，忽略了当地的老乡。我们不过如候鸟早已经飞离了那里，他们却一辈子老死在北大荒。

有这样两位老人，重新浮上心头。他们是曹永本和张玉钦。

当初，我为队上三个被错打成现行反革命的老农鸣冤叫屈，自己幸免于难，他们两人却倒了霉，成了工作组的刀下祭品。

似乎工作组不揪出几个反革命就没有法子向上向下交代一样，他们搜查我的日记和诗集，在我的身上没有抓到预想的过硬材料，不得不放了我一马，却不容分说地把他们两人像旱地拔葱一样给揪了出来。

1965年，他们两人是进入大兴岛第一批开荒的老北大荒人，组建我们二队的两位带头的老共产党员。突然之间，简直就像魔术里鸡变鸭一样，成了革命的敌人。"铁证"如山，说他们两人是混进党内的假党员：曹永本的档案里没有党的组织关系，张玉钦的档案里也缺少入党的证明材料，派人出去外调，他们两人提供的入党介绍人，一个也找不着，假党员，更立刻板上钉钉，不容分说。

那个年月里，档案神秘得很，更沉重得很，档案里哪怕一张小小的纸条，都能够要了人的性命。他们两人就这样被理所当然地揪了出来，一下子成了过街老鼠。而那时候，我被当成了可以教育的对象，给了我一个立功赎罪的机会，让我为宣传队写节目，反映二队揪出他们是阶级斗争的胜利，墙倒众人推，把许多莫须有的罪状都推到他们的身上，其中一条是他们对知识青年的拉拢和腐蚀。

我奉命写了一个小话剧《小张跑了》，主要说的是这事。不仅写，还上台演出过。不仅在二队演，还在整个大兴岛演，还到兵团会演中演。现在想想，自己真的很可悲，刚刚死里逃生，就好了伤疤忘了疼，为了证明自己，便把屎盆子往他们两人的身上扣，让工作组演了一场借刀杀人的收官好戏，因为这之后工作组就大功告成，拍拍屁股走人了。

当然，我可以这样为自己洗白，当时我确实不了解情况，说他们档案里的问题，足以让我轻信，不清楚其实工作组既然可以陷害于你，也就可以栽赃于他们两人。但是，这一切都不是自己可以得到原谅的理由。为什么就那么轻而易举地接受了这个现实？为什么就没有想到这样意外事件的出现，可能是专横政治对人的戏弄与迫害？

云层后面是有星星的，为什么我只看到了云层压迫过来的浓重逼人的阴影，而忽略、躲避，甚至不敢正视云层后面星星的亮光？

我所写的那个小话剧，深深地伤害了他们两人。虽然，几年之后，事过境迁，证明他们两人都没有问题，我们还是成了好朋友；但是，我是不应该因为他们对我的原谅而原谅自己。无论怎么样，天真和软弱，展开了双翼，让自己从当时的泥沼里飞起来了，却将沉重的阴影压向他们两人。那个小话剧，像箭一样盲目而准确地射去，让我一直愧对于他们两人。那个小话剧，也像箭一样扎在我的心头上，一直没有拔出，怕拔出来的时候见到鲜血淋漓，便一直刻意回避。

2004 年，重返北大荒那次，我迫不及待地问起有关曹永本和张玉钦他们两人的情况。大家告诉我曹永本就在大兴岛场部的东边住着，今年 78 岁了，身体一点儿毛病没有。可惜，他领着老伴到外地旅游去了，我无法见到他。张玉钦在两年前患癌症去世了。

乡亲们告诉我："你离开北大荒早，不知道后来发生的事情。曹永本的命真是够大的，他遭的罪比张玉钦还要大，却挺了过来。那年为了找回他自己党的组织关系，他硬是从二队逃走了，当时，他还被人看管着，不许乱说乱动。他冒险连夜逃走，他是山东沂蒙山老区人，解放战争中参的军，给团长当警卫员，在淮海战役中随三野一起出生入死，1946 年就入了党，怎么现在一下子不是党员，还成了反革命？他想不通，一定要回老家弄个明白，对看守他的人说去解手，借机跑了出去。队上的头头发现人跑了，赶紧派人去追，好几台拖拉机轰隆隆地开着，亮起明晃晃的车灯，像探照灯似的，把二队通往场部的道路和周围的田野都照得通亮。曹永本躲在田里的麦垛里，躲过了这些扫来扫去的灯光，没有敢往场部方向跑，怕那里人多太扎眼，而是穿过老林子，过了七星河，他们没能抓到他。那天夜里，老天爷似乎也怒了，刮起了 9 级大风，咱二队场院上的晒棚都被刮倒了，一步就能够被风吹出几米远，人就像是在风中飞。"乡亲们这样告诉我。老曹他终于逃出了大兴岛！

他跑了 4 个省 22 个县，最后从县委老档案里找到一张纸条，是当年留下来的，纸条早已发黄，上面模模糊糊有一行字，证明他当年在那里入的党，才把党籍给恢复了。

1974 年，我离开北大荒前，竟没有去找老曹告别。不是不想，是不敢，也没脸。记得曾经见到了老曹的小儿子，那时，因为他爸爸"假党员"的问题，他被迫脱下军装，提前回到大兴岛。我们两人的见面，相互都非常尴尬，我想起那一年我灰溜溜地从师部宣传队回到大兴岛的情景，清楚地知道他当时是一种什么心情。他竟然连一句责备我的话都没有说，却比骂我一顿还要让我难受。

我真的有些惭愧。一切水落石出的时候，落井下石的那些大小石头中，其中有我的那一块石头，尖锐地显露出来，那么刺心、醒目。

张玉钦的命运，远不如曹永本。老张的脾气不像曹永本那样外柔内刚，老张是四川人，性格像川菜里的火锅一样的火爆，把他打成“假党员”的那阵子，他特别愤怒，常常火冒三丈。他是一个志愿军的老铁道兵，从朝鲜战场上下来，随着十万转业官兵一起来到北大荒，不求升官，不求发财，只求老老实实地种地过日子，怎么就成了“假党员”？说下大天来，他也不明白这个世界哪儿出毛病了。他找工作组去讲理，人家不理他；他回家发泄，和家里人嚷嚷，家里人只能忍气吞声。万病都从心上起，肯定就从那个时候，病悄悄地爬到他的心里了。他得了食道癌。

病入膏肓的时候，他翻箱倒柜，翻出了一个小包裹来，那个小包裹包着一层层的旧布，他打开那一层层像是卷心菜一样包裹着的旧布，翻出一枚志愿军的纪念章。老伴和他结婚了这么多年，都不知道他还藏着这么一个宝贝。这是当年志愿军从朝鲜回国时，他得到的一枚纪念章，50 年了，他把它带到北大荒，悄悄地珍藏着，一直没有舍得给任何人，也一直没有给任何人看过。一辈子没有过什么值钱的东西，这是唯一值得纪念的东西了，那上面有他的青春，也有最光荣的一段历史。他对桂英他们娘俩说：“真的没有什么再好送的了，只有把它送给北京知青吧，其中也包括我！”

张玉钦不该这么早过世，他的病，和强加给他“假党员”这个莫须有的罪名有关。这中间和我们知青对他无情的批判，我写的小话剧《小张跑了》也是有关的呀。一粒沙子堆不起一座山，但一粒粒沙子汇聚在一起，便可以成为压倒一个人的山呀。我曾经就是其中的那一粒沙子。

想起曹永本，想起张玉钦，我无法诉说内心的悲痛，面对如他们这样平凡的人物。当他们无辜受到伤害的时候，其他的人，不是选择了“事不关己，高高挂起”的沉默而心安理得，就是选择站出身来为表清白，对自己参与其中的伤害而不知羞愧。

可悲的是，那时候，我选择的是后者。但是，对于我们曾经给予他们的伤害，他们从来都是那样的宽容，从来都没有认为那是我们的责任，相反一直对我们那样的有情有义，把哪怕是最后的一点儿关爱，也给予了我们这些在他看来还是孩子的知青。

心里翻腾着这些波澜，让我非常难受，觉得愧对他们。往事历历，刻骨铭心，常常不是因为那些值得骄傲的过五关斩六将，恰恰是走麦城的失败。一个人，如果还有羞愧之心，应该为自己曾经所犯下的过错而忏悔。

5

重新书写北大荒之前，我特意翻出《九三年》重读。俄罗斯伟大的诗人茨维塔耶娃说过：“阅读就是对创作的参与。”重读，则是对创作更为需要且重要的参与。这本书，第一次读是在1971年，那时，未见读懂，却留下深刻的印象。粉碎“四人帮”后那年春天，到王府井的新华书店排队买书，买的第一本就是《九三年》。这一次，我希望雨果为我指点迷津。

《九三年》是雨果的最后一部长篇小说，是他多年积累和思考的心血之作。它描写了法国 1793 年那场波澜壮阔的资产阶级大革命。1793 年 5 月的最后几天，一支代表着红色的革命军队，叫作红帽子联队，从巴黎出发，在法国旺岱一个叫作索德烈森林里搜索逃到这里的白色叛军，当在灌木丛中发现一个妇女带着三个孩子的时候，故事才真正展开。这位叫作佛莱莎的社会底层母亲，和这场大革命中的上层人物——革命军的首领郭文和西穆尔登神父、叛军的首领朗德纳克侯爵，发生了关系。雨果要用这位平民母亲和她的孩子为药引子，牵连出他所表达的“在绝对正确的革命之上有一个绝对正确的人道主义”。小说的结尾，为了解救大火中的这三个孩子，朗德纳克放弃自己逃跑的机会；而朗德纳克的侄子、革命军的总司令郭文为了救自己的亲人，放跑了革命的敌人朗德纳克；郭文的老师西穆尔登为了革命的利益，判处郭文死刑。

《九三年》充满思辨的色彩，朗德纳克为救孩子选择牺牲自己，郭文为救朗德纳克选择牺牲自己，西穆尔登为处死郭文选择自杀，面对他们舍身成仁的共同选择，虽然明知是虚构的小说，我的心里还是再次受到震撼。这种将内心的良知看作比生命还要重要的书写，让我想起，自己可否曾经也这样直面自己的良知？

我从来没有看过这样思辨色彩浓郁的小说，即使是重读，它的人物雷与电般的对白，和波澜起伏、一泻千里的内心独白，依然让我感到有些惊心动魄，逼迫着我不得不跟着雨果一起思考。

在郭文就要走上断头台的前夜，西穆尔登走进了关押郭文的土牢，对他的学生郭文说："比一切更重要而且在一切之上的，是这条直线——法律。这是绝对的共和国。"郭文却说："我更爱的是一个理想的共和国。"郭文所说的"理想的共和国"，是应该有牺牲、克己、仁爱和恩恩相报的。他对西穆尔登说："你的共和国把人拿来称一称，量一量，然后加以调整；我的共和国把人带到蔚蓝的天空里。"他打了这样一个比喻："比天平更高一级的还有七弦琴。"这是一个美妙的比喻。它不应该仅仅属于文学，还应该属于现实。爱国也好，革命也好，改革也罢，都是我们最爱打出的旗帜，但是，对于所有人来说，共和国应该是一架七弦琴。而这架七弦琴需要每一个人去弹奏，需要每一个人能够面对自己，有没有这样一份仁爱、良知和恩恩相报。谁也不应该置身度外。

雨果的这部《九三年》，忍不住让我垂下头反思自己。无论郭文，还是西穆尔登，或是朗德纳克，我都没有他们那样真诚地面对自己的良知，并勇敢地付诸自己的行动。

回头看身后路上自己走过的脚印，歪歪扭扭。细想起来，在北大荒，我没有做过什么对不起别人的事情。但是，再好好想想，曹永本和张玉钦两位当地的老农，还是再一次从我的内心深处浮出。其实，明明知道，最对不起的，是他们两人，只是一直在心里掩藏着，暗中逃避，不敢面对。企图忘记，却偏偏忘记不了，尽管已经过去了那么多年，当年年轻的我已经变得两鬓斑白，他们两人依然冷峻而尖锐地望着我。

雨果在《九三年》中还有一段话，让我无法忘记。在描写1793年法国那场大革命的时候，雨果写西穆尔登和郭文那场"剑与斧的对话"，西穆尔登把那场革命中出现的恐怖与暴力比喻成狮子，他强悍地表达："这些狮子就是良心，这些狮子就是观念，这些狮子就是主义。"郭文反驳他的老师西穆尔登说："这些狮子造成恐怖政治。"然后，郭文接着说："打掉一切王冠，是要保护人头。革命是和谐，不是恐怖。"

这些话之所以让我难忘，是因为我想起了在二队的那段日子，即使说不上那样血腥的恐怖，却也是够残酷的了。工作组残酷地整完我们知青之后，又开始借助我们知青的手，整曹永本和张玉钦这样普通的、无辜的老党员。笼罩在二队上空和我们每一个人心头的，都是这样残酷而恐怖的政治气氛。

让我总想起雨果这段话的另一个原因，是包括我在内的许多知青，其实都是相信狮子的理论的，相信那些狮子就是良心，就是观念，就是主义，从而投身到那场"文化大革命"中和知识青年"上山下乡"运动中去。我们不懂得，便也根本没有思考过，革命其实应该是和谐，而不是恐怖，应该打掉一切高高在上的王冠，不是为伤害普通基层的人民，而是应该保护善良而无助的百姓。

在那样的年代里，我们不懂得和谐，我们崇尚并秉承的是那种狮子的哲学，我们不仅成了二队工作组的枪手，也成了那场革命的炮灰。我们让曹永本和张玉钦流泪，就等于让我们自己流泪；我们伤害了曹永本和张玉钦的心，其实也伤害了我们自己的心。在这些众多的知青"我们"中，我是重要的一个。批判复数的"我们"，相对容易些；从"我们"中将"我"抽离出来，进行自我批判和反省，便不那么容易。但是，此刻认真地想想，那时候，我是多么的可悲，是多么的可怜，而我却以为在干什么伟大的事业，成了乱世棋盘上微不足道的一颗棋子。

便把这一颗棋子从棋盘上拿下来吧！

6

这时候，我读到的另一本书，是一本论述现代化体验的专著，美国学者马歇尔·伯曼写的《一切坚固的东西都烟消云散了》。这个书名，出自我们这一代人曾经最坚信并崇拜的马克思，便先入为主地吸引了我。

伯曼在他的这本著作中开宗明义，引用了马克思在《共产党宣言》中说过的话：

> 一切坚固的东西都烟消云散了，一切神圣的东西都被亵渎了，人们终于不得不冷静地直面他们生活的真实状况和他们相互的关系。

接着，伯曼进一步解释道：

> 马克思在时间的层面上运动，努力使人们注意到一种正在继续的历史戏剧和精神创伤。他是说，神圣的氛围突然消失了，除非我们正视不在场的东西，否则就无法理解当前的自我。这句话中最后一个子句——“人们终于不得不直面……”不仅描述了人们要面对一种令人困惑的现实，而且突出了这种面对。

伯曼的这段话，说给我们这一代人恰到好处。在一个越发讲究利益和实用的商业时代，知青即使是一枚过去的勋章，也只具有在历史博物馆里陈列的作用，而不具有实用的哪怕是废物利用的价值。

不要说迅速成长的年轻一代，就是知青自身，经历了现代化进程中深化改革而充满矛盾、动荡、艰苦的日子，在这样的成长中，越发势利而健忘的现实，无情地摧毁了这一代人曾经拥有的、相信的许多东西，这些东西中有不少是我们曾经赖以生活并值得骄傲的。正如马克思所描述的这种令人困惑的现实，正是这一代人必须直面相对的。这一代人经历了并消化了一切，什么也没有糟尽，痛苦地直面相对之后，神圣的氛围突然消失了，一切坚固的东西都烟消云散了，我们这一代人老了，眨眼间，到了退休之时。

我知道，重新书写北大荒和青春时的自己，应该如伯曼说的那样，“终于不得不冷静地直面他们生活的真实状况和他们的相互关系”。

重新思考这一切，冷静而直面相对，重新审视并清算自己的回忆，是需要勇气的。米兰·昆德拉说过：“回忆是遗忘的一种形式。”有时候，真的会是这样的，因为回忆有时会是一把筛子，情不自禁地留下我们喜欢的，而漏下我们遗忘的，而这一切可能恰恰是最需要我们垂下头来审视的地方。记忆在证明着你自己的历史身份的同时，无形中泄露你的立场、情感和内心的一些秘密。

有了雨果和伯曼这两本书的指引，我希望自己在这一次的写作中，有这样一份自省的勇气，重新审视自己，争取比自己以前的写作有一些新的进步。

我不善交往，也不愿交往，平日没事很少出门，但有一段时间，我和作家张洁接触较多。其中原因，和我们写过各自的母亲相关，彼此惺惺相惜。她曾多次对我讲过，对以前写的《沉重的翅膀》不满。这部长篇小说获得过茅盾文学奖，广受好评。但她总是摇头，认为由于政治色彩过重并不是真正的文学。她的这种自省精神，在我接触的作家中很少见。后来，她写出了新的长篇小说《无字》和《知在》，才觉得满意，觉得是对《沉重的翅膀》的校正。特别是《知在》，对应着《无字》，是小说的一种抽象。对于张洁来说，是对命运作用于人生、小说演绎出世界的一种新的态度。这种态度，是写作态度，也是认知态度，对张洁以前如《沉重的翅膀》一些浅表层入世的小说而言，是一种曾经沧海之后而寥廓霜天的省悟与境界。这部只有13万字的长篇小说，以简洁的叙述，干净得像冰凉的骨架，在骨头的缝隙中，将一个被历史隔开1700年的风云，浓缩在张洁自己创造的艺术框架里。这在如今越来越缺乏节制和控制的长篇小说中极为罕见。写完这部长篇小说之后，张洁基本搁笔，远离文坛，而将主要精力放在油画创作上。张洁是一个感性更是一个清醒的作家。张洁创作这部长篇小说的经历和态度，给了我很大的触动，敢于面对自己，不仅敢于悔其少作，而且敢于否定自己以前曾经轰动一时的创作，甚至敢于彻底和以往的自己告别，值得我学习。

马尔克斯在谈到他自己写作时，曾经说："如果一个想法经不起多年的丢弃，我是绝不会有兴趣的。而这种想法确实经得起考验，那么，到时候就会瓜熟蒂落，我就写出来了。"

我觉得，多年的颠簸思索之后，这个想法已经在心里翻腾很久，一肩行李尘中老，半世琵琶马上弹。到了该写的时候了。这已经是2005年写作《黑白记忆》的12年之后，整整一个时序的轮回，应该也是自己思想认知的一个轮回，希望这个轮回能够是螺旋式的上升。

这一次，我重写的是北大荒，但说北大荒，其实有些笼统，北大荒很大。这一次，我将我的笔触集中在北大荒的一个点，一个很小的点，就是大兴岛。一个被七星河和挠力河环绕的小岛，面积只有 800 平方千米。1968 年，我到那里的时候，只有几千人。真正如福克纳所说的只是一张邮票那样小的地方。

这一次，我很明确，靶向性很强，只写这个地方，只写生活在这个地方的人。除了知青，更多的笔墨侧重在复员军人、当地老乡，因为我们知青不过是候鸟，飞去了，又飞走了，而那些当地的老乡则一辈子在那里，如同荒原上的萋萋荒草，自生自灭，鲜有人问津。

这一次，我更明确，只写我曾经见过的、知道的、经历的人与事，以及更为重要的命运，希望这样沉重而悲凉的命运，以后不再重复；还有，我自己在那里犯下的过错、无可挽回的一切，不回避，勇于正视，也希望这样幼稚而软弱的过错，以后不再重复。

在写作的方法上，我也进行了调整和改观。文本中的文学性，带有人为性。个体化的回忆和写作，成为一把筛子和一把斧子，会对原本的生活与人进行筛选和斧削，让一切变成文学的文本，不完全等于现实。

对于写作的人而言，写作本身就是一种还乡。之所以将大兴岛作为我自己的故乡，因为整个青春季节在那里度过，青春的故乡，有时胜过童年的故乡。

学者赵园曾经说："乡土是价值世界，还乡是价值态度。"这种态度，标志着作者在这样的写作中，融合着一种对故乡的土地和人、对曾经的生活和自己的经验的体认和回忆。在追忆似水年华中，无形中暴露自己的情感与立场的前后差异变化，乃至隐秘矛盾或纠结。我想，这就是所谓的还乡的价值态度。在态度中体现价值，在价值中审视态度。这样的写作，是一种还乡，也是一种对故乡的重构。

因此，这本新书，我希望不是那种"朱颜辞镜花辞树"的顾影自怜式的怀旧，而是直面人生唯有一次的青春。无论什么时代的青春，既会有美好的一面，也会有残酷的一面，青春是一把双刃剑，可以刺伤他人，也可以刺伤自己。我希望没有回避我自己所做的好的和不好的一切，没有视而不见青春美好娇颜下滴血过后结痂的伤口，没有欲言又止不该在青春花季中的死亡，以及日后“访旧半为鬼，惊呼热中肠”的悲伤。

2017年的年底，我已经完成了这本新书的写作，取名为《北大荒断简》。第二年的年初，从头到尾再看一遍书稿的时候，竟然发现除了有很多似曾相识之外，也有很多似曾不识，甚至陌生，仿佛那一切并不是我亲身经历过的，这些文字不是我写的。这让我自己多少有些吃惊。当然，这不仅缘于我的写作，还缘于对于我们曾经经历过的一切，其实并不完全知晓。你需要怀疑和质疑的，不是曾经生活的本身，而应该是自己。时过境迁之后，这本小书或许能够多少揭开时间的面纱，抹去生活的尘埃，让我感到一些痛感；更能接近一点真实，触摸到荒原萋萋荒草下淹没的我们的青春，和世代零落成尘的、比我们知青更苍凉的底层人的人生，以及他们对我的爱、关怀、恩情，还有我曾经对他们的伤害。

2018年，《北大荒断简》由北京十月文艺出版社出版，责编依然是我的老朋友章德宁。

50年前，1968年7月20日上午10点38分，我们离开了北京。这时候的北京，一声雄伟的汽笛长鸣，北京车站高大的建筑，突然一阵剧烈抖动，我的心骤然一阵疼痛。

这个抖动，这个疼痛，一直绵延到50年后的这本小书中。

约翰·列侬说：“当你感到疼痛的时候，你长大了。”我不知道我是否长大了，但我知道我已经老了。

第十二章　老街和老院

1

2004年初的一天，我到人民大会堂参加一个会议。散会后，走到天安门广场，一眼望见东南侧前门老火车站的钟楼，一个念头忽然闪过脑海，要不要回老街和老院看看？很近，穿过前门大街，从火车站的南侧抄近路，不用十分钟就到了。算一算，有20多年没回去看看了。上一次去，还是陪一位老街坊，从东打磨厂一直走到西打磨厂呢。一眨眼，竟然过去了那么长的时间。

于是，我去了西打磨厂。这是一条明朝就有的老街。在明、清两代《京师五城坊巷胡同集》和《京师坊巷志稿》中，都有对它的记载。我在这条街上生活了21年，一直到去北大荒。从北大荒回京，又在那里住了2年，一共住了23年。这23年包括了我的童年、少年和整个青春期，刻在生命中的印痕不可谓不深。重新走在这条我熟悉的老街上，第一个冲击我的印象，是满街的拆迁公报，不少墙上的大大圆圈中画着“拆”字，不禁心头一惊。往东走，走过新开路，我傻乎乎的还在找翟家口小学呢，发现许多原来见过的老院子、老店铺早迫不及待被拆光了，整个东打磨厂，已经彻底消失，被新建的商厦和马路占用。

我来到我们的老院——粤东会馆。清光绪《京师坊巷志稿》一书中记录那时在这条老街上存有六大会馆：粤东、临汾、宁浦、江西、应山、潮郡。粤东会馆是名列第一的，也是如今这条老街仅存的两家会馆之一（另一家是临汾会馆）。大院越发破败，有不少人家已经搬迁，房门紧锁，门前凋零，垃圾飘飞。我找到当年我家那三间东房，门上也是上着锁，但门帘未拉，扒窗望去，三间房子已经打通，墙上挂着的全是国画和书法。问邻居，告诉我如今是一个流浪画家租用。找老街坊，仅存两户，他们让我进屋，说起拆迁，也说起往事，不禁唏嘘，感慨万千。

那天，离开老院，天已擦黑，心里有些凄凉的感觉，下次再来，不知道它还在不在。还没有走出老街，街灯就亮了，和以前一样，像是患了白内障似的，昏黄地闪烁着。残冬的冷风，吹动电线和树枝，瑟瑟地响着，伴随着归家和暂时如我一样还不想回家的人们匆匆或茫然的脚步。我想起刚刚听到的英国老牌摇滚歌手莫里西一首叫作《在悲伤大街》的歌，他哀婉地唱道：“在悲伤大街的最后一晚，再见了房子，再见了楼梯，我出生在这里，我成长在这里，我可以列出所有你曾经厌倦的事情，或者你曾经说过的事情，或者是那一天你是如何地站在那里的。今天，我们一起度过了悲伤大街的最后一晚……”

我忽然觉得，自己曾经熟悉的老街老院，即将全面拆迁，不敢说面临着的是灭亡的命运、是最后的一晚，但起码也会是面目皆非。我才意识到自己来晚了，如同崔健歌里唱的：“不是我不明白，是这个世界变化快！”该抓点儿紧了，重回老街老院，要不再也看不到了。

从那时起，我想写一本关于老街老院的书。

那里的胡同再破、再旧、再弥散着泔水般的酸味也好，我毕竟是在这样胡同文化的熏陶下长大的。那里有我太多的记忆，我一直没怎么动用它。不该让记忆变得支离破碎，随风飘散，无可追回。

我用了两年多的时间，几乎天天往这里跑，不仅到我曾经住过的老街老院，也蔓延到附近的胡同，几乎跑遍城南。

在老北京，城南和南城，不是一回事，虽然只是字的顺序互换而已。城南有历史特有的能指。

自明朝从南京迁都到北京，大运河的终点漕运码头，由积水潭南移到前门东南的大通桥下，以后又相继扩建了外城，一直到清朝禁止内城开设戏院，将绝大多数戏院开设在前门外，以及前门火车站交通枢纽中心的建立……这一系列历史因素，造就了城南特殊的历史地位与含义。

以前门为轴心，辐射东西的城南，曾经是北京商业文化娱乐的中心，其历史的文化含义，对于建设新北京、保护老北京意义深远。对于我，对于许多北京人，城南，是一个情感深重的称谓，从口中吐出这个词儿，会有一种霜晨月夕的沧桑感觉，和从嘴里说南城，意思是绝对不一样的。

书写它，应该是有意义的，尽管我来得有些晚。但如果再不写，就更晚。

那两年，我成了城南的“胡同串子”，常常游走在密如蛛网的胡同里。那些胡同，我以为我是那样的熟悉，在我的童年、少年和青年时期，一天不知要从那里走多少趟。但是，我如今却发现有些陌生，许多记忆，如丢失了历史身份一样，显得那样的不可靠、不真实，而有些虚妄似的，让我的心里产生了彷徨和迷惘。我才发现，在强大的现实面前，历史，哪怕再沉重的历史，有时也显得无能为力。

面对那些破败的老胡同和大杂院，心情是复杂的。拆，还是不拆，成了今日北京人（从领导到百姓）的一个哈姆雷特式的问题。城南人口密集，房屋年久失修，市政设施残缺不全，有的地方破破烂烂，确实沦为了贫民窟，是该拆掉它们而改善居民的生活品质了。

但是，城南这块最宝贵而且相对完整，也可以说是老北京最后一片商业文化街区，真的到了不分青红皂白，非得脱胎换骨一般的无奈地步，才能够把它救活吗？破旧立新的惯性思路与城市伦理，真的是能够救活城南的唯一办法吗？旧的破去了，便一去不返，重新建起仿旧的建筑，不过只是赝品而已。2003 年重修永定门城楼的教训，前两年拆掉一片老胡同而修建两广大街，一厢情愿想打造成为大都市商业大道的现实，难道还不够吗？如此大片老街区的拆迁，城南——就像小时候我们在捋树叶时常常唱的那歌谣："一把不秃毛，二把不秃毛，三把秃成一根大尾巴、尾巴毛。"最后真的就只剩下光杆儿一根大尾巴、尾巴毛的前门楼子独一份，光杆儿司令一般，还能够认出从前的模样来吗？

也许，正是出于这样的考虑，现在提出了新的口号：解危排险，人房分离。这当然是一种尝试，是一种心情迫切的努力。问题是人房分离之后，怎么办呢？已经拆掉的老院子，和现在为开辟马路（仅仅前门东片就要建成七条马路）而正在拆毁的老院子又该怎么办呢？即使没有全部拆光，原先住民没有了，剩下了那些支离破碎的房屋和街巷，还能出现昔日京城的景象吗？

武汉大学城市设计学院院长、建筑学家张在元先生，于2005年夏天呼吁："只见高楼大厦，没有历史痕迹保留的单调、繁华的城市形态，会让人和城市一起失忆。"看到城南迄今尚存最宝贵的一整片一整片的老胡同、老四合院，已经或正在推土机的轰鸣下消失，想起张先生对我们的警示，心里的滋味无以言说。

土耳其诗人纳齐姆·希克梅特说过这样一句话："人生有两件东西不会忘记，那就是母亲的面孔和城市的面孔。"作为一座古城，北京的面孔不应该仅仅是高楼大厦，那很可能只是另外一座城市的拷贝。母亲和城市的面孔，可以苍老，却不可再生，经不起我们肆意的涂抹和换容。

我读了张在元先生和希克梅特的话之后，越发觉得有写这本书的必要，并抓紧了速度。心里想，即使做不到当年朱一新编写《京师坊巷志稿》那样，起码能够把城南大部分写出来。我给自己定下这样三点要求：一是有些历史的考证；二是和自己有关联；三是都要亲自再实地考察一遍。也就是说，要有古有今，还要有自己的情感和些许发现。朱一新在编写《京师坊巷志稿》时，白天步行大街小巷，寻访居民，晚上查验古籍，笔底钩沉，让我钦佩。

同时，我拜访了神交已久的王永斌先生，我读过他写的《北京商业街和老字号》和《话说前门》两本书，知道他对前门一带的历史了解和研究颇多。他已经年过七旬，身体很好。我先对他讲起十年前买他的《话说前门》往事，他对我讲他以前家住南河漕，北平和平解放以前，他在大栅栏一家眼镜行里当过几年学徒，中华人民共和国成立以后考入北京师范学院历史系，毕业之后，在前门中学教历史，一直到退休。因为长期生活和工作在前门一带，他对这一带很熟悉，也很有感情。他向我推荐了好几本书，临别时，他告诉我，当老师时每天放学之后，常常骑着自行车在前门一带转悠，遍访老店铺和老街坊。我听后非常感动，总想起年轻时候的他放学之后，独自一人骑着自行车穿街走巷访问、勘察，晚上在灯下做记录的情景。那情景让我想起了清末时的朱一新。可以说，朱一新和王永斌一直是我写作这本书的榜样。

我订了个计划，以前门楼子为中心，东西两侧崇文宣武，按个尽可能多地走走这些纵横交错的老胡同；走走那些会馆和名人故居，戏园、寺庙和老字号。由于我常常到那里去，有些拆迁办的人已经认识了我，只是用警惕的眼光盯着我，并不搭理我。街上有些素不相识的人也认识了我，看见我，老远就冲我打招呼，亲切的感觉，让我获得支持，获得坚持下去的信心和勇气。他们都很愿意为我提供帮助，回答我的问题。

记得有一天我站在西打磨厂口大北照相馆门前等老街坊，旁边停着一辆带棚子的三轮车，是专门拉外地客人游胡同的。拉车的是一个中年男人，腿有些残疾，冲我说："我见过你，总到打磨厂来，还拿着照相机拍照，前两年你就来过，对不对？"然后，招呼我，"来！拉你看看肉市里的正阳楼，我就是在正阳楼里出生的。"老街坊们来了，我向他一再道谢后向打磨厂走去，他冲我喊道："我妈就住在打磨厂××号，她今年73岁，知道的比我多，你可以找她，她姓张。"

还有一次，我到西打磨厂寻找福寿堂，这是老北京一家有名的冷饭庄，冷饭庄只办宴席，不卖零座，冷饭庄规模大且有戏台。当年杨小楼、王瑶卿、梅兰芳、荀慧生等名角，都在这里唱过戏。清光绪二十八年（1902 年），一个叫作雷玛斯的西班牙人带着机器和胶片，也是在福寿堂的戏台放映电影，这是中国第一次放映电影。我对它感兴趣，多次寻找都未果，很不甘心。一次又去打磨厂，正询问老街坊，一位精神矍铄的老爷子走过来，对我说："我带你去！"说着便拉着我的手往西走去，走了大约 100 米，指着路北的一面院子说："这就是福寿堂。"然后，他又对我说道，"你还问什么，问我吧。"一打听，老爷子姓岳，77 岁，就出生在他身后边一家小卖店里，原来是一家铜铺，他生在这里、长在这里，自然对这里了如指掌，对我的提问，他一一回答得清清楚楚，指点周围的那些老房子，如数家珍。

这些素不相识的人，让我难忘，让我感动，让我的背后有了支持，像吹来一阵风，吹得我的帆饱满起来，止不住地向前滑行。我像打了鸡血，跑胡同、写文章，成了那两年给自己布置的作业，乐此不疲。

等我写了两年多之后，站在城南的地图前一看，我写的只是其中一部分而已，好多地方都还没有写到。我才发现人其实是很渺小的，在偌大的北京城里，显得那么势单力薄。

2006 年，《蓝调城南》由北京十月文艺出版社出版。

在这本书出版之前，我将书中的《八大胡同新考》一节单独拿出来，在《作家》杂志上发表。这篇文章，被当时作家出版社的编辑应红看到，她找到我，希望我由此写一本关于八大胡同的书。八大胡同，是以前北京的红灯区，引人注目，其历史变迁，应该内容丰富，会有读者关心。这话是没错的，但这篇文章只有一万字，“繁衍”一本书，还得下气力才行，我不知自己有没有这份能力，有些为难。在应红的鼓励下，咬牙再跑八大胡同和档案馆，终于写成了《八大胡同捌章》一书，算是《蓝调城南》的额外收获，属于搂草打兔子，捎带的。也可以说，《蓝调城南》和《八大胡同捌章》是双黄蛋。

2

老院，一直还没有写。这是我一直想要写的书，也是一直没能写成的书。

早在 1985 年，我为作家出版社写的《我们曾经相爱》，写的就是我们的老院。那是我的第一部长篇小说，写作经验不足，我觉得自己没有写好，老院的素材没有完全展开。但为写这部长篇小说，我走访了当时大院里健在的好多老街坊，搜集了大量的材料，写满了笔记本。这本笔记本一直在身旁，每次看到它，都像触碰到一块烫石头，让我想起老院，想起自己想要写的关于老院的这本书。

写作《蓝调城南》一书的时候，写老院这个念头，又冒了出来。那时候，不知道多少次重回老院，拜访还健在的老街坊。可是，我还是没有动手。我觉得自己还是没有准备好，心里的底气不足，生怕再像写《我们曾经相爱》一样，糟蹋了我们的老院。

我们的老院——粤东会馆建于明末清初。它是一个三进三出的大四合院，街旁的高台阶上，两大扇黑漆木门，两侧各有一扇旁门，大门内足有五六米长的宽敞过廊，过廊西侧有一大间房子，有门无窗，是当年的门房。东侧有一块贴在墙上的黑板，是抹在墙上的水泥，再刷上一层黑漆，是“文化大革命”中的产物。当时，在上面写着最高指示——毛主席语录。有意思的是，一直到20世纪80年代，我从北大荒回到北京好多年之后重访大院的时候，不仅它还健在，而且，上面用粉笔书写的语录也还健在。有趣的是，那语录正是当年我写上去的。小二十年过去了，喧嚣不再，笔迹犹新。老天有眼，时序有心，你曾经做过的事情，纵使可以遗忘，却无从抵赖，笔笔记录在案，成为历史和记忆的证言。

过廊外是宽阔的青砖铺就的甬道。其东边一侧，有一个自成一统的小跨院，小跨院里，一排三间倒座房、两间西房、两间南房，应该是当年乡里一些赶马车的下人住的地方。西侧是出一片凹下一截却很开阔的沙土地，是用来停放马车，让马匹休息时蹭蹭痒痒、打打滚的场所。然后，看到的才是真正的第一道院门，中间是由盖瓦的墙檐和牌坊式的门柱组成的院门，按照老四合院的规矩，它应该叫二道门，所谓以前说的“大门不出二门不迈”的“二门”。它的两边是骑着金钱瓦的院墙。迈过院门前后几级台阶，迎面是一座影壁，影壁东边是一片空地，西边是一座石碑，写着好多人捐资重修粤东会馆的名单和缘由。再往里走，是以坐南朝北正房为中心的三座套院，与大门和影壁对照，中心稍稍偏西一些。除第一座套院（我们叫它前院）有了前面的二道门，不再设门之外，其余两座套院即中院和后院，各有朝东的一扇木院门，一为方形门，一为月亮门。

这两座院内，中院种有三株老枣树，后院有东、西两块花圃和一架葡萄架，后院的后面还有一个小院，很窄，我们称之为夹道，里面种着两棵桑葚树。这是我们老院里最好的房子，后院幽静，仅住两户人家，还是亲戚。中院最大，不仅有东、西厢房，还有和前院正房背背相靠的一排三大间的倒座房。

前院那三间正房，最早是房东住，他是广东人，大院多次易主，他应该是大院最后一任房东了，后来院子交了公，归房管局管理、修缮，他们一家依然住在这里。相比较，前院显得要局促一些，因为没有院门，正对着影壁，但是，前面的空间还是不小的。它有宽敞的走廊和高台阶，左右两侧各种有一棵丁香。小时候，我们从家里拿出床单或被单，挂在两棵树之间当幕布，演出的舞台就在房东房前的高台阶上。房东家人很少，人很和善，不管我们，任我们在那里连唱带跳地折腾。

我小时候，大院的西厢房已经没有了，这是很奇怪的事情，不大符合这样三进三出四合院的建筑格局。但东厢房，非常齐整，有十五间之多。这一条从前院直通后院的过道，笔直而悠长。我家就住在东厢房最里面的三间。据说，那三间房子，曾经是主人家的厨房。那时候，整座大院就一家人住，厨房显得宽敞、气派。我家刚搬来时，最里面的一间还有残存的灶台，拆除灶台时，我父亲发现在灶台下面埋有几块长条形的金闪闪的金属，以为是金条呢，喜出望外地拿到银行一验，空欢喜一场，不过是黄铜而已，是当年为祭祀灶王爷图个吉利的把戏。读中学的时候，每天上学、放学时经过我们大院，经过这条长长的甬道，要走老半天；那时候我的一位女同学常到我家来玩，一路各家窗户里扫射出来的目光，纷纷落在身上，越发觉得心重路长。

我家房子的南端，是全院的公共厕所。厕所只有两个蹲坑，但外面有一条过道，很宽阔，显示出当年的气派来。过道足有四五米长，最前面有一扇木门，里面带插销，谁进去就把插销插上。我们孩子中常常有嘎小子，在每天早上厕所最忙的时候，跑进去占据了位置，故意不出来，让那些敲着木门的大爷们干着急没辙。我们管这个游戏叫作“憋老头儿”，是我们童年最能够找到乐子的游戏。厕所过道的那一面涂成青灰色的墙，是我家的南山墙，成了我们孩子的黑板报，大家在“憋老头儿”的时候，用粉笔或石块在上面信笔涂鸦。通常是画一个长着几根头发的人头，或是一只探出脑袋的乌龟，然后在旁边歪歪扭扭地写上几个大字“某某某，大坏蛋”，或“某某某，喜欢谁谁谁”之类。写了擦，擦了写，一拨拨新起的小孩们前赴后继。

读高一那一年，学习掏粪工人时传祥，我还背着挺沉的木粪桶，跟着时传祥一起到我们大院的厕所里掏过粪。

厕所过道的东头，有一条很小的夹道，对着我家的后墙，那里堆放着杂物和碎砖乱瓦，越堆越高，从那里可以很轻巧地爬上房顶。站在房顶上，前门城楼和天安门广场，甚至再远处的西山，都能够一眼看得见。国庆节夜晚燃放礼花的大炮，也能够依稀望得见。国庆节的晚上，我们早早地坐在房顶鱼鳞瓦的上面，静静地等待着突然的一声炮响，五彩缤纷的焰火腾空而起。在下一次礼花腾空之前的空隙中，弥漫在蒙蒙烟雾的夜空中，会有白色的降落伞像一个个白色的小精灵向我们飘来，那是礼花中的一部分。国庆节的时候，常常会有东南风，因此，那小小的白色降落伞，总能够缓慢地向我们飘来，飘过房顶的时候，我们只要一伸手就能够把它们够下来。当然，也会有调皮的孩子用竹竿捷足先登把它们够下来，惹得大家一通大呼小叫和下面大人一通责骂之后，只好等待着下一次礼花的腾空而起。

2004 年，我回粤东会馆，竟然看见当年立在影壁旁的那块石碑，垫在老街坊盖的小厨房下面，露出一小截花岗石，像是千年乌龟探出的头。

2010 年，我再次走进粤东会馆的大门，只到原来的二道门的地方，就被围栏给挡住了，童年和少年的记忆也一起被挡在里面了，里面已经完全被拆得一片凋零。

2015 年，我又去了一趟老院，围栏没有了，新开的一扇红漆大门，紧挨着那扇已经斑驳沧桑的黑木门，仿佛让历史和现实故意做对比似的，那么触目惊心、不协调。因为这在过去是绝对不可能的事，红漆大门只能是官宦人家的宅院。自以为是的现实，就是这样粗暴地改写历史旧貌。有时候，历史是可以由后人加以改造的，改造后的历史，经过一段时间的做旧，打上了新的包浆后，很容易不声不响地让人们相信历史就是这样子。

透过门缝，望着簇新却空无一人的院子愣神的时候，从东跨院里走出来一位妇女，她叫我的名字，一看是老街坊。她告诉我除了东跨院三户人家没有搬走，其余全部拆干净了，院子里都盖起了灰瓦红柱的新房，我遗憾地对她说这回看不成了。她把我请进她家，顺手把紧靠后窗的床铺的褥子掀开，又搬来一把椅子，放到后窗外，让我踩着床铺跳窗而进，一睹大院新颜。

我从这个小小的后窗跳了进去。空荡荡的院子，空荡荡的房子，过去曾经发生的一切，仿佛都已经不存在。不知它以后的用场，也不知以后要住什么人。我打开虚掩的房门，走进我原来住的那三间东房里，簇新的砖瓦，簇新的玻璃窗，水泥地，夕阳正透进来，将房前那棵老槐树斑驳的枝影打在地上。一切景象仿佛不真实似的，像是置身在戏台上那样恍惚。

一股冲动如潮水一般涌上心头。我觉得自己应该要写写老院，不能再拖了。

就在这一年，北京十月文艺出版社的副总编章德宁向我约稿，她是原来北京文学的社长，多年的老朋友，我最初写的《国际大师和他的妻子》等很多文章，都是经她之手刊发的，她对我的写作一直都很关心和鼓励。我对她讲，我正想写我们的老院，她很信任地对我说那就快点儿写出来，交给我们社出书。我想一定要好好地写，对得起她，对得起自己，也对得起读者。

这一年的秋天，我去美国看孩子。临出发前，找出 1985 年记录的关于我们老院的笔记，又在几张纸上，画了一张老院的地图，标明哪个房间住的哪家人，并简单写了几句那些人家的小传。我将这两样东西放进行李箱，带去了美国。它们成为老院的写作提纲，更是写作酵母。

那些在住房旁边注明的那些人家的小传，像是一张张老照片，触动它们，立刻昔日重现；各色人等，立刻活色生香。他们有些是我的同辈，有些是我的前辈，尤其是老一辈人，表面波澜不惊，却身世如乱云，人生似飘蓬，可以说，每个人都是一本厚厚的书。从童年时光里那些老人欲说还羞、遮遮掩掩的神神秘秘，到“文化大革命”中几乎所有家庭都被无情地撕开一道口子，让很多神秘的往事变成了触目惊心的现实。这些活生生的人与事，一直处于沉睡状态，这时候，蓦然惊醒，越发折磨着我。又远离故土，往事旧景，变得时而格外清晰，时而幻象一片，历史曾经发生过的一切和现实交错在一起，在异国他乡变得越发触目惊心。

纳博科夫曾经说过："任何事物都建立在过去和现实的完美结合中，天才的灵感还得加上第三种成分：那就是过去。"过去的作用，对于文学创作就是这样巨大。在时间的作用下，过去有了间离的效果，让你看得更清晰一些；在想象的作用下，过去才会成为写作的酵母。

正如纳博科夫所说的过去对于现实的重要作用，要想真正走进已经渐行渐远的老院，必须先要重新梳理一下粤东会馆历史的空间和地理的空间，以及人们和我自己的心理空间这样三重空间，这是写作这本书的前提。

孩子上班的上班，上学的上学，空旷的屋里屋外，格外安静，让心也静了下来。我的老院，我的老街坊，纷至沓来，记忆如群蝶飞舞，蜂拥而至。那些时日，让我感受到人生不仅是人生，还可以是文学；不仅可以回忆，还可以品味和思悟。

因此，我清醒地知道，我们的老院，写的是粤东会馆，已经不完全是粤东会馆。那里形形色色的人物，曾经生龙活虎、真实地生活在过去的年月里，却也生活在我今天的想象和重构里。可以说，我今天笔下的我们的老院，是地理意义上的粤东会馆，是历史意义上的粤东会馆，也是文学意义上的粤东会馆。它是为粤东会馆写传，也是为我们的老院写意，为我自己写心。它属于那条已经被破坏、被腰斩或者被改造、更新的老街，更属于我们，属于我自己。

往事一下子在异国他乡复活，仿佛历史走开得并不太远。我想，这或许就是纳博科夫所说的"第三种成分"——过去，对于现实的作用吧。

《我们的老院》这本书写得很快。笔下涌动着我们的老院，涌动着那些我曾经熟悉的、已经过世的前辈和与我一样依然在世的人们，涌动着那些让我怀念、让我心痛、让我惋惜、让我愤怒的种种人物。尽管现实的空间已经面目皆非，但是，地理和历史的空间，依托记忆、依托想象、依托文字，便还会健在，不会轻易死去。

我在美国住了半年，假期未完，书稿已经写完，我发给章德宁，她读后立刻写来热情洋溢的回信：

> 大作拜读了，非常喜欢。这是一部情感沉郁的书，也是一部哲思深蕴的书。在这部作品里，我看到了我们的历史，我们曾经的生活，我们的来路。虽篇篇皆为凡人小事，却告诉了我们最朴素的真理，最真实的善恶，普通人的道德和是非观，人心和人性赤裸裸地相见。作品中的那些人与事，像电光石火，深深地打动我，震撼我，让我思索，让我久久回味，也让我鼻酸、泪涌。很少有这种阅读感受了，因为这是可见作家心魂的作品。谢谢你把这么好的作品交给我。

老朋友的信，最让我感动。我知道，这是她对我一如既往的鼓励。我也稍稍松了口气，觉得没有辜负她的这一份鼓励。

《我们的老院》于2017年1月出版，一连再版多次，并获得2017年“中国好书奖”。这是我没有想到的。我知道，并不是我写得多么好，而是这样的老院，这样的往事，是大家共有的地理、历史和心理三重空间的集体记忆。

2018年秋天，每年一度的“北京十月文学月”期间，组织者搞了一个“文学行走”的活动，让我带着一帮人去走前门外的几条胡同，先走进了我最熟悉的西打磨厂老街，然后，轻车熟路，便来到了老院——粤东会馆。依然是两扇大门都紧锁，依然是在老街坊的帮助下，从她家后窗跳进老院。

人去屋空，没有任何杂物堆积的院子，显得更为幽深。没有了以往的烟火气，空旷的院子像是一个搬空了所有道具的舞台，清静得有些让人觉得发冷。站在院子里，感觉像有一股股凉水，从各个角落里涌来，冲到我的脚后跟儿。身后就是我家原来那三间房子，灰瓦，红门，绿窗；地砖，窗台，房檐；清风，朗日，花香。好像日子定格在往昔，只有那些新鲜的颜色，不小心泄露了沧桑的秘密。

多少孩提时的欢乐、少年时的忧伤、青春期如春潮翻滚的多愁善感，都曾经在这里发生。多少人来人往、生老病死、爱恨情仇、纷至沓来又错综交织的记忆，也都曾经在这里起落沉浮。

2019年夏天，儿子带着两个孙子从美国回北京探亲。我带他们再次重返老街和老院，是想让两个孙子知道他们的根在这里。怎么那么巧，这一天正是51年前我离开家，离开老院，去北大荒的日子。这一次，红漆大门敞开，我们顺利走进，前院依旧空无一人，后院成了一家公司的办公室，新装的空调呼呼地响着。从我当年住过的那三间东房里，走出一位工作人员，客气地问我们是来干什么的，然后把我们客气地请出老院。

老院！我的老院！我们的老院！

回家后，我写了这样一首小诗——

重回老院暗惊魂，携子将孙细议论。
灰瓦绿窗侵旧迹，残云衰草掩新痕。
落花消息书中尽，流水光阴梦里存。
开户已成办公室，当年一别是家门。

3

2017年的夏天，我接到一个陌生的电话，是三联书店一位叫李方晴的编辑打来的。她说她在《文汇报》上刚看到我写的散文《北京的树》，觉得我应该把关于老北京的文章再接着写下去。她希望我能以这个主题，为三联书店写一本书。接着，她补充道："我查了一下，您还没有在三联出过书。"

三联书店是一家老牌出版社，我当然希望能够在那里出一本书。不过，我知道三联书店要求高，而且出书慢，更重要的是，《北京的树》只是一篇2000字的散文，由此铺排成一本书，谈何容易。关于老北京的书，我已经出版了5本：1995年，浙江人民出版社《北京人》（这是一本很单薄的小册子，尽管韩国出版了它的韩文版，台湾出版了它的繁体字版，只能说明当年关注老北京的书还比较少）；2006年，北京十月文艺出版社《蓝调城南》；2007年，作家出版社《八大胡同捌章》；2013年，南京大学出版社《北京人续篇》；2017年，北京十月文艺出版社《我们的老院》。要写的，基本都写了。除了一些零星的随笔，我再没有要写一本新书的打算。

李方晴鼓励我，还是要坚持写，这样的书，是有读者的。我答应她考虑一下，看看自己还有没有能力，再做老骥伏枥的努力。

这一年的年底，我去美国看孩子，带去了上、下两册《北平风俗类征》。这两册书，还是 20 世纪 80 年代，在天津新开张的文化街一家门脸不大的书店里买到的，是上海文艺出版社 1985 年根据商务印书馆 1937 年版出的影印本。这两本书，是李家瑞先生听从他的老师刘半农先生的建议，自 1931 年至 1935 年，历时 4 年，先后从这 500 种书籍中抄录了 40 余万字，整理而成。它们一直是我写作北京必备之书，可谓我的百科全书。

然后，我去了孩子所在的印第安纳大学的图书馆，把我所需要的书都找了出来，沉甸甸地抱回家。没有找到的书，我让孩子帮忙继续找，美国大学图书馆有一项功能，可以从全美大学图书馆帮你调阅你需要的书籍。这一大堆书，伴随了我在美国探亲的五个月的时光。

在这一大堆书里，看的头一本是侯仁之先生的《北平历史地理》。这是外语教学与研究出版社 2013 年出的书，是侯仁之先生在英国利物浦大学读书的博士论文，1949 年，他 38 岁，真是年轻。虽然是论文，却一点儿不枯燥，也不像如今有些论文写得故意跟你绕圈子，以显示其高深莫测。书是从英文翻译过来的，翻译得也好，文字干净、利落，没有那些拗口和贯口的翻译腔调。从早期的边疆之城，到元、明、清的王朝之都；从蓟城，到金中都城、元大都城、明清都城；侯仁之先生为我们清晰地勾勒出北京这座古城政治历史与地理地位的变迁。他以人文地理与历史地理相结合的现代治学理念，写出了我国第一部关于一座城市的历史地理的专著。

特别是看到书的引言（这是 1942 年因反日抗日之罪名被日本人关进监狱时的腹稿，缓刑期间移居天津时将腹稿移记纸端），侯仁之先生写了一段1931年高三时第一次从山东乘火车到北京的情景和感受："那数日之间的观感，又好像忽然投身于一个传统的、有形的历史文化洪流中，手触目视无不渲染鲜明浓厚的历史色彩，一呼一吸都感觉到这古城文化空气蕴藉的醇郁。瞻仰宫阙庙坛的庄严壮丽，周览城关街市的规制恢宏，恍然如汉唐时代的长安又重现于今日。这一切所代表的，正是一个极具伟大的历史文化的'诉诸力'。它不但诉诸于我的感官，而且诉诸于我的心灵，我好像忽然把握到关于'过去'的一种实感，它的根基深入地中。"

他写得真的是好。这是他30岁时的文笔。这座城市给予他感官与心灵的冲击，他说了一个词叫作"诉诸力"。北京这座城市有这样历史与文化的"诉诸力"，才会让我们把握住这样的历史与文化，让这样的历史与文化有了一种实感，才能感觉到这座城市的律动。70多年过去了，北京城还会给予我这样的"诉诸力"吗？我还能够把握住这座古城的历史与文化的实感吗？这种想法，如同冰封江河开江后的冰块，开始在我的心里冲闯。

后来，看到王蝉斋在陈宗蕃《燕都丛考》上的一首题诗，其中一联：几度沧桑感旧京，街衢宫苑总关情。不觉心有慽慽之感。我虽远远谈不上如这些老先生一样，几度沧桑感旧京；但是，北京城，总关情，是一样的。

我觉得，我可以写了。驽马不舍，再作一步。

回到北京，看到那些面目皆非的昔日街景，回想起前辈们对老北京那些充满情感的书写，不觉别有一番感触。那天，到宣武门外，本是想找上斜街的龚自珍故居，14年前，我常到这里转悠，现在却怎么也找不到了。不禁想起1930年林志钧先生为陈宗蕃《燕都从考》一书所写的序言，开端先借题发挥，说了他曾经住过的宣武门外“老墙根地旷多坎陷，其接连上下斜街处，则低峻悬绝，考辽金故城者，辄置为辽南京金中都北城墙址”。接着，他历数上、下斜街曾经的名人居处后，具体写了下斜街的土地庙：庙每月逢三之日，则百货罗列，游人摩肩接踵，与七八两日之西城护国寺、九十两日之东城隆福寺，同为都人趁集之地。

同时，也让我又想起清人黄钊当年同样目睹辽金故城时，曾经写下过的诗句：“辽废城边可放舟，章家桥畔想经流。百年水道几难问，空向梁园忆昔游。”

如今，还有多少人留心诸如宣武门外上斜街、下斜街、章家桥、梁家园这些老街巷变迁的历史呢？谁还会关心现在宽阔的宣武门外大街，曾经有过辽金时代的老城墙根、老河道，有过热闹的土地庙，有过云集那样多的名人故居呢？喧嚣尘上的马路上的车水马龙，和路两旁的高楼林立，早已经遮盖、淹没了过去的一切；吹不散雾霾的风，却容易把依稀残存的记忆吹散得七零八落。

记得读戴璐《藤阴杂记》，其中一段写道：“京师戏馆惟天平园、四宜园最久，其次查家楼、月明楼，此康熙末年之酒园也。查楼木榜尚存，改名广和。余皆改名，大约在前门左右，庆乐中和似其故址。自乾隆庚子回禄后，旧园重整，又添茶园之座。”不禁感慨，旧时京城最老的戏园子天平园、四宜园，到了清末变化很大，在旧址重建新楼，已经面目皆非。历史年头其次的查楼，那时木榜尚存，如今不仅木榜早就见不到了，而且就连老戏楼也早已不存，后来复建的新楼也摇摇欲坠，一直在重修，高高的吊车，还一直在剧场前立着，像恐龙骨架一样，不知是在眺望过去的岁月，还是未来的时光。总之，好多年过去了，只见吊车突兀地立着，未见广和楼立起来。

如今，硕果仅存的中和戏院，虽还在旧地，却早就关张，徒存旧名，有尸无魂。庚子大火，中和戏院和大栅栏一条街一起被烧毁，重建时颇费周折。那时，中和戏院是永定门外花炮制造商薛家的祖产，但临街门道那块地方另属他家，要价很高。最后，还是瑞蚨祥的孟老板出资摆平，方才使得中和戏院重张旧帜。不是瑞蚨祥的孟老板心疼中和戏院而一掷千金，而是那时他正在热捧名伶徐碧云，中和戏院重建之后，孟老板将投资的股份赠送给了徐碧云。这一切戏院内外发生的故事，又有谁记得，谁关心呢？放翁诗说："八千里外狂渔父，五百年前旧酒楼。"说是戏楼，也正合适。而今，旧戏楼奄奄一息还在，如孟老板一样的狂渔父早已不在了。

戴璐所说的曾经戏楼云集前门左右的盛景，只如前朝旧梦，明日黄花。如今不仅戏楼凋零，就连整个前门大街都被改造得似是而非，仿旧的赝品排列成阵的老店铺里，今天卖这个，明天卖那个，变脸一般，让人莫衷一是，令前人不识故地，让后人误入歧途，如吴梅村诗中所叹："放衙非复通侯第，废圃谁知博士斋。"

那天，翻看《中华竹枝词全编》的"北京卷"，忽然发现其中写青云阁的不少。青云阁作为清末民初北京四大商场之一，确实曾经名噪一时，其门额"青云阁"三个端庄有力的颜体大字，是当时书法家何诗荪所书。其中有这样两首竹枝词：一首"青云阁上客常满，青云阁下马如飞。一路青云闲到此，管他人事几芳菲"；一首"青云阁矗正阳前，第一楼高插碧天。鬓影衣香消月夕，不教海上美青莲"。后者说的"青莲"，指的是上海福州路上有名的青莲阁茶肆，在这里是将青云阁与之媲美。前者则说的是青云阁当时热闹非凡，所谓“客常满”，不仅是吃喝购物，还有游乐，当时的诗人兼书法家萧湘（书法家萧劳之父）就有诗说青云阁“万种华洋货物储，打球人更乐轩渠”。

如今，青云阁尚在，在观音寺街和杨梅竹斜街，还可以看到它完整的前后门，门额上“青云阁”三个颜体大字依然也还清晰。只是，有多少人记得，青云阁曾经有过如此的辉煌。当年，鲁迅、周作人、梁实秋、张恨水等人，是那里的常客。那里的玉壶春饭馆的春卷和虾仁面，曾经是鲁迅先生的最爱；那里的普珍园，传说是当年蔡锷和小凤仙相见的地方；那里的小舞台，梅兰芳和马连良都演过戏；那里一楼专门经营旧书的福晋书社，是很多爱书人光顾的地方。

又有多少人记得，北平和平解放之后，它成了市府的一个招待所。然后，很长一段时间，它便沦落，大门紧闭，只剩下一个空壳。前几年，曾经雄心勃勃整修一新，重张旧帜，建起了小吃城，开门揖客，梦想梅开二度。谁想一年光景不到，北京小吃没能救得了它，它再次沦落，彻底关门，只留下门额上“青云阁”三个大字，苍凉面对残阳如水。

那天，偶然读到吴梅村和胡南苕关于金鱼池的诗。其中，吴诗：“金鱼池上定新巢，杨柳青青已放梢。几度平津高阁上，泰坛春望祀南郊。”胡诗：“日射朱鱼吹浪泳，花随彩燕扑帘飞。”想起《帝京岁时记胜》里说到的金鱼池：“池阴一带，园亭甚多。南抵天坛，芦苇蒹葭，一碧万顷。”更有棋罢不觉人换世之感。吴、胡二位诗中所说的有燕、有柳、有花、有鱼、有阁、有坛的情景，会让今日人们难以想象；《帝京岁时记胜》所说的“芦苇蒹葭，一碧万顷”，更会让人以为不那么真实似的。只要看过老舍的话剧《龙须沟》，就知道不过百年，曾经柳荫鱼影、游人摩肩接踵的金鱼池，早已经变成了臭水沟。如今，又已经变成了改造后居民小区的楼房。地理意义上的金鱼池，经过时代的变化、时间的发酵，已经有了历史的新的概念与意义。

如果再看，金鱼池之北有金台书院；之东有药王庙；之西有精忠庙。金台书院旧址尚存，精忠庙却先变为工厂，后和药王庙一起被履为平地。如今，走在天坛城根下，往北望去，谁还能想象得到金鱼池当年不俗的风光，想象得到金台书院曾有过的书声郎朗，想象得到每年四月药王庙要酬戏于百姓的盛况，想象得到当年北京城唯一一处祭祀岳飞的精忠庙，曾经有过老北京人独特的祭祀方式——“土塑秦桧以煤炭燔之至尽，曰烧秦桧”呢？

这样白云苍狗的变化场地，还可以举出很多。

比如，当年，崇文门内，同仁医院和利亚药房之西和之北，是一片空地，八国联军入侵北京之后，成了各国洋人的跑马场和演兵场；而如今游人如织的天坛，旧时则认为是“距城较远，游者仍稀”；“永定门左安门后安门一带，仍多荒僻，苇塘菜圃与冢基相间。昔年官立多义冢，多在外城以内；施粥厂舍，亦均在南横街三里河各处，以其为贫民之所麕集也。”现在，走在这些早已经是楼群茂密、人流如蚁的繁华地方，有多少人会知道、会想起这些陈年往事，由此感慨北京城如此翻天覆地的变化？

再比如，沿前门楼子一直向南，当年，永定门外的沙子口是赛马之地；南顶村是踏青之地；西南侧的南海子是皇家狩猎之地；正阳门之右的关帝庙，每年五月十三是进刀马于关老爷之地，《帝京景物略》中说："刀以铁，其重八十觔，纸马高二丈，鞍鞯绣文，辔衔金色，旗鼓头踏导之。"如此之举被称之为"单刀会"，和精忠庙专门祭祀岳飞一样，为专门祭祀关帝之地……

如今，重走这些旧地，还会有多少人知道这样的老故事、老传统、老礼数呢？前门楼子还在，其左右的关帝庙和观音寺都早已经不在，"单刀会"只存在于老戏文之中。南顶村，先成了肉联厂，当时北京最大、最现代化的牲畜屠宰场，现在变成了四环旁的楼盘。南海子，如今成了湿地公园，四周商业楼盘林立，建成了一片新的社区。

有一日，我去南顶旧地，找我的一位中学同学，当年，我去了北大荒，他被分配到了南顶的肉联厂，围着一口硕大的铁锅炸丸子。而今，他住在肉联厂拆迁后分给他的一套楼房里。他开玩笑对我说："炸丸子的车间，变成了我的住房！"想起民国时的竹枝词："日丽风和天气清，城南十里小游亭。晚来共看飞车去，柳外一帘酒旆青。"那时的景象，实在难以想象，前朝旧影，今日新景，日落云归，人去梦来，不觉慨然。

同一天，从南顶回家，路过沙子口，那里我曾经是那样的熟悉，沙子口西口的北京第一食品厂和沙子口医院，往里走的沙子口小学，从童年到青年的时候，我去过很多次。如今，望着大街两旁高楼林立，宽敞大道上车水马龙，和过街天桥上川流不息的人群，想当年五陵年少扬鞭策马之地，如此沧海桑田的变化，眼前的街景恍然如梦。

古诗说："往来千里路常在，聚散十年人不同。"这个世界一切都在变化之中，更何况北京经历过的岁月漫长，其中的沧桑变化是极其正常不过的。要看到，这些变化之中，有很多是中华人民共和国成立之后才会有的变化。同时，也要看到，这样的变化，应该是依托历史发展的变化，而不是想当然的粗暴的变法。更重要的是，对于北京这样一座古都，不要忘记老北京悠久的历史和文化的积淀，在这样的变化之中，寻找到有规律的变法，要依据历史的罗盘，还能够找到回家的路，以及在回家的路上扑面而来的浓烈的乡愁。

重读加拿大学者雅各布斯的《美国大城市的死与生》，她在书中写道："老建筑对于城市是如此的不可或缺，如果没有了它们，街道和地区的发展就失去活力。"她特别强调，"必须保留一些各个年代混合的旧建筑。保留这些旧建筑的意义绝不是要表现过去的岁月在这些建筑上的衰败和失败的痕迹……这些旧建筑是不能随意取代的，这种价值是由时间形成的。"她说，这些旧建筑"对一个充满活力的城市街区而言，只能继承，并在日后的岁月里持续下去"。

而如今走在北京，簇新的建筑比比皆是，甚至还有怪诞的建筑闯入眼帘，全然是一座国际大都市的风范。即使走在旧城老街区，雅各布斯所说的那些"老建筑""旧建筑"，已经所剩无几。在破旧立新、维新是举的城市建设伦理作用下，这些"老建筑""旧建筑"，破旧不堪，千疮百孔，并不值钱，命中注定要沦为推土机下的死魂灵，哪里会觉得它们的价值是"由时间形成的"，是无可复制的，是无与伦比的，是只能继承的城市发展的活力呢？随着这些"老建筑""旧建筑"的消失，更可怕的是和它们连在一起的记忆，也一并消失，以为新改造完成的城市空间，就是以往老北京历史的倒影和地理的肌理。那么，老北京真的就彻底消失而无可追回了。

这一切的钩沉和寻找、感受与感喟，仿佛冲堤之水，都写在了这本关于老北京的新书稿里。原来一个人的潜力总还是有的，就像井水，压一压，总可以再冒出一些，并未完全干涸。这要感谢李方晴和三联书店。否则，我不会写这本书。

2018 年的夏天，书稿终于完成，并将我随手新画的老北京 50 余幅钢笔画，一起交给年轻的李方晴。我希望以一已残存却顽强的关于老北京的书写，唤回我们对于老北京的记忆。我希望这本书能够写得好一些，深入一些，写出老北京从历史长河中延续下来、流淌下来的这样变与不变的辩证之流、交错之流，以及我们和这座古都有着切肤之痛的共同的情感，对这座古都血脉相连的共生共有的记忆。

逝者如斯，我心里清楚，这是我写作的关于老北京的最后一本书。距最初接到李方晴的电话，已经过去两年多时间了，日子过得真快！我喜欢布罗茨基讲过的那句话：“归根结底，每个作家都追求同样的东西：重获过去或阻止现在的流逝。”布罗茨基这句话的意味和针对性，无论对于我，还是对于在飞速变化中渐行渐远的老北京，尤其如此。重获过去，或阻止现在的流逝。我不知道能否做到。

李方晴和她所在的三联书店，给予了这本书极大的肯定和鼓励。她只是将篇目的顺序调整了一下，建议将原来的书名《京都之什》，改为《咫尺天涯 —— 消失的老北京》。

三联书店出书很是细致、精心，李方晴将我书稿中的错字全部订正过来，并将书中引文逐一核实、订正；美编几经编排，将我画的 50 余幅画进行了重新处理，印在书中，比我原来的画好看多了，让我有些惊讶，几乎认不出居然就是我自己的画。美编还将封面设计做了几番精心的改动，并执意让我书写书名，尽管我的毛笔字写得很差，美编仍坚持，觉得那样会融入我的一份感情，首先体现在封面上，给予读者。

她们知道，这将是我写作关于老北京的最后一本书。

第十三章　重回原点

1

2014年，我的好朋友赵丽宏出版了他的儿童长篇小说《童年河》，写他自己的童年经历，我觉得写得不错，读后很感动。赵丽宏对我说你也应该写一个，你的童年也值得写。这个建议，起初我没当回事，后来，他一再催促我，鼓励我去写，说得非常认真、真挚，让我有些盛情难却，开始琢磨这事。

我想起三十多年前曾经写过的“中学生三部曲”，但是，准确地说，那并不是儿童文学，它们应该放在青春文学或成长小说的范畴中。写那三部小说时，人们还称我为“青年作家”，如今我已经成为地道的“老年作家”了。时光不饶人，人至老年，却写儿童，这本身就是一个悖论。我能写什么？又是否能写好？这是首先撞在心头上的两个问题。写作“中学生三部曲”的经验，对于儿童文学的创作，不可能完全用得上，我需要重打鼓、另开张才行。从头再来的感觉，让我很踯躅。

人生很短，青春也好，童年也好，都是一瞬间的事情，之所以能够被人们定格并反复书写，是为了凸显这两个阶段对于人生的重要意义与无可替代的价值。这意义与价值，不仅在于美好，还在于一个人在这样成长的两个重要阶段，会有很多潜藏在心不愿意说给人听的痛苦，如蝉蜕皮一样一层层褪去，独有的童年也一并无可追回地失去。人们长大了，变老了，便也和这些美好以及与之连带的痛苦一起告别了。埋藏在孩子心头的痛苦，大人一般一无所知，或是知道后不屑一顾，以“大人吃过的盐比孩子吃过的饭都多”的眼光看，那只是一些被放大的痛苦，根本算不上什么痛苦。在孩子和成人各自的价值体系中，完全是坐标的两端。同样，大人的痛苦，孩子也完全不能理解，甚至还会对大人充满抱怨；或在大人的精心掩藏下根本无从知晓。孩子确实还没有尝过大人吃过的盐的滋味。于是，两代人，各自痛苦着，彼此隔阂着，又相互寻找着。寻找到的结果，有可能是相互抱头痛哭，也有可能是彼此掉头而去。

这是撞在我心头的一种想法，这种想法的冒出，让我有兴趣去尝试一下写儿童小说。心想，这样的隔阂与寻找，是屠格涅夫的《父与子》式的书写，比一般儿童文学要新鲜些，或许是一种有意思的尝试，因为无论孩子还是大人这样的经历和思绪，我都曾经拥有，恍如眼前，可触可摸。再有，年龄摆在这里，如果再不尝试，或许真的就再难持笔写儿童文学了。况且，写作儿童文学，是我从小的一个梦想。

同时，我也想起这近二十年来，广东教育出版社陆续出版了一套八本的“肖复兴读写系列”，说是读写系列，其实涉及包括读、写在内的关于孩子教育成长的方方面面。这套书的责编邱方，是我多年的老朋友，她还在广西教育出版社的时候，我们就认识，有过合作，友情绵长。那时候，她的孩子，我的孩子，都很小，这一套书是伴随着我们的孩子一起长大而逐渐成形，由一本逐渐变成八本的，可以说是成长之书，在我出版的所有书中绝无仅有。想起这些，是为了给自己写作儿童小说打气。

一个孩子的成长，离不开小环境、亚环境和大环境这样三个环境。小环境指的是家庭，亚环境指的是学校，大环境则是社会和时代。我不喜欢那种仅仅放在家庭和学校窄小天地里小打小闹、杯水风波的儿童文学，因为那样脱离了孩子成长的实际。校园和社会，隔着一道并不高的墙，好的儿童文学，从来不会脱离社会和时代，让其只成为松软可口的爆米花，这样会有点装小卖小，蹲下身子故意装作和孩子一般高。契诃夫的《万卡》，没有剥离俄国农奴时代；瓦尔特·本雅明的《驼背少年》，尽显1900年柏林那个阴郁的时代。但是，这个社会与时代，只是小说存在的背景，不是让小说陷入其中，让成人世界过分侵入童年世界（这样容易让儿童文学成人化），而是无形之中渗入孩子的内心，影响孩子的性格成长，由此带来心理和性情的迷茫和怅惘，乃至痛苦和沉重，打下一生抹不去的底色。这一切，在童年独有的弱小却纯真的对比和映衬下，在孩子不存渣滓的眼中和心中的折射与过滤下，才会彰显儿童文学的独具魅力。我一直认为，儿童文学是对应、对比甚至是对抗成人世界的一块小却醒目的路标。斧头虽小，却可以砍断大树。

渐渐清晰了，一个目标在心里明确，我要写，希望能写这样的小说。那么，我写什么？

我一直认为一个人的童年经历，注定了一个作家写作的质地与寿命。童年是写作的出发地，也是写作的矿藏和酵母。我最初对文学的基本认知，全部来自儿童文学。要写，写自己的童年，是最好的选择。我写不了和自己经历、体验毫无关联的天马行空的东西，自己的生活与生命经验如果是土的话，那么，一切艺术性的表达，则是生长在这片土里的树木长出的叶、开出的花。如果土需要施肥的话，思想的介入，也就是对童年经验的重新认知，便是增加土力的肥料。

于是，我开始重返童年，准备写我的第一部儿童小说。用了将近两年，终于写成了《红脸儿》。

我写了我的童年，我的童年的伙伴，写了大华、玉萍和“我”三个身世不同的孩子。身世的不同，导致他们的性格不同，更导致他们的命运不同。这是童年时候意识不到的，却已经潜伏下来，影响人的一生。小说主角大华，实有其人，是以我童年居住的大院里一个孩子为蓝本写成的，他深深留在我童年的记忆里，如一块琥珀经年不化。十多年前，我写过一篇散文《忆秦娥》，里面秦家的孩子就是他。只不过，《忆秦娥》中脸上长着红痣的是小姑，而在小说中，我将这块醒目的红痣移到了大华的脸上，加重了他命运沉重而命定的部分。

在小说中，大华和他的小姑、大姑夫徐先生，玉萍和她的炸油条的牛家大叔和大嫂，“我”和“我”的继母，都是彼此没有血缘关系的。这是我有意的安排，这样的安排，固然有我自身童年的影子，有我所熟悉的大华和玉萍的影子，但更主要的是，我觉得有血缘关系的亲情，无疑是非常值得珍惜的；没有血缘关系的亲情，或许更能让人感慨和感动。

另外，还有一点，这样没有血缘关系的人物，带有时代浓重的影子。这部小说写的是北京解放之初的事情，那正是一个时代结束，另一个时代开启的时候，动荡的生活中，人生才会有这样多的阴差阳错和悲欢离合。对于那个时代的书写，以往更多在于政治的跌宕方面，其实还有许多人情与人性的方面，隐藏在历史变迁的皱褶中。而这方面对于孩子的影响比政治更为密切而贴身透心。在这样本来属于大人所承担的压力面前，时代同时也额外地给予了孩子。成人的命运动荡，直接影响了孩子童年的成长；时代风雨的拨弄，同样淋湿了孩子。对于孩子来说，无疑是一种历练；对于小说而言，无疑是搅动水流激荡的另一个隐性角色。

小说的主角是大华，他的身世之谜贯穿小说始终，最终谜底揭开，大华遭遇了人生中的大变故。小说到此结束。当然，这只是最为惯常的小说悬念的运用，是吸引读者的一种手段而已，并不新奇。我只是希望以这样的命运不可知的变化，书写在动荡时代这个隐性角色的拨弄和牵引下孩子们的内心所经历的磨砺，而孩子之间建立起的友情，才显得那样令人感动。毕竟顺风顺水中行船，和风浪颠簸中行船，滋味不一样，让人回味的地方不一样。孩子之间的这种友情，从来都是成人世界最醒目的对应物，尤其是如今成人世界最缺乏的。我以为成人思想再深刻，也没有孩子之间纯真的友情深刻。和成人文学的写作逻辑与策略不尽相同，在儿童文学的写作中，从来都是最单纯的最深刻。

在小说中，我写了这样一段话："我们孩子的心思像是一碗透明的清水，即便有杂质，也是一眼就能够看得见的；而大人们的心思，却像是我们大院雨后墙上的蜗牛，不紧不慢地爬着，不知什么时候才会探出头来。”便是想写在一个孩子成长的过程中，必须要经历这样从清水到蜗牛的转变。这样的转变，是孩子向童年世界告别、向成人世界靠拢的过程。这个过程，我们成人会认为是一个人的成熟，但在孩子的眼睛里，可能会认为是带有一些悲伤之情和童年无可奈何的告别。

当然，这个转变过程，在孩子的眼睛里，和在我们成人的眼睛里，所呈现的景象是不一样的。加拿大作家门罗说：“如果你还是个孩子，每一年你都会变成一个不同的人，通常会是在秋天，当你丢掉暑假的困惑和懒散回到学校，升了一级的时候。在此之后，你就不会知道哪年哪月在变化了。在很长的一段时间里，过去会从你身边溜走。”这是孩子眼睛里的变化。罗曼·罗兰则说：“孩子的世界是一个每时每刻都在变化着的星云。”这是成人眼睛里的变化。从透明的水，到难得探出头来的蜗牛，无论在孩子还是在成人的眼睛里，都是两种截然不同的世界。

或许这就是我要写这部小说的一个重要的心理原因，是事到如今依旧对自己的童年充满回望的感情与想象的一个原因。因为童年世界给予我们如今世界难以给予的最宝贵的东西，孩子之间的友情便是其一；经历了痛苦磨砺的童年对于一个人的影响与收获，也是其一。这是我对苏联作家巴乌斯托夫斯基讲过的话的理解：“只有当我们成为大人的时候，我们才开始懂得童年的全部魅力。在童年一切都是另一个样子。我们用明亮而春天的目光观察世界，在我们的心中一切都似乎明亮得多。”我喜欢读巴乌斯托夫斯基，我一直觉得，他所说的这段话，应该是儿童文学存在的意义与价值，也是我写作《红脸儿》时的一个路标。写完《红脸儿》，我将巴乌斯托夫斯基的这段话放在最前面，作为题记。书出版的时候，编辑把这段话，放在了封面。

在这部小说中，我有意识地用了第一人称，这是写作之前就准备好的。“我”是故事的参与者，故事进行的时候，“我”是一名小学生，是童年视角；但在很多事件的叙述过程中，“我”的所思所想又带有回望童年的意味，在一定程度上，又是成人视角；所以，在书中很多地方出现了很多个“那时候”的字样。

尽管第一人称叙事方式会带来一定局限，但我坚持第一人称的写法，为的就是让“我”能够如布莱希特的“间离法”一样，方便跳进跳出，穿梭于过去、现在之间。选取了这样的叙事方式，最开始觉得会显得亲切。后来读门罗的小说（那时候门罗刚刚获得诺贝尔文学奖，她的书立刻被翻译出版），尤其是读到她的《儿戏》《脸》《纯属虚构》，写的都是童年生活，但她选取的叙事策略，是回望式的，不纯粹是故事里的小孩，单纯就事说事。在《脸》中，我看到她这样写：“现在我的印象是，只要是醒着，我们就在一起玩。大概是从我五岁开始，一直到八岁半结束。”我想，她完全可以把“现在我的印象是”这句删掉，但她有意这样讲述她的故事，我便觉得不仅是为了叙述的亲切，还为了以今天的心情和视角表达对于童年的一种感情和认知，让叙述将过去与现在如水一样回环起来、流动起来。同时，也可以避免一味地扮饰孩子，因为作为作者，毕竟不是孩子了，成人视角的回望和孩子本色的表达相互交织，让自己表达起来更为舒服、自然，让读者读来更为可信，易于接受。读完门罗的这几篇小说，我更坚定了这样的叙事写法。

2016年，《红脸儿》由福建少年儿童出版社出版。这本仅有8万多字的小说，前前后后，断断续续，竟然写了两年的时间。还没有哪一部小说或者哪一本书，让我如此费时费力。重返童年，不那么容易。想起范石湖的诗："晚来拭净南窗纸，便觉斜阳一倍红。"秋深春晚，人至老年，需要先拭净心窗，再认清斜阳不是朝阳，自觉得那多出的一倍耀眼之红，并不是朝阳之红，才会有可能走回童年，重拾一缕逝去的晨光。

2

其实，《红脸儿》并不是我最想写的儿童小说。我只是觉得相比较而言，它容易成篇，对于从来没有写过儿童文学的我，作为试水初探，可能合适一些。

我最想写的，一直藏在心里。种子最早萌发在我的童年。一直绵延至老年，种子还未破土萌发成荫。

我一直都认为，无论对于一个人的成长，还是对于一个作家的写作，童年都至关重要，意义非常。它既可以是起点，也可以是终点。经历漫长而跌宕的人生，归来依然是少年的人或作家，是幸运的，也是幸福的。俄罗斯伟大的诗人拉赫玛托娃曾经这样说过："唯有过去对诗人才有意义——尤其是童年——那是他们渴望再创造出来、渴望使之复活的感情。"她所说的感情，并非只是简单的回忆和复制，而是让童年的感情再创造成今年的感情。这种创造，便是文学。回忆，便有了价值和意义。

回忆童年，特别是回忆起和我想写的小说相关的往事，说来，也许有些可笑。或许，所有人的童年都是在这样可笑中度过的吧。

我刚上小学的时候，在每天清早上学的路上，几乎都能够碰见一个三十来岁的女人迎面向我走来。我觉得她长得特别漂亮，至今还能想象出她的模样，就像我的母亲一样漂亮。那时候，我母亲刚刚去世不久。我知道，这只是我的一种心理上的错觉，甚至是幻觉。但是，错觉也好，幻觉也罢，每天清早上学的路上，能够见到她，是我最大的愿望。

从小到大，我一直对合欢树情有独钟。合欢树是北京一种古老的树，作为街树，起码有百年以上的历史。清《竹枝词》："正阳门外最堪夸，王道平平不少斜；点缀两边风景好，绿杨垂柳马缨花。"马缨花，就是合欢树。正阳门，就是前门，就在小时候的我家附近。那时候，前门外的大街两旁是种着合欢树的。这首诗，增加了我对合欢树的想象和向往。

作为街树，合欢树在北京远不如槐树那样普遍。小时候，我家前面不远的台基厂老街两旁的便道上，便种满了合欢树，成为北京城硕果仅存的合欢大道。每年一到六月，树上便开满绯红色的花朵，绒毛细细的，很柔软的感觉，像一片红云彩似的，惹人怜爱，我觉得那是最漂亮的花了。我最爱走这条老街，不知道为什么，尤其是夏天，走在合欢花盛开的树下，总有一种幻觉，或者说是一种想象，即在上学的路上每一次老远见到那位女老师迎面走来，就是走在合欢花绯红色的云朵下。这种幻觉，一闪而过，会被现实立刻打散，街道两旁没有合欢树，那条老街上，除了稀疏零落的槐树，没有什么树。但这并不妨碍我的想象和幻觉，下一次远远地看见她迎面走过来，依然觉得她像是走在合欢花绯红色的云朵下，或者是心里一直在说：要是她走在合欢树下，该多好啊！

她一定是感觉得到我在注意她，每一次和我擦肩而过的时候，她都会冲我和蔼地笑笑。那时候，我真是特别的可笑，甚至有些傻气。每一次和她擦肩而过看到她冲我笑的时候，我都希望她能伸出手，在我的头上轻轻地抚摸一下，就像母亲总爱摸我的头一样。

后来，我知道，她就在我们学校附近的普力小学当老师，那是一所私立小学。我痴心妄想能够转到那所小学去读书，就可以天天见到她，没准儿，她还能教我呢。可是，这是不可能的，家里没有钱供我去私立学校。读中学的时候，我写过一篇作文，题目就叫作《合欢》。我写了对她、对合欢的想象。合欢成了那时我心里最美好的一种意象，如果有什么花可以象征一个人的童年，合欢，几乎成了我的童年之花。以至从北大荒插队回到北京，重回我读小学的学校（因为待业在家，母校的校长好心邀请我去代课），重新走在这条小时候走过无数次的老路上，我渴望能够像当年每天早晨上学见到她一样，还能够再见到她。但这样的奇迹，怎么可能会出现呢？在那条老街上，我没能再见到她。但是，她和我想象中合欢花背景下的她向我走来的情景，总是一而再，再而三地浮现在我的脑海里，拂拭不去。

当然，那时候，我没有想到会由此写一部儿童小说。想起写小说是在 20 世纪 80 年代。但是，我不知道怎么写才好，我和这位女老师没有一点儿接触和交往，只有那小学六年几乎每天早晨上学路上的擦肩而过，一切只在想象中。

我想起了我的一位女同学，她和我小学同学六年，读中学不在同一所学校，但我们一直交往到高中毕业，彼此友情深厚。“文化大革命”动荡之后，彼此经历了各自的插队生涯之后，还保持着联系，我对她熟悉得很。我想将这样两个人物交织在一起，让这位和我一直要好的女同学，成为这位女老师的学生，而我对这两位一直都心存感情，三个人物之间的故事就有了。人物关系，就是戏；虚实结合，就是艺术；这是我在中央戏剧学院学到的最基本的编剧法。

只是，这三个人物之间究竟可以发生什么样的故事，我没有深想。那时候，我的精力放在报告文学上，便把写这个小说的念头放下了。

这个念头，被陈大中知道了。他是一位敏锐而称职的编辑，我们因《红脸儿》相识。2016 年出版《红脸儿》之后，他一直催促我写这个小说。我很想写，却一时没有想好怎么写，或者怎么写才最好。作为儿童小说，我不会写更多，这将是我的第二部，我希望写得拿得出手，起码比《红脸儿》要有进步。

我找到一本空白的笔记本，本想写下小说详细的结构提纲，我先把男女主人公的名字定下，一个叫合欢，一个叫韩信。在第一页上，我写下了这样一些字——

> 那个女孩的名字，肯定不叫合欢。韩信第一次见到她的时候，是在六月一个早晨上学的路上。那条通向学校的街道两旁，正盛开着一树树的合欢花。

我让合欢和她的妈妈一起走在合欢花盛开的树下，在记忆中的那位女老师的身旁，添加了记忆中的这位女同学。写完了，笔记放在那里了，便再没有接着写点儿什么。

我已经有了基本的构思，将20世纪80年代我原本要写的女老师和女孩的师生关系，调整为母女关系，这一对母女没有花好月圆的大团圆结局，最终在那个特殊年代里，反目为仇，母亲惨死在女儿的手中。以这样的构思，写一部儿童小说，显然是不合时宜的，其心理、性格以及命运的变化，已经漫出儿童小说既定垒成的堤坝。

当然，我可以腰斩于小说构思的前部分，让这一对母女依然处于吹皱一池春水般的亲情之间爱的教育之中，让这一对男女同学依然处于荡起我们的双桨的友情之中，然后见好就收。但这和我的初衷完全背道而驰。

我想，算了，不写了。

陈天中一直没有放弃，依然故我地催促我、鼓励我。我有些不好意思，又不想勉为其难，一直处于矛盾、犹豫之中，迟迟没有动笔。

我知道，这就是儿童文学写作的难处。在所有文学样式中，儿童文学最难。难点之一，是因为要写的对象是儿童，而写作者却已经不是儿童，早早远离了童年。这种时间和心理的落差，要求写作者重返童年，如同返老还童一样艰难，甚至是不可能的。难点之二，是作者总想突破儿童文学既定的创作模式和审美定势，希望写得深刻一些，而不愿意杯水风波，螺蛳壳里做道场，便很容易以成人的思维替代儿童自身的思维与心理，以及行为逻辑和修辞策略，即使写成了，却离儿童文学越来越远。

有一天，读《世界儿童文学史概述》，想看看世界上那些著名的儿童文学作家是如何处理这一难题的。这是1985年浙江少年儿童出版社出版的一本旧书，陈伯吹先生作序。他在序中说了这样一段话："'儿童的被发现'，这一提法，对儿童工作者说来，是一个重要的课题，也是一个根本性的问题……如果把儿童看作缩小的成人，无视他们独立的人格，那么，当然在文学天地里没有他们的一席之地了。”

我注意到，陈先生说“儿童的被发现”，而不说“发现儿童”，我想，区别在于前者儿童是主体，后者写作者成了主体。在儿童文学创作中，这样主次颠倒的有不少，甚至是常见的。于是，作品中呈现的儿童，便是陈先生所说的“缩小的成人”。这是我格外要警惕的。

于是，我重新调整了小说构思和结构。想在“儿童的被发现”和“发现儿童”之间走出第三条路来。我增加了小说的三个尾声，将小说的结尾变为开放式，让读者去选择，看其中的女老师和男女同学这三个人发展的性格逻辑，命运的走向，哪一种更好、更合适。将原本小说构思中母女反目为仇的重头戏化繁为简，作为尾声之三。我心里很清楚，这只是一种折中的法子而已。

踌躇了三年之后，只有8万字的《合欢》，才迟迟写成。我变得如履薄冰，小心翼翼。对陈天中这三年来一直的鼓励、督促、宽容，以及耐心的等待，总算有个交代，心存些许歉意。

陈天中很认真地对待这本单薄的小说，他先是请来前辈束沛德先生和我的老朋友赵丽宏、高洪波，热情、真挚地推荐这本小书；又将书稿发给五位我不知是谁的资深评论家审读。早春二月，因武汉疫情笼罩，正闭户锁足在家，收到陈天中来信，他已经上班，开始工作，说五位资深评论家看过《合欢》书稿，一致认为应该将书稿的三个尾声集中在第一个尾声结束为好。这当然是经验之谈，是有道理的。去年春天，天中收到书稿读罢也曾提过一样的意见；去年年末，老友丽宏也特意打来电话，提出类似的建议。只是我固执地坚持己见。如今，如此意见一致，我不好再顽固地坚持，听人劝，吃饱饭嘛。于是尾声改为现在的样子，呈现在读者的面前。

只是心还是有所不甘，觉得和我最初写作这部小说的原始想法不完全相同。最初写作，是先有了尾声之三，才有了前面故事的冲动。多年犹豫之后，小说错过了它自身成长的最好年华。之所以犹豫，是因为不想将小说带入儿童小说既定的审美定式和创作模式之中，不想将小说写成一支甜蜜的棒棒糖。尤其如今面临疫情，在武汉，多少如小说中合欢和韩信一样的小学生，在艰难岁月之中，其心理遭受到惨重的冲击与动荡，所表现的悲伤、恐惧、困惑与焦虑，和新型冠状病毒一样隐性弥漫，会超出我们成人的想象，需要长时间的消解，甚至会压缩孩子的童年，让童年提前结束。这更让我感喟一个孩子成长历程中的不确定性和艰难性，是我们，更是孩子难以预料的。仅仅依靠童年单纯的美好和友情，是难以支撑成长全过程的。

因此，我想，将原来另外两种尾声简要备忘为好——

尾声之二：合欢的妈妈蔡老师舍身救学生之后，外公并没有来北京。合欢只好跟着爸爸返回柴达木上学，已经不适应。重新看到爸爸种活的那八棵白杨树，短暂的激动过后，合欢想念学校前街上的合欢树。好长一段日子，合欢都会触景生情，想起北京，又找不到一个人诉说，心里的寂寞像云层不断聚积，早晚得酿成大雨瓢泼。

她常常想起妈妈，她在韩信他们送给她的那本北京风光日记本上写日记。这是合欢第一次写日记。她有时也会想起韩信。友谊，常常会在分别以后的日子色彩明亮起来。尤其是少年时代的友谊，更会在第一次长时间、长距离的分别中，变幻得色彩缤纷。

爸爸总是忙，忙得忽略了合欢已经不再是以前的合欢。合欢也不了解爸爸，以为爸爸风风火火，开着吉普车，带着人到处跑，到处找不知藏在哪里的石油。一直到初三的国庆节，合欢的爸爸和勘探队医院里的一位姓白的大夫结婚，让她和爸爸彻底疏远。尽管白大夫想以自己的真心对待合欢，觉得合欢就是块石头，也能把孩子的心焐热了。但是，戈壁滩上，点燃起篝火的举行婚礼的夜晚，合欢背着爸爸平日到野外工作背的大帆布包，一个人跑到了戈壁滩上，截到一辆运货的汽车，求司机师傅把她顺路拉到火车站。她想到南方的外公外婆家去。汽车在夜色中颠簸着，摇摇晃晃，像坐在船上，不一会儿合欢就迷迷糊糊地睡着了。等合欢一觉醒过来，车子已经停了下来，司机叔叔正招呼她下车，她以为到了火车站呢。推开车门，下车一看，是自己的家，爸爸和白大夫，正站在大门口呢。合欢哪里知道，司机师傅不仅认识爸爸，还见过合欢。

这次失败的逃跑，让爸爸提高了警惕，也让爸爸和白大夫提高了对合欢关心的程度。对待合欢这样一个小刺猬，要多加小心和关爱才是。可是，他们没有想到，第二年的“六一”儿童节过后，忍受不了爸爸的食言，合欢第二次离家出走，而且，终于逃跑成功。第二天早晨，爸爸和白大夫忙乎了一夜，还在四处慌乱找合欢的时候，她已经坐上火车，过了嘉峪关。

爸爸请下假来，追到外公外婆的家，合欢坚决不和爸爸回去。爸爸磨姜砸蒜，赔礼道歉，说下大天来，都没有用了。对于一个初中还没有毕业的孩子，说小不小，说大不大，来自父母一点点小小的失误，到了孩子那里，都可以结成又粗又大的死疙瘩。这时候，孩子的心，像安徒生童话里的那个豌豆公主，事情再小，也觉得硌得浑身难受而无法忍受。外公外婆心疼外孙女，外孙女这么小，不是受了天大的委屈，怎么能够这么远的道，辛辛苦苦地从柴达木跑到这里来？最后，外公对爸爸说："我们也想好了，既然合欢已经回来了，就让她在我们这里上学吧！"

因为初三这一年的折腾，本来学习成绩一直不错的合欢，中考的成绩不理想，没有考上理想的高中。合欢自己也没有想到，这样的成绩下滑，竟然如同多米诺骨牌一样，三年的高中学习再怎么努力，成绩也没有上去。高中三年心情一直处于纷乱如麻的状态，小小的心里塞满蒺藜一般的胡思乱想，按下葫芦浮起瓢。合欢便一直没有心思和韩信再联系。高考的时候，更是失常，连平时的水平都没有发挥出来，没有考上大学，只考入了一所电力中专学校。

韩信根本不知道合欢的这一切变化，他一直等待着合欢能够回北京参加高考呢。韩信大学毕业读研的那一年暑假，在老街意外遇到合欢的爸爸，他是来处理老宅的，正带着房屋中介公司的人看房，委托他们卖房子。那时候，他的家已经从柴达木的戈壁滩搬到西宁市，安置新搬的家，正需要钱。韩信才得知合欢没有考上大学，再问合欢如今更多的一些情况，他说不上来了，不知是一无所知，还是不愿意讲。彼此的沉默，有些尴尬。韩信只好起身告辞，来到街上，街道两旁的合欢树的树叶被晒得发蔫，树叶间的合欢花，一如少年时代，开得还是那么的旺盛，旺盛得让韩信心里忽然发酸。

尾声之三：和前两种尾声不同的是，在合欢出生之前，外公和外婆就早已经去世。更不同的还有，合欢的妈妈蔡老师没有死。蔡老师救学生时只是被汽车撞伤，小腿骨折，送到医院抢救，流了不少的血是真的，也只是损失了她那件心爱的米黄色风衣。

小学毕业四年后，生活发生了很大的变化。合欢的妈妈因为舍己救学生而受到区教育局的表彰，在庞校长的极力举荐下，被破格提拔当了学校的副校长。庞校长退休后，她又升为了正校长，成了庞校长的接班人。合欢的学习成绩一直都很好，韩信希望在初中这三年里发奋努力，争取中考考得好些，能够和合欢考上同一所高中。遗憾的是，中考的成绩单下来，他还是没能如愿以偿。“我不是没努力呀，我点灯熬油，卧薪尝胆，已经使出吃奶的劲儿了呀！”韩信只有感叹命运是最不讲理的，根本不管你的努力和心情，而只认考试试卷卷面上差的那几分。

上了高中之后，功课紧张，加上合欢住校，他们之间的来往少了。还没到一年，突然之间，“文化大革命”爆发。这是他们都没有也无法料到的。更让他们没有料到的是，第二年夏天还没有到来的时候，蔡老师走了，走得那样突然，让人猝不及防。她岁数不大，算一算，那一年，才四十出头，却永远地离开了大家。合欢花还没有来得及开，蔡老师就走了。这让韩信无比悲伤，很长时间，都无法相信这会是真的。

韩信再没有见到合欢。

那一年夏天的一个黄昏，合欢的爸爸从柴达木回来安葬蔡老师。韩信以为合欢会和她爸爸一起为蔡老师送葬，可是，他还是没有见到合欢。

在老街街头的合欢树下，韩信看到合欢的爸爸，无法抑制，忍不住哭了起来，哭得那么难看，连鼻涕都流了出来。他不知道，为什么自己突然会哭，是为谁而哭。是为蔡老师？是为合欢？还是为已经一去不返的少年时代？

韩信和合欢的爸爸告别之后，才忽然想起应该问问合欢现在在哪里。韩信不住骂自己，刚才光顾着哭了，竟然忘记了问。他望着街头，合欢的爸爸早已经消失得一点儿影子都没有了，只看见头顶的合欢花，在夕阳火辣辣的照射下，竟然不是绯红色，而呈现出一片血红色，不禁让他暗自心惊，再一次悲伤不已。

或许，这应该是另一部小说了。评论家们的批评是对的，这样两个尾声，尽管是我的写作初衷，却应该放在另一部小说中，才可以舒展腰身。小轩愁入丁香结，幽径春生豆蔻梢。成长，是一个多么美好而令人怀念的季节，又是一个多么漫长而艰深的季节。

我的儿童小说创作之旅，居然也是这样的漫长而艰深。我只写了这样两部薄薄的儿童小说，比起那些一部紧接着一部几乎铺天盖地写作的儿童文学作家，我显得多么吃力，如同路长人困蹇驴嘶。

3

2019年8月8日的上午，带着一本新买的画本和一支画笔，我又一次来到天坛。虽然画得不怎么样，但我常去天坛画画。天坛，现在离我家不算远，乘坐一趟公交车就到，很方便；小时候，离我家更近，穿过草厂十条胡同中的任何一条，再穿过金鱼池，根本不用坐车，十多分钟，便走到了天坛墙根儿。

那时候，没有辟开东门和北门。在东门这个地方，天坛的外墙有一个豁口，豁口里面的空地种着菜蔬和白薯，在“三年困难时期”，常有人进去偷白薯吃。我们一帮孩子也常踩着碎砖乱瓦，从这个豁口翻进天坛，省去了门票钱。记得那时的门票只要一分钱，后来涨到五分钱。

天坛，可以说是我童年的一块宝地。那时候，我常和小伙伴们一起到天坛疯玩。20世纪60年代“三年困难时期”，粮食不够吃，母亲常带着我和弟弟到天坛墙根儿底下挖马齿苋，回家洗洗剁碎了包菜团子吃。不过，自从读中学，尤其是上了高中之后，基本上没有再到天坛。说来也是有点儿奇怪，那时候，和同学聚会或和朋友约会，常常是去香山，而不会来天坛。什么原因，我也搞不清楚。大概天坛离各家都太近吧，我们更愿意到远处的香山去，还可以爬山，尤其是秋天，可以看红叶。后来大家风流云散，到各地插队，好不容易回一趟北京，谁也不愿意就到家门口的天坛逛逛，更愿意舍近求远，大概觉得风景在远处吧。

重回旧地天坛，是退休之后。青春抛洒干净得不剩一点渣滓之后，像疲惫的老马一样，觉得香山太远了，还是就近取材，到天坛来吧，才觉得还是在家门跟前的好。天坛，迅速将我的童年、少年和老年连接在一起。

到天坛来，主要是画速写，我喜欢画天坛的红墙绿瓦，画祈年殿的蓝顶，画神乐署的600年明朝古槐，画斋宫敬天的无梁大殿……更喜欢画那些来来往往、形形色色的红男绿女。天坛，带给我很多其他地方没有的乐趣。

那天，正好是立秋。我坐在月季园旁边的丁香树丛中，画前面不远处的藤萝架。曾经满满一架的紫藤花，早已不见踪影，绿叶依旧葱茏一片，白色的木架下，人影幢幢，如电影里的默片。

画得非常快，快得自己都没有想到，天坛居然给予我如此运笔如飞的灵感。旁边站着几个看画的人，不住夸奖说画得还挺像那么回事的，便一起聊了几句。以前，旁边有人看我画画，总不自在，现在变得脸皮厚了起来。

想起有一天到天坛，就在前面的藤萝架下画画，画完了刚要走，看到一位老太太，步履蹒跚地走过来，在我的斜对面坐了下来，垂下了脑袋，不知在想什么，也没准儿是打瞌睡呢。我又坐了下来，画她。画完了一幅老太太的速写像，站起来走，路过她身边的时候，老太太抬起头，问了我一句："刚才是不是在画我呢？"我有些束手就擒的感觉，赶紧缴械投降，坦白道："是画您呢。"然后打开本子，递给她看，等待着她的评判。

她扫了一眼画，没有说我画得像还是不像，只说了句："我也会画画。"这话说得有点儿孩子气，有点儿不服气，老太太真可爱。我赶紧对她说："您给我画一个。"她接过笔，说："我没文化，也没人教过我，我也不画你画的人，我就爱画花。"我指着本子求她说："您就给我画个花。"架不住我一再地请求，老太太开始画了。她很快就画出了一朵牡丹花，还有两片叶子。每一个花瓣都画得很仔细，手一点儿不抖，眼一点儿不花。我连连夸她："您画得真好！"她把本和笔递还给我，说："好什么呀！不成样子了。以前，我和你一样，也爱到这里来画花。我家就住在金鱼池，几十年了，天天都到天坛里来。"我说："您够棒的了，都多大岁数了呀！"然后我问她有多大岁数了，她反问我："你猜。"我说："我看您没到八十。"她笑了，伸出手指冲我比画："八十八啦！"

八十八了，还能画这么漂亮的花，真让人羡慕。我不知道我能不能活到这样的岁数，画出这样漂亮的花，但老太太的花给了我极大的鼓舞。看着刚和我聊天走远的游人，想起这位88岁的老太太，忽然，心里冒出个念头，如果天天到这里画画，不仅可以画画，还可以接触好多人，随手记一些各色人等的人生百态与百味，不是挺有意思的吗？

真的，如果不是画画，只是呆坐在那里，不会有人和你搭讪。如果能够和他们交流，无形中，拓宽了你的视野，也会拓宽你的文字。据说，有人曾经创造了一个"城市最强悍逻辑"的理论，即几千万人同在一座城市里，与你发生联系的，只有那么几个、几十个。远离城市中心的喧嚣漩涡，在这个古老的祭坛兼园林里，却可以发生这样的奇迹，让与你发生联系的人不仅那么几个、几十个。虽然都不过是萍水相逢，但最是这些素不相识的人，最能敞开心扉，无所顾虑，能说说心里的话，乃至心底的秘密。如果让我也创造一个城市逻辑的话，或许可以叫作"城市萍水相逢逻辑"。在这个逻辑下，可以让陌生变为依稀曾见，让擦肩而过变为坐下来倾心交谈，让潜藏心底的秘密变为浮出水面的睡莲，在你的眼前展开一个开阔的天空。

天坛，就是这样一个让人们被日常琐碎的生活揉搓得皱巴巴的心，可以舒展得如花盛放、如天空爽朗的地方。这叫作“画为媒”呢。

而且，我还发现，天坛是明朝永乐十八年（1420年）所建，2020年，就是天坛建坛600周年的日子。

我决心，只要没有什么事，就天天到天坛来，随意画点儿速写，随手记点儿笔记。或许，在偌大而古老的天坛之下，记录下的只是如云一般来来往往的寻常百姓庸常的生活点滴以及普通人生平凡的际遇投影，如同我画的这些微不足道的小品一样，笔迹匆匆而潦草。但是，我想起布罗茨基在论及俄罗斯诗人茨维塔耶娃时曾经说过的话：“在一个显然没有任何意义的地方看到意义，这一能力就是诗人的职业特征。”更何况600年沧桑的天坛并不是没有任何意义。

这么一想，还真的觉得天坛得天独厚和无与伦比。在北京所有的公园里，没有一个像天坛里北京本地人这样的多，这样的人气兴旺。和其他几个皇家园林相比，天坛四周，是成片的居民楼和平房区，鳞次栉比，密密麻麻。颐和园、圆明园、北海、香山、故宫，哪里也赶不上。天坛，成了平民百姓抬脚就到的皇家园林。

龙潭湖、陶然亭、紫竹院这样普通的公园虽然也属于平民百姓，但它们缺乏天坛的皇家气派，尤其没有那么多的古树。到那里去自娱自乐可以，但到天坛这里来，既可以自娱自乐，又可以怀思古之幽情，触摸遥远的历史。可以独自散散步，想想心事；约上朋友，促膝谈心；即使夜晚谈谈恋爱，都会沾惹上一些古树荫筛下的绿色月光。更何况，春有丁香，夏有柏荫，秋有飘叶，冬有落雪。晨宜圜丘眺日，夜宜斋宫望月，静宜壁前听音，动宜垣内跑步……

如此丰腴，还不值得书写吗？

就这样将在天坛的所见、所闻、所思，长短不一，按照布罗茨基所说的“片段式”的写法写来。我想起他说的话：“这完全是任何诗人意识中产生出的自然原则。也可以这么说，这是粘贴画或蒙太奇原则。”他所说的这样粘贴画或蒙太奇的写法，对我充满诱惑，我决心一试。

那一天，我记下了献给天坛建坛600周年的第一则笔记。同时，写下一首打油诗，记录这个崭新的开始：

涂鸦最爱到天坛，暑去风生笔有缘。
神乐署前奏前夜，回音壁里响当年。
宫门深锁红墙月，古树频摇碧草烟。
即使旁观多冷笑，缤纷纸上自陶然。

这样一画、一写，真的从2019年的立秋坚持到了大寒。天坛的速写，画了满满四个速写本。记录了整整60篇天坛的笔记，以此对应天坛建坛600周年，可以成为我的一本新书。我起了这样一个书名——“天坛六十记”。我请老朋友赵丽宏在我的第一本速写本上题写了“天坛速写”四个字，他的书法很不错。这一画一记的收获，算是给自己的一点儿纪念吧。

到天坛去画画，真的有点儿上瘾，如果有一天没有去，心里还会有点儿空落落的感觉。

2020年1月20日那天下午，我又去了一趟天坛。走丹陛桥，进成贞门，过回音壁和皇穹宇，到了圜丘。来天坛的次数颇多，但圜丘却很少来，这一天是专程而去。祈年殿、回音壁和圜丘，三点一线。圜丘，其实是一个坛。皇上真正祭天就是在这里。如今，人们习惯叫它圜丘，而把圜丘坛的“坛”字给省略了。其实，天坛，因为有它才叫天坛的。省略这样一个字，其曾经祭天神圣的仪式感便也减淡了。

圜丘，是我小时候爱玩的地方。那时候，小伙伴们常到那上面疯跑，追着玩。圜丘上面很宽敞，游人很少，可以由着性子敞开地跑。中央有一块圆形的石板，叫天心石，人站在上面一叫唤，声音在四周回荡。据说，人站在天心石上叫的声音，比在别处都要响。我们常常跑到上面，使劲儿跺着脚，比谁的嗓门儿亮，谁的声音响。回声此起彼伏的时候，仿佛我们都像孙悟空跑到了天上，可以大闹天宫一般。

有时候，大雨将至，四周不多的游人早已散去，我们却在那里玩得乐此不疲，拥挤在一起，站在圜丘中间的天心石上，看着远处。那时候，往东看，还能看得到法藏寺高高的塔顶。但是，我们不是要看法藏寺的塔顶，而是要看大雨来临之前的闪电，在远处地平线那里闪动着，火苗一样窜起，如神话中的境界一般，闪动着诱人而神秘的光亮。那是我见到的天坛最为壮观、最为震撼的情景，觉得这样的情景，才配得上天坛。

当闪电像赛跑一样，像兵士列阵一样奔涌而至我们的面前，随雷声炸响在我们的头顶的时候，我们才一哄而如鸟兽散，跑下圜丘，跑到皇穹宇的房檐下躲雨。

站在圜丘上，眺望四周，法藏寺早已经没有了，尽管天坛周围的建筑限高，但是，远处还是有很多高楼大厦，遮挡住了城市的天际线，更不要说遥远的地平线了。也有不少人排着队，一个接一个跑到天心石上。但是，他们都是为了拍照，而不是像我们小时候一样，站在上面气出丹田大声喊一声，让自己的声音在圜丘四周回荡，听听是不是比在别处的声音响亮。他们只是比画着手势，张开嘴巴，作喊叫状，并没有一个人发出声音，像在演一场哑剧。

看到这样的情景，我再一次想起我的童年。逝者如斯，重返童年，重返故地，重返原点，也许只是一个缥缈的梦。

这一天晚上，我回到家中，在电视里看到了钟南山，他在说武汉的疫情，并说出现了人传人的情况。

我竟然对此是那么的迟钝，居然还有闲心去天坛画画，而且，也没有发现天坛里的游人是不是减少了，人们有没有戴口罩。

这一天，节气正值大寒。

是的，我是一个对政治、经济乃至灾难不敏感的人。或许，我对生活和艺术，以及人的情感与内心，还多少有些许敏感，甚至沉浸其中，可以写一点儿东西，也都不是什么洪钟大吕，不过是人生拾穗、艺海拾贝的一些单薄而浅显的断简残章（如布罗茨基所说的那种“片段”）。我只是一个普通的作家，我写作，只是发自内心的一种爱好，是源自童年的一种憧憬与想象而已。

我的这本文学回忆录，只能写到这里了。雪泥鸿爪，印迹是浅浅的、纷乱的、歪歪扭扭的。聊以堪慰，一直在向前走着，向着遥远的地平线，虽然明知根本无法走到那里，却总会痴痴地觉得“这样的地平线，象征着无穷的象形文字”（布罗茨基语）。

2020 年 3 月 9 日写毕于北京

附录一：肖复兴小传

肖复兴，北京人。1947 年出生。1963 年，在北京汇文中学读初三，作文《一幅画像》参加北京市少年儿童征文比赛获奖，经叶圣陶先生亲自修改，选入北京出版社出版的《我和姐姐争冠军》一书，并被《中国妇女》英文版翻译成英文转载。1966 年，高中毕业，通过初试和复试，被中央戏剧学院表演系录取。“文化大革命”爆发，废除大学，未能入学。

1968 年，去北大荒大兴农场 6 年，1971 年冬，在大兴农场二队猪号喂猪时，写了一组十篇散文《北大荒散记》，寄给叶圣陶先生长子叶至善先生，十篇散文经过叶至善先生逐字逐句修改，其中部分篇章刊登在《兵团战士报》和《合江日报》上。当时《黑龙江文艺》的编辑鲁秀珍看到其中一篇《照相》，亲自从哈尔滨到北大荒找我，提出具体的修改意见，1972 年，《照相》修改后，刊登在《黑龙江文艺》复刊号上。

1974 年，因父亲病故，从北大荒困退回京当中学教师，开始最初的文学创作。1975 年，写作长篇小说《希望》，失败。1976 年，在《北京文艺》发表小说《小雪花》，在《北京日报》发表散文《心中的花》。1978 年，在《人民文学》发表小说《玉雕记》；在《诗刊》发表儿童诗《春姑娘见雪爷爷（外一首）》。1979 年，在《雨花》杂志发表报告文学《剑之歌》。1983 年，由北京十月文艺出版社结集出版第一本书《国际大师和他的妻子》。

1978 年恢复高考制度，二进宫，考入中央戏剧学院。只不过这一次读的是戏文系，与演员之梦失之交臂。1982 年，毕业于中央戏剧学院，留校任教几年，前后在大中小学当老师整整十年。1985 年，调到新体育杂志社，当过十年体育记者。1995 年，调到中国作家协会工作，曾先后任《小说选刊》副总编、《人民文学》副主编、北京市写作学会会长、中国散文学会副会长。

其间，报告文学《海河边的一间小屋》（刊发在《文汇月刊》）和《生当作人杰》（刊发在《北方文学》）先后获全国第二届和第三届报告文学奖。报告文学《国际大师和他的妻子》《剑之歌》《啊，老三届》分别获《北京文学》《雨花》和《文汇月刊》首届文学奖。短篇小说《两个失恋人的一个夜晚》和《抹不掉的声音》分别获首届《青春》文学奖和首届《青年文学》奖。散文《京城旧事》获《上海文学》奖。

迄今著有各种杂书两百余部。其中《音乐笔记》获首届冰心散文奖；《忆秦娥》获第三届老舍散文奖；《我们的老院》获“2017 年中国好书奖”。2018 年，获第五届朱自清散文奖。部分作品被翻译成英文、法文和韩文在国外出版。

附录二：肖复兴著作目录

长篇小说

《我们曾经相爱》	作家出版社 1986 年
《早恋》	北京十月文艺出版社 1987 年
	朝华出版社 2004 年
	首都师范大学出版社 2013 年
	新世界出版社 2016 年
《中学生梦幻曲：一个女生的日记》	百花文艺出版社 1987 年
《青春奏鸣曲》	辽宁少年儿童出版社 1992 年
	长江文艺出版社 2006 年
	现代出版社 2013 年
	晨光出版社 2015 年
	新世界出版社 2016 年
	现代出版社 2020 年
《戏剧人生》	中国文联出版公司 1992 年

《无处不在》	海峡文艺出版社 1996 年
《青春回旋曲》	辽宁少年儿童出版社 1996 年
《放学后容易发生故事》	河北少年儿童出版社 1998 年
《甜葡萄酸葡萄》	辽宁少年儿童出版社 2000 年
《一个女中学生的日记》	天天出版社 2012 年
	首都师范大学出版社 2014 年
《红脸儿》	福建少年儿童出版社 2015 年
《女生日记》	新世界出版社 2016 年
《合欢》	浙江少年儿童出版社 2020 年

中短篇小说集

《国际大师和他的妻子》	北京十月文艺出版社 1983 年
《她和他们》	四川文艺出版社 1985 年
《北大荒奇遇》	北京十月文艺出版社 1985 年
《远方的爱》	百花文艺出版社 1986 年
《飘散的情思》	北方文艺出版社 1986 年
《四月的归来》	花城出版社 1988 年
《中国小说名家新作丛书 · 肖复兴卷》	海峡文艺出版社 1998 年

报告文学集

《海河边的小屋》	百花文艺出版社 1984 年
《生当做人杰》	上海文艺出版社 1985 年
《仅仅因为漂亮》	四川文艺出版社 1986 年
《运动员之恋》	黑龙江人民出版社 1986 年

《啊，老三届》	人民日报出版社 1988年
《啊，老三届》（和肖复华合作）	安徽文艺出版社 1988年
《和当代中学生对话》	江西少年儿童出版社 1988年
《多梦时节—肖复兴报告文学选》	中国文联出版公司 1988年
《青春的骚动》	文化艺术出版社 1990年
《和当代中学生通信》	少年儿童出版社 1990年
《亚细亚大战》	文化艺术出版社 1991年
《火的战车—巴塞罗那之夏》	中国友谊出版公司 1992年
《友情，我们同代人的瑰宝》	百花文艺出版社 1999年
《绝唱：老三届》	东方出版社 1999年
	中国华侨出版社 2009年
《今天孩子缺什么》	时代文艺出版社 2006年
《绝唱：老三届》（修订版）	新华出版社 2012年
《柴达木作证》	中国文史出版社 2013年

散文随笔集

《爱》	新蕾出版社 1986年
《雪痕》	海峡文艺出版社 1993年
《情丝小语》	天津教育出版社 1993年
《父亲手记》	福建少年儿童出版社 1994年
	河北人民出版社 2001年
《都市走笔》	中共中央党校出版社 1994年
《圣诞夜》	贵州人民出版社 1995年
《北京人》	浙江人民出版社 1995年
	韩国出版社 2011年

《复兴随笔》	中原农民出版社 1995 年
《与风同往》	上海人民出版社 1996 年
《不会再第二个你》	上海人民出版社 1996 年
《今朝有酒》	广东旅游出版社 1996 年
《最后的海菲兹》	天津教育出版社 1996 年
《怀旧情绪》	文化艺术出版社 1997 年
《星星雨》	河北少年儿童出版社 1997 年
《当代散文名家精品文库·肖复兴卷》	四川文艺出版社 1997 年
《触摸往事》	吉林人民出版社 1998 年
《日子的回忆》	江苏教育出版社 1998 年
《书边絮语》	广东旅游出版社 1998 年
《孤独之旅》	重庆出版社 1998 年
《肖复兴散文·情感卷》	作家出版社 1998 年
《肖复兴散文·艺术卷》	作家出版社 1998 年
《照不出自己的影子》	湖南文艺出版社 1998 年
《梦之门》	新世纪出版社 1998 年
《肖复兴散文》	华夏出版社 1999 年
	北京联合出版公司 2020 年
《肖复兴散文自选集》	百花文艺出版社 1999 年
《拖鞋上的泥土》	民主与建设出版社 1999 年
《生日礼物》	四川教育出版社 1999 年
《一千片叶子》	陕西师范大学出版社 1999 年
《我想起了忏悔》	中国青年出版社 2000 年
《十年生死两茫茫》	湖北人民出版社 2000 年

《肖复兴小语》	辽宁人民出版社 2000 年
《音乐笔记》	学林出版社 2000 年
《玻璃糖纸》	陕西人民出版社 2001 年
《总有一处让你感动》	文化艺术出版社 2001 年
《吹着口哨走过来》	人民文学出版社 2001 年
《丁香结》	浙江少年儿童出版社 2001 年
《梦幻中的蓝色》	文汇出版社 2001 年
《只为聆听而存在》	河北教育出版社 2002 年
《友谊比爱情更长久》	海天出版社 2002 年
《感动于一个苹果》	贵州教育出版社 2002 年
《聆听与吟唱》	文汇出版社 2002 年
《牧神午后》	福建教育出版社 2002 年
《遥远的含蓄》	上海三联书店 2004 年
《黑白记忆》	人民文学出版社 2005 年
	武汉大学出版社 2012 年
《我的人生笔记》	时代文艺出版社 2006 年
《蓝调城南》	北京十月文艺出版社 2006 年
《音乐漂流瓶》	黑龙江少年儿童出版社 2007 年
《八大胡同捌章》	作家出版社 2007 年
《春天去看肖邦》	学林出版社 2007 年
《其实奥运会已经开始》	新华出版社 2008 年
《底层的叩问》	新华出版社 2009 年
《天堂兄弟》	商务印书馆 2010 年
《来自波希米亚森林》	华东师范大学出版社 2010 年

《肖复兴与那片绿绿的爬山虎》	浙江文艺出版社 2010 年
《肖复兴散文精品选集》	南海出版社 2012 年
《肖复兴散文 100 篇》	新华出版社 2012 年
《我有箫心吹不得》	中国文史出版社 2012 年
《那片绿绿的爬山虎》	首都师范大学出版社 2012 年
《肖复兴音乐散文》	人民文学出版社 2013 年
	文汇出版社 2017 年
《北京人·续》	南京大学出版社 2013 年
《蓉城十八拍》	贵州人民出版社 2013 年
《美国拾零》	武汉大学出版社 2013 年
《永远的校园》	晨光出版社 2013 年
《肖复兴散文新作》	新华出版社 2014 年
《花之语》	海天出版社 2014 年
《面包房》	东方出版公司 2014 年
《戏边草》	武汉大学出版社 2014 年
《寄小读者》	长江文艺出版社 2015 年
《印第安纳速写》	新华出版社 2015 年
《到天堂的距离》	长江文艺出版社 2015 年
《无花果》	浙江文艺出版社 2015 年
《阿尔的太阳》	作家出版社 2016 年
《我们的老院》	北京十月文艺出版社 2017 年
《蓝调城南》（典藏版）	北京十月文艺出版社 2017 年
《醋栗的幸福》	海天出版社 2017 年
《树的回忆》	济南出版社 2017 年

《我的父亲母亲》	新星出版社 2017年
《我的音乐笔记》	新星出版社 2017年
《中国节气》	广东教育出版社 2017年
《读书知味》	长江文艺出版社 2017年
《我们的上面是天空》	中国商务出版社 2017年
《一枝一叶总关情》	花城出版社 2017年
《昔日重现》	民主与建设出版社 2018年
《花边饺》	上海教育出版社 2018年
《独草莓》	长江文艺出版社 2018年
《十万春花如梦里》	东方出版中心 2018年
《谁等待盛装出场的未来》	山西教育出版社 2018年
《北大荒断简》	北京十月文艺出版社 2018年
《他将长生草留给水》	中国文史出版社 2019年
《咫尺天涯——最后的老北京》	生活·读书·新知三联书店 2020年
《生命的平衡》	山东文艺出版社 2020年
《那一片绿绿的爬山虎：肖复兴的作文课》	浙江人民出版社 2020年
《曾经少年》	青岛出版社 2020年
《女人和蛇：美国折叠》	北京出版社 2020年
《重阳花糕》	上海教育出版社 2020年
《泥斑马》	北京出版社 2020年
《擦肩而过：肖复兴散文新作选》	作家出版社 2020年
《天坛六十记》	长江文艺出版社 2021年

诗集

《北国记忆：北大荒三百首》	武汉大学出版社 2013 年
《复兴诗草》	武汉大学出版社 2015 年

理论集

《采访的艺术》	百花文艺出版社 1986 年
《生活和写作的奥秘》	漓江出版社 1992 年
《音乐欣赏十五讲》	北京大学出版社 2003 年
	香港中和出版社 2018 年
《音乐欣赏的十五堂课》	台湾五南图书出版公司 2007 年
《音乐欣赏十五讲》(第三版)	北京大学出版社 2020 年

文集

《肖复兴作品自选集》三卷	华夏出版社 1997 年
《肖复兴新散文画作》两卷	安徽文艺出版社 2009 年
《肖复兴音乐文集》三卷	学林出版社 2010 年
《肖复兴文集》十卷	武汉大学出版社 2015 年
《肖复兴散文精选》六卷	新世界出版社 2017 年
《肖复兴散文精粹》五卷	福建少年儿童出版社 2017 年
《肖复兴读写系列》八卷	广东教育出版社 2019 年
《肖复兴散文精选集》四卷	作家出版社 2021 年

文学回忆录书系

策划 肖风华
学术顾问 陈思和
主编 向继东 段洁
统筹 金龙

刘心武文学回忆录	刘心武 著
蒋子龙文学回忆录	蒋子龙 著
张炜文学回忆录	张 炜 著
王跃文文学回忆录	王跃文 著
残雪文学回忆录	残 雪 著
张抗抗文学回忆录	张抗抗 著
叶辛文学回忆录	叶 辛 著
刘醒龙文学回忆录	刘醒龙 著
宗璞文学回忆录	宗 璞 著
王蒙文学回忆录	王 蒙 著
叶兆言文学回忆录	叶兆言 著
肖复兴文学回忆录	肖复兴 著
梁晓声文学回忆录	梁晓声 著
陈忠实文学回忆录	陈忠实 著
李凖文学回忆录	李 凖 著
* 冯骥才文学回忆录	冯骥才 著
* 浩然文学回忆录	浩 然 著
* 姚雪垠文学回忆录	姚雪垠 著
* 孙犁文学回忆录	孙 犁 著
* 从维熙文学回忆录	从维熙 著

* 待出